KB130356

숲과 별이 만날 때

WHERE THE FOREST

글렌디 벤더라 지음
한원희 옮김

숲과 별이 만날 때

MEETS THE STARS

걷는나무
walking tree

차례

WHERE THE FOREST MEETS THE STARS

1부
요정이 버리고 간 아이

1

그 아이는 요정이 버리고 간 아이일지도 모른다. 파리한 얼굴, 헐렁한 후드 티와 바지를 입은 모습이 노을 진 숲으로 희미하게 번져갔다. 발은 맨발이었다. 아이는 한쪽 팔을 히코리 나무 몸통에 감고 미동 없이 서 있었다. 차가 우두둑 소리를 내며 자갈로 된 진입로 끝까지 들어와 몇 미터 앞에서 멈춰 섰는데도 꼼짝하지 않았다.

조는 시동을 끄면서도 아이에게 눈을 떼지 않았다. 쳐다보지 않으면 요정 왕국으로 되돌아갈지도 모르니까. 그녀는 쌍안경, 배낭, 데이터 일지를 챙겨서 차에서 내렸다. 아이는 아직 그 자리에 있었다. 조는 나무에 진 그림자에 대고 말했다.

"거기 있는 거 다 보여."

"나도 알아."

아이가 말했다.

"필요한 거라도 있어?"

대답이 없다.

"우리 집에 무슨 볼일 있니?"

"언니네 강아지를 쓰다듬으려고 왔는데 가까이 오지 않네."

"내 강아지 아니야."

"그럼 누구 강아진데?"

"주인 없는 강아지야."

조는 방충망을 두른 테라스로 연결되는 문을 열었다. 곤충 퇴치용 전구에 불을 켜고 대문 잠금장치를 잠갔다. 아이는 고작 아홉 살 정도로밖에 보이지 않았지만 도대체 무슨 꿍꿍이속인지 알 수 없었다.

"해가 완전히 지기 전에 집에 가렴."

조는 15분 만에 샤워를 끝내고 편안한 티셔츠와 바지로 갈아입은 뒤 샌들을 신었다. 부엌에 불을 켜자 벌레들이 검은색 창문에 소리 없이 부딪혔다. 바비큐용 도구들을 챙기면서 히코리 나무 아래에 있던 아이에 대해 생각했다.

컴컴해진 숲이 무서워서 자리를 떴을 거야. 집으로 돌아갔겠지.

그녀는 양념에 재워둔 닭가슴살과 채소 꼬치 세 개를 가지고 화덕으로 갔다. 화덕이 있는 잔디밭은 잡초가 무성하고 노란색 미늘벽 판잣집과 달빛이 은은하게 비치는 초원 사이에 자리 잡고 있었다. 조가 빌린 1940년대 지어진 일명 '키니 산장'은 숲이 내려다보이는 언덕 위에 있었다. 뒤쪽에는 숲이 슬금슬금 내려오는 것을 막기 위해 땅 주인이 주기적으로 태우는 작은 들판이 있었다.

조는 원통형으로 쌓은 돌 위에 석쇠를 올리고 불을 피운 뒤 그 위에 닭고기와 꼬치를 올려놓았다. 순간 그녀는 긴장으로 몸이 굳었다. 집 모퉁이에서 검은색 형체가 어른거린 것이다. 아이가 아직 그 자리에 있었다. 불에서 불과 몇 미터 떨어진 곳에 서서 조가 마지막 꼬챙이를 석쇠 위에 올려놓는 모습을 바라보고 있었다. 아이가 물었다.

"언니 집에 스토브 없어?"

"당연히 있지."

"근데 왜 밖에서 요리해?"

"그렇게 하고 싶으니까."

"맛있는 냄새 난다."

조는 낡은 간이의자 네 개 중 하나에 앉았다. 먹을 걸 구걸하러 왔다면 아이는 장 볼 시간이 거의 없는 현장 생물학자의 텅 빈 찬장을 보고 실망할 것이다. 아이는 이곳 사람들 특유의 느릿느릿한 말씨를 썼고, 맨발인 상태로 보아 근처에 사는 듯했다. 집에 가서 저녁을 먹으면 될 것이었다. 좀 더 가까이 다가오자 아이의 사과같이 빨간 볼과 금발에 불꽃이 일렁거렸지만, 두 눈만은 여전히 시커멓게 움푹 파여 있었다. 조가 말했다.

"집에 갈 시간 아니니?"

"난 지구에 집이 없어. 저기서 왔거든."

아이가 가까이 다가오며 대답했다. 손가락은 하늘을 가리키고 있었다.

"어디라고?"

"얼사 메이저."[1]

"큰곰자리 말하는 거야?"

아이가 고개를 끄덕였다.

"바람개비 은하에서 왔어. 꼬리쯤에 있는 거야."

"바람개비 은하는 처음 듣는데."

조는 우주에 관해서는 문외한인 데다, 이런 은하 이름은 어린아이가 지어냈을 법한 이름이라는 생각이 들었다.

"그건 지구인들이 부르는 이름이고, 우리는 다르게 불러."

그제야 아이의 눈이 보였다. 얼굴은 아기 같았지만 두 눈은 총명함으로 반짝이고 있었다. 조는 아이가 장난을 치고 있다고 생각했다.

"네가 외계인이면 어떻게 사람의 모습을 하고 있니?"

"이 여자애 몸을 잠시 빌리는 것뿐이야."

"그럼 그 안에 있는 김에 걔한테 집에 가라고 말해줄래?"

"애는 집에 못 가. 이미 죽었거든. 집에 가면 부모님들이 기겁하실 거야."

아하, 좀비 놀이로구나. 조는 이 놀이에 대해 들어본 적이 있었다. 하지만 외계인 좀비 놀이를 할 사람을 찾으러 왔다면 번지수를 잘못 찾았다. 조는 아이들과 잘 놀아주지 못할뿐더러 역할 놀이에도 젬병이었다. 심지어 이 아이만할 때도 마찬가지였다. 그녀의 부모님은 두

---

1   Ursa Major. 큰곰자리를 일컬음.

분 다 과학자셨고, 그녀의 성격은 양쪽에서 분석적인 유전자를 물려받아서 그런 거라고 말씀하셨다. 그리고 조가 뱃속에서 나올 때부터 골똘한 표정을 짓고서는 '자신이 있는 곳은 어디이며, 분만실에 모인 사람들은 전부 누구인지' 가설을 세우고 있는 것처럼 보였다고 놀리곤 하셨다.

조는 인간의 몸을 한 외계인이 닭가슴살을 뒤집는 모습을 쳐다보다가 말했다.

"이제 그만 집에 가는 게 좋겠다. 부모님이 걱정하실 거야."

"말했잖아, 난……."

"전화할 사람 있니?"

조가 바지 주머니에서 휴대전화를 꺼냈다.

"누구한테 전화하라고?"

"내가 할게. 번호 불러봐."

"다른 별에서 왔는데 내가 전화번호가 어딨어?"

"그럼 네가 들어간 그 몸 주인은? 걔 번호는 뭐니?"

"난 애에 대해서 아무것도 몰라. 이름이고 뭐고."

아이의 속셈이 무엇이든지 간에 장난을 받아주기에 조는 너무 지쳐 있었다. 새벽 4시에 일어나서 열세 시간 이상 높은 열기와 습도를 견디며 들판과 숲속을 헤매고 다녔기 때문이다. 지난 몇 주 동안 거의 하루도 빠지지 않고 해온 일이었다. 귀가 후 잠들기 전까지 보내는 몇 시간은 피로를 풀 수 있는 유일한 시간이었다.

"가지 않으면 경찰에 신고할 거야."

조가 엄한 목소리를 내려고 애쓰면서 말했다.

"경찰? 그럼 경찰이 어떻게 하는데?"

아이는 마치 처음 들은 단어라는 듯 물었다.

"널 집으로 끌고 갈 거야."

아이는 앙상한 몸 위에 팔짱을 꼈다.

"내가 집이 없다고 하면 그 사람들은 어떻게 할 건데?"

"경찰서에 데리고 가서 부모님이나 동거인을 찾아보겠지."

"전화를 걸어서 그 사람들 딸이 죽은 걸 알게 된 후에는?"

조는 더는 화난 척할 필요가 없었다.

"이 세상에 혼자라는 건 농담거리가 아니야. 너를 돌봐주는 사람이
있는 곳으로 돌아가."

아이는 팔짱 낀 팔에 힘을 주고 아무런 대꾸도 하지 않았다. 이 아이
는 냉엄한 현실을 자각할 필요가 있었다.

"정말 가족이 아무도 없다면, 경찰이 널 위탁 가정에 맡겨버릴걸."

"그게 뭔데?"

"아예 모르는 사람들과 사는 거야. 그중에는 못되게 구는 사람들도
있을 거고. 그러니까 내가 경찰에 신고하기 전에 집으로 돌아가는 게
좋을 거야."

아이는 꼼짝하지 않았다.

"나 농담하는 거 아니야."

그때 지난 며칠 동안 밤마다 불 옆에서 먹을 걸 달라고 조르던 개가 살랑거리며 불빛 언저리를 맴돌았다. 아이가 쪼그리고 앉더니 만질 수 있게 손을 내밀며 한 톤 높은 목소리로 개를 불렀다.

"가까이 안 올걸? 들개거든. 아마 숲속에서 태어났을 거야."

"엄마는 어딨어?"

"누가 알겠어."

조는 휴대전화를 내려놓고 꼬치를 뒤집었다.

"혹시 집에 가기 무서운 이유라도 있니?"

"왜 내가 다른 별에서 왔다는 걸 안 믿는 거야?"

멈출 때를 모르는 고집 센 녀석이었다.

"네가 진짜 외계인이라고 해도 그걸 믿을 사람은 아무도 없을걸."

아이는 들판 끝자락으로 걸어가 별이 반짝이는 하늘을 향해 팔과 얼굴을 쳐들고 외계 언어처럼 들리는 뜻 모를 말을 중얼거렸다. 주문처럼 들리는 말은 유창한 외국어를 하듯 술술 흘러나왔다. 의식을 마친 아이가 허리에 손을 얹고 의기양양하게 뒤를 돌아봤다. 그 모습을 보고 조가 말했다.

"외계인 친구들에게 도로 데려가 달라고 빌었길 바라."

"경례한 거야."

"경례라…… 훌륭한 단어네."

아이가 다시 불빛 안으로 들어왔다.

"아직 돌아갈 수 없어. 다섯 개의 기적을 보기 전까지 지구에 머물러야 해. 나이가 차면 누구나 거쳐 가는 훈련 중 하나야. 학교랑 비슷하다고나 할까."

"그렇다면 꽤 오래 있겠네. 수천 년 동안 물이 와인으로 변하는 일은 없었거든."

"성경에 나오는 그런 기적을 말하는 게 아니야."

"그럼 어떤 기적?"

"어떤 거든 상관없어."

아이가 말했다.

"언니도 기적이고, 저 강아지도 기적이야. 난 지금 새로운 세상에 왔어."

*

"잘됐네. 이미 두 개나 이뤄졌잖아."

"아니, 진짜 멋진 기적을 위해 아껴둘 거야."

"하, 그거 참 고맙네."

아이는 조 옆에 있는 간이의자에 앉았다. 닭가슴살이 구워지면서 새어 나온 기름진 양념이 불 위로 뚝뚝 떨어지면서 밤공기에 맛있는 냄새가 피어올랐다. 아이는 그 장면을 물끄러미 바라보았다. 아이의 배고픔은 상상이 아닌 현실이었다. 어쩌면 아이의 가족은 음식을 살 돈이 없을지도 몰랐다. 조는 미처 그 생각을 못 한 자신에게 놀랐다.

"집에 가기 전에 먹을 것 좀 줄까? 칠면조 버거 좋아하니?"

"그게 무슨 맛인지 내가 어떻게 알겠어?"

"먹을래, 말래?"

"먹을래. 이곳에 있는 동안 새로운 걸 시도해야 하거든."

조는 닭가슴살을 불이 약한 쪽으로 옮겨 놓고, 냉동실에 넣어둔 고기와 소스, 빵을 가지러 집 안에 들어갔다. 문득 떠오른 냉장고에 남아 있던 마지막 슬라이스 치즈 한 장도 챙겼다. 자신보다 아이에게 더 필요할 터였다. 조는 마당으로 돌아와 패티를 불 위에 올리고, 나머지 재료들을 빈 의자 위에 내려놓았다.

"치즈 들어간 햄버거가 입에 맞으면 좋겠는데."

"치즈에 대해서 들은 적 있어. 맛있다던데?"

"누가 그래?"

"먼저 여기 왔었던 애들이. 우리는 떠나기 전에 지구에 대해서 공부하거든."

"네 행성이 이름이 뭐랬지?"

"언니네 언어로는 발음하기가 어려워. '헤트라예'랑 비슷해. 혹시 마시멜로 있어?"

"헤트라예인이 마시멜로에 대해서도 가르쳐주든?"

"어린애들이 꼬챙이에 끼워서 불에 녹여서 먹는다고 들었어. 엄청 맛있대."

마침내 산장에 처음 왔을 때 충동적으로 산 마시멜로를 뜯을 구실이 생겼다. 이왕 이렇게 된 거 상하기 전에 먹는 편이 나았다. 조는 부얼 찬장에서 마시멜로를 꺼내 외계인의 무릎 위에 던져주었다.

"저녁 먹기 전까지 뜯으면 안 돼."

외계인은 꼬챙이를 찾아와서 의자에 앉았다. 마시멜로는 무릎 위에 고이 모셔 놓고 검은 눈동자로 고기가 익어가는 모습을 뚫어져라 주시했다. 조는 빵을 데우면서 구운 감자와 브로콜리, 버섯이 끼워진 꼬치를 치즈버거 옆에 놓았다. 음료수 두 잔도 가지고 나왔다.

"애플사이다 좋아해?"

아이가 잔을 받아서 한 모금 마셨다.

"진짜 맛있다!"

"기적이 될 수 있을 만큼?"

"아니, 그건 아냐."

외계인은 그렇게 말하면서도 순식간에 잔을 반 이상 비웠다. 그러고는 조가 한 입 베어 물기도 전에 자신의 버거를 거의 해치웠다.

"마지막으로 음식을 먹은 게 언제니?"

조가 묻자, 한쪽 볼에 음식을 가득 넣고 우물거리며 외계인이 대답했다.

"우리 별에 있을 때."

"그게 언젠데?"

아이가 음식을 꿀꺽 삼켰다.

"어젯밤."

조가 포크를 내려놓았다.

"그럼 온종일 아무것도 안 먹었단 말이야?"

깍둑썰기한 감자 조각을 입에 쑤셔 넣으며 아이가 말했다.

"지금까지 먹고 싶지 않았던 것뿐이야. 몸이 좀 안 좋았거든. 지구까지 오는 거랑 몸 바꾸는 거랑……. 아무튼 많은 일을 했어."

"그럼 왜 그렇게 굶주린 사람처럼 허겁지겁 먹니?"

아이는 배가 아주 고프지 않다는 걸 증명하려는 듯, 마지막 남은 버거 조각을 반으로 잘라서 애걸하고 있는 강아지에게 던져주었다. 개는 좀 전의 아이만큼 빠르게 자기 몫을 꿀꺽했다. 그러고는 외계인이 남은 조각을 손 위에 얹고 내밀자, 다시 살금살금 다가와 남은 조각마저 재빨리 입에 넣고 원래 있던 자리로 돌아갔다. 아이가 소리쳤다.

"봤어? 손에 있는 걸 가지고 갔어!"

"그래, 그래. 봤어."

조에게 강아지의 재주보다 중요한 것은 어쩌면 심각한 상황에 처해 있을지 모르는 어린 아이였다.

"지금 입고 있는 거 잠옷이니?"

아이는 입고 있던 얄팍한 바지를 내려다보았다.

"인간들은 이걸 그렇게 부르나 보네."

조가 닭가슴살 한 조각을 잘게 자르며 말했다.

"넌 이름이 뭐니?"

"지구식 이름은 없어."

아이는 바닥에 무릎을 대고 강아지에게 조금씩 다가가고 있었다.

"외계인 이름은 뭔데?"

"발음하기 어려운데……."

"그냥 말해봐."

"이어푸드-나-아스루."

"이어…… 푸?"[2]

"아니, 이어푸드-나-아스루!"

"알았어, 이어푸드. 네가 여기 온 진짜 이유를 좀 들어야겠다."

아이는 겁 많은 강아지를 포기하고 일어섰다.

"마시멜로 먹어도 돼?"

"브로콜리 먼저 먹고 나서."

아이는 앉아 있던 의자에 올려놓은 접시를 보고 말했다.

"저 초록색 음식?"

"그래."

"우리 별에서는 초록색 음식을 먹지 않아."

"너, 새로운 일들을 경험해야 한다고 했잖아."

아이는 재빠르게 브로콜리 세 개를 입안에 차례로 쑤셔 넣었다. 그러고는 볼에 한가득 찬 덩어리들을 씹으면서 마시멜로 봉지를 뜯었다. 조가 물었다.

"나이는? 몇 살이야?"

아이는 남은 브로콜리를 힘겹게 삼키고 나서 말했다.

---

2 푸(poo)는 똥을 말한다.

"인간들은 내 나이를 이해 못 할 거야."

"네가 들어간 그 몸은 몇 살인데?"

"잘 몰라."

아이는 꼬챙이 끝에 마시멜로를 꽂았다. 조가 말했다.

"정말 경찰에게 신고하는 수밖에 없겠네."

"왜?"

"왜라니! 너, 기껏해야 아홉 살, 아니 열 살쯤 됐을 텐데, 너 같은 꼬마는 밤에 혼자 돌아다니면 안 돼. 그건 널 제대로 돌봐주는 사람이 없다는 뜻이잖아!"

"경찰에게 신고하면 도망갈 거야."

"왜? 그 사람들이 널 도와줄 거야."

"잘 모르는 못된 사람들이랑 살고 싶지 않아."

"아까 말한 건 농담이야. 경찰이 좋은 사람들을 찾아줄 거야."

아이는 꼬챙이에 세 번째 마시멜로를 푹 찔러 넣었다.

"작은곰이 마시멜로를 좋아할까?"

"작은곰이 누군데?"

"강아지 이름. 내가 지었어. 우리 별 옆에 있는 얼사 마이너[3]에서 따온 거야. 저 강아지, 아기 곰 닮지 않았어?"

"마시멜로는 주지 마. 개는 설탕을 먹으면 안 돼."

산만해서 제대로 식사를 끝내지 못한 조는 마지막 남은 닭가슴살

---

3 Ursa Minor. 작은곰자리를 뜻함.

살점을 강아지에게 던져주었다. 고기가 개의 목구멍으로 사라진 뒤 두 개의 꼬치에 남아 있던 채소도 모두 던져주었다. 아이가 말했다.

"언니는 좋은 사람이야."

"멍청한 거지. 이제 저 개는 내 뒤를 졸졸 따라다닐 거니까."

"우와!"

아이는 불붙은 마시멜로를 얼굴 가까이에 대고 후, 하고 불었다. 조가 말했다.

"조금 더 식혀서 먹어."

아이는 기다리지 않고 뜨끈뜨끈하고 쫀득해진 마시멜로를 입에 물고 쭉 잡아당겼다. 순식간에 마시멜로가 차례로 사라졌다. 조가 조리 도구를 부엌으로 가지고 가는 사이, 아이는 꼬챙이를 하나 더 만들어 굽기 시작했다. 조는 설거지를 하며 머릿속으로 새로운 작전을 구상했다. 나쁜 경찰 이야기는 먹히지 않았다. 아이의 입에서 무슨 이야기라도 나오게 하려면 먼저 신뢰를 쌓아야 했다.

밖으로 나오자 아이는 바닥에 양반다리를 하고 앉아 있었다. 작은 곰은 아이 손에서 끈적이는 마시멜로를 핥고 있었다.

"강아지가 사람 손에서 먹이를 받아먹을 거라고는 상상도 못했어! 앤 내가 헤트라예에서 왔다는 걸 알아."

"뭐? 그게 어떻다고."

"우리에겐 특별한 능력이 있어. 좋은 일이 일어나게 할 수 있다고!"

불쌍한 것. 암울한 상황을 희망적인 상상으로 무마하려는 거구나.

의심의 여지가 없었다.

"네 꼬챙이 좀 빌려줄래?"

"마시멜로 먹게?"

"그럼 널 쫓아내는 데 쓰겠니."

아이가 미소 지었다. 왼쪽 뺨에 깊은 보조개가 패었다. 조는 꼬챙이
에 마시멜로 두 개를 끼운 다음 불 위에 갖다 댔다. 아이가 간이의자
에 앉자, 마치 기적처럼 길들여진 들개가 아이 발 위에 얌전히 누웠다.
마시멜로 겉 부분이 전부 누르스름해지고 충분히 식자 조는 꼬챙이를
입으로 가져갔다. 아이가 말했다.

"어른들도 마시멜로를 먹는지 몰랐어."

"지구인 아이들은 모르는 비밀이야."

"언니는 이름이 뭐야?"

"조애나 틸. 사람들은 대부분 '조'라고 불러."

"여기 혼자 살아?"

"여름에만. 이 집은 빌린 거고."

"왜?"

"너도 이 근처에 사니까, 그 이유를 잘 알 텐데."

"이 근처에 살지 않는다니까. 말해줘."

조는 아이의 거짓말에 반박하고 싶은 마음을 억누르며 말했다.

"이 집이랑 주위에 있는 70에이커 땅은(약 8만 5000평) 은퇴한 과학
교수님 소유야. 키니 교수님은 다른 교수님이 학생을 가르치거나, 대

학원생들이 연구할 때 이 집을 사용할 수 있게 배려해 주셔."

"키니 교수님은 왜 여기 안 사는데?"

조는 마시멜로 꼬챙이를 화덕에 비스듬히 세워 놓았다.

"이 집은 교수님이 40대 때 매입하신 거야. 교수님 부부가 휴가를 보낼 때 사용했었고. 예전에 저 아래에 있는 계곡에서 수생곤충을 연구하셨거든. 그런데 6년 전부터 교수님 부부는 더는 여기에 오지 않으셔."

"왜?"

"교수님 부부는 이제 70대신데, 사모님이 건강이 좋지 않으셔서 병원 근처에 계셔야 해. 그래서 이제 이 집은 수입원으로만 사용하시지만, 과학자들에게는 무료로 빌려주셔."

"언니 과학자야?"

"응, 그런데 아직 대학원생이야."

"그게 무슨 뜻인데?"

"대학 과정 4년을 마쳤다는 말이야. 이제는 수업을 듣고, 조교로 일하고, PhD[4]를 따기 위해서 연구를 한다는 의미지."

"PhD가 뭐야?"

"박사 학위. 그걸 따고 나면 대학에서 교수님이 되는 거야."

아이는 때가 덕지덕지 끼고 개 침이 묻은 손가락을 쪽쪽 빨고 나서 뺨에 붙은 시커먼 마시멜로를 문질렀다.

"교수님은 선생님인 거지?"

---

4   Doctor of Philosophy. 박사 학위.

"맞아. 이 분야에 있는 사람들은 대부분 연구도 병행해."

"무슨 연구?"

끝없는 호기심이로군. 훌륭한 과학자가 되겠어.

"내 전공은 조류생태 및 보전학이야."

"그게 정확히 뭔데?"

"질문은 인제 그만, 이어 푸……?"

"드! 이어푸드라고!"

"이제 집에 갈 시간이야. 난 아침에 일찍 일어나기 때문에 곧 자야 해."

조는 수도꼭지를 열고 호스를 화덕 쪽으로 당겼다.

"불 꼭 꺼야 해?"

"스모키 베어[5]께서 그래야 된다네."

물이 닿자 치이익 소리와 함께 김이 피어올랐다. 아이가 말했다.

"슬프다."

"뭐가?"

"축축하게 젖은 재 냄새."

부엌 형광등에 아이의 볼이 푸르스름하게 빛났다. 요정이 버리고 간 아이로 되돌아간 것처럼. 수도꼭지가 끼익끼익 소리를 내며 잠겼다.

"자, 이제 네가 이곳에 온 진짜 이유를 말해봐."

"이미 말했잖아."

"제발 말 좀 들어. 널 이곳에 두고 들어가야 하는 게 내키지 않아서

---

5 Smoky the Bear. 미국 산림청의 아이콘.

그래."

"난 괜찮아."

"집으로 갈 거야?"

아이는 내 말에 대답하지 않은 채 일어났다.

"가자, 작은곰아."

아이가 말하자 놀랍게도 개가 따라나섰다. 조는 요정이 버리고 간 외계인과 그의 심복이 사라지는 걸 지켜봤다. 그들이 어두운 숲속으로 사라지는 모습은 축축하게 젖은 재 냄새만큼이나 서글펐다.

2

4시에 맞춰 울리는 알람 소리에 조는 잠에서 깼다. 제법 멀리 떨어진 조사 현장에 가는 날이면 언제나 이 시간에 눈을 떴다. 작은 램프에서 흘러나오는 빛에 의지한 조는 티셔츠와 남방, 현장용 카고바지를 입고 부츠를 신었다. 스토브 위 형광등을 켜고 나서야 불현듯 아이 생각이 떠올랐다. 전날 밤에도 자리에 누워 30분간 뒤척이며 아이에 대해서만 생각했는데 말이다. 조는 뒷마당으로 통하는 문으로 화덕 주위에 놓인 텅 빈 의자를 바라보았다. 그런 다음 불을 켜고 방충망이 쳐진 앞 테라스로 나갔다. 아이는 어디에도 없었다. 아마 집으로 돌아갔을 것이다.

오트밀이 데워지는 사이, 조는 참치 샌드위치를 만들어서 견과믹스, 물과 함께 가방에 넣었다. 20분 뒤 집에서 나와, 동이 틀 무렵 현장에 도착했다. 아직 차가운 새벽 공기를 마시며 그녀는 총 아홉 개의 현장 중 그나마 빛이 제일 많이 들어오는 처치 로드를 따라서 유리멧새 둥지를 찾아다녔다. 몇 시간 뒤 또 다른 현장인 조리 농장으로 갔고, 그 뒤에는 케이브홀로 로드를 찾았다.

조는 보통 때보다 이른 오후 5시에 일과를 마쳤다. 얼마 전 엄마가 지병으로 돌아가신 뒤 불면증은 일상이 되었지만, 별다른 이유 없이 지난 사흘 밤 내내 불안증세가 심해졌다. 그동안 밀린 잠을 보충하기 위해서라도 늦어도 9시에는 침대에 눕고 싶었다.

농장에 딸린 매대에도 잠시 들렀다. 교차로에 턱수염이 텁수룩한 젊은 달걀장수가 푸른색 천막 밑에 여전히 앉아 있을 정도로 비교적 빨리 도착했다. 대체로 비 때문이지만 어쩌다 찾아오는 휴일 덕분에 그녀는 그 남자가 매주 월요일 저녁과 목요일 아침에 달걀을 판매한다는 사실을 알고 있었다. 커브를 돌자 달걀장수가 인사조로 고개를 끄덕였다. 조는 장사를 도와줄 겸 달걀을 사가면 좋겠다고 생각했지만, 그녀의 냉장고에는 아직 네 알가량이나 남아 있었다.

터키크리크 로드는 약 8킬로미터에 이르는 비포장도로이며, 개울과 키니 산장에서 끝이 나는 막다른 길이었다. SUV를 타고서도 한참을 들어가야 했다. 1.5킬로미터 정도 지나면 도로 폭이 좁아지면서 구불구불해지고, 곳곳에 움푹 패고 노면이 빨래판처럼 울퉁불퉁한 길이 이어지다가 도로 끝에 다다르면 폭우로 불어난 계곡물이 휩쓸고 지나가면서 생긴 급경사가 연이어 나타났다. 조는 하루 중에서 집으로 돌아오는 이 길에서 보내는 시간을 가장 좋아했다. 커브를 돌 때면 상상을 초월하는 것들이 나타나곤 했기 때문이다. 칠면조, 콜린메추라기 일가족, 심지어 붉은스라소니가 나타난 적도 있었다. 마침내 길 끝에 도달하면 바위 사이로 깨끗한 물이 흐르는 아름다운 계곡 풍광이 펼쳐졌다. 거기서 바로 왼쪽으로 꺾어서 올라오면 야트막한 언덕에 옛 정취가 물씬 묻어나는 시골집이 자리하고 있었다.

하지만 집으로 이어지는 길에 들에 들어섰을 때 그녀를 빤히 쳐다보고 있는 건 야생동물이 아니었다. 큰곰자리 외계인과 작은곰자리 강아지였다. 아이는 어젯밤 입었던 옷차림에다 또다시 맨발이었다. 조는 주차를 시키자마자 장비를 내버려 둔 채 차에서 뛰어내렸다.

"아직 여기서 뭐 해?"

"말했잖아. 난 별에서……."

"집에 가!"

"그럴 거야! 다섯 개의 기적을 보고 나면 갈 거라고."

조는 바지 주머니에서 휴대폰을 꺼냈다.

"미안, 경찰에 전화해야겠어."

"그럼 도망칠 거야. 다른 집에 가면 되지 뭐."

"안 돼! 밖에 이상한 사람들이 얼마나 많은지 아니? 나쁜 사람들도……."

"그럼 전화하지 마."

아이가 팔짱을 끼며 말했다. 반박할 수가 없었다. 아이 앞에서는 전화하지 말아야겠다고 생각하고 휴대전화를 치워버렸다. 생각해 보니 아이는 어젯밤 모닥불에서 먹은 것 외에 아무것도 못 먹었을 텐데.

"배고프니?"

"조금."

"달걀 먹을래?"

"스크램블드에그가 맛있다는 소리 들었어."

"도로를 내려가다 보면 달걀을 파는 사람이 있어. 가서 좀 사올게."

아이는 차 쪽으로 걸어가는 조를 지켜보았다.

"거짓말하고 경찰 데리고 오면 도망쳐 버릴 거야."

아이의 눈에서 느껴지는 절박함이 예사롭지 않게 느껴졌다. 조는 차를 돌려 터키크리크 로드에 들어섰다. 집에서 약 1.5킬로미터쯤 지나서 휴대전화 수신이 될 만한 고지대에 차를 세웠다. 보안관국의 비긴급용 전화번호를 묻기 위해 번호안내 서비스에 전화를 걸었지만 세 번 내리 실패했다. 그녀는 휴대폰을 계기판 위에 내려놓고는 다시 차를 몰았다. 더 좋은 생각이 떠올랐다.

다행히 늦지 않게 도로 외곽 쪽에 도착했다. 천막과 '신선한 달걀' 현수막은 이미 치워져 버렸지만, 탁자 위에는 팔리지 않은 달걀 세 판이 아직 남아 있었다. 조는 도로 가장자리 잡초가 우거진 곳에 차를 세운 뒤 지갑을 들었다. 그리고 허리를 구부린 채 탁자 다리를 접고 있는 달걀장수 뒤로 가서 기다렸다. 조가 달걀을 살 때마다 그는 언제나 탁자 뒤에 앉아 있었기 때문에 그의 몸 전체를 본 것은 이번이 처음이었다. 180센티미터가 넘는 키에 매일 노동을 하면서 다져졌을 근육질의 몸이었다. 조는 체육관의 기구로 만들어진 울룩불룩한 알통보다 이처럼 전체적으로 고루 퍼진 근육을 더 좋아했다. 남자는 뒤돌아 미소를 지으며 평소보다 더 많이 눈을 맞추었다. 그녀의 손에 들려진 지갑을 보며 그가 말했다.

"갑자기 오믈렛이 먹고 싶어졌나요?"

"그러면 좋겠지만 치즈가 없어서요. 스크램블드에그나 먹어야겠어요."

"그건 그래요. 치즈가 없으면 진정한 오믈렛이 아니죠."

5주 전 이곳에 도착한 이후로 조는 남자에게서 총 세 번 달걀을 구매했는데, 그때마다 별다른 말을 하지 않았다. 그가 보인 반응이라고는 고개를 끄덕이거나, 굳은살이 박인 손으로 돈을 받거나, 잔돈은 됐다는 말에 '감사합니다'라고 말하는 게 다였다.

미스터리한 남자였다. 길에서 달걀을 파는 남자라면 살짝 우둔할지도 모른다고 생각했지만, 텁수룩한 수염으로 뒤덮인 얼굴에 또렷하게 드러난 두 눈만큼은 파란색 깨진 유리 조각처럼 예리하게 빛났다. 게다가 생각보다 젊었다. 조와 비슷한 나이 또래로 보였다. 이런 외진 곳에서 달걀을 팔기에는 너무 젊은 나이였다. 그에게서는 남부 일리노이주 사람들이 말할 때 드러나는 길게 늘어진 말투가 느껴지지 않았다. 달걀장수는 다리를 접은 탁자를 풀숲에 내려놓고 조에게 몸을 돌렸다.

"12구짜리요, 아니면 반판이요?"

"12구짜리요, 잔돈은 됐어요."

조는 5달러짜리 지폐를 꺼내 그에게 건넸다. 그가 의자 위에 있던 달걀상자를 건네주면서 지폐와 맞바꿨다. 뒷주머니에 돈을 욱여넣으며 그가 감사 인사를 전했다. 그러고는 탁자를 들어서 오래된 흰색 픽업트럭에 실었고, 조가 그 뒤를 따라갔다.

　"뭐 좀 여쭤 봐도 될까요?"

　"네."

　남자가 짐칸에 탁자를 눕히고 조를 바라보았다.

　"문제가 생겼는데요……."

　그의 눈이 걱정보다 호기심으로 반짝였다.

　"이 도로에 살고 계시죠?"

　"맞아요."

　그가 대답했다.

　"정확히는 키니 교수님 댁 바로 옆집이에요."

　"아, 몰랐어요."

　"말씀해 보시죠, 이웃사촌님."

　"이 도로에 사는 사람들을 잘 아시겠네요. 그 사람들에게 달걀을 파시죠?"

　그가 고개를 끄덕였다.

　"어젯밤 우리 집에 어떤 여자애가 불쑥 찾아왔거든요. 혹시 아이가 없어진 집이 있는지 아세요?"

　"아뇨."

"아홉 살가량 됐고, 마르고, 짙은 금발에 긴 머리예요. 눈은 크고 갈색이고요……. 예쁘게 생겼어요. 계란형에 웃으면 한쪽 뺨에 보조개가 생겨요. 누군지 아시겠어요?"

"아뇨."

"이 근처에 사는 게 확실해요. 맨발에 잠옷 바지를 입고 있더라고요."

"그럼 집으로 가라고 해요."

"그랬죠. 근데 안 가요. 제 생각엔 집으로 가는 걸 두려워하는 거 같아요. 종일 굶고 있었어요."

"경찰한테 알리는 게 좋겠는데요."

"그렇게 하면 도망가겠대요. 그리고 다른 별에서 왔다는 둥, 죽은 여자아이의 몸을 빌렸다는 둥 황당한 이야기를 하더라고요."

달걀장수의 눈썹이 들렸다.

"알아요. 좀 이상하죠. 그렇지만 애는 정상이에요. 굉장히 똑똑하고……."

"미친 사람 중에 똑똑한 사람이 많죠."

"근데 애는 자기가 뭘 하는지 정확하게 아는 것처럼 보여요."

그의 파란 눈이 날카로워졌다.

"정신에 문제가 있는 사람이라고 해서 자기가 뭘 하는지도 정확히 모르겠어요?"

"제 말이 그 말이에요."

"무슨 말이요?"

"뭘 하는지 알 정도로 똑똑하다면요?"

"그게 무슨 뜻이죠?"

"집에 돌아가는 게 안전하지 않다는 걸 아는 거죠."

"겨우 아홉 살이라면서요. 집에 돌려보내세요."

남자는 조수석을 열고, 남아 있는 달걀 상자 두 개를 바닥에 내려놓았다.

"경찰에 신고하면 아이가 경찰을 보고 도망갈 텐데, 그러다가 애한테 무슨 일이라도 생기면 어떡해요?"

"몰래 하면 되잖아요."

"어떻게요? 경찰이 차에서 내리기도 전에 숲속으로 내뺄 텐데요. 이 상황이 정말 짜증나요!"

남자는 이제는 해 줄 말이 없었다. 소리치는 여자를 동정 어린 눈길로 찬찬히 살펴보았다. 열린 트럭 문 위로 팔을 걸쳐 놓고서.

"오늘 정말 힘든 하루를 보내신 것 같네요."

그녀는 진흙이 묻어 있는 옷과 부츠를 내려다보았다.

"맞아요. 근데 점점 더 골치 아파지게 생겼어요."

"제가 가는 길에 들러서 아는 애인지 한번 볼까요?"

"그렇게 해 주시겠어요?"

"도움이 된다고 장담 못 하지만요."

조는 달걀 상자를 내밀었다.

"올 때 이걸 가지고 오세요. 아이한테는 달걀이 다 떨어져서 집에 들러서 가져다주신다고 말할게요. 아니면 겁먹고 도망갈지 몰라요."

"그 꼬마 때문에 걱정이 이만저만이 아니네요."

생각해 보면 맞는 말이었다. 도대체 그녀에게 무슨 일이 벌어지고 있는 걸까?

남자가 달걀을 받아서 나머지 달걀이 있는 조수석 바닥에 내려놓으며 물었다.

"무슨 연구를 하세요?"

달걀장수가 할 거라고는 상상하지 못한 질문이었다. 그녀는 순간 할 말을 잃었다. 남자가 말을 이었다.

"작년 여름에는 키니 교수님 댁에 어류 연구하는 학생들이 잔뜩 왔었거든요. 재작년 여름에는 잠자리랑 나무였고요."

"전 조류를 연구해요."

"어떤 종이요?"

"유리멧새의 부화 성공률에 대해 조사 중이에요."

"그 새는 여기 널렸어요."

그녀는 남자가 새 이름을 알고 있다는 사실에 깜짝 놀랐다. 사람들은 대부분 홍관조[6]가 아닌 다른 새에 대해서는 잘 알지 못하고, 그마저도 '빨간 새'라고 부르기 일쑤였다. 그가 말했다.

"밖에서 걸어 다니는 거 몇 번 본 적 있어요."

"주황색으로 된 측량 테이프 붙여 놓으셨죠?"

---

6 일리노이주를 상징하는 새.

"네. 터키크리크 로드는 여러 현장 중 한 곳이거든요."

그 테이프가 '둥지가 있다는 표시'라는 말은 하지 않았다. 동네 아이들이 알게 되면 혹여 둥지를 건드려서 조사 결과에 영향을 줄 수 있기 때문이다. 조는 남자가 낚시 의자를 접는 것을 지켜보았다.

"혹시 개 잃어버리시지 않으셨어요?"

"개는 안 키우는데요. 농장에 있는 고양이 두 마리가 다예요. 왜 그러시는데요?"

"배고픈 강아지가 두 번째 골칫거리거든요."

"본래 비가 올 때 장대비가 내리는 겁니다."

"그런가 봐요."

차로 걸어가며 조가 말했다. 산장 진입로에 차를 세웠을 때 아이도 개도 모습을 보이지 않았다. 조는 현장에서 사용한 장비들과 농장 매대에서 산 과일과 머핀을 차에서 꺼냈다. 아이는 어딘가에 숨어 있거나 아니면 위험을 감지하고 달아났을 것이다. 물건을 정리하고 있자, 조심스럽게 부엌문을 두드리는 소리가 세 번 들렸다. 조는 문을 열고 낡은 덧문 사이로 아이를 내려다보았다. 아이가 물었다.

"이제 달걀 요리 해줄 거야?"

"달걀이 다 떨어져서 달걀장수가 여기로 가져다준대."

"다 떨어졌는데 어떻게 가져다 줘?"

"집에서 더 가져 오는 거야. 농장이 바로 옆이거든. 바로 저기야."

아이는 조가 가리키는 대로 서쪽을 바라보았다.

"블루베리 머핀 먹을래?"

"좋아!"

조는 아이의 지저분한 손에 머핀을 톡 떨어뜨렸다.

"잘 먹겠습니다."

아이는 머핀에 입을 파묻었다. 모퉁이에서 음식 냄새를 맡고 개가 나타났지만, 나눠 먹기에 아이는 너무 굶주려 있었다. 1분이 채 지나지 않아 달걀장수의 흰색 픽업트럭이 덜커덩거리며 진입로에 들어섰고, 그 사이 머핀은 깨끗하게 사라졌다. 조는 아이의 손에서 머핀 껍데기를 받아서 다 식은 화덕 잿더미 위에 던지고는 아이에게 손짓했다.

"달걀 받으러 가자."

"안 돼!"

아이가 소리쳤다.

"뭐가?"

"작은곰이 머핀 껍데기를 먹어 버렸어."

"그것보다 더한 것도 먹었을 거야. 가자."

두 사람은 달걀장수의 픽업트럭으로 갔다. 남자가 조에게 달걀 상자를 건네며 아이의 꼬질꼬질한 모습을 훑어보았다. 더러운 맨발부터 기름진 머리카락까지. 아이는 지난밤보다 더 더러워 보였다. 달걀장수가 아이에게 물었다.

"근처에 사니?"

"언니가 그거 물어보라고 시켰지."

아이가 말했다.

"그래서 직접 달걀 갖고 온 거지. 진짜로 다 떨어진 거 아니고."

"되바라진 녀석이로군."

그가 말했다.

"그게 무슨 뜻인데?"

"당돌하다는 뜻이야. 그나저나 잠옷 입고 여기서 뭐 하는 거니?"

아이가 별 모양 스팽글이 달린 연보라색 바지를 쳐다보았다.

"그 애가 죽었을 때 이걸 입고 있었어."

"그 애가 누군데?"

"내가 몸을 빌린 인간 아이. 조 언니가 말 안 했어?"

"조가 누군데?"

"저예요."

조가 말했다. 달걀장수는 손을 내밀었다.

"만나서 반가워요, 조. 개브리엘 내시라고 해요."

"조애나 틸이에요."

조는 따뜻하고 거친 손을 꽉 쥐며 젊은 남자와 접촉한 게 2년 만에 처음이라는 사실을 문득 깨달았다. 그녀는 남자의 손을 좀 더 오래 잡고 있었다. 아니, 그가 그랬는지도 모른다.

"이름이 뭐니, 좀비 아가씨?"

남자가 아이에게도 손을 내밀며 말했다. 자신을 붙잡는 줄 알고 아이가 겁을 먹고 한 발짝 뒤로 물러섰다.

"난 좀비가 아니야. 헤트라예에서 왔어."

"그게 뭔데?"

남자가 물었다.

"바람개비 은하에 있는 행성이야."

"바람개비 은하? 정말?"

"들어 본 적 있어?"

"본 적도 있지."

아이가 의심 섞인 눈초리로 그를 쳐다보았다.

"그럴 리 없어."

"정말이야. 망원경으로 봤어."

남자가 한 어떤 말 때문에 아이의 얼굴이 환해졌다.

"정말 예쁘지?"

"그럼, 내가 제일 좋아하는 은하 중 하나야."

결국, 그것은 실제로 존재하는 은하였다. 적어도 아이가 한 말이 전부 거짓말은 아닌 셈이었다. 남자는 주머니에 손을 넣고 몸을 트럭 앞쪽에 기댔다.

"지구에는 무슨 일로 온 거니?"

"학교 숙제 같은 거야. 그러니까 난 언니처럼, 대학원생인 거야."

"재밌네. 언제까지 있을 건데?"

"충분히 볼 때까지."

"뭘?"

"인간을 충분히 이해할 만큼 말이야. 다섯 개의 기적을 보고 나면 돌아갈 거야."

"다섯 개의 기적? 평생 걸릴 텐데……."

남자가 말했다.

"기적이란 건, 그냥 날 감동시키는 일을 말하는 거야. 그 다섯 가지를 보고 나면 돌아가서 우리별 사람들에게 이야기해 줄 거야. PhD를 따서 교수님이 되는 거랑 비슷해."

"인간 전문가가 되겠다는 거네?"

"여기서 내가 보는 것에 대해서만. 조 언니가 조류 생태학 전문가가 될 테지만 다른 과학에 대해서는 아닌 것처럼."

"우와. 똑똑한 외계인이네요?"

남자가 조를 쳐다보며 말했다. 조는 아이에게 달걀 상자를 건넸다.

"이거 냉장고에 좀 넣어 줄래?"

"집 안에 들어가게 해 주는 거야?"

"그래."

"그래야지 둘이서 내 얘기를 할 수 있을 테니까."

"가서 달걀 넣어 봐."

"내 험담하면 안 돼."

"어서."

아이가 문을 향해 내달렸다.

"뛰지 말고! 그러다가 스크램블드에그가 길바닥에 만들어지겠어!"

조가 소리 질렀다. 그리고 달걀장수를 돌아보았다.

"어때요?"

"한 번도 본 적 없어요. 이 길에 사는 애가 아닌 건 확실해요."

"근처에 사는 애일 거예요. 멀리서 걸어왔으면 발이 만신창이가 됐을 거예요."

"여기 와서 신발을 잃어버렸을 수도 있죠. 계곡물에 발을 담갔다가 신발을 어디에 뒀는지 까먹었을지도 모르고요."

남자는 트럭에서 내려 손으로 수염을 비볐다.

"아이의 말씨를 보면 근처에서 온 것 같기도 한데……. 대학원생이랑 교수님 이야기 한 거로 봐서는요."

"그 얘긴 제가 해 준 거예요."

"그렇겠죠. 근데 아까처럼 얘기하는 건 그 나이답지 않아서요."

"맞아요, 그게 아까 제가 하려던……."

그때 아이가 현관문을 벌컥 열고 뛰어나왔다. 금 간 콘크리트 바닥에 맨발이 부딪히면서 타닥타닥 소리가 났다.

"무슨 얘기하고 있어?"

아이가 숨도 쉬지 않고 물었다.

"네가 집에 돌아갈 시간이 됐다는 얘기 중이었어."

조가 말했다.

"태워 줄까? 트럭으로 데려다 줄게."

"다른 별을 뚫고 내가 사는 별에 데려다 줄 거야?"

"넌 똑똑하니까 네가 외계인이라고 우겨도 우리가 믿지 않는다는 걸 잘 알겠지."

남자가 말을 이었다.

"네 나이 또래 여자애가 혼자 밖에 돌아다니면 안 된다는 것도. 이제 사실을 말해 봐."

"외계인 맞다니까!"

"그럼 조가 경찰에 신고할 수밖에 없겠네."

남자가 이렇게 말하자, 아이가 소리쳤다.

"토―이드 이나 에루―이!"

"토드 인, 뭐라고?"

아이는 전날 밤과 다름없이 유창한 외계 언어를 쏟아냈지만, 이번에는 달걀장수를 향한 욕설처럼 말을 뱉었다. 손과 팔을 휘저어 가면서. 아이가 멈추자 남자가 물었다.

"그게 도대체 뭐야?"

"우리말로 은하를 건너서 여기까지 온 대학원생에게 친절하게 대하라고 그랬어."

아이가 말을 이었다.

"여기서 쫓아내면 난 절대 교수님이 될 수 없어."

"여기서 지낼 수 없다는 걸 너도 알잖아."

"아저씨도 PhD 딸 거야?"

아이가 물었다. 남자가 이상한 표정으로 아이를 쳐다보았다.

"뭐?"

"만약 그렇다면, 나만 못 따게 하는 건 잘못이야."

남자는 트럭으로 가서 차 문을 열었다. 조가 말했다.

"잠깐만요……."

"알아서 해결하세요."

남자가 문을 닫고 창문에 대고 말했다.

"만약 얘가 그쪽 집에 나타났으면 어떻게 했을 거예요?"

"안 나타났잖아요."

남자는 자갈을 튀기며 빠르게 진입로를 빠져나갔다. 조가 중얼거렸다.

"뭐야? 닭장에 불이라도 났나?"

"어디에 불이 나?"

아이가 물었다.

"아무것도 아니야."

그는 뭔가에 화가 난 게 틀림없었다. 학력에 자격지심을 느꼈는지도 모른다. PhD를 딸 거냐는 아이 말에 갑자기 행동이 달라졌으니까.

"부엌에 파이 있던데, 한 조각 먹어도 돼?"

조는 달걀장수의 트럭이 내는 덜커덩거리는 소리가 사라질 때까지 텅 빈 도로를 물끄러미 바라보았다. 왜 저 남자가 속한 지역사회는 구성원을 제대로 돌보지 못하는 거지? 왜 이 공동체의 암묵적 규칙도 알지 못하는 나 같은 외부인이 책임을 떠안아야 하는 거지?

"먹어도 돼?"

아이가 애원했다. 조는 침착하게 보이려 애쓰면서 아이에게 몸을 돌렸다. 그보다 먼저 어떻게든 아이가 모르게 보안관국에 전화를 걸어야 했다.

"그래, 먹어도 돼. 단, 제대로 된 음식을 먼저 먹고 난 뒤에."

"스크램블드에그는 제대로 된 음식이야?"

"맞아. 근데 먹기 전에 깨끗이 씻어야겠다. 샤워부터 해."

"먹는 거부터 하면 안 돼?"

"규칙을 알려줬으니까 따르든지 말든지는 네게 달렸어."

아이는 배고픈 강아지처럼 조 뒤를 졸졸 따라 집 안으로 들어갔다.

3

조는 재빠르게 샤워를 마치고, 깨끗한 수건을 들려서 아이를 욕실에 집어넣었다. 문을 닫고 물소리로 아이가 목욕하는 것을 확인한 뒤 서둘러 휴대전화를 들고 밖으로 나갔다.

숲은 회색빛이었다. 하루 전 요정에게 버림받은 아이를 이곳으로 보낸 석양빛도 그랬다. 조는 진입로로 걸어 나가 손으로 모기를 쫓고는 머리카락에서 떨어진 물과 섞인 땀을 닦아냈다. 마치 외계인이 보낸 스파이처럼, 작은 벌레가 그녀의 움직임을 쫓으며 근처를 맴돌았다.

인터넷에 연결해서 보안관국의 비긴급용 전화번호를 찾아내는 데까지 7분 이상 소요되었다. 교환원이 전화를 받았을 때, 조는 아이가 밖으로 나와서 통화 소리를 들을까 봐 다급하게 말을 이었다. 교환원에게 집이 없어 보이는 여자아이가 있으니 경찰을 집으로 보내 달라고 요청하면서 집 주소와 오는 길을 알려 주었다. 교환원이 여러 가지 질문을 했지만, 조는 아이 때문에 우려가 되니 당장 누군가를 보내 달라는 말만 겨우 했다. 그러고는 휴대전화를 주머니에 숨기고 황급히 집 안으로 들어갔다.

때마침 아이가 수건을 몸에 두르고 거실로 나왔다. 긴 머리에서 물이 뚝뚝 떨어져 가녀린 어깨 위로 흘러내렸다. 아이의 짙은 눈동자가 조의 눈을 유심히 들여다보았다. 아이가 물었다.

"어디 갔었어?"

"밖에서 무슨 소리가 들려서, 강아지가 내는 소리였어."

조가 대답했다. 그녀는 자신의 눈에 보이는 것이 아이가 미처 깨끗이 닦아내지 못한 흙 자국이길 바라며 아이에게 가까이 다가갔다. 하지만 흙이 아니었다. 목과 왼쪽 어깨 위에 푸르스름한 타박상이 있었고 오른쪽 허벅지에는 긁히고 멍이 든 자국이 있었다. 그동안 목을 감싼 후드 티 때문에 멍 자국이 보이지 않았던 것이다. 왼쪽 팔에는 누군가가 세게 거머쥔 듯 손가락 자국 같은 표시가 있었다.

"이 멍 어디서 들었어?"

아이가 뒷걸음질 쳤다.

"내 옷은 어딨어?"

"누가 널 아프게 했니?"

"나도 몰라. 죽은 여자애 몸에 있던 거야. 차에 치이거나 뭐, 그랬나 보지."

"이것 때문에 집에 가기 무서운 거야? 누가 널 다치게 해서?"

아이가 조를 쏘아보았다.

"언니가 좋은 사람인 줄 알았어. 내가 착각했나 보네."

"내가 왜 좋은 사람이 아닌데?"

"내 말을 안 믿으니까."

조는 경찰에 전화한 것을 아이가 눈치챘을까 봐 잔뜩 긴장했던 몸을 풀었다. 그리고 전화하기를 잘했다고 생각했다. 경찰의 개입이 반드시 필요한 상황이었다. 조는 신고가 제대로 들어갔기를, 그들이 빨리 도착하기를 빌었다. 하지만 그사이에 아이의 주의를 돌려야 했다. 조가 말했다.

"옷 입어. 달걀 요리하자."

아이가 입고 왔던 더러운 옷을 다시 입힐 수는 없었다. 아이는 흔쾌히 조의 티셔츠와 종아리까지 오는 타이츠를 입었다. 식사 준비를 도우면서 접시 몇 개를 씻기도 했다. 요리를 하고 함께 식사를 하면서, 조는 아이가 어디서 왔는지 입을 열도록 노력했다. 하지만 아이는 그 기이한 스토리를 고수했다.

'초록색 음식'인 어린 시금치 잎이 약간 들어 있었지만, 아이는 스크램블드에그를 세 개나 먹어치웠다. 달걀을 해치우고 커다란 애플파이 한 조각까지 먹고 나서야 배가 터질 것 같다고 말했다. 함께 설거지를 마치고 나서 아이는 작은곰에게 먹이를 주자고 애걸했고, 조는 냉장고에 묵혀 있던 먹다 남은 삶은 콩이나 밥, 닭고기를 주는 것을 허락했다. 음식이 담긴 접시를 집 뒤편 평평한 콘크리트 바닥에 내려놓자, 개는 자신의 외계인 보호자보다 더 빠른 속도로 허겁지겁 먹기 시작했다. 아이가 말했다.

"접시는 내가 씻을게."

"그냥 밖에 둬. 거실에 들어가서 이야기나 하자."

조는 경찰이 도착했을 때 아이가 문 옆에 있길 원하지 않았다.

"무슨 이야기?"

"내 옆에 앉아 봐."

그녀는 아이를 낡은 파란색 소파로 데리고 갔다. 경찰이 도착하기 전, 아직 누군가에게 약간의 신뢰가 남아 있는 동안, 무엇 때문에 숲속으로 들어갔는지 고백해 주길 기대하면서. 조가 말했다.

"네 이름이 뭔지 궁금해."

"말해 줬잖아."

아이가 말했다. 아이는 베개에 머리를 대고 막대기에 찔린 애벌레처럼 몸을 웅크렸다.

"제발, 진짜 이름을 알려 줘. 네가 겪고 있는 일을 도와줄 수 있는 사람들이 있어."

"다시는 이 얘기 안할래. 언니는 내 말 믿지도 않잖아. 질렸어."

"얘기해야만 해."

"언니 샴푸 냄새 좋아."

아이는 아직 축축한 머리카락 한 움큼을 코 밑에 갖다 댔다.

"화제 돌리지 말고."

"화젯거리 없어."

"영원히 숨어 다니지는 못해."

"영원할 거라고 말한 적 없어. 다섯 개의 기적을 보면 돌아갈 거야."

"너 정말 고집이 세구나."

두려운 거겠지…… 이 불쌍한 아이는 어떤 일을 겪은 걸까?

"여기서 자도 돼?"

꼬마 외계인의 상태가 별로 좋지 않아 보였다. 움푹 들어간 양 볼은 창백했고, 아래 속눈썹 밑 핼쑥한 자주색 반달 모양 때문에 새끼사슴 같은 눈이 더 크게 보였다.

죽기 전 엄마의 눈도 딱 그랬다. 눈동자는 모르핀 때문에 반짝였지만 속눈썹마저 다 빠져버린 상태였다. 조는 담요를 펼쳐서 아이에게 덮어 준 뒤 가녀린 몸을 단단히 감싸주었다.

"그래. 여기서 자도 좋아."

"언니도 잘 거야?"

"책 조금만 읽다가. 너무 피곤해서 많이는 못 읽을 거 같아."

"온종일 뭐해서 피곤한 거야?"

아이는 몸을 돌려 등을 대고 누웠다.

"새 둥지를 찾아 다녔지."

"정말?"

"응."

"이상한데."

"조류 생태학자에게는 이상한 일이 아니지."

"그게 이상하다는 거야. 내가 듣기론 지구인 여자 대부분은 웨이트리스나 교사 같은 일을 한다던데."

"내가 '대부분의 지구인 여자'라는 범주 안에 들지 않나 보지."

"나도 같이 찾으러 다녀도 돼? 재밌을 거 같아."

"재밌지. 근데 지금은 잘 시간이야."

조는 일어나서 두 개의 침실 중 가까운 쪽으로 걸어갔다.

"어디가?"

아이가 몸을 일으켰다.

"책 가지러. 네 옆에 앉아서 읽을게."

그녀는 깜깜한 침실로 들어가서 낡은『제5도살장』을 집어 들고 거실로 나왔다. 그리고 소파 끝, 아이의 발 옆에 자리 잡았다. 외계인이 물었다.

"무슨 책이야?"

"『제5도살장』이라는 책이야. 외계인이 등장해."

아이는 못 믿겠다는 표정을 지었다.

"정말이야. 트랄파마도르인이 나와. 헤트라예인이 아는 종족이니?"

"나 놀리는 거야?"

"아니, 난⋯⋯."

그때 바깥쪽 덧문을 주먹으로 세게 두드리는 소리가 들렸다. 경찰이 도착했나보다. 처음 두드린 소리를 미처 듣지 못한 게 확실했다. 사실 경찰차가 오는 소리가 들리지 않도록 미리 소음이 심한 창문 에어컨을 최대로 틀어 놓았다. 아이는 코너에 몰린 사슴처럼 굳은 채 커다란 눈을 문에 고정시켰다.

"누구야?"

"겁먹지 마. 그저 내가 정말로 걱정하고 있다는 것만 알아줘."

조는 아이의 팔에 손을 올렸다.

"경찰에 전화했어?"

"응, 그런데……."

아이가 벌떡 일어나서 조가 움직이지 못하게 팔에 담요를 던졌다. 그리고 상처받은 듯이 원망의 눈길로 조를 한 번 쏘아본 뒤 순식간에 부엌으로 사라졌다. 곧이어 뒷문 빗장이 열리는 소리가 나더니 덧문이 '쾅' 하고 닫히는 소리가 들렸다. 조는 담요를 들어 아직 온기가 남아 있는 움푹한 소파 위에 올려놓았다. 조는 아이에게 무력을 사용하지 않을 것이다. 그 누구도 그럴 권리는 없었다.

*

다시 쾅쾅 주먹으로 문을 두드리는 소리가 났다. 조는 테라스로 나가서 덧문을 사이에 두고 유니폼을 입은 남자와 마주했다.

"와 주셔서 감사합니다. 조애나 틸이라고 해요."

"집 없는 여자애가 있다고 신고하셨나요?"

현지 말투를 쓰는 남자가 물었다.

"맞아요. 들어오세요."

그녀는 남자를 테라스 안으로 들어오게 했다. 경찰의 시선이 열린 나무문을 향했다. 벌레 퇴치용 전구에서 나오는 불빛이 그의 얼굴을 누르스름하게 물들였다.

"집 안에 있어요?"

"일단 들어오세요."

경찰이 조를 따라 거실에 들어온 뒤 에어컨의 찬 공기가 밖으로 새 나가지 않게 문을 닫았다. 조는 그를 쳐다보았다. 이름표에 'K. 딘'이라고 되어 있었다. 30대 중반에 머리숱이 성글고 통통한 체형이었으며, 넓적하고 보름달 같은 얼굴에 왼쪽 턱에서 시작해 뺨까지 이어지는 깊은 흉터가 그림자처럼 드리우고 있었다. 습관처럼 아무렇지 않게 그의 시선은 조의 가슴을 향했다. 그곳에 그의 흉터만큼 눈길을 끌 만한 것이 없다는 걸 아는 조는 그의 눈이 자신의 눈과 마주치길 잠자코 기다렸다. 2초도 안 돼 조가 입을 열었다.

"문을 두드리는 소리를 듣고 달아나버렸어요."

그는 고개를 끄덕이고 집 안을 둘러보았다.

"혹시 이 부근에서 실종된 아동이 있거나 앰버경고[7]가 내려졌는지 아세요?"

"아뇨."

---

7 고속도로 전자표지판과 방송 등을 통해 아동 납치범을 공개 수배하는 프로그램.

"실종된 아이가 없어요?"

"실종된 아이는 언제나 있죠."

"이 근처에요?"

"제가 아는 바로는 없어요."

조는 그가 질문하기를 기다렸으나, 그는 마치 범죄 현장에 온 것처럼 주변을 둘러보기만 했다.

"어제 나타났어요. 아홉 살쯤 됐을 거예요."

그제야 경찰이 그녀에게 주의를 돌렸다.

"왜 집 없는 애라고 생각하셨죠?"

"잠옷 바지를 입고 있었고……."

"요즘 애들은 그런 차림을 '패션'이라고 부를걸요."

"굶은 데다 지저분한 상태였고, 신발도 신고 있지 않았어요."

"제가 아홉 살이었을 때 이야기를 하시는 것 같네요."

그가 엷은 미소를 띠었지만, 흉터는 움직이지 않았다.

"멍도 있었다고요."

"얼굴에요?"

마침내 그의 표정이 심각해졌다.

"목이랑 다리, 팔에요."

"잠옷을 입고 있었는데 그걸 어떻게 봤죠?"

그의 초록색 눈동자에 의심이 깃들었다.

"여기서 샤워를 하라고 했거든요."

그가 눈을 더 가늘게 떴다.

"말씀드렸잖아요. 애가 무척 지저분했다고요. 게다가 경찰이 올 때까지 아이의 주의를 돌려야 했어요. 저녁도 해서 먹였고요."

마치 그녀가 잘못을 저지르기라도 했다는 듯 쳐다보는 눈길에 조는 화가 치밀어 올랐다. 남자가 말했다.

"전 왜 그 아이가 집이 없는 애라고 생각하시는지 아직 이해가 안 되네요."

"집이 없다는 뜻은 애가 집에 가는 걸 두려워하더란 의미였어요."

"그러니까 집이 없는 건 아니로군요."

"그것까지는 저도 몰라요!"

조가 발끈해서 소리쳤다.

"몸에 멍이 들어 있었고 누군가가 해를 가하고 있다니까요. 그거면 충분하지 않나요?"

"누군가가 해를 가한다는 건, 아이가 한 말인가요?"

아이의 외계인 스토리는 이미 답답한 상황을 더 혼란스럽게 만들 것이다.

"어떻게 하다 멍이 들었는지는 말해 주지 않았어요. 아무것도 말할 생각이 없더라고요. 이름마저도요."

"물어보긴 했나요?"

"네, 물어봤죠."

그가 고개를 끄덕였다.

"아이의 인상착의를 말씀드릴까요?"

"네, 말해 주세요."

그는 수첩을 꺼내지도 않고 조가 아이에 관해서 설명하는 동안 계속 고개만 끄덕였다.

"날이 밝으면 아이를 찾아보실 건가요?"

"도망갔다면, 발견되는 걸 원치 않는다는 뜻이겠지요."

"그게 무슨 상관이에요? 그 앤 도움이 필요해요!"

그는 아이에 대해 비판적인 시각을 가지고 있는 것처럼 보였다.

"아이에게 필요한 도움이 무엇이라고 생각하시나요?"

"당연히 아이를 가해자와 분리해야죠."

"위탁 가정에 보내라고요?"

그가 말했다.

"필요하다면요."

그는 잠시 생각에 잠겼다. 가려운 듯 손가락 끝으로 흉터를 문지르면서.

"제 말 잘 들으세요. 오해하실 수 있겠시반 어쨌든 말씀드리겠습니다. 제가 중학교 때 한 친구가 있었는데, 엄마가 허구한 날 술에 취해서 애가 멋대로 살게 내버려 두는 바람에 엄마와 분리되었죠. 그 뒤 정부 보조금을 타기 위해 위탁 아동들을 돌보는 가정에 편입되었어요. 참고로 말씀드리면, 이런 일은 생각하시는 것보다 더 흔해 빠졌습니다. 결국 녀석의 상황은 엄마와 지낸 것이 더 나았을 정도로 악화되고 말았어요. 위탁부는 아이를 때렸고, 위탁모도 언어폭력을 가했죠. 그러다가 결국 그 녀석은 열다섯 살에 약물 과다로 사망했습니다."

"지금 하시는 말씀은…… 아이를 학대 가정에 그냥 두는 게 낫다는 뜻인가요?"

"제가 그렇게 말했습니까? 아니죠?"

"그렇게 암시하셨잖아요."

"제 말은 그 애를 우리 밖으로 끄집어내서 불 위에 던져 넣지는 말라는 겁니다. 멍 자국은 울타리를 넘거나 나무에서 떨어져서 생긴 걸 수도 있어요. 그리고 아이를 경찰에 넘기면 그게 사실이 아니라 할지라도 아이는 그런 핑계를 댈 거예요. 아이들은 생각하는 것보다 훨씬 더 영악합니다. 아이의 입장이 돼서 단 하루도 살아본 적 없는 사회복지사들보다 자기들이 처한 빌어먹을 상황을 헤쳐 나가는 법을 더 잘 알고 있어요."

이게 조가 애타게 찾던 암묵적 규칙인 걸까? 아니면 그저 어린 시절 친구를 잃은 한 남자의 의견인 걸까? 조가 말했다.

"그러니까 아이를 찾아보지 않겠다는 말씀이신가요?"

"제가 뭘 하길 바라십니까, 밖에 수색견이라도 풀까요?"

조는 작게 한숨을 쉬고는 경찰에게 문을 열어주었다.

4

조는 손전등을 가지고 뒷문으로 나가서 아이를 찾기 시작했다. 비 예보와 함께 강우 전선이 몰려오면서 달과 별이 구름에 완전히 가렸다. 후텁지근하고 축축한 공기에서 벌써 비 냄새가 풍겼다. 하지만 아이의 모습은 어디에도 보이지 않았다.

몇 시간 뒤 비가 쏟아지기 시작했다. 후두두 산장에 떨어지는 빗소리에 조는 잠에서 깼다. 그녀는 아이를 다시 떠올렸다. 어두운 숲속에서 홀로 비를 맞고 있을지도 몰랐다. 다시금 경찰에 전화한 걸 후회했다. 휴대전화를 들어보니 시각은 새벽 2시 17분을 나타내고 있었다.

엄마의 생신이 벌써 두 시간 정도 흘렀다. 살아계셨다면 쉰하나가 되셨겠지. 그녀는 화장실로 향했다. 딱히 가고 싶었다기보다 신경을 딴 데로 돌리고 싶었기 때문이다. 손을 씻으면서 거울에 다가가 건강한 빛을 발하는 피부와 햇빛에 살짝 바랜 머리카락을 찬찬히 들여다보았다. 얼굴은 전보다 핼쑥했고 머리는 아직 뒤로 묶을 만큼 자라지 않았지만 거의 원래의 모습으로 돌아온 것 같았다.

거의……. 거울 속 녹갈색 눈이 비웃었다. 거울 속에 비친 건 옛날의 조일까, 아니면 거의 조에 가까운 다른 인물일까? 그녀는 세면대를 잡고 머리를 숙여서 시커먼 배수구를 응시했다. 아마 앞으로도 지금처럼 두 개의 자아가 한 몸에 공존할 것이다. 스위치를 내리자 거울 속 여자는 어둠 속으로 사라졌다.

오전 내내 장대비가 쏟아져 내렸다. 조는 비 때문에 일을 할 수 없었다. 원래 일어나는 시간보다 더 늦은 시간까지 잠을 자다가, 동이 트고 약 한 시간 뒤 잠에서 깼다. 옷을 입고, 커피를 마시고, 시리얼을 먹은 뒤 빨랫감을 모았다. 비 오는 날의 의식이었다. 외계인 꼬마의 옷이 빨래 바구니에 걸쳐져 있었다. 조는 아이의 옷을 자신의 더러운 옷, 수건, 세제통과 함께 빨래 가방에 쑤셔 넣었다. 데이터를 넉넉히 챙기고 집을 나서 문을 잠그는데 주변시야에 무언가가 움직이는 것 같았다. 그녀가 테라스의 고리버들 소파 위에 올려둔 낡은 모포가 외계인의 사이즈와 똑같은 덩어리 위에 펼쳐져 있었다. 아이는 숨으려고 애쓰면서 모포를 머리끝까지 뒤집어썼다.

"인간의 몸을 감추는 방법을 알아내지 못한 모양이네."

그녀가 덩어리를 향해 말했다. 조는 안심한 만큼 화를 내고 싶었지만 불가능했다. 모포 끝자락이 내려가자 아이의 창백한 얼굴이 드러났다.

"맞아."

"헤트라예인의 몸은 어떻게 생겼는데?"

아이는 잠시 생각에 잠겼다.

"우리는 별빛처럼 생겼어. 정확하게는 몸이 아니야."

창의적인 답변이었다. 조는 어떻게 해야 할지 생각했다. 경찰에 신고하면 아이는 또 달아날 것이다. 유일한 방법은 경찰이 도착할 때까지 아이를 방 안에 가두는 것뿐이다. 하지만 그럴 생각은 없었다. 만일 그렇게 한다고 해도 이 집에는 밖에서 문을 잠글 수 있는 방이 없었다.

"지금 갈 거야. 어젯밤에는 길이 보이지 않아서 돌아온 것뿐이야."

아이가 조의 생각을 읽은 듯 했다. 아닌 척해도 조의 눈에는 아이가 집을 나간 뒤 힘들어 한 기색이 훤히 보였다. 달과 별이 구름에 가려서 코앞에 손을 들어도 보이지 않았을 것이다. 산장에서 새어 나오는 불빛 근처를 벗어나지 못했을 것이 뻔했다. 아이는 몸을 일으킨 뒤 담요를 구석으로 밀었다.

"보통 저쪽에 있는 허름한 헛간에서 자는데 몸으로 비가 떨어졌어."

"모닥불 피웠던 그날 밤에도 저기로 간 거야?"

이이가 고개를 끄덕였다.

"저기 가면 침대가 있어. 작은곰이랑 같이 잤지."

조는 처음 이 집에 이사 왔을 때를 떠올렸다. 겨우내 방치되어 있던 싱글 매트리스는 들끓는 쥐들 때문에 엉망이 돼 있었다. 다른 생물학과 학생들은 쥐 오줌으로 오염된 침대를 그냥 사용했을지 모르지만 조는 그 정도로 참을성이 있진 않았다. 지독한 냄새가 나고 쥐가 물어뜯은 매트리스는 헛간에 가져다 두고, 연구비를 쪼개서 퀸사이즈 매트리스를 저렴한 값에 새로 장만했다. 조가 말했다.

"헛간에 들어가면 안 돼. 금방이라도 쓰러질 것 같잖아."

"알아. 지붕에 큰 구멍이 있어. 그래서 우리 침대가 전부 젖어 버렸어."

아이의 마지막 말은 그 더러운 매트리스가 마치 이 세상의 단 하나뿐인 안전지대라도 되는 것처럼 비극적으로 들렸다.

"배고프니?"

조가 묻자, 아이는 의심스러운 눈초리로 그녀를 쳐다보았다.

"팬케이크 먹을래?"

"나 또 속이려고 그러는 거 다 알아."

"그렇지 않아. 나 지금 나가는 길인데 너 혼자서 쫄쫄 굶게 내버려 두고 싶지 않아서 그래."

아이는 어떻게 할지 망설이며 처량하게 비가 내리는 숲속을 응시했다. 경찰은 '그 애를 우리 밖으로 끄집어내서 불 위에 던져 넣지 말라'고 했다. 그게 정말 아이를 위한 선택인 걸까?

조는 갑자기 아이를 품에 꼭 끌어안고 싶다는 충동을 느꼈다.

"시럽도 있어."

그녀의 말에, 아이가 조를 올려다보았다.

"팬케이크에 시럽을 뿌리면 맛있다던데."

"한 번도 못 먹어본 척하는 걸 아직 기억하고 있을 줄은 몰랐네."

"어제 나 속이려고 한 거야?"

"아니야."

조는 열쇠 구멍을 돌린 뒤 문을 열었다.

"들어오렴."

아이는 팬케이크와 오렌지 주스로 배를 채운 뒤, 비를 맞고 있는 작은곰을 테라스로 올라오게 했다. 팬케이크를 주자고 애걸하는 아이에게 조는 개와 개털에 붙어 있는 벼룩이 집 안으로 들어오지 않는다는 조건하에 승낙해 주었다. 아이는 조의 비옷을 입고 개를 유인하기 위해 팬케이크를 들고 헛간으로 갔다. 굶주린 개는 먹이를 따라왔다가 조가 집 안으로 들어간 후에야 살그머니 테라스 위로 올라왔다.

"저 녀석이 거기서 오줌이나 똥 싸면 네가 치우는 거다."

"그럴게. 물도 좀 가져다 줘도 돼?"

"그럼. 난 이제 빨래방에 갈 거야."

"왜 이 집에는 세탁기가 없어?"

"이 집은 일 년에 고작 몇 달만 사용하니까, 키니 교수님은 돈을 낭비하고 싶지 않으셨을 거야."

"그래서 TV도 없는 거야?"

"그럴걸."

조가 짐을 챙기며 말했다.

"언니 걸 가지고 오면 되잖아."

"케이블이나 인터넷도 없는걸, 뭐."

"왜?"

"키니 교수님 세대 생물학자들은 자연에 들어오면 일하고, 먹고, 자는 게 전부라고 생각하시지."

"빨래방에서 얼마 동안 있을 건데?"

"두세 시간."

조는 빨래방에 가 있는 동안 아이를 집 안에 들여야 할지 말지를 고민하다가 쌍안경을 챙겨 노트북이 든 가방에 넣었다. 쌍안경과 지갑 외에는 그녀의 물건 중에서 훔칠 만한 것은 없었다.

"내가 없는 동안 스토브 켜면 안 돼."

"집 안에서 기다리게 해 줄 거야?"

"그래, 지금은. 돌아와서 앞으로 어떻게 할지 의논해 보자. 알았지?"

아이는 대답하지 않았다.

"내가 없는 동안 책상 어지르면 안 돼."

아이의 눈길이 책과 논문, 종이들이 쌓여 있는 책상으로 향했다.

"저게 다 뭐야?"

"내 연구 자료들이야. 가까이 가지 말도록 해."

아이는 방충망이 쳐진 테라스까지 조를 따라 나왔다. 작은곰은 러그 위에 몸을 공처럼 말고 덧문으로 향하는 조를 경계하는 눈빛으로 바라보았다. 조가 말했다.

"잊지 마. 개를 집 안에 들이면 안 돼."

"알고 있어."

조는 후드를 뒤집어쓰고 비 사이를 뚫고 진입로를 향해 재빠르게 움직였다. 아이는 조가 짐을 싣고 차에 타는 모습을 지켜보고 있었다. 비에 젖어서 뿌옇게 된 테라스 방충망 사이로 일그러져 보이는 왜소한 아이의 몸은 마치 유령 같았다.

40분 거리에 있는 소도시 비엔나(현지 사람들은 '비-에너'라고 발음했다.)까지 가는 동안 빗발이 잦아들었다. 그러나 먹구름이 낀 하늘은 더 많은 비를 예고했다. 옛날 영화에나 나올 법한 비엔나의 중심가에는 이상야릇하게 편안한 기운이 느껴졌다. 그녀가 텅 비다시피 한 거리를 미끄러지듯 지나갈 때 천막이 쳐진 가게 앞에 앉아 있던 노인 두 명이 손을 들었고, 그녀도 답례로 인사를 했다. 그리고 보안관국을 지나쳐 빨래방에 도착했다.

세탁기 두 대에서 빨래가 돌아가는 동안, 조는 늘 하던 대로 창문가에 놓인 파란색 플라스틱 의자에 앉았다. 휴대전화 연락처에서 태비의 얼굴을 불러왔다. 장난스럽게 줄무늬가 그려진 고양이 귀를 착용하고 플라스틱 금붕어를 마치 담배처럼 입술에 대고 있는 사진이었다. 대학교 2학년 때 실험 파트너로 만난 이래, 태비는 조의 가장 가까운 친구였으며 조와 마찬가지로 일리노이대학교에서 대학원 과정을 밟고 있었다. 알아주는 수의과대학원에 들어가서도, 종종 옥수수와 대두 밭보다 나은 환경이 있는 학교로 옮기지 않은 것을 한탄하곤 했다. 전화벨이 울린 지 세 번 만에 태비가 받았다.

"어이, 조조."

"소시지 동네는 잘 있는가?"

태비는 일리노이 시골 도시 이름이 '비엔나'인 게 너무 웃긴다며 오스트리아 수도보다 비엔나라는 이름을 쓰는 소시지와 더 연관이 있을 거라고 우스갯소리를 했었다. 조가 말했다.

"내가 비엔나에 있는 걸 어떻게 알았어?"

"넌 빨래할 때만 내게 전화하니까. 거기 지금 비 오는 것도 알아. 화창한 날에 일 대신 빨래를 할 바에야 넌 더러운 옷이 해져 버릴 때까지 입고 있겠지, 뭐."

"내가 그렇게 예상 가능한 인물인지 몰랐네."

"넌 그래. 또 네 담당 의사가 쉬엄쉬엄하라고 했음에도 불구하고 뼈 빠지게 일하고 있지?"

"2년 동안 푹 쉬었잖아. 이제 일해야 해."

"그 2년이 쉽지는 않았잖아, 조."

태비가 조용히 말했다. 조는 습기가 찬 빨래방 창문을 통해 움푹 파인 아스팔트에 고인 물웅덩이에 빗방울이 잔물결을 만드는 모습을 물끄러미 바라봤다.

"오늘이 우리 엄마 생일이야."

그녀가 말했다.

"그래?"

태비가 말을 이었다.

"너 괜찮아?"

"그럼."

"거짓말."

그랬다. 그녀는 아이에 대해 조언을 얻고자 전화를 걸었지만, 그보다 엄마의 생일에 관한 이야기가 불쑥 튀어나왔다.

"물통 들어 봐."

"왜?"

"축사할 거야."

조는 옆에 있던 오래된 파란색 물통을 들었다. 태비가 말했다.

"준비됐어?"

"준비됐어."

"당신 주위의 모든 사람과 생명을 활짝 피어나게 만드시는 꽃의 전령사, 엘리너 틸 여사여, 생신을 축하합니다. 당신이 발산하는 빛이 영원히 우리 곁에 머물면서, 곳곳에 사랑이 싹트게 하소서."

조는 회색빛 하늘을 향해 물통을 들었다가 입에 갖다 댔다.

"고마워."

손가락으로 눈 아래쪽을 훔치며 그녀가 말했다.

"근사한 축사였어."

"아줌마는 내가 지금까지 만난 사람 중에서 가장 멋진 사람이었어. 나를 낳아 준 대리모랑 비교 불가지."

"그런 말 마. 그분은 너를 많이 사랑하셨어."

조가 말했다.

"나도 알아. 제길, 너 기분 좋게 해 주려고 노력하는 사람 울리기야?"

"덕분에 기분이 좋아졌어. 근데 오늘 누가 여기 오는지 맞춰 봐."

"설마……."

"맞아, 태너."

"내가 거기 있으면 본때를 보여 줄 텐데."

"걔는 그런 관심조차 과분해."

"도대체 그 자식이 감히 거길 찾아오는 이유가 뭔데?"

"오고 싶어서 오는 건 아닐걸. 걔랑 다른 대학원생 두 명이 지금 내 지도교수님이랑 채터누가에서 열린 워크숍에 참석 중인데, 가는 길에 키니 산장에서 하룻밤 묵을 건가 봐."

"그 집에 네 명 이상 잘 공간이 있어?"

"침대는 없어. 근데 생물학자들은 아무 데서나 잘 수 있잖아."

"태너는 숲속으로 쫓아내 버려. 개미총 위에다가."

태너는 숲으로 보낸다고 해도, 아이는 어디로 보내야 할까? 가능한 방법은 단 한 가지다. 그러나 혹시 그게 잘못되면…….

"여보세요?"

태비가 말했다.

"아, 미안. 사실 그저께 밤에 이상한 일이 일어났어."

"무슨 일?"

"어떤 여자애가 집에 찾아왔는데 갈 생각을 안 하네."

"몇 살인데?"

"말을 안 해. 내 생각에 아홉 살이나 열 살쯤 된 것 같아."

"맙소사, 조. 그냥 집으로 가라 그래."

"물론 그렇게 해 봤지. 그러다가 멍 자국을 본 거야."

"아동학대 같은 그런 멍?"

"그런 것 같아."

"경찰에 신고해!"

"했지. 근데 경찰이 오니까 도망가 버렸어."

"안됐다."

아이가 되돌아왔다고 말하려고 할 때 통화 중 대기음이 들려왔다. 화면을 보니 그녀의 지도교수인 쇼 대니얼스였다.

"끊어야겠다. 교수님한테 전화 왔어."

"알았어, 안녕. 비가 안 올 때도 좀 전화해라. 망할 것아."

"그럴게."

조가 전화를 끊고 걸려오는 전화를 받았다.

"안 그래도 지금 문자 드리려고 했어요."

"전화를 받을 거라고 예상 못 했는데. 다음 현장으로 이동 중이야?"

"오늘 비가 와서요. 지금 빨래방에 있어요."

"잘됐네. 쉬면 되겠군."

그녀를 암 진단을 받기 전의 '조애나 틸'로서 온전하게 대해 줄 수 있는 사람이 과연 있을까?

그녀는 쇼 교수가 이곳을 들리는 주된 이유가 자신의 건강 상태를 확인하기 위해서라는 의심이 들었다. 그는 그녀가 회복하는 동안 현장 조수를 고용하도록 설득한 적도 있고, 홀로 키니 산장에 사는 것도 반대했었다. 쇼 교수가 물었다.

"오늘 밤에 가는 거 괜찮겠어?"

"물론이죠. 언제쯤 도착 하세요?"

"마지막 수업을 마치고 출발하면 3시 전후가 될 것 같군. 7시 30분쯤 도착하겠어. 늦어도 8시. 그때까지 기다릴 수 있으면 다 같이 나가서 저녁 먹자."

"집에서 먹는 건 어떠세요? 석쇠에 햄버거를 구우려고 했거든요. 근데 비가 멈추지 않으면 실내에서 만들어야 할지도 모르겠어요."

"수고스러울 텐데 괜찮겠어?"

"문제없어요."

조가 대답했다.

"네가 원한다면 그렇게 하도록 해. 좀 이따 봐."

식품점과 농장 매대에 들린 후, 조는 비교적 일찍 집에 도착했다. 아이는 사라지고 없었다. 조는 아이가 집으로 돌아갔길 빌었다. 그러나 곧 아이가 처해 있을지 모르는 잔인한 상황을 상상하며 그렇게 생각한 자신을 꾸짖었다. 그녀는 집을 훑어보면서 없어진 물건이 있는지 확인했다. 제자리에 있지 않은 물건은 본래 책상에서 소파로 옮겨진 그녀의 『조류학』교과서뿐이었다.

조는 머릿속에서 아이 생각을 밀어냈다. 손님들이 도착하기 전에 할 일이 산더미였다. 먼저 집을 정리하고 나서 농장 매대에서 산 과일로 디저트용 복숭아 파이와 딸기 루바브 파이를 만들기 시작했다. 보통 그녀는 현장에서 보낼 수 있는 소중한 시간을 이런 식으로 낭비하지 않지만, 비가 계속 내리고 있는 데다 쇼 교수님을 위해 근사한 저녁을 준비하고 싶었다. 태너 브루스를 위해서는 결코 아니었다.

쇼 교수의 또 다른 PhD 학생 태너는 그녀가 대학원에 입학했을 당시 그녀보다 고작 1년 앞서 있었지만, 이제는 3년 앞선 데다 마무리 단계에 있었다. 위중한 엄마의 간병을 위해 휴학하기 얼마 전, 조는 태너와 잠자리를 했다. 총 세 번이었다. 하지만 휴학 후 그에게서 온 연락이라고는 쇼 교수님과 동료 대학원생들이 보낸 위로 카드에 적힌 서명뿐이었다.

조의 손이 형식적으로 파이 반죽을 롤러로 동그랗게 미는 동안, 그녀의 의식은 태너와 보낸 마지막 날로 향했다. 텐트 안에서 잠을 자기에 너무 후덥지근했던 어느 7월의 밤, 두 사람은 옷을 모두 벗어 던지고 캠핑 장소에서 멀지 않은 깊은 강물 안에서 사랑을 나누었다. 태너 브루스만 존재하지 않는다면 그 기억은 그녀 인생에서 가장 아름다운 순산으로 남을 수 있었을 것이다.

"그 파이 누구 거야?"

조는 퍼뜩 생각의 늪에서 빠져나왔다. 아이는 소리 없이 집 안으로 들어와 있었다. 머리와 헐렁한 조의 옷이 비에 젖어 있었다. 조가 물었다.

"어디 갔었니?"

"숲속에."

"거기서 뭐 했는데?"

"언니가 또 경찰 불렀을까 봐."

조는 새 파이 접시에 밀가루가 묻은 보드랍고 둥그스름한 파이 반죽을 올렸다.

"우리 둘이서 이 문제를 해결해 나가기로 결정했잖아. 그렇게 할 수 있겠지?"

"응."

아이가 대답했다.

"그럼 사는 곳이랑 왜 돌아가지 않는지 그 이유를 말해 봐. 무슨 일이 벌어지고 있든지 간에 내가 도와줄게."

"그거에 대해서 이미 다 얘기했잖아. 파이 다 되면 먹어도 돼?"

"이따 손님들이랑 먹을 거야."

"누가 오는데?"

"내 연구를 지도해 주시는 교수님이랑 대학원생 세 명."

"조류학자들이야?"

"맞아. 그 단어 어떻게 알았니?"

"언니 조류학책 보고. 서문이랑 두 번째 장까지 읽었어."

"정말 그걸 읽었단 말이야?"

"헤트라예 사람이 이해할 수 없는 부분은 건너뛰긴 했는데 많진 않아. 조류의 다양성이랑 먹이가 부리의 생김새랑 관련 있고, 서식지가 발의 생김새랑 관련 있다는 장이 특히 재밌었어. 그 전엔 한 번도 그렇게 생각해 본 적 없거든."

"넌 고급 독자로구나."

"죽은 애 뇌를 사용하는 거니까 얘가 똑똑한 거야."

조는 밀가루가 묻은 손을 행주에 닦았다.

"손 씻고 오면 파이 가장자리에 모양내게 해줄게."

외계인이 개수대로 달려갔다. 아이가 손을 닦고 오자 조가 말했다.

"너를 부를 수 있는 이름이 필요해. '이어푸드' 말고 좀 더 평범한 이름 없을까?"

아이는 손으로 턱을 괴고 생각하는 척했다.

"'얼사'는 어때? 지구인들이 얼사 메이저라고 부르는 곳에서 왔으니까."

"나도 그 이름이 마음에 들어."

"그렇게 불러 줘."

"성은 없어?"

"메이저."

"일리 있네. 파이 만들어 본 적 있니, 얼사?"

"헤트라예에서는 파이를 만들지 않아."

"어떻게 하는지 잘 보렴."

얼사는 대학교 수준의 책을 독파한 속도만큼 빠르게 파이 모양내는 법을 통달했고, 부엌에 달콤한 냄새를 풍기며 파이가 구워지는 동안 감자 샐러드 만드는 일을 도왔다.

조는 엄마의 조리법을 따라 특별한 감자 샐러드를 만들었다. 그다음 두 사람은 그녀의 엄마표 비밀 조리법대로 간 쇠고기에 우스터소스, 빵가루, 향신료를 섞어서 햄버거 패티를 만들었다.

이 집에 온 이래, 조는 자신을 위해 이토록 열심히 요리한 적이 없었다. 조는 엄마 생일에 엄마의 조리법대로 요리하는 일이 마치 일종의 경의를 표하는 것 같아서 뿌듯했다. 또 음식을 준비하면서 태너와 만남을 앞둔 긴장감에서 벗어날 수 있었다. 외계인 아이마저도 생각을 돌리는 데 크게 도움이 되지 않았기 때문이다.

"조류학자들은 알코올중독자들이야?"

얼사가 버터를 치우면서 시원하라고 냉장고에 넣어둔 맥주를 이리저리 살펴봤다. 조가 물었다.

"왜 그런 생각을 했어?"

"맥주가 한가득 있어서."

"네 명 분이라서 그래."

"언니는 하나도 안 마실 거야?"

"한 병 정도는 마실지도."

"술 취하는 거 안 좋아해?"

"응…….."

조는 외계인의 눈 속에 미심쩍어하는 기운을 느꼈다.

"혹시 술 많이 마시는 사람에 대해 안 좋은 기억이라도 있어?"

"무슨 소리야. 어떻게 그게 가능하겠어? 난 이제 막 이곳에 왔는데."

5

조는 얼사와 함께 샌드위치를 먹고, 파이를 식히기 위해 꺼내놓았다. 그러고는 얼사에게 깨끗이 세탁한 본래 옷으로 갈아입게 했다. 아이는 침실에서 들어가서 옷을 갈아입고 나온 뒤, 조가 노트북을 펼쳐 놓고 일을 하는 모습을 보고는 자신도 소파에 앉아서 『조류학』 책을 읽기 시작했다.

조는 휴대전화로 인터넷에 연결하는 것을 아이가 보지 못하도록 화면을 몸 쪽으로 돌렸다. 인터넷에 연결한 뒤 '실종 아동 얼사'를 구글에서 검색했지만, 아무것도 나오지 않았다. 보안관국에서 나온 경찰은 근방에 실종 아동이 없다고 했지만, 그녀는 '실종 아동 일리노이'를 검색했다. 그러자 '국립 실종 및 학대 아동센터(NCMEC)'에 연결되면서 암울하게도 일리노이주에서 실종된 수많은 아동의 명단이 나타났다. 그들 중 많은 아이가 이미 사망했을 것이며, 유해는 절대 찾을 수 없는 어딘가에 묻혀 있을 것이다. 몇몇 사진에 나타난 아동들은 멀게는 1960년부터 실종상태였다. 그중 한 사진을 보고 조는 울컥했는데, 그것은 한 십 대 아동의 유일한 유품으로 남은 신발 한 켤레 사진이었다.

조는 계속 사이트에 계속 머물면서 비교적 가까운 켄터키주에서 실종된 아동들의 사진을 찾아보다가, 인접한 주인 미주리, 아이오와, 위스콘신, 인디애나주로 점차 범위를 넓혀갔다. 이틀 동안이나 내리 집에 들어가지 않았는데도 '얼사 메이저'의 이름은 어떤 목록에도 없었다. 조는 전화기를 내려놓으며 얼사에게 물었다.

"조류학은 잘 돼 가?"

"응……. 근데 분류학은 별로 재미없어."

얼사가 대답했다.

"그건 나도 그저 그래."

조는 책상에서 차 키를 집어 들었다.

"비가 그쳤네. 내려가서 둥지 몇 곳을 관찰할 건데 같이 갈래?"

"좋아!"

아이가 소파에서 벌떡 일어나 자신의 발보다 한참 큰 조의 신발을 신었다.

"둥지를 어떻게 관찰하는데?"

"잘 있는지 살펴보는 거야."

"그렇게 하면 PhD 따는 거야?"

"그것보다 할 일이 많단다. 발견한 둥지의 운명을 각각 기록한 뒤에 그 자료를 근거로 현장마다 유리멧새가 부화에 성공하는 비율을 계산하는 거야."

"운명은 뭘 말하는 건데?"

"운명은 둥지가 다 지어지고 난 뒤 일어나는 상황을 뜻하는 거야. 거기서 새가 알 몇 알을 낳고, 그중 몇 개가 부화하고, 아기새 중 몇 마리가 둥지에서 독립하는지 관찰하는 거야. '독립한다'는 뜻은 새가 둥지를 떠난다는 뜻이야. 가끔은 엄마새가 알을 낳지 않고 둥지를 버리고 떠날 때도 있고, 알이 포식자에게 먹혀버릴 때도 있어. 어떨 때는 알이 부화한 뒤에 아기새가 포식자에게 먹혀버릴 때도 있지. 독립하기 전에 말이야."

"포식자가 아기새를 못 잡아먹게 하면 안 돼?"

"그런 일을 막을 수는 없단다. 아무리 내가 그렇게 할 수 있다고 해도 아기새를 구하는 것이 내 연구 목적은 아니야. 내가 하는 연구를 광범위하게 말하자면, 새 개체 수를 보존하는 법을 이해하게끔 돕는 게 목적이야."

"근데 포식자가 뭐야?"

"내 현장에서는 뱀, 까마귀, 파랑어치, 라쿤이 요주의 인물들이지."

조는 배낭을 한쪽 어깨에 걸쳤다.

"날씨가 다시 변덕 부리기 전에 어서 가자. 비 오는 날 새들을 둥지 밖으로 몰아내고 싶지 않으니까."

"알이 젖으면 안 되니까?"

"알이랑 아기새가 비를 맞거나 추위에 떨게 해선 안 돼. 조사가 부화 성공 여부에 최소한의 영향만 끼치도록 해야 하니까."

집 밖으로 나오자 작은곰이 헛간에서 종종걸음으로 달려왔다. 녀석은 예전보다 훨씬 길들여져 있었다. 얼사가 머리를 쓰다듬는 동안에도 얌전히 있었다. 아이가 강아지에게 말했다.

"여기 있어. 알아들었지? 곧 돌아올게."

얼사는 안전띠를 매고 뒷좌석에 앉는 걸 달가워하지 않았다. 누군가가 예전에 안전띠를 채우지 않고 아이를 앞좌석에 태운 모양이었다. 조는 안전띠의 필요성과 앞좌석 에어백이 터지면 어린아이가 죽을 수 있다는 사실을 설명했다. 얼사가 물었다.

"어린아이가 죽을 수도 있는데 왜 에어백을 차에 넣는 거야?"

"왜냐면 차를 만드는 사람들은 으레 아이가 가장 안전한 뒷좌석에 앉을 것이라고 예상하니까."

"만약에 트럭이 아이가 있는 차 뒤쪽을 박으면 어떻게 해?"

"너 내 규칙대로 할래, 말래?"

아이는 뒷좌석에 기어 올라가서 안전띠를 착용했다. 산장 진입로를 빠져나가자 개가 차를 쫓아왔다.

"언니, 멈춰! 멈춰! 작은곰이 따라오고 있어!"

얼사가 애원했다.

"쫓아오면 안 되지. 작은곰은 현장에 오면 안 돼. 포식자를 데리고 오면 새들이 기겁할 거야."

아이는 뒷좌석 창문에 기대서 개가 커브를 돌자 시야에서 사라지는 모습을 지켜봤다.

"언니! 아직 따라오고 있어!"

"창밖으로 머리 내밀지 마. 도로 폭이 좁아서 그러다가 나뭇가지에 긁힐 거야."

얼사는 슬픈 얼굴로 조수석 쪽 사이드미러를 주시했다. 조가 말했다.

"저 녀석은 이 길을 잘 알아. 여기서 태어났는걸."

"아닐지도 모르잖아. 어떤 차에서 뛰어내렸을 수도 있어. 그보다 더는 돌보기 싫어하는 개 주인이 차에서 버렸을 가능성이 크지."

얼사가 말했다.

"데리러 가면 안 돼?"

"안 돼."

"언니 나빠."

"그래."

"저기가 개브리엘 내시 아저씨가 사는 데야?"

얼시가 바퀴 자국이 깊게 팬 비포장도로와 출입금지 표지판을 손으로 가리켰다. 조가 대답했다.

"아마 그럴 거야."

"어쩌면 작은곰이 저기 갈지도 몰라."

"달걀장수가 별로 좋아하지 않을 텐데. 닭이랑 고양이를 키우거든."

"아저씨 이름은 개브리엘인데 왜 달걀장수라고 불러?"

"달걀을 사면서 알게 됐으니까."

"아저씨 좋은 사람 같던데."

"그렇지 않다고 말한 적은 없다."

조는 확실히 개가 쫓아오지 오지 못하도록 도로 서쪽 끝에서 커브를 돌아 가장 멀리 떨어진 둥지가 있는 첫 번째 표식에 멈췄다. 그리고 '터키크리크 로드'라고 표시된 폴더에서 자료를 꺼내 얼사에게 보여주었다.

"이게 둥지 관찰 기록표야. 둥지를 발견할 때마다 기록표를 작성하고, 기록표마다 번호를 부여하는데 이거는 'TC10'이야. 터키크리크 로드에서 발견한 열 번째 둥지라는 의미지. 기록표 맨 위에 언제, 어디서 둥지를 찾았는지, 그 정보를 기재하고 바로 밑에 있는 이 줄 위에 내가 매번 관찰한 내용을 적는단다. 내가 처음 이 둥지를 발견했을 때 알 두 개가 있었는데, 그다음 번에는 네 개가 있었어. 마지막으로 방문했을 때도 네 개가 있었고. '가까이 다가가니 암컷이 둥지 밖으로 날아가 버렸다'라고 기록해 놨지."

"아기새들이 알을 까고 나왔을까?"

"지금은 좀 일러. 어미새가 12일 정도 알을 품거든."

"품는다는 건 어미새가 따뜻하게 한다는 거지?"

"맞았어. 어떻게 하고 있는지 가 보자."

그들은 차에서 내렸다. 조는 얼사에게 주황색 표식 테이프에 둥지에 찾아가는 방법을 어떻게 기록하는지 설명해 주었다.

"'INBU'는 유리멧새 코드야. 내가 중점적으로 연구하는 새란다. 그리고 이건 내가 둥지를 찾은 날짜야. 또 다른 숫자와 문자를 보면, 둥지가 남서쪽으로 4미터 정도에 위치해 있고 지상에서부터 약 1.5미터 떨어져 있다고 되어 있네."

"어디 있어? 나도 보고 싶어!"

"보게 될 거야. 따라오렴."

두 사람이 길가의 축축한 잡초 사이를 헤치고 들어가는데도 멧새들의 울음소리가 들리지 않았다. 원래대로라면 경고 조로 짹짹거려야 했다. 조의 의심이 적중했다. 둥지는 망가진 채로 발견되었다. 얼사가 물었다.

"무슨 일이 벌어진 거야?"

"그건 우리가 밝혀내야 해. 범죄 사건을 해결하기 위해 단서를 쫓는 형사처럼 말이야. 새가 경험이 부족해서 튼튼한 집을 짓지 못하는 바람에 추락해 버릴 때도 있어. 그럴 때는 오늘처럼 비가 오면 땅으로 떨어지기도 해."

"이 둥지도 그랬던 거야?"

"여러 가지 난서를 놓고 봤을 때, 그런 것 같지는 않아."

"어떤 단서?"

"첫 번째로 내 기억에 이 둥지는 견고했었어. 두 번째는 알이 땅에 떨어지지 않았어. 세 번째, 부모새가 이 지역을 아예 떠나버린 걸 보면 이건 아마 비가 오기 전에 생긴 일일 거야. 가장 큰 실마리는 둥지가 아예 뜯어져 있다는 거지. 내 생각에 라쿤이 끌어내린 거 같아. 만일 뱀이나 까마귀가 알을 먹은 거라면 둥지가 저렇게 훼손되지는 않았을 거야."

"라쿤이 알은 먹은 거야?"

"둥지를 뜯은 녀석이 어떤 녀석이든 알을 먹어치웠을 거야. 어떤 포식자가 범인인지 확실히 알아내기 위해서 카메라를 설치해 놓은 둥지도 있어."

"왜 여기에는 카메라를 설치하지 않았어?"

"모든 둥지마다 카메라를 설치할 순 없어. 카메라는 비싸거든. 이제 다음 둥지로 가 보자."

"멍청한 라쿤 녀석이 알을 전부 다 먹는 거야?"

"아니. 근데 내가 세운 가설은 길가나 옥수수밭 인근에 있는 인공둥지에서 멧새들의 부화 성공률이 시냇물 옆이나 거대한 나무가 쓰러진 곳 같은 자연둥지에서보다 낮다는 거야. 혹시 '가설'이라는 말 들어본 적 있니?"

"응. 근데 헤트라예에서는 다른 말을 써."

아이가 뒷좌석에 올라탔다.

"난 오늘 언니에 대해서 가설을 세웠어."

"그래? 뭔데?"

"언니가 경찰을 또 데리고 오지 않았으니, 앞으로도 그렇지 않을 거라고."

훌륭한 가설의 예시였다. 게다가 대단한 자신감까지. 조는 몸을 돌려 아이를 쳐다보았다.

"그게 결국 무슨 의미인데? 네 가설이 증명되었으니 넌 이제 나랑 살 거니?"

"다섯 개의 기적을 볼 때까지만."

"우리 둘 다 그건 일어날 수 없는 일이란 걸 잘 알고 있어. 넌 오늘 밤 집에 돌아가야 해. 쇼 교수님, 그러니까 내 지도교수님이 몇 시간 뒤에 여기 오시는데 네가 지난 이틀간 키니 산장에서 지낸 걸 알게 되시면 난 곤경에 처할 거야."

"그럼, 말하지 마."

"우리 집에서 자는 여자애를 내가 달리 어떻게 설명하겠어?"

"그럼 다른 데서 잘게."

"물론 그래야지. '너희 집'에서. 그래서 널 여기 데리고 나온 거야. 네가 어디 사는지 말해줘. 내가 집 앞까지 데려다 줄게. 널 돌봐주는 사람한테 내가 매일 찾아와서 너를 체크할 거라고 얘기할 거야. 그리고 정말로 체크할게. 그렇게 한다고 약속해."

아이의 갈색 눈동자에 눈물이 가득 차올랐다.

"나한테 또 거짓말한 거야? 새 둥지를 보여 주려고 한 게 아니고?"

"물론 보여주려고 했지. 하지만 그 뒤에 넌 집에 가야 해. 내 지도교수님이⋯⋯."

"한번 해 봐! 나를 집집마다 데리고 가서 물어 봐, 어디! 사람들이 날 안다고 하나!"

"넌 집에 돌아가야 해!"

"기적을 보고 나면 간다고 약속해. 정말이야!"

"얼사……."

"언니는 내가 아는 유일하게 좋은 사람이야! 제발!"

아이는 얼굴이 보랏빛으로 변할 때까지 흐느꼈다. 조는 뒷좌석 문을 열고 안전띠를 풀어서 아이를 안아주었다. 그녀의 평평한 가슴에 처음으로 누군가의 머리가 닿았다. 하지만 아이는 거기에 있어야 할 것이 없다는 것을 눈치채지 못한 채, 그저 그녀를 더 세게 끌어안으며 구슬피 울어댔다. 조가 말했다.

"미안해, 진심이야. 그래도 내가 정말 곤란한 상황에 처해 있다는 걸 이해해줘. 너랑 함께 있는 게 발각되면 정말 큰일이 날 거야."

아이는 조의 품속에서 벗어나 손등으로 콧물을 훔쳤다.

"우리 이제 그냥 다른 둥지나 보러 가자. 응? 제발."

"전부 다 봐도 좋아. 하지만 그 뒤엔…… 집으로 가야 해."

아이는 동의하지 않았다. 세상에서 가장 고집 센 녀석이었다. 조는 일단 운전대를 다시 잡았다. 그 다음 주황색 표식이 있는 곳에 주차할 때쯤, 볼이 붉게 변한 것 말고 아이는 언제 울었냐는 듯 완전히 기운을 회복했다.

"이번에는 라쿤이 알을 건드리지 말았어야 할 텐데."

"알 대신 아기새가 있을 거야. 어제쯤 부화했을 거야."

얼사는 차에서 뛰어내려 플라타너스 묘목에 묶어 놓은 표식에 적힌 글자를 읽었다.

"이건 유리멧새 둥지고, 북동쪽으로 7미터, 땅에서부터 1미터야."

"잘했어. 이제 나침반으로 북동쪽을 찾을 거야."

조는 아이에게 나침반을 사용하는 법을 보여주고 그 방향으로 아이를 앞서가게 했다. 그러자 부모새들이 경고하기 위해 지저귀기 시작했다.

"갑자기 크게 짹짹거리는 소리가 들리니? 둥지에 가까이 다가가면 유리멧새들은 저런 행동을 한단다."

흥분한 수새가 유액초(乳液草) 위를 저공비행하자, 사파이어색 날개가 마침내 흩어지는 비구름 사이로 모습을 드러낸 석양빛에 반짝거렸다.

"네 코앞에 수새가 있네. 보이니?"

"파랑새다! 여러 가지 파란색이 섞여 있어!"

얼사가 소리쳤다. 아이가 표출하는 흥분은 강렬하고 진실한 것이었다. 아이는 다른 지역에서 온 것이 분명했다. 만일 키니 산장이 있는 도로나 인근 다른 도로 위에 살았다면 분명 이 새를 본 적이 있을 것이다. 멧새는 남부 일리노이수 길가에서 흔히 볼 수 있는 종이니까.

"둥지가 보여! 들여다봐도 돼?"

"보렴."

얼사는 배꼽까지 오는 잡초를 가르며 둥지에 다가가서 그 안을 들여다보고 말했다.

"세상에! 엄청나!"

"부화했어?"

"응! 진짜 자그마하고 분홍색이야! 아기새들이 나를 보고 부리를 벌리고 있어!"

"배가 고픈 거야. 오늘 비가 와서 부모새들이 먹이를 찾기가 힘들었나 봐."

조는 부화한 지 얼마 안 된 새끼 멧새 네 마리를 살펴보았다.

"이제 방해하면 안 돼. 부모새가 얼마나 화가 났는지 들리지?"

얼사는 조그만 새들에게 눈을 떼지 못했다.

"이건 기적이야. 바로 이거야, 첫 번째 기적!"

"둥지에 있는 아기새들을 한 번도 본 적 없니?"

"내가 어떻게 봤겠어? 난 아기새와 둥지가 없는 별에서 왔잖아."

"그만 가자. 아직 해가 남아 있을 때 부모새가 먹이를 구해와야 해."

차로 돌아가며 조가 물었다.

"유리멧새 둥지를 본 게 정말 이번이 처음이니?"

"응. 지금까지 지구에서 본 새 중에서 가장 예쁜 새야."

그다음 둥지도 알 네 개가 있었다. 그다음에 찾은 것은 흰눈 비레오 둥지였다. 비레오는 조가 연구 대상으로 삼은 종은 아니었지만, 둥지가 발견될 때마다 기록을 해 두었다. 그 둥지는 아직 활동적인 상태로, 새끼 비레오 세 마리와 새끼 찌르레기 한 마리가 있었다. 차로 돌아가면서 조는 얼사에게 '숙주'로 불리는 다른 새 둥지에 알을 낳아서 기생하는 갈색머리 찌르레기의 습성에 관해 설명해 주었다. 얼사가 물었다.

"찌르레기는 왜 자신의 새끼들을 직접 돌보지 않는데?"

"다른 새 둥지에 알을 낳으면 알을 더 많이 낳을 수 있거든. 다른 새들이 전부 길러 줄 테니까. 자연에서는 새끼를 가장 많이 만들어내는 녀석이 승자야."

"비레오는 찌르레기 새끼를 길러야 하니까 화가 나겠네?"

"비레오는 자신이 찌르레기 새끼를 기른다는 사실을 몰라. 깜빡 속아 넘어가는 거지. 종종 숙주 새의 새끼들이 먹이를 충분히 얻어먹지 못 하는 일이 생기는데, 찌르레기 새끼들이 몸집이 훨씬 더 크고, 성장 속도도 더 빠르고, 먹이를 달라고 더 크게 울기 때문이야. 그래서 숙주 새끼들이 죽는 경우도 있어."

"아까 그 비레오 새끼들이 죽을까?"

"괜찮을 거야. 부모새들이 골고루 먹이를 잘 주고 있나 봐."

얼사는 다음 둥지로 가기 위해 차로 돌아가면서 일부러 시간을 끌었다. 멈춰 서서 꽃을 보기도 하고, 딱정벌레에 관해서 물어보기도 하고, 풀숲에서 찾은 돌멩이를 보고 감격하는 척을 했다. 얼사가 손에 쥔 돌에 푹 빠져 있는 동안 조는 다음 장소로 차를 몰았다.

차에서 내린 얼사가 표식 테이프에 적힌 글씨를 읽기도 전에 대학 번호판을 단 흰색 서버번[8]이 커브를 도는 모습이 보였다. 운전대를 잡은 백발의 쇼 대니얼스 교수가 조를 보고 손을 흔들었다. 그는 조의 차

---

8 쉐보레 서버번(Chevrolet Suburban). 제너럴 모터스가 쉐보레 브랜드로 판매하는 대형 스포츠 유틸리티 자동차(SUV).

뒤에 주차한 뒤, 껑충한 몸을 접어 차에서 내렸다.

"이렇게 늦게까지 일하는 거야?"

"겨우 여섯 신걸요. 생각보다 일찍 오셨네요? 여덟 시 가까이 돼서 오실 줄 알았어요."

"식중독이 발생해서 마지막 수업이 취소돼 버렸지 뭐야."

"정말요?"

그가 고개를 끄덕였다.

"전날 밤 환영식에서 나온 음식에 문제가 있었나 봐."

열린 운전석 사이로 태너가 보였다. 칼리 아키노와 함께 뒷좌석에 앉아 있었다. 조를 쳐다보는 그의 눈에 죄책감이 뚜렷이 드러났다. 지나칠 정도로 상냥한 미소 뒤에 그것을 감추려는 시도마저도. 저 예쁘장한 얼굴 말고 조는 그의 무엇을 좋아했던 것일까?

그녀의 눈길은 그를 피해 조수석에 앉은 리아 피셔를 향했다.

"배 아픈 사람은 없어?"

"우린 다 괜찮아."

리아가 대답했다.

"다행히 환영식에서 금방 빠져나왔어. 존 타운젠드 교수랑 그 밑에 있는 학생 두 명과 저녁 식사를 같이하기로 했거든."

쇼 교수가 말했다. 그는 계속 얼사를 주시했다.

"근데 이 아가씨는 누구?"

"이 동네에 사는 얼사예요. 둥지 관찰하는 법을 알려주고 있었어요."

"만나서 반가워, 얼사. 나는 쇼라고 한단다. 손에 들고 있는 건 뭐니?"

"분홍색 크리스털이 박혀 있는 돌이에요."

얼사가 대답했다.

"그거 멋진데."

그의 시선이 발에 비해 지나치게 큰 아이의 신발로 향했다.

"애가 맨발이어서요. 다치지 않게 제 신발을 신으라고 했어요. 배고프시죠?"

"엄청. 점심으로 차에서 감자칩 조금 먹은 게 다야."

쇼 교수가 대답했다.

"잘 됐어요. 마지막 둥지만 살펴보고 갈 테니 먼저 올라가서 맥주 마시고 계세요."

"맥주? 내가 지금 들은 게 맥주 맞아?"

차 안에서 태너가 큰 소리로 외쳤다.

"그래, 집에 많아. 문은 안 잠갔어."

조가 대답했다. 그녀는 쇼 교수의 차가 출발하자마자 멧새 둥지로 향했다. 확연히 보이는 태너의 죄책감 때문에 조는 얼사에 대한 걱정을 잠시 잊었다. 어색한 대화는 물론이고, 태너의 비겁한 성격을 고려했을 때 두 사람 사이는 쉽게 나아지지 않을 것이 분명했다.

도로 끝에서 맹렬히 개가 짖는 소리가 들렸다. 조는 반쯤 자란 녀석이 저런 식으로 짖는 것을 본 적 없지만 그 녀석이 확실했다.

"이런, 개가 손님들한테 달려들고 있나 봐."

"해치지 않을 거야."

얼사가 말했다.

"네가 어떻게 알아? 마치 거기 살기라도 하는 양, 키니 산장을 보호하고 있잖아. 테라스에 데려오는 걸 허락하는 게 아니었는데."

"안 짖게 교육할게."

"집에서 데리고 나가. 네가 갈 때."

짖는 소리가 멈추지 않았다. 조는 서둘러 마지막 둥지가 있는 방향으로 움직였다. 뒤에서 얼사가 말했다.

"쇼 교수님, 친절하던데."

"맞아. 그렇다고 널 집으로 돌려보내지 않을 거라는 기대는 마."

"난 여기 집이 없다니까!"

조는 걸음을 멈추고 아이를 마주했다.

"교수님한테 네가 다른 별에서 왔다는 둥 그런 말 할 생각 꿈에도 하지 마. 물론 다른 사람들한테도. 알아들었지?"

6

"마른번개여야 할 텐데. 내일도 현장에 나가야 하고……."

저 멀리 남쪽 하늘에 희미하게 섬광이 비추자 조가 중얼거렸다. 이 소리를 들은 쇼 교수가 다가와 말했다.

"휴식을 취하면 좋지."

또, 또, 병 이야기다. 네 명이 차례로 그녀의 기분이 괜찮은지 조심스레 물어보았다. 칼리와 리아는 현장 조수를 구한 것을 제안했다. 칼리는 조가 석쇠 위에 버거를 올리는 것조차도 극구 만류하며 말했다.

"앉아 있어, 조애나. 저녁은 우리가 할 테니 쉬도록 해."

"알았어. 혹시 모르니까 차 창문 좀 올리고 올게."

자리를 벗어나는 조의 뒤에서 태너가 말했다.

"맥주 한 잔 더 할 건데, 마실 사람 있어?"

"고맙지만 난 이거면 됐네."

쇼 교수가 말했다. 이어서 칼리와 리아도 괜찮다며 손사래를 쳤다.

얼사는 반딧불이를 잡아서 조가 준 병에 넣고 있었다. 그러다 화덕에 둘러앉아 있는 사람들 사이에서 걸어 나오는 모습을 보고는 적당히 거리를 두고 따라 왔다. 조는 아이가 산장 주위를 얼쩡거리는 이유를 물어보는 사람들의 질문을 회피했다고 생각했다. 쇼 교수가 이 질문을 하기 전까지는 말이다.

"이제 꼬마 아이는 집에 갈 시간 되지 않았나?"

함께 저녁을 먹고 화덕에 둘러앉아 담소를 나누는 걸 듣는 것까지는 허용했지만 곧 아이를 보내야 했다.

조는 진입로에 세워둔 어두운 차 안에 앉아서 시동 버튼을 누르고, 작은곰의 공격에서 손님들을 구출하기 위해 허겁지겁 뛰어내리느라 열어두었던 창문을 올렸다. 녀석은 조와 얼사가 도착하자마자 조용해졌지만, 조는 녀석이 가라고 해도 가지 않는 집 없는 개라고 진땀을 빼면서 설명해야 했다.

"먹이를 줬겠지. 그럼 절대 떠나지 않을걸."

쇼 교수가 힐난조로 말했다. 어쩌면 교수님이 이 상황을 모두 알고 계신 것은 아닐까?

"차 근사한데."

어둠 속에서 태너의 목소리가 들렸다. 마침내 지금까지 마신 여섯 병의 맥주가 조가 저녁 내내 기다리고 있던 말을 할 수 있는 윤활유가 되어준 모양이었다. 테라스 등에 드리워진 그림자에서 태너의 잘생긴 얼굴이 불쑥 튀어나왔을 때 조는 차 문을 잠그며 말했다.

"맞아. 지금까지 내 차 중에서 가장 신차에 가까워. 그래도 내 옛날 자동차가 여기 있는 게 훨씬 나았을 거야. 비포장 도로 때문에 차에 자갈이 엄청 튀거든."

태너는 매끄러운 혼다 SUV의 빨간색 후드에 손을 얹었다.

"어머니 차였지?"

"응. 엄마가 주셨지. 동생은 원하지 않았고."

그때 얼사가 히코리 나무 아래에서 조를 불렀다.

"언니, 나 반딧불이 또 잡았어. 벌써 네 마리째야."

"잘했어, 좀 있다 다 놓아줘야 해."

"그럴 거야."

"귀여운 꼬마네."

태너가 말했다.

"애가 저렇게 늦게까지 돌아다녀도 부모님이 걱정 안 해?"

"가정사에 약간 문제가 있나 봐."

"그것 참 안됐네."

"그러게."

"조……."

조는 팔짱을 끼고 어둠 속에서 잠자코 기다렸다.

"……널 보러 시카고에 안 간 거, 정말 미안해. 난 그저……."

"뭐?"

"네가 그런 모습을 내게 보여주고 싶지 않을 거라고 생각했어."

"어떤 모습?"

"그러니까…… 아픈 모습. 머리카락 다 빠지고 그런 거."

그녀가 아무런 반응이 없자, 그는 목을 양방향으로 돌리면서 우두둑 소리를 냈다. 그가 불안할 때 보이는 전형적인 행동이었다.

"내 말이 틀렸어……?"

"아니, 맞아. 그땐 누구도 만나고 싶지 않았으니까."

지난 2년간 그녀가 배운 것이 있다면, 사소한 분노를 더하지 않더라도 인생은 충분히 힘들다는 사실이었다.

태너는 마지막 남은 자신의 죄책감을 씻어내고자 맥주를 들이켰다. 마시던 맥주병을 내밀며 그가 물었다.

"너도 마실래? 새로 하나 가져다줄까?"

"아니 됐어."

그는 병을 다시 입으로 가져가 크게 한 모금 마셨다.

"그건 그렇다 치고, 건강해 보인다."

"암 생존자치고?"

"아니, 그거랑 별개로."

"고마워."

"몸이 완전히 회복되면 재건 수술할 생각이야?"

"이미 완전히 회복됐어."

"그래도 좀 더 기다려야 되겠지……?"

조는 팔짱을 낀 팔을 풀었다.

"난 이대로가 좋아. 남자의 전유물이었던 '가슴이 없는 자유'를 누리고 났더니 다시 돌아갈 생각이 없네."

그가 씁쓸한 미소를 지었다. 그녀의 유머가 비통함에서 나온 것이라 지레짐작하며.

"네가 겪은 일을 생각해 보면 왜 그런 식으로 생각하는지 이해는 해. 하지만 어머니께서 너무 늦지 않게 진단받은 덕에 네가 살 수 있었잖아."

그는 목을 한쪽으로 기울여 우두둑 소리를 냈다.

"그러니까 내 말은……."

"네 말 무슨 뜻인지 잘 알고, 그 말이 맞아. 엄마도 그렇게 말씀하셨어. 스물네 살에 유방암 검사를 받는 사람은 없다고. 엄마가 아프시지 않았다면, 내 암도 손 쓸 수 없을 지경이 될 때까지 발견되지 않았을 거야."

"내가 알고 있다는 사실을 개의치 않으면 좋겠는데……. 전부 다 떼어 냈다고 들었어."

"전부 다는 아니야. 자궁은 그대로고, 뇌도 거의 건드리지 않았을걸."

그가 이번에는 미소 짓지 않았다.

"좀 더 심사숙고한 후에 그런 결정을 내리는 게 좋았을지도 모르는데."

어쩌면 태너는 그녀가 없던 지난 2년 간, 교수님들과 대학원생들이 나눈 의견들을 쏟아내고 있는지도 몰랐다.

"외할머니와 이모 두 분 다 쉰 살이 되기도 전에 난소암으로 돌아가셨어."

그녀가 계속해서 말했다.

"시한폭탄이 터질 때까지 가만히 앉아서 기다릴 생각이 없었던 것 뿐이야."

"난자 보관 같은 거 했어?"

"뭐 하러? 이 고통을 딸에게 물려주라고?"

"네 뜻은 알겠어. 그럼 호르몬은?"

"그게 무슨 소리야?"

"난소가 없으면 갱년기가 시작되는 거 아니야?"

그가 조에 대한 소문을 떠벌리고 다녔다는 사실이 분명했다. 그녀가 암 진단을 받기 전까지는 '갱년기'라는 단어를 한 번도 뱉어본 적이 없었을 것이다. 조가 말했다.

"호르몬 대체 치료를 받는 중이야."

"그래도 기분이 정상이야?"

그의 음낭을 걷어차는 모습은 정상적으로 보이지 않을 것이라고 자신을 다독이며 그녀가 대답했다.

"그럼, 괜찮아."

태너는 고개를 끄덕이고 병을 기울여서 내용물을 비웠다.

"그 배우 있잖아……."

이름을 기억하기에는 그의 뇌세포가 너무 술에 절어 있었다.

"그 여자도 너 같은 유전자 돌연변이가 있었대. 그리고 전부 떼어 낸 다음에 재건 수술을 했는데, 그게…… 그렇게 끝내줬다나……."

"그 사람은 원하는 몸을 만들 수 있을 만큼 부자니까 끝내주는 가슴을 가지고 있는 거겠지. 그리고 암에 걸리진 않았기 때문에 위험 부위가 아닌 젖꼭지와 피부 조직을 떼어낼 필요는 없었겠지."

그는 이제 그녀의 가슴을 쳐다볼 정도로 용기가 생긴 듯했다.

"그래도 너도 언젠가는 그렇게……."

"아니! 태너, 정신 차려! 난 이 모습 그대로 행복하고, 너도 그걸 기뻐해 주면 되는 거야. 알아들었어? 나를 온전한 사람으로 봐주는 게 가능하기는 한 거니?"

"제길……. 조, 미안해……."

"칼리한테나 가 봐. 너희 두 사람, 날 위해 사귀지 않는 척할 필요 없어. 난 아무렇지도 않으니까."

그녀는 귀뚜라미와 여치의 울음소리가 윙윙대는 먹구름 속으로 걸어 들어갔다. 멀리 갈수록 어둠은 점점 더 깊어졌다. 마치 마취 상태로 빠져드는 것과 비슷했다. 그곳을 빠져나왔을 때 그녀는 개울가에 서 있었다.

그녀는 울고 있었다.

"언니?"

조가 돌아보았다. 달빛 그림자 속에서 아이는 다시 요정이 버리고 간 아이로 돌아간 듯했다. 창백한 얼굴 위에 나뭇가지로 만들어진 정맥이 어른거렸다. 아이가 물었다.

"괜찮아?"

"그럼."

"거짓말 같은데."

작은곰이 개울물을 할짝거리는 소리가 두 사람 사이를 메웠다.

"얼사, 넌 이제……."

"알아. 이제 갈게."

"집에 가는 거야?"

아이가 뚜껑을 열어서 허공에 유리병을 들었다. 하나씩 자유를 찾아서 나가는 반딧불이로 어두운 숲속에 별자리들이 점점 더 확대됐다. 아이가 뚜껑을 닫고 병을 조에게 건네며 말했다.

"가자, 작은곰아."

조는 아이와 개가 오르막에 올라서 큰길 쪽으로 나가는 모습을 지켜보았다.

"어디로 가는데?"

"언니가 원하는 데로 갈 거야."

7

조는 다음 날 숲에서 장장 열다섯 시간을 일했다. 비 때문에 손해 본 시간을 만회해야 하기도 하고, 무엇보다 태너 브루스를 마음속에서 밀어내고 싶었다. 어쩌면 더는 아프지 않다는 사실을 증명하고 싶었는지도 모른다.

그녀는 모든 '자연 기반 조사 지역'을 찾아 둥지를 살피고 관찰했다. 그곳은 인간의 방해로부터 멀리 떨어져 있기 때문에 가장 일하기 까다로운 시역늘로, 종종 하천의 무성한 덤불과 쐐기풀를 헤치고 지나가야 했다. 몸에 달라붙은 온갖 종류의 생명체와 함께 차에 올라탔을 때, 해는 이미 나무꼭대기에서 한참 내려와 있었다. 몸을 움직이고 파릇파릇한 세상을 보면서 그녀는 기운을 차렸다. 태너와 그가 내뱉은 너저분한 말에서 완전히 벗어나지는 못했지만, 대시보드 속 고장 난 경고등처럼 무시할 수 있을 정도로 미미해졌다.

그러나 작은 외계인 생각은 지워지지 않았다. 아침에 눈을 뜨자마자, 그녀는 아이를 집 앞까지 데려다주지 않은 것을 자책했다. 아이가 집으로 돌아갔다고 생각하지 않으면서도. 얼사는 조에게서 멀어지면서 '언니가 원하는 데로 갈 거야'라고 말했었다. 그 말의 의미를 거듭 생각할수록 불길하게 느껴졌다. 그런데도 그녀는 그 자리에 가만히 서서 어둠 속으로 사라지는 아이를 지켜보기만 했다.

핸들을 꺾어 터키크리크 로드에 들어서며 그녀는 키니 산장에서 아이가 자신을 기다리고 있을 거라 확신했다. 한편으로는 아이가 사라졌으면, 하는 마음도 들었다. 회색빛 석양이 거의 질 무렵 그녀는 자갈로 된 진입로에 차를 세웠다. 앞마당에 있는 히코리 나무 쪽을 흘깃 쳐다봤지만, 아이와 개의 모습은 어디에도 보이지 않았다. 그녀는 방충망이 둘러진 테라스에 장비를 내려놓고 화덕으로 향했다.

"얼사?"

아이의 이름을 불러 보았지만, 돌아온 대답이라고는 먹이를 찾아 벌판을 횡단하는 쏙독새의 울음소리뿐이었다.

그때 차 한 대가 가까이 다가왔다. 길을 잃은 사람을 제외하고 이 길 끝까지 들어오는 사람은 없었다. 입구에 서 있는 '막다른 길' 표지판을 보고 다른 길로 착각하고 들어오는 일은 드물었다. 조는 석양이 지는 가운데, 형체만 겨우 알아볼 수 있는 달걀장수의 흰색 픽업트럭이 코너를 도는 모습을 집 앞에서 지켜보았다. 차바퀴가 우두둑 소리를 내며 그녀의 차 뒤에 멈춰 서고 시동이 꺼졌다. 무슨 볼일이든 간에 시간이 꽤 걸리는 일인 듯했다. 조가 트럭에서 나온 남자에게 다가가자, 그가 말했다.

"아까 차가 지나가는 소리를 들었어요. 기다리고 있었거든요."

그녀는 그와 거리를 두고 섰다.

"무슨 일이에요?"

남자가 가까이 다가왔다.

"아실 거 같은데요. 제게 외계인을 떠넘기셨잖아요."

"네? 전 당신 집으로 가라고 말한 적 없어요!"

"왜 경찰서에 데리고 가지 않았어요?"

"그쪽은 그렇게 하셨어요?"

남자가 한 발짝 다가왔다. 그에게서 진한 음식 냄새가 풍겼다. 남자가 저녁으로 먹었을 맛있는 음식 냄새에 그녀도 덩달아 배가 고파졌다.

"전등부터 고치셔야겠는데요."

전봇대를 올려다보며 남자가 말했다.

"2주 전에 나갔는데, 그냥 어두운 게 더 좋아서요."

"부랑아늘이 밝은 집 대신 어두운 집을 표적으로 삼는데 좋을 게 뭐가 있겠어요."

부랑아. 이런 말을 쓰는 사람이 아직 있다니. 그는 손으로 수염 난 뺨 한쪽을 비볐다.

"골 때리는 녀석이에요. 지금 뭐 하고 있는지 아세요?"

"『전쟁과 평화』라도 읽고 있나요?"

"잘 아시네요."

"뭘요?"

"애가 이상할 정도로 똑똑하다는 걸요."

"그날 제가 말씀드렸잖아요."

"맞아요. 제 눈으로 확인했어요. 엄마도 애가 명석하다고 하고요."

"엄마요?"

"제가 돌봐드리고 있어요. 편찮으시거든요."

"참 안타까운 일이군요."

그녀가 많은 사람들이 자신에게 했던 말을 되뇌었다. 남자가 고개
를 끄덕이자 조가 물었다.

"외계인 꼬마가 이름을 말하던가요?"

"'얼사 메이저'라던데요. 거기서 왔다나."

"저한테도 그랬어요. '얼사'가 본명인 거 같아요."

"저도 그렇게 생각해요. 그래서 실종된 여아 중에 '얼사'라는 아이가
있는지 인터넷을 뒤졌어요."

조가 그에게 다가갔다.

"실종 및 학대 아동센터 홈페이지도 보셨어요?"

"그랬죠."

"혹시 신발만 있는 사진 보셨어요?"

"그거 보셨어요? 어떻게 그럴 수가 있죠? 죽은 아이를 아무도 찾지
않는다는 게 말이 되나요?"

"저와 똑같은 과정을 거치신 거 같네요."

그녀가 말했다.

"다섯 번이나 보안관국에 전화할 뻔했어요. 그러다가 먼저 상의를 드려야겠다고 생각했죠."

"제가 마땅히 해드릴 말씀이 없네요. 아이를 방에 가두실 것도 아니잖아요."

"그게 무슨 말이에요?"

"말 그대로예요. 대화를 나눴던 그 날, 경찰에 신고 전화를 했어요. 아이가 그 얘기 안 하던가요?"

"네. 어떻게 됐어요?"

"도망가겠다더니 정말 도망가 버렸어요. 경찰은 아예 아이를 보지도 못했고요."

"그것 참. 신고하면 왠지 그럴 거 같았어요. 경찰이 뭐라던가요? 실종된 아이가 없다던가요?"

"네. 마치 나 때문에 시간 낭비한다는 식으로 행동하더라니까요. 아이를 찾아보겠다고도 하지 않았어요. 아이 몸에 난 멍 자국에 대해서 얘기했는데도요."

그의 몸이 눈에 띌 정도로 굳었다.

"아이한테 멍이 있어요?"

"목이랑 팔, 다리에요. 옷 밑에 감춰져 있어요."

"세상에! 학대로 인한 것처럼 보이던가요?"

"한 군데에 손가락 자국이 있었어요."

"경찰한테 그 얘기했어요?"

"누군가가 아이에게 위해를 가하는 것 같다고 확실히 이야기했어요. 근데 그 경찰관이 아이와 가족으로부터 분리하는 것에 대해 편견이 있더라고요. 그러면서 중학교 때 친구에 대한 일화를 얘기해 줬는데…… 학대하는 위탁 부모를 만나 결국은 자살을 했다더군요."

"아이를 경찰에 넘기지 말라고 하던가요?"

"정확히 그렇게 말하지는 않았어요. 하지만 돈 때문에 아이를 위탁하는 사람들이 많다고 그랬어요. 그 사람이 말하기를, 얼사의 멍이 학대에서 비롯된 것이라고 해도 아이는 그 사실을 솔직하게 말하지 않을 거라더군요. 그리고 위탁 가정이라고 해서 더 나은 게 없을 수도 있고 아이가 그 사실을 잘 알 거라고 했어요."

"그게 경찰이 할 소린가요?"

"그렇게 생각하세요?"

"그럼, 그 사람 말에 동의하나요?"

"잘 모르겠어요."

그녀가 말했다.

"경찰이 떠난 뒤 진지하게 생각할 시간이 없었어요. 어제는 손님이 왔었고……."

"얼사가 그러더군요."

"어제 뭘 알아냈는지 아세요? 이 근방 아이가 아닌 거 같아요."

"이상하네요."

그가 말했다.

"왜요?"

"저도 오늘 같은 생각을 했거든요. 아이에게 갓 태어난 새끼 고양이를 보여줬더니 완전히 흥분하더라고요. 그게 기적이래요. 새끼 고양이를 한 번도 못 봤다는 얘긴데, 시골 아이들은 예사로 보거든요."

"기적이 또 일어났어요?"

"이제 세 개 남았대요."

"첫 번째 기적은 아기새였어요."

"그렇다더군요."

그가 말했다.

"말씀하신 것처럼 시골 아이들은 그 나이 때쯤이면 적어도 한 번은 아기새를 보죠. 아이는 도시에서 왔을 겁니다. 어쩌면 차를 타고 가다가 버려졌을지도 몰라요."

"말투는 이 근방 사람과 비슷한걸요."

"어쩌면 세인트루이스인지도 몰라요."

조가 말했다.

"거기 사람들은 사투리를 별로 쓰지 않아요."

"그럼 퍼듀카[9]일까요?"

"그런 말투를 쓸 만한 남부 지역을 샅샅이 뒤졌어요. 심지어 플로리

---

9 켄터키주에 위치한 인구 2만 6000명의 작은 도시.

다까지요."

그가 말했다.

"어디에도 실종 아동으로 등재돼 있지 않았어요."

"아이 보호자가 차에서 버리고 갔다면 당연히 실종신고를 하지 않았겠죠."

"어쩌면 가출했는지도 몰라요."

"멍청한 사람들한테 그런 일을 당했다기에 아이가 너무 똑똑해서요. 지금 뭐 하고 있는지 제가 말씀 안 드렸지요?"

"뭐 하고 있는데요?"

"책장에서 셰익스피어 책들이 꽂혀 있는 걸 보고, 셰익스피어를 좋아하냐고 묻더군요. 그렇다고 하니까, 셰익스피어 희곡 인물들 이름으로 고양이 여섯 마리의 이름을 짓고 있어요. 어떤 이름을 고를지 결정하기 전에 캐릭터에 대해서 찾아본다면서 컴퓨터를 써도 되는지 물어보더라고요. 지금 그걸 하는 중이에요. 희곡 공부요."

조는 달걀장수가 셰익스피어를 좋아한다는 사실에 넋을 잃고 잠시할 말을 잊었다.

"저랑 있을 때는, 제 전공인 새에 대해서 흥미를 보이면서『조류학』교과서까지 좀 읽었어요. 사람들이 자신에게 애착을 갖게끔 하는 행동인지도 몰라요."

"그런 식으로 엉망진창인 가정에서 살아남았을지도 모르죠."

"누가 봐도 가족들은 이 아이에게 애착이 없었어요."

"제길, 그럴 수도 있겠네요."

조는 남자의 트럭 앞에 기대면서 이마에 손을 갖다 댔다.

"괜찮으세요?"

그가 물었다.

"지금 이 문제와 씨름하기에는 너무 지쳤어요."

"좀 앉아야겠는데요."

조는 남자의 트럭에서 몇 발짝 떨어졌다.

"오늘 열다섯 시간 동안 일했거든요. 지금 제게 절실한 건 샤워, 저녁 식사, 잠이에요."

"먼저 아이랑 대화해 보시겠어요?"

"무엇에 대해서요?"

남자가 팔짱을 꼈다.

"사실, 오늘 밤 얼사랑 두 번이나 그쪽을 찾으러 왔었어요."

"왜요?"

"아이가 걱정해서요. 아이 말로는 암에 걸렸다고 하던데요."

"빌어먹을! 차라리 기지국마다 들러서 방송하죠."

남자가 팔짱을 풀었다.

"그게 가능해요?"

"아니오! 근데 이미 우리 과 사람들이랑 제 지도 교수님이 충분히 하고 가셨어요."

"관해(寬解)[10] 판정 받으신 거예요?"

"사람들이 그렇게 부르더군요."

"얼사한테 괜찮다는 모습을 보여주고, 그렇다고 말해 줄 수 있겠어요? 얼사는 그쪽이 죽을까 봐 잔뜩 겁먹었어요."

"모든 사람은 죽기 마련이에요."

"아홉 살 버전으로 부탁해요."

"알았어요. 어쨌든 얼사에게 하고 싶은 말도 있었어요. 어젯밤 아이를 밖으로 내몬 게 미안해서요."

"달리 방도가 없으셨잖아요. 지도 교수님에게 추궁당할 뻔했다고 그러던데요."

"제 사생활에 대해 얼사가 이야기하지 않은 부분이 남아 있나요?"

"어떤 내의를 입는지는 미처 얘기 못 나눴네요."

'내의'라니. 그의 단어 선택에는 어머니의 영향이 크게 미치고 있는 게 분명했다.

"제 트럭으로 함께 가시죠."

"제 꼴이 말이 아닌데요."

"제 트럭도 그래요."

조는 달걀장수, 아니 개브리엘 내시에 대해 아는 것이 없었다. 셰익스피어를 좋아하고, 노상에서 달걀을 팔기에는 꽤 학식이 높은 남자라는 사실 외에는. 그녀는 얼사가 그에게 PhD를 따냐고 물었을 때 그

---

10 병의 증상이 줄어들거나 누그러짐을 뜻하는 의학 용어.

가 갑자기 화를 내보인 것을 기억했다. 그리고 그가 언급한 '엄마'라는 존재에 대한 증거도 일절 보지 못했다. 어쩌면 그는 얼사를 죽이고 아이를 미끼로 이용해, 조를 동일한 수법에 걸려들게 만들고 있는지도 모른다. 오늘만 100번째, 조는 아홉 살짜리를 혼자 숲에 내보낸 걸 자책했다. 그는 그녀가 머뭇거리는 것을 눈치챘다.

"원하시면 직접 차를 몰고 제 뒤를 따라오세요."

"그게 좋겠네요."

"조심하는 거, 잘하시는 거예요."

"무슨 말씀이세요?"

그는 어떻게 대답할지 잠시 고민했다.

"제가 만일 당신을 해치려고 한다면 그럴 기회가 충분히 있었을 거예요."

"저도 마찬가지예요. 제가 만일 당신을 해치려고 한다면요."

조가 남자의 말을 받아치며 말했다. 숲속에 혼자 사는 여성이라고 해서 공격당할 기회를 주는 것은 아니라는 사실을 분명히 하기 위해서였다. 그가 엷게 미소 지었다. 어둠 속에서 하얀 치아가 살짝 드리났다.

"이 집은 보통 한 사람이 빌리는 경우가 잘 없는데, 이번 여름에는 왜 혼자 오신 거예요?"

"그냥 그렇게 되었어요."

사실 올여름 언덕과 초원에 서식하는 곤충을 연구하는 한 대학원생이 키니 산장에 함께 머물 예정이었다. 하지만 상대가 조라는 사실을 알게 되자, 그는 연구비를 털어 구태여 다른 집을 구한 뒤 숙소가 조사지에 더 가까운 데 있어야 한다고 변명했다. 조는 그가 더는 '여자'라고 할 수 없는 이성과 한 공간에서 지내고 싶지 않아 한다는 걸 느꼈다. 그녀가 복학한 뒤 몇몇 남자 대학원생은 그녀를 어색하게 대했는데, 특히 과거 그녀에게 집적거리던 이들이 그랬다. 심리치료사는 남자들이 그와 비슷한 반응을 보일 것이라고 경고했었다. 하지만 거듭된 치료에도 이로 인한 상처는 쉽게 치유되지 않았다. 최근 몇 년간 그녀의 인생은 시련의 연속이었다. 새와 초록빛 세상은 몇 안 되는 조의 유일한 안식처였다.

"안됐네요. 외로우시겠어요."

달걀장수가 말했다.

"그렇지도 않아요. 연구할 때는 혼자가 나아요. 주변에 사람들이 있으면 산만해져서요."

그가 트럭 문을 열었다.

"제게 주시는 경고로 알겠습니다. 그럼 따라오세요."

8

달걀장수 집으로 이어지는 길은 수년간 자갈을 새로 깔지 않아 움푹 팬 데다, 딱 트럭 너비만 한 도로가 울창한 숲에 점령당하는 것을 막고 있었다. 깊숙이 파인 홈 사이로 차바퀴가 지나가면서 삐걱대는 소리와 함께 차가 흔들거리자 조는 속력을 낮추었다. 어디선가 컹컹 짖는 소리가 나더니, 자동차 헤드라이트에 작은곰 눈이 반짝하고 빛났다. 녀석이 트럭과 SUV 사이를 왔다 갔다 하며 계속 짖어대고, 어느샌가 옆에서 짓누르던 어두운 숲이 사라지고 조명이 켜진 훤한 마당이 펼쳐졌다. 달걀장수는 트럭에서 내려 개를 조용히 시켰다.

"큰곰에 이어 작은곰까지 떠안으셨네요."

차에서 내리며 조가 말했다.

"이 녀석은 여기 있으면 안 된다고 말했어요."

"글쎄요, 과연 그게 가능할까요."

"저도 압니다."

그가 말했다.

"먹이를 줘도 된다고 허락했거든요."

"동일한 패턴이네요."

"어쩔 수 없었어요. 굶주린 채로 닭이랑 새끼 돼지 곁을 맴돌게 할 순 없었거든요."

"돼지도 키우세요?"

"냄새 안 나나요?"

"말 냄새랑 돼지 냄새도 구분할 줄도 모르는걸요."

"도시민 대부분이 그렇죠."

'도시민'이라는 단어가 다시 그녀의 귀에 박혔다. 조가 물었다.

"키운 돼지를 잡아먹기도 해요?"

"아뇨, 셰익스피어 희곡을 읽어줍니다."

그가 미소 지으며 말을 이었다.

"당연하죠. 가능한 한 자급자족하고 있어요. 식품점에 가는 걸 싫어 하거든요."

"'문제적 기피현상'이로군요."

"그러게요."

남자가 수긍했지만, 그녀는 그 뜻을 이해하지 못했다. 그는 불 켜진 창문을 곁눈질했다.

"엄마는 얼사가 이 근방에서 사는 애고, 가정사가 복잡하다고 생각하고 계세요. 그래도 애가 여기 있는 걸 탐탁지 않아 하세요."

"얼사가 어머니께 외계인 이야기 꺼내지 않았나요?"

"그랬죠. 엄마는 그게 더 안쓰러운가 봐요. 현실에서 벗어나기 위해서 환상을 만들어 내고 있대요."

"그 말씀이 맞아요."

"아뇨."

그가 단호하게 말했다.

"얼사는 그 말도 안 되는 이야기 안 믿어요."

"그럼 왜 계속 그 얘기를 하는 걸까요?"

"똑똑한 녀석이니까요."

"외계인인 척하는 게 뭐가 똑똑한 거예요?"

"잘 모르겠어요. 벌써 그거까지 알아내기에는 제가 좀 모자라서요."

얼사는 마치 수년째 해온 일인 듯 자연스럽게 문을 열고 뛰쳐나와 테라스를 가로질러서 계단 세 개를 한달음에 건너뛰었다.

"아저씨가 언니를 찾았다!"

아이는 조의 허리에 팔을 감고 배에 머리를 댔다.

"보고 싶었어, 언니! 근데 있잖아, 나 또 기적을 봤어!"

"들었어. 새끼 고양이라며."

"언니도 가서 봐도 돼?"

아이가 게이브에게 물었다.

"밤에는 고양이들을 방해하면 안 돼. 그리고 언니도 뭘 좀 먹어야지."

그가 조에게 말했다.

"저녁에 먹은 음식이 많이 남아 있어요."

"아…… 고마워요. 그런데 전……"

"저희를 도와주는 거예요. 한번에 너무 많이 만들었거든요."

"폭찹, 애플소스, 풋강낭콩, 으깬 감자야."

얼사가 말했다.

"아저씨가 전부 기른 거야. 소스도 직접 만들었어. 언니, 여기 사과 나무도 있다! 오늘 올라갔었어!"

"새끼 고양이, 새끼 돼지, 사과나무……. 아이들의 판타지 세계에 나올 법한 것들이네요."

조가 말했다.

"애가 좋아하더군요."

그가 말했다.

"그래 보여요."

얼사는 조의 손을 끌고 '내시 가족농장'이라고 적힌 나무간판 아래에 있는 통나무집 계단으로 데리고 갔다. 그들은 지붕이 있는 테라스에 놓인 흔들의자를 지나 집 안으로 들어갔다. 내부는 통나무 벽과 나무 바닥, 돌로 된 벽난로와 원목 가구로 아늑하게 꾸며져 있었다. 조가 상상한 것보다 훨씬 더 기품 있었는데 특히 관리가 안 된 진입로와 낡은 '출입금지' 표지판을 보면서 전혀 상상하지 못했던 그림이었다. 부엌에는 현대식 가전제품이 갖춰져 있었으며 싱크대 상판은 고급스러운 화강암이었다. 게다가 낡은 창문형 에어컨이 설치된 키니 산장과 달리 내시 농장은 중앙 집중식 냉방 시스템이었다.

식탁에는 게이브의 할머니로 보이는 멋진 은발의 여성이 앉아 있었다. 그 바로 옆 네 발이 달린 지팡이가 있었다.

"캐서린 내시예요."

날카로운 하늘색 눈동자로 조를 유심히 살피며 노부인이 말을 걸었다. 그녀가 내민 손은 파킨슨병 증상처럼 눈에 띄게 떨리고 있었다. 조가 손을 잡으며 말했다.

"만나서 반갑습니다. 조애나 틸이라고 합니다. 조라고 불러 주세요."

"얼사가 종일 얘기하던 그분이시군요."

"귀찮게 해드려 죄송합니다."

조가 말하자 캐서린이 미소 지었다. 게이브는 벌써 스토브 위에 있는 냄비에서 따뜻한 음식을 퍼서 그릇에 담고 있었다. 그는 식탁 위에 그릇을 올리고 의자 하나를 당겨서 뺐다.

"정말 괜찮으시겠어요? 제 부츠가 바닥을 엉망으로 만들고 있어요."

"그린 말 말아요. 예전에 남편이 통나무집은 바닥이 좀 더러워야 실감 난다고 했어요."

"항상 먼지를 뒤집어쓰고 있던 아이 입맛에 딱 맞는 인생관이었죠."

조는 그가 조부모님 손에서 컸는지 궁금했다. 앞서 그는 엄마가 편찮으시다고 했었다. 어쩌면 그의 엄마는 그가 어릴 때부터 정상 생활이 불가능한 지병을 앓고 계시는지도 몰랐다. 그녀는 자리에 앉아서 맛있는 양념이 밴 부드러운 폭찹을 잘라서 입에 넣었다. 조가 캐서린에게 말했다.

"집이 정말 예뻐요."

"농장을 살 때부터 있던 집인가요?"

"바깥양반인 아서와 그 친구 몇 명이 지었어요."

그녀가 말했다.

"아가씨가 살고 있는 집 주인인 조지 키니도 와서 도와줬어요. 혹시 아는지 모르겠는데, 그분과 우리 바깥양반이 사이가 좋았거든."

"전 몰랐어요."

조가 대답했다.

"그 두 사람은 일리노이대학교 학부생일 때 룸메이트를 하며 처음 만났어요. 다른 주에서 대학원을 마친 뒤, 둘 다 일리노이로 돌아왔지요. 바깥양반은 시카고대학교에서 영문학을 가르쳤고, 조지는 잘 알겠지만 일리노이에서 곤충학자가 되었어요."

"맞아요."

아까부터 부엌에서 그녀를 바라보고 있는 게이브에게 눈길을 주며 그녀가 대답했다. 미스터리가 조금씩 풀렸다. 그를 길러 준 할아버지가 문학 교수였던 것이다. 셰익스피어와의 연결고리와 함께, 얼사가 PhD에 관해 물었을 당시 그의 반응이 어느 정도 이해가 되었다. 게이브는 의식적으로 그녀의 시선을 피한 뒤 냉장고에 플라스틱 용기를 집어넣었다. 조가 캐서린에게 물었다.

"키니 교수님이랑 부군 중에서 누가 먼저 이곳에 택지를 마련하셨나요?"

"아서와 내가 먼저 샀지요. 도시에서 벗어나고 싶었고, 아서는 어릴 때부터 통나무집을 짓겠다는 꿈이 있었어요. 그 후로 몇 년 뒤 옆집에 자리가 났을 때 조지 부부가 사들였지요. 조지는 집 근처 터키크리크에서 수생곤충 연구를 할 수 있게 됐다며 좋아했어요."

"집을 지을 당시 자녀분은 몇 살이었는데요?"

조가 물었다.

"이 집을 다 지을 때까지 게이브는 태어나지도 않았고, 게이브 누나는 고등학교에 다니고 있었어요."

그녀는 조의 당황한 얼굴을 보고 미소 지었다.

"내가 게이브의 할머니인 줄 알았죠?"

조는 차마 그렇다고 말할 수 없었다.

"게이브는 소위 말하는 늦둥이에요."

캐서린이 말했다.

"게이브를 가졌을 때 난 마흔 여섯이었고, 애 아빠는 마흔 여덟이었거든요. 게이브 누나는 게이브보다 열아홉 살 위예요."

"아버님은 아직 살아 계신 거예요?"

조가 게이브에게 물었다. 그러나 아들보다 먼저 캐서린이 답했다.

"아서는 2년 전에 세상을 떠났어요."

"죄송합니다."

조가 말했다.

"정말 건강했었는데 말이에요. 동맥류 때문에 갑자기 가버렸어요."

얼사는 대화를 듣고 있다가 조가 식사를 하는 사이 다른 방으로 가서 손에 종이를 들고 나왔다. 아이가 게이브에게 말했다.

"이름을 세 개나 지었어! 들어볼래?"

"물론이지."

그가 아이 앞에 있는 의자에 앉았다.

"수고양이 한 마리 이름은 햄릿이어야만 돼."

"그럼 슬픈 운명을 맞게 될지도 모르는데."

"알아. 어떤 일이 일어났는지 읽어봤어. 그래도 햄릿은 중요한 사람이잖아."

"그건 그렇지. 누가 햄릿인데?"

"회색 고양이. 왜냐면 회색은 좀 슬픈 색이니까."

"일리 있는데."

"흰색 고양이는『로미오와 줄리엣』에 나오는 줄리엣이야. 마음에 쏙 드는 이름이야."

"이하동문."

게이브가 말했다.

"그런데 줄리엣도 슬픈 운명을 타고났어."

"그 얘기 그만해! 그냥 이름이잖아!"

"네 말이 맞아. 줄리엣의 명대사 중에 '이름이야 무엇이면 어떠한가'

도 있으니까. 그것 말고 또 뭐 있어?"

"맥베스."

"운명에 대해서는 이제 노코멘트 할게. 어떤 녀석이야?"

"검은색이랑 흰색이 섞인 아이."

"많은 일을 했네. 셰익스피어 명작이 세 작품이나 포함돼 있어."

"찾아봤지. 어떤 희곡이 제일 중요한지. 다음은 '줄리어스 시저'야. 근데 줄리어스랑 줄리엣이 너무 비슷한 거 같지 않아?"

"시저라고 하면 되지."

"그럴 수도. 그 전에 시저에 대해서 좀 읽어봐야겠어. 그래야지 어떤 고양이한테 그 이름을 붙일지 결정할 수 있을 테니까."

"근데 시저의 운명도…… 좋다고는 할 수 없는데."

얼사는 화가 나서 입술을 앙다물었고 게이브는 웃음을 감추려고 손으로 입가를 쓸었다. 조는 그 모습이 너무 보기 좋았다. 두 사람은 이미 오랜 친구처럼 장난치고 있었다. 게이브가 말했다.

"이제 희곡 쪽으로 가는 게 좋겠다."

"아니, 이제 십으로 가는 게 좋겠어."

캐서린이 말했다.

"네가 집에 바래다줄 거니, 아니면 조가?"

그가 불안한 눈빛으로 조를 쳐다봤다.

"아직 안 정했어요."

"지금쯤 부모님 걱정이 극에 달했을 거다."

그의 엄마가 말했다.

"그렇지 않아요. 제가 여기서 PhD를 따고 있기 때문에 부모님은 기뻐하고 계세요."

캐서린의 날카로운 푸른 눈이 아들에게 고정되었다. 그가 말했다.

"알았어요, 알았어요."

"조랑 얘기해 볼게요."

"정말 맛있게 먹었어요. 감사합니다."

조가 의자에서 일어나며 말했다. 게이브가 문 쪽으로 손짓했다. 얼사가 따라 나오려고 하자 그가 말했다.

"부탁 좀 들어줄래? 언니가 먹은 그릇을 싱크대로 가져가서 헹궈 줘."

"내 얘기하려고 그 말 하는 거 다 알아."

"설거지하는 게 싫어서 말하는 거야. 어서."

그는 조를 데리고 밖으로 나간 뒤, 안에서 소리가 들리지 않게 테라스 계단 아래로 내려갔다.

"얼사는 여기서 못 지내요. 엄마는 어젯밤 얼사가 여기서 잔 사실을 몰라요."

"어떻게 모르실 수 있죠?"

"저도 몰랐으니까요. 소젖을 짜러 가니까 헛간에서 개가 짖더군요."

"애가 헛간에서 잤어요?"

"그런 거 같아요."

"불쌍해라. 그동안 교수님 댁에 딸린 창고에서 지냈더라고요."

"그보다 더한 일도 겪은 것 같다는 생각이 들어요."

그가 말했다.

"돌봐줘서 고마워요. 얼사는 오늘 밤 다른 아이 같았어요."

"네, 그런데 여기서 지낼 순 없어요. 애가 어디 사는지 모른다는 걸 엄마가 아시면 경찰서에 데려다 주라고 하실 거예요."

"앞으로 어떻게 할지 같이 고민해 봐야겠네요. 그런데 내일은 시간을 낼 수가 없어요. 관찰해야 할 둥지가 너무 많거든요."

"나한테 그걸 바라진 마세요. 동물처럼 아이를 가둬 놓는 일은 하지 않을 거예요."

"알아요. 상상만 해도 끔찍하죠?"

남자는 조도 놀랄 정도로 얌전해진 작은곰을 내려다보았다. 그녀 손에서 폭찹 냄새를 맡고 혀를 날름거리고 있었다. 그가 말했다.

"만약 우리가 기다리기로 한다면요?"

"뭘 기다려요?"

"다섯 개의 기적을 볼 때까지 말이에요. 애가 기한을 정한 게 좀 이상하지 않아요? 왜 그랬을까요?"

"시간을 끌기 위해서겠죠."

"그래야 하는 이유가 있을지도 몰라요. 자신이 신뢰하는 누군가가 집으로 돌아오는 걸 기다린다든지 하는 식으로요."

"이 근방 아이가 아닌 거로 결론짓지 않았나요?"

"지난주에 여기로 왔을지도 몰라요."

얼사가 듣고 있지 않다는 걸 확인하기 위해 그가 문 쪽을 쳐다봤다.

"어쩌면 할머니가 아이를 돌보다가 병원에 입원했을지도 몰라요. 할머니가 아프시고 나서, 이곳에 사는 친척 집으로 오게 된 뒤 학대를 받다가 달아난 건지도 모르죠."

"저도 그런 이야기를 상상했었어요."

"상황에 딱 들어맞잖아요."

"만약 할머니 건강이 좋아지지 않는다면요?"

조가 말했다.

"만약 할머니 건강이 좋아졌는데, 우리가 아이를 위탁 가정으로 보내버렸다면요?"

"이론상에 존재하는 할머니가 다시 나타날 때까지 얼마나 기다려야 하죠?"

"전 단지 며칠 동안 생각을 좀 해보자고 말씀드리는 거예요. 그 사이 아이가 우리를 신뢰하게 돼서 사실을 말해 줄지도 모르고요."

얼사가 문밖으로 고개를 빼꼼히 내밀었다.

"내 이야기 다 끝났어?"

"아니. 안에 들어가 있어."

그가 문을 닫으며 말했다.

"기다리다가 우리가 위험해질 수도 있어요."

조가 말했다.

"아무도 실종신고를 안 했고, 아무도 아이에 대해서 신경 쓰지 않고 있어요. 그때 말씀하신 경찰마저도요. 그 사람 말대로 얼사가 이상한 위탁 가정에 맡겨질 수도 있는데, 더 나은 대안을 찾을 수도 있는 상황에서 굳이 서두를 이유가 없을 것 같아요."

"아이를 경찰한테 데려다 주고 나서, 나쁜 곳에 맡겨지지 않도록 신경 쓰면 되지 않을까요?"

"어떻게요?"

그녀는 대답하지 못했다.

"경찰한테 데려다 주고 싶으면 그렇게 하세요."

그가 말했다.

"그런 건 아니에요."

"그럼 다시 키니 산장으로 데리고 가요."

"일하러 가는 사이 아이를 혼자 내버려 두라고요?"

"지나가면서 우리 집 앞에 내려 주세요. 오전에 축사에 있을 테니까요."

"너무 이른 시간이에요."

"알아요. 지나갈 때 소리 들리거든요. 아이도 적응할 거예요."

"어머니께는 어떻게 설명하시려고요?"

"우리 농장에 놀러 오는 걸 좋아하는 동네 아이라고 해 두죠."

"이렇게 하는 게 옳은 건지 모르겠어요."

"아이를 옷장에 가두고 경찰에 신고하는 게 더 못할 짓 아니겠어요?"

"제길, 맞는 말이네요."

9

그 후 나흘간 조와 게이브는 은밀하게 얼사를 주거니 받거니 했다. 어떨 때는 이혼한 부부가 서로의 집에서 아이를 넘겨주는 것 같은 기분이 들었다. 그러나 그보다는 이른 새벽과 땅거미가 지는 어두컴컴한 시간에 아이를 주고받으며 모종의 불법 거래를 하는 것처럼 느껴졌다. 조는 매일 밤 집에 돌아온 뒤 실종아동찾기 홈페이지를 확인하며, 얼사의 겁먹은 갈색 눈동자를 찾아 스크롤을 내렸다. 그러나 일주일이 더 지났는데도 아이를 실종신고 한 이는 나타나지 않았다.

사흘째 되던 날, 게이브는 얼사를 데리고 알뜰시장에 가서 옷을 사주었는데, 그 뒤 옷장 안은 보라색과 눈이 큰 동물이 프린트된 무늬로 가득차고 말았다. 나흘째가 되자(깨끗한 옷을 입고, 잘 먹고, 장시간 야외에서 신나게 논) 얼사는 더 요정이 버린 아이처럼 보이지 않았다. 눈 밑에 있던 다크서클은 사라지고 피부는 건강한 분홍빛이 된 데다 몸무게도 조금 늘었다.

매일 밤 샤워를 마치고 얼사는 농장에서 있었던 일들에 관해 얘기했다. '이상한 나라의 개브리엘'과 보내는 시간을 얼마나 좋아하는지, 조는 가끔 질투가 날 정도였다. 그때가 마치 이혼한 부부처럼 느껴지는 순간이었다. 게이브에 대해서 거의 아는 것이 없는데도 말이다. 양쪽 '부모' 사이의 긴장감은 다섯 번째 날 밤 얼사가 다시 종알거리기 시작했을 때 더욱 고조됐다.

"오늘 아저씨가 뭘 하게 해 줬게?"

"소젖을 짜기라도 했어?"

"그건 이미 했고."

"새끼 유니콘이라도 탔니?"

"그러면 좋았게! 근데 총 쏘는 것도 그만큼 재밌었어."

조는 포크를 내려놓았다.

"과녁 정중앙에 세 번이나 맞혔어!"

조는 의자를 밀고 그 자리에서 일어났다.

"여기 있어. 금방 돌아올게."

조는 키를 쥐고 샌들을 신었다.

"언니 어디가?"

"아저씨한테 할 말이 있어서."

"왜 화가 났어?"

"왜 그런 생각을 하니?"

"언니 눈이 화난 거 같아서."

"너한테 화난 거 아니야. 여기서 기다려."

조는 따라오지 못하게 작은곰을 테라스에 들여놨다. 그리고 아무렇게나 방치된, 그의 집에 이르는 길에서 엄마가 물려주신 소중한 차 아랫부분이 긁힐 때마다 달걀장수를 향해 욕이 치밀어 올랐다.

게이브가 분홍색 앞치마를 입고 문을 열었고, 잔뜩 화가 난 상태가 아니었다면 조는 얼굴에 수염이 가득한 근육질의 남자가 마사 스튜어트[11]처럼 하고 있는 모습에 웃음을 터뜨렸을 것이다.

"저 그랜드 캐니언 같은 길은 손 좀 보셔야겠어요."

"그거 말해 주러 왔어요?"

"아뇨."

"얼사는 괜찮아요?"

"잘 있어요."

조가 말했다.

"그리고 앞으로도 잘 있길 바라요. 그러니까 지금부터 애 근처에 총은 두지 마세요."

"무슨 일이니?"

그의 엄마가 안에서 큰 소리로 말했다.

"조예요. 설탕 좀 빌리러 왔어요. 여기서 기다려요."

---

11 미국의 여성 기업인. 살림이라는 주부들의 일상을 비즈니스로 끌어올린 입지전적 인물로 전 세계 주부들의 살림 롤모델로 통한다.

그가 조에게 말했다. 그리고 1분도 채 안 돼 돌아왔는데 그사이 앞치마는 사라지고 손에는 설탕 봉투가 들려 있었다.

"총기 규제에 목숨 건 단체 소속이에요?"

수염 사이로 활짝 웃음꽃이 폈다.

"화기의 위험성을 인지 못 하는 어린애한테 총을 쥐어 주는 데 반대하는 거예요."

"눈, 귀 보호대를 착용하게 하고 안전지침을 전부 알려줬어요."

"얼사는 애고, 애들은 예상 못 하는 일들을 저지른다고요. 아빠의 총기 보관함에서 몰래 총을 꺼내 아기 남동생을 쏘기도 한다고요."

"얼사는 그보다 똑똑해요. 애가 결국 어디로 보내질지 누가 알겠어요? 앞으로 그 기술이 필요할지도 모른다고요."

"못살게 구는 위탁 부모를 쏴 버리는 데요?"

"전 준비를 철저히 하자는 주의예요."

그가 말했다.

"그래요, 종말을 위해서요."

"그럴지도요."

"당신도 그런 사람이에요? 생존 광(狂)? 셰익스피어를 읽는 남자가 어리석게 어떻게 그런 생각을 할 수 있어요?"

"그러니까 총기 소지자들은 전부 셰익스피어도 안 읽는 멍청이란 겁니까? 정말 그렇게 생각하세요?"

"이런 논쟁할 힘이 하나도 없어요. 그냥 얼사가 접근하지 못하게 총기 관리 잘하세요."

그녀는 계단을 내려가다가 다시 돌아와 그의 손에서 설탕을 채갔다.

"마침 커피 마실 때 이게 떨어졌는데 잘됐네요."

집으로 되돌아가면서 얼사를 잠시 데리고 있겠다는 결심을 하면서 들었던 수많은 의심이 다시금 수면 위로 떠올랐다. 그중에서도 달걀장수에 대한 의구심이 점점 강해졌다. 사실 그녀는 그 남자에 대해 아무것도 아는 것이 없었다. 얼사는 인도까지 나와 그녀가 돌아오기를 기다리고 있었다. 아이가 물었다.

"아저씨랑 싸웠어?"

"그럴 리가 있겠니."

조가 말했다.

"아저씨가 나 계속 놀러와도 된대?"

두 사람의 불협화음에 아이는 예상한 것보다 훨씬 더 실망한 빛을 감추지 않았다. 조는 아이 앞에 쪼그리고 앉아서 아이의 손을 잡았다.

"물론이지, 괜찮아. 아저씨랑 의견 차가 좀 있었던 것뿐이야."

"총 쏘는 거 때문에?"

아이가 물었다.

"그래. 우리 부모님과 아저씨 부모님은 양육 방식이 달랐어. 난 절대 총 쏘는 게 '재미'라고 생각하지 않아. 사람을 죽이는 게 유일한 목적이라고 배웠거든."

"우린 그냥 과녁을 쐈는데."

"사람들이 왜 과녁을 사용할까? 사람의 심장이나 머리를 조준하는 법을 익히기 위해서야. 아저씨는 너에게 사람을 죽이는 법을 가르쳐 준 거야."

"난 그렇게 생각 안 했는데."

"총의 목적은 그게 다야. 그거나 사슴을 죽이는 건데, 네가 그럴 일은 없잖니?"

"난 절대 사슴을 죽이지 않을 거야!"

"좋아. 이제 총은 안 돼, 알았지?"

"알겠어."

조가 전자레인지에 다시 데운 뒤 음식을 막 입에 넣으려는 찰나, 테라스에 있던 작은곰이 짖기 시작했다. 그녀는 테라스로 가서 게이브의 트럭이 끼익 소리를 내며 자신의 차 뒤에 멈춰 서는 것을 지켜보고는 '못살겠네, 정말!'이라며 중얼거렸다.

"계속 논쟁하자고 여기까지 온 거예요?"

"논쟁한 적 없어요."

"본인이 한 일을 변호하셨잖아요."

"그건 논쟁이라고 할 수 없죠."

"저녁 먹던 중이었는데요. 마저 먹어야 해요."

"물론 그러셔야죠."

느릿느릿 걸어오며 그가 말했다.

"무슨 일로 오셨어요?"

"평화 협상하려고요. 저 하늘의 별만큼 소모적 언쟁이 아무 의미가 없다는 걸 보여 줄 만한 게 또 없을 겁니다. 망원경을 가지고 왔어요."

"바람개비 은하!"

뒤에서 얼사가 외쳤다.

"아저씨가 약속했어! 언젠가 보여 줄 거라고!"

"게다가 오늘 밤은 완벽해요."

게이브가 말했다.

"달도 없고 공기도 맑은 데다, 총기 청정구역인 이 집으로 도둑을 유인할 불 나간 전등까지……."

그녀는 짜증 섞인 표정을 지으려고 했지만, 그의 미소에 지고 말았다.

"준비할 동안 식사 마저 하세요. 망원경 설치하는 법 가르쳐 줄까?"

그가 얼사에게 물었다.

"응!"

그녀는 덧문을 열고 안으로 들어가며 말했다.

"아저씨랑 구경(口徑) 안을 들여다보는 건 지금 같은 때뿐이야. 알아들었지?"

"알았어."

얼사가 대답하고 게이브가 거수경례를 했다. 조는 식사를 마치고 설거지까지 끝낸 뒤, 들판 가장자리에서 그들과 합류하면서 게이브의 망원경이 그녀가 생각한 것보다 훨씬 더 좋은 것이라는 걸 눈치챘다. 그 망원경은 본래 게이브 아버지 소유로, 천문학에 남다른 관심이 있었던 그는 자식들에게 밤하늘에서 천체를 찾는 법을 알려주었다. 게이브는 함께 가지고 온 쌍안경을 얼사에게 보여 주며, 북두칠성으로 바람개비 은하 위치를 찾는 법을 가르쳐주었다. 종일 현장을 돌아다니느라 녹초가 된 조는 흐릿한 형체의 은하를 찾는 것이 버거워 간이 의자에 앉아 두 사람의 대화를 듣고만 있었다.

하지만 근사한 망원경으로도 게이브가 말한 '낮은 표면밝기' 때문에 바람개비 은하를 찾는 데까지 꽤 오랜 시간이 걸렸다. 조에게는 은하를 찾기 전 의자에서 곯아떨어질지 모른다는 소리였다.

"됐다. 찾았어."

그가 말했다.

"메시에 101, 다른 말로 바람개비 은하."

얼사는 그가 가져 온 상자 위에 올라서서 접안렌즈를 들여다보았다.

"보인다!"

그 뒤 둘은 은하를 관찰하느라 조용해졌다.

"언니, 이거 뭐 닮았게?"

"바람개비?"

"유리멧새 둥지처럼 생겼어. 하얀 별은 새알이고."

"나도 봐야겠다."

조가 의자에서 일어나 망원경 안을 들여다보았다. 얼사 말이 맞았다. 천상의 소용돌이는 하얀 별 알로 가득 찬 둥지였다.

"정말이네, 내가 지금까지 본 것 중에 가장 멋진 광경이야. 위에서 바라보는 유리멧새 둥지 같아. 가장자리가 들쑥날쑥한 것까지 똑같아."

게이브도 다시 한번 들여다보았다.

"보인다. 둥지 가운데 있는 소용돌이는 무한대로 이어지는 거야. 바람개비보다 나는 그 이름이 더 맘에 들어. 무한 둥지."

"거기가 내가 사는 곳이야."

얼사가 말했다.

"난 무한 둥지에서 산다고."

"좋겠네."

손가락으로 아이의 머리카락을 헝클어뜨리며 조가 말했다.

얼사는 신이 나서 별 사이를 뚫고 지나가기라도 할 듯 방방 뛰기 시작했다.

"마시멜로 구워도 돼?"

"얼사……. 난 너무 피곤해서 불 피울 힘도 없어."

"내가 해 줄게."

게이브가 말했다.

"마시멜로를 가지고 오시게, 둥지의 안주인이시여."

얼사가 뒷문으로 달음박질쳤다. 그가 물었다.

"괜찮겠어요?"

"네 시 반에 일어났거든요."

조가 말했다. 그건 얼사도 마찬가지였지만 게이브의 갑작스러운 방문으로 아이는 활기가 넘쳐흘렀다.

"앉아서 쉬어요."

게이브가 말했다.

"오늘 오후보다 나은 판단력으로 마시멜로 굽는 걸 지켜볼게요."

그는 화덕에 나뭇가지를 던져 넣기 시작했다.

"이건 사과예요."

"좋아요."

그녀는 간이의자에 다시 앉았다.

"저도 셰익스피어를 읽는 멍청이라고 말한 거 사과할게요."

"전 셰익스피어를 읽는 노상 장사치인걸요. 그게 그거죠."

그가 그녀의 얼굴을 바라보았다.

"왜 일정한 직업도 없이 달걀이나 팔고 있는지 궁금하시죠?"

"제가 관여할 일이 아니죠."

그녀가 말했다. 하지만 그녀도 가끔 같은 질문을 하곤 했다.

"우리 집 암탉들이 우리가 먹는 것보다 알을 훨씬 더 많이 낳는 바람에 팔기 시작했죠."

그는 시선을 돌려 장작더미에서 나뭇가지를 집어 들었다.

"매대에서 달걀을 팔며 치료를 받기도 하고요."

"치료요? 어떤……."

그는 다시 그녀를 바라보았다.

"사회 불안, 우울증, 경미한 광장 공포증이 있는 사람에게 필요한 치료요."

그녀는 그가 진심인 건지 알아보기 위해 똑바로 앉았다.

"걱정하지 마세요. 얼사는 괜찮아요. 아이를 해치거나 그러지 않아요."

얼사가 달려와서 간이의자 위에 마시멜로 봉지를 던졌다. 게이브가 말했다.

"라이터도 좀 가져다줄래?"

아이가 다시 집 안으로 달려갔다.

"제가 설마 우울증이 있다고 해서 얼사를 해칠 거라고 생각하겠어요?"

조가 말하자, 그는 으쓱했다.

"정신질환을 이해하지 못하는 사람들이 많잖아요."

"라이터 어딨어, 언니?"

얼사가 뒷문을 열고 소리쳤다.

"토스터 옆에 있는 서랍에."

"거기 없어."

"쇼 교수님이랑 언니오빠들이 왔을 때 사용하고 다른 데 뒀나 보다. 한번 찾아 봐."

그녀는 다시 게이브에게 몸을 돌렸다. 그녀가 물었다.

"약물치료가 효과가 있었나요?"

"의사들이 약을 먹으라고 할 때 치료를 그만뒀어요."

"그게 언젠데요?"

"몇 년 됐어요. 시카고대 2학년 때 부모님이 신경쇠약이라고 부르던 증상이 있었어요. 그 뒤로 지금껏 정신 못 차리고 있지요."

"시카고대학이요? 아버님이 재직하셨다던?"

"맞아요. 한심한 노릇이죠, 안 그래요? 하나밖에 없는 아들한테 걸었던 기대가 똥통에 처박힌 거죠."

그가 무릎에 나뭇가지를 대고 부러뜨린 뒤 모닥불 속으로 던졌다.

"안타까운 일이네요."

"뭐가요? 누구의 잘못도 아닌걸요. 유전자를 내 맘대로 선택할 수 없잖아요."

"그 심정 제가 잘 알죠. 들어보셨는지 모르겠지만, 제 유방암도 BRCA1 유전자 돌연변이 때문에 발생했거든요."

"네, 들어봤어요."

얼사가 라이터를 가지고 돌아왔다.

"그 사람들이 언니 책상 서랍에 넣어 놓은 거 있지."

"그래? 이상하네."

조가 말했다. 게이브가 라이터 불을 켜고 미소 지었다.

"자료 근처에는 얼씬도 하지 않을 것을 맹세할게요."

"잘 생각했어요."

조가 말했다. 게이브가 화덕 안에 있는 나뭇가지에 불을 붙이는 동안 얼사는 마시멜로를 끼울 꼬챙이를 찾으러 갔다.

"암 얘기는 하는 게 아니었어요. 말씀하신 걸 과소평가 하려는 의도는 없었어요."

"아뇨, 그렇게 해 주세요. 그럴 수만 있다면."

"그런데 전혀 불안 증세가 있는 것처럼 보이지 않아요. 제가 아는 사람들보다 훨씬 더 사교적이신데요."

"그래요? 달걀 매대 덕인가 봐요. 그런데 영역을 벗어나면 초토화돼 버릴 거예요."

"그것 때문에 식품점을 싫어하는 거예요?"

그가 고개를 끄덕였다.

"긴 줄이 있으면 그냥 나와 버리기도 해요."

"왜요?"

"사람들이 득실대는 게 견딜 수가 없어요. 그런 기분 느껴본 적 있나요?"

"아마도요. 예를 들면 월마트에서."

"맞아요. 거긴 최악이죠!"

얼사는 가져온 꼬챙이에 마시멜로 세 개를 꽂았다. 게이브가 말했다.

"잘했어."

"하나는 내가 먹고, 하나는 언니가 먹고, 마지막 거도 내가 먹고! 아냐, 전부 내 거 할래!"

얼사가 말했다. 조는 마시멜로를 굽는 걸 지켜보면서 두 사람이 함께 있는 모습이 사랑스럽다고 생각을 하다가 깜빡 잠이 들었다. 그녀는 뺨을 쓸어내리는 게이브의 손가락에 눈을 떴다.

"모기가 붙어 있었어요."

그가 말했다.

"숲속의 모기들을 제가 전부 먹여 살렸겠네요."

"그렇지 않아요. 제가 보고 있었거든요."

그녀는 졸음을 털어내려 애썼다.

"저한테 날아오는지요?"

"네."

그의 눈길은 마치 그녀에게 키스하려는 듯했고, 잠에서 깨자마자 갑자기 솟구친 아드레날린 때문에 그녀는 이상한 기분을 느꼈다. 흡사 어지러움과 비슷했다. 그녀의 심장은 마치 갈비뼈를 뚫고 나갈 듯이 심하게 요동쳤다.

그녀는 혹시 얼사가 게이브가 자신의 뺨을 어루만지는 모습을 봤을까 봐 자리에서 몸을 일으켰다. 아이는 맞은편 간이의자에 잠들어 있었다. 녹은 마시멜로를 두 볼에 덕지덕지 묻히고서. 조가 휘청거리며 일어났다.

"얼사는 들어가서 자야 해요. 너무 일찍 일어나거든요."

"알아요."

그도 옆에서 일어섰다.

"안에 데리고 들어가려고 했는데 어딘지 잘 몰라서요. 얼사는 침대에서 자나요, 아니면 소파에서?"

"소파요."

그는 얼사를 의자에서 들어 올렸다. 얼사가 중얼거렸다.

"아저씨?"

"계속 자. 안에 들여봐 줄게."

게이브가 얼사를 안고 집 안으로 들어가자 조는 남아 있는 불길에 물을 뿌렸다.

"제가 하려고 했는데요."

부엌문에서 그가 말했다. 그리고 밖으로 나와 그녀의 손에서 호스를 가져가서 수도꼭지 위에 둘둘 감았다. 그녀가 물었다.

"망원경은 어디 있어요?"

"치웠어요."

"얼마 동안 좋았나요?"

"별들이 약 15도 움직이는 동안요."

그는 그녀 가까이에 서 있었다. 스토브 위 형광등이 그의 얼굴을 비추었다. 그녀는 그가 원하는 것을 눈치챘다. 바로 자신과의 잠자리였다.

그녀의 가슴이 뛰기 시작했다. 수술 뒤에 생긴 호르몬 변화 때문인가? 남자가 다가오는데(그것도 자상하고, 잘생긴 남자가!) 그녀의 몸은 왜 화난 회색 곰을 만나기라도 한 것처럼 반응하는 걸까?

그녀는 과거 자신을 떠올렸다. 매력을 느낀 남자가 너무 강하게, 혹은 성급하게 다가왔을 때 어떻게 반응했는지 기억하려 애썼다. 예전의 조라면 장난스럽게 상대를 향해 진정하라고 말했을 것이다. 자신감이 넘치고 편안했기 때문에 쉽게 유머가 나왔다. 아마 자신도 상대방의 욕구에 살짝 달아올랐겠지. 하지만 침착했던 자신은 온데간데없고, 그러한 사실을 깨달은 뒤에는 온몸이 열이 펄펄 끓는 것처럼 벌벌 떨리고 있었다.

그녀는 떨림을 멈추기 위해 자신의 몸을 감싸 안았다. 공포감에 사로잡힌 자신의 모습이 게이브에게 어떻게 보였을지 알 수 없었다. 그가 본 것이 무엇이었든, 그는 한발 물러섰다. 눈에는 당황한 빛이 역력했다. 게이브가 말했다.

"이제 그만 가 보는 게 좋겠어요."

그가 너무도 순식간에 자취를 감춘 나머지, 트럭이 멀어져가는 소리가 들리지 않았더라면 그녀는 조금 전까지 자신의 눈앞에 서 있던 그의 모습이 꿈이었다고 생각했을 정도였다.

10

늦잠을 자는 바람에 조는 다섯 시가 돼서야 얼사를 깨웠다. 함께 시리
얼을 먹던 얼사가 물었다.

"오늘은 언니 따라가면 안 돼?"

"왜?"

"언니가 하는 일 보고 싶어."

"전에 봤잖아."

"깊은 숲속에 있는 둥지들이 보고 싶어. 오늘 거기로 가는 거야?"

"맞아."

"제발 데리고 가 줘!"

"아저씨네 농장에 가는 것만큼 재밌지 않을 텐데."

"아니, 재밌을 거야."

"한번 들어가면 네가 싫어해도 다시 못 나와. 하루종일 나랑 같이 숲

속에 있어야 해."

"싫다고 안 할게. 약속해!"

조는 나쁠 게 없다고 생각했다. 기분전환 삼아 대화 상대가 생기면 즐거울지도 몰랐다.

"아저씨가 기다릴 테니 가서 말해 줘야 해."

"내가 할게."

얼사가 말했다.

"아저씨 휴대전화번호 모르는데."

"직접 가서 말해야 해. 아저씨한테 전화기가 있는지도 잘 모르겠네."

조는 샌드위치를 두 개 만들고 여분의 물과 스낵을 챙겼다. 그리고 아이에게 게이브가 알뜰 시장에서 사준 긴바지와 긴소매 옷으로 갈아 입게 했다. 얼사가 아끼는 보라색 운동화로 갈아 신자, 조는 진드기가 옷 속으로 파고들지 못하게 바짓단 위로 양말을 끌어 올리고 상의를 바지 안에 넣어 입는 방법을 알려주었다.

문을 잠그기 전, 얼사는 개 사료를 그릇에 한가득 부었다. 조는 얼사 와 '잠시 지내기로' 하면서 마지못해 개 사료를 사는 데 동의했다. 하지 만 매일 아침 개가 뒷문에서 사료를 먹느라고 정신 팔린 사이 재빠르 게 터키크리크 로드를 빠져나와야만 했다.

게이브 집 앞 움푹 팬 도로에 차를 세우자, 야행성 곤충들이 헤드라 이트 불빛에 달려들었다.

"이 길은 딱 질색이야. 차가 다 망가지게 생겼어."

얼사가 안전띠를 풀었다.

"그럼 여기 있어. 어차피 언니는 아저씨가 어디 있는지 모를 거야."

아이는 차에서 폴짝 뛰어내린 뒤 어두운 길 속으로 사라졌다. 그러고는 몇 분 뒤 숨을 헉헉대며 돌아와 다시 차에 올라탔다.

"아저씨가 뭐래?"

"괜찮댔어."

"그게 끝이야?"

"엄청 바쁘던데."

"뭐 한다고?"

"돼지우리 문을 고치고 있었어."

얼사가 안전띠 버클을 채우며 덧붙였다.

"근데 화났을지도 몰라."

"왜 그런 소릴 해?"

"보통 아침에 나를 보면 좋아하는데 오늘은 안 그랬어. 내가 언니랑 가지 말고, 거기로 왔으면 하는 걸까?"

"그냥 문 고치느라 바쁜 걸 거야."

그것보다 다른 이유가 있을 것이다. 충분한 휴식 끝에 머릿속이 한결 또렷해진 조는 마음속으로 전날 밤 일을 재생해 보면서 자신이 그의 행동을 오해했다는 사실을 깨달았다. 사회 불안 증세가 있는 사람이 잘 알지도 못하는 여자와 잠자리를 하고 싶어 할 리 없었다. 아마키스를 할 뻔한 일도 없었을 것이다.

그날 밤 조는 겁에 질렸었다. 아마도 수술 후 처음으로 이성과 교감을 나누었기 때문일 것이다. 그녀는 그만 뒤죽박죽된 신호를 보내면서 가여운 그 남자를 혼란에 빠뜨렸고, 설상가상으로 그는 자신의 우울증 고백으로 그녀가 자신을 거부했다고 생각할 것이다. 만일 그녀가 이성에게 암에 대해서 솔직하게 말했는데 그가 갑자기 거절했다면 그녀 또한 상처 입었을 터였다. 그녀가 낮게 신음했다.

"제길."

"왜 그래?"

얼사가 말했다.

"아무것도 아니야."

그들은 집에서 가장 멀리 떨어진 '자연 기반' 조사 지역, 노스포크 계곡으로 향했다. 언제나처럼 얼사는 고생스러운 환경 속에서도 동요하지 않았다. 계곡 주변에 숲이 아무리 울창하고, 축축하고 혹은 가시로 뒤덮여 있어도 불평 한마디 하지 않았다. 모기떼가 성가시게 굴거나 진드기가 옷 위에서 기어도 신경 쓰지 않았다.

조는 해야 할 일 총 세 가지를 설명했다. 이미 발견한 둥지를 관찰하고, 새로운 둥지를 찾고, 둥지 주변에 설치한 카메라에 저장된 데이터를 노트북에 옮기는 것이었다. 조는 얼사에게 새로운 둥지를 찾는 법을 알려주며, 새들이 다급하게 움직이고 경고하는 듯이 울어대면 근처에 보호 중인 둥지가 있을 것이라고 설명했다. 얼사는 경고하는 소리와 일반적인 울음소리의 차이점을 금방 구분해냈고 소리가 나면 둥지를 찾으러 혼자 사라지기도 했다.

그들은 노스포크 다음으로 제시 브랜치 현장을 들린 뒤 서머스 계곡을 향했다. 조사 지역 중 가장 아름다운 곳이었다. 얼사는 새로운 둥지를 찾지 못했지만 셀 수 없이 많은 새알과 아기새를 보았다, 또 어미 사슴과 새끼 사슴이 함께 있는 광경을 목격하기도 하고 표범개구리를 잡았으며, 붉은 숫잔대에서 꿀물을 마시는 벌새를 보고, 못에서 송사리 떼와 수영을 하며 더위를 식혔다.

그 못은 조가 가장 좋아하는 휴식 장소였다. 얼사가 물놀이를 하는 동안 조는 휴대전화를 켜고 태비에게서 온 문자 세 통을 발견했다. 오전 9시 30분에 온 첫 번째 문자에는 「헐, 작약과 붓꽃 집 세놓는대」라고 되어 있었다.

두 번째 문자는 1시 15분에 도착했다. 「집주인이랑 얘기했어. 흥미 있어 함. 빨리 사라질 듯.」

바로 1분 뒤에 온 세 번째 문자에는 「답 좀 해! 당장 이쪽으로 와!」라고 되어 있었다.

조와 태비는 지난 몇 년간 한 아파트에서 살았다. 조가 암 치료를 마치고 복학하면서 둘은 나무에 둘러싸인 단독주택을 빌리기로 의기투합했는데 '작약과 붓꽃 집'은 두 사람이 학부 3학년 시절부터 쭉 함께 달린 어배너의 조깅 코스 중간에 있었다. 테라스가 있는 아담하고 흰 미늘벽 판잣집이었는데, 맨 처음 그 집을 지나갈 때 작약과 붓꽃이 앞마당에 가득 수놓아져 있었다. 게다가 그 집은 '스테이트 스트리트'로

불리는 캠퍼스 동쪽의 고풍스러운 지역에 위치하고 있었다. 조가 문자를 보냈다.

「잡을 수 있어?」

무려 20초에 걸려 문자를 보냈는데, 태비는 전화기를 잡고 대기 중이었는지 순식간에 답장이 왔다.

「집주인 왈, 두 사람이 같이 계약해야 한대. 최대한 빨리. 누가 아파서 메인주로 가 봐야 한다나.」

조는 그런 갑작스러운 변화에 대해 너무 잘 알고 있었다. 태비에게 다시 연락이 왔다.

「빨리 와! 이 집 끝내줘! 집 안을 봐야 해! 뒷마당도 끝장임!」

수신 상태가 좋아서 조는 다음 날 날씨를 체크했다. 비 올 확률이 70퍼센트였다. 그러면 어차피 현장에서도 얼마 있지 못할 것이었다.

「정오쯤 도착할 거야. 잠시 기다려 달라고 해.」

태비가 답장했다.

「해 볼게. 곧장 여기로 와. 사랑해!」

마지막에 입에 손을 대고 있는 원숭이와 함께 입술 두 개를 이모티콘으로 보냈다. 태비의 전매특허 '원숭이가 날리는' 키스였다. 조는 휴대전화를 가방에 넣고, 손으로 물고기를 잡는 얼사를 바라보며 큰소리로 말했다.

"그물이 있어야겠는데."

"있어?"

"키니 산장에서 하나 봤어. 나중에 터키크리크에 가지고 가서 뭐가 잡히는지 보자."

"좋아! 여기 진짜 예쁜 물고기가 있는데 가까이 가서 볼 수가 없어."

"인제 그만 나와. 차로 돌아가기 전에 몸 말려야 해."

얼사는 가슴까지 오는 물을 헤치고 나와서 자갈을 밟고 두 사람이 점심을 먹은 이끼 낀 바위로 왔다. 코와 뺨에 진흙이 묻어 있었다. 그 나이 때의 조 같았다. 아빠가 부르던 진흙 병아리를 닮은. 얼사가 물었다.

"우리 어디 가는데?"

"안됐지만 재밌는 일은 이제 다 끝났어. 해 질 때까지 옥수수밭 옆에서 관찰하고 새로운 둥지를 찾을 거야."

"그것도 재밌을 거 같은데."

"꽤 더울 거야. 그나마 좀 식혀서 다행이다."

"언니는 안 해?"

"물에 젖으면 데이터 기록표가 엉망이 돼 버릴 거야."

얼사는 돌멩이 하나를 유심히 쳐다보다가 집어 들었다.

"얼사, 내일 내가 살던 곳에 가봐야 해."

얼사가 돌멩이를 줍는 손을 멈추고 그녀를 바라보았다.

"샘페인-어배너라는 데?"

"맞아."

"나도 따라가면 안 돼?"

누군가의 아이를 데리고 먼 길을 나서는 것은 여러 가지 방면에서 위험했다. 하지만 얼사가 게이브의 농장에서 나가야 하는 시간에 맞춰 돌아올 수 없기 때문에 그곳에 두고 갈 수도 없었다. 그의 엄마가 이미 얼사와 매일 농장에 들리는 이유에 대해 우려 섞인 질문을 이미 하기 시작한 것이다.

"안 돼?"

"정말 가고 싶어?"

조가 물었다.

"응!"

"지루할 거야. 그냥 집 보러 가는 거야."

"왜?"

"거기서 살게 될지도 몰라서. 나랑 내 친구는 8월에 만기가 되면 살던 아파트에서 이사를 나올 거거든."

"진짜 집이야?"

"맞았어. 바로 그게 장점이야. 테라스 그네까지 있단다."

얼사는 뒤로 돌아서 손에 쥐고 있던 돌맹이를 못에다 던졌다.

"난 언니가 그 집에 안 살면 좋겠어."

"나도 알아, 그런데 현장 조사를 마치면 여길 떠나야 해. 그러니까 왜 집을 나왔는지 말해 줘. 내가 가기 전까지 계획을 세워야 해."

얼사가 그녀를 쳐다봤다.

"왜 집을 나왔는지는 말해 줬잖아."

"얼사, 네가 날 믿어 줬으면 좋겠다."

"믿어. 근데 그렇다고 해서 달라지는 건 없어."

"뭐가 달라지지 않는데? 말해 봐."

"어차피 언니가 갈 때쯤 나도 돌아갈 거야. 그때까지 다섯 개의 기적을 다 보게 될 테니까."

11

조는 오크 나무 그늘에 주차된 태비의 빨간색 폭스바겐 비틀 뒤에 차를 댔다. 차에서 내린 태비는 보라색 닥터마틴 부츠, 찢어진 청반바지, 조의 오래된 주황색 일리노이대학교 로고 티셔츠를 입고 있었다. 코에는 자수정 피어싱을 하고 갈색 머리에 파란색과 보라색으로 하이라이트 염색을 했지만 조가 거의 보지 못한 얌전한 차림이었다. 두 사람은 차 중간에서 만나 포옹했다. 태비가 말했다.

"건강해 보인다. 피부도 까무잡잡해지고. 무엇보다 중요한 건 평범해 보인다는 거야. 집주인 아줌마가 너를 보면 세를 놓으실 거야."

"그래서 내 티셔츠 입고 있는 거야?"

"학교에 대한 자부심을 보여 주는 거야. 아줌마 아버지가 여기 교수님이셨대."

"너랑 하나도 안 어울려."

"내게 애교심 따위가 없다는 걸 네가 잘 아니까 그렇지."

그녀가 조의 차 안을 들여다보았다.

"네 차에 꼬맹이 여자애가 타고 있는 거 알고 있니?"

"알아."

태비가 얼사를 빤히 쳐다보았다.

"세상에……."

그리고 조를 돌아보며 말했다.

"그 아이인 거지? 몸에 멍들어 있고 집에 안 간다는……."

"맞아. 목소리 낮춰."

"도망갔다고 그러지 않았어?"

태비가 속삭였다.

"보다시피. 다시 돌아왔어."

"근데 도대체 왜 함께 있는 거야?"

"좀 복잡해."

"그게 무슨 뜻이야?"

"말 그대로."

태비가 다시 얼사를 쳐다보았다.

"'촌뜨기 동네'에서는 그런 거야? 마음대로 애들을 수집해도 되는 거야?"

"그렇게 부르지 좀 마. 네가 말하는 촌뜨기 동네는 한참 더 남쪽이야."

"경찰에 신고해야 해!"

그녀가 속삭였다.

"이미 했다고 말했잖아! 또 도망갈 거야. 앞으로 어떻게 할지 생각 중이야."

"네 코가 석 자라고!"

"알아. 그래도 그냥 내버려 둘 수 없어. 친절하게 대해 줘."

조는 차 앞을 지나 조수석 쪽으로 갔다. 보통 그때쯤이면 얼사는 밖으로 나왔겠지만, 오전 내내 침울해하고 있었다. 집을 보면서 자신의 미래에 대해 두려움을 느끼고 있을 것이다. 조가 조수석 문을 열었다.

"얼사. 이쪽은 태비야. 태비, 내 친구 얼사야."

"나오시죠, 멋진 이름을 가진 아가씨."

태비가 차 안으로 팔을 뻗어 얼사를 밖으로 당겼다.

"곰 이름에서 따왔다니, 정말 좋겠다."

"응, 언니는 고양이 이름[12]에서 따와서 좋겠다. 게이브 아저씨도 얼룩무늬 고양이가 있는데 내가 시저라고 지었어."

얼사가 말했다.

"와, 멋진데. 근네 난 고양이 이름을 딴 게 아니야. 제정신이 아닌 우리 어머님께서 TV에 나오는 마녀 이름을 따서 지은 거야."

"정말?"

"그럼. 그래서 사람들이 내 진짜 이름을 불렀다간……."

그녀는 허리를 구부려 얼사의 귀에 대고 '타비타'라고 속삭였다.

---

12   Tabby cat. 얼룩무늬 고양이를 이르는 말.

"……나한테 콧등을 얻어맞지."

얼사는 그날 처음으로 함박웃음을 지었다.

"저 말은 진짜야."

조가 말했다. 그리고 그 어느 때보다 아름다움을 자랑하는 집을 바라보았다.

"그래서, 얼마인 거야? 아직 안 말해 줬어."

"월세는 별로 차이 안 나. 특히 가구를 안 사도 된다는 걸 감안하면.

태비가 말했다.

"근데 집주인이 곧 떠나야 해서 바로 세를 줘야 한대."

"지금? 그럼 8월까지 월세를 두 군데나 내야 하잖아."

태비가 그 자리에서 갑자기 철퍼덕 바닥에 무릎을 꿇더니 조를 향해 손으로 기도하는 자세를 취했다.

"제발! 제발 부탁할게! 네가 물려받은 거룩한 유산 중 일부로 이 집을 얻자. 내가 이렇게 빌게!"

얼사는 아마도 다 큰 성인이 이렇게 유치하게 구는 것을 처음 보았을 것이다. 하지만 그 모습을 보고 왼쪽 뺨에 보조개가 생길 정도로 크게 웃었다. 조가 말했다.

"일어나, 멍청아."

"제발!"

"우선 집을 보고 나서 주인한테 말해 보자."

태비가 벌떡 일어났다.

"우리가 꿈꾸던 집이라고! 우리가 조깅하면서 여길 지날 때마다 얼마나 살고 싶어 했는지 기억 안 나?"

조는 아담한 집 앞쪽으로 가서 진입로를 따라 무지개색으로 형형색색을 이룬, 잘 가꾸어진 붓꽃 정원을 바라보았다. 태비가 말했다.

"우리가 저 테라스 그네에 나란히 앉아서 와인을 마시면서 우주의 신비에 대해 논하는 장면을 상상해 봐."

"우리한테 와인 먹을 돈이 남아 있겠어?"

조가 말했다.

"우리가 식료품 목록에서 올바르게 우선순위를 정한다면."

태비가 대답했다.

이 집의 주인, 은퇴한 물리치료사 프랜시스 아이비 여사가 문 앞에서 그들을 맞으면서 걱정스러운 눈길로 얼사를 쳐다보았다.

"이 아이는 누구예요?"

그녀가 물었다.

"조가 잠시 봐 주고 있는 아이예요."

태비가 대답했다.

"그럼 됐어요."

아이비 여사가 말했다.

"아이, 개, 흡연은 안 돼요."

"고양이는 괜찮대. 여사님도 두 마리 키우고 계셔."

태비가 말했다. 얼사는 쪼그리고 앉아 사람들 다리 사이를 지나다니는 삼색 얼룩 고양이를 쓰다듬었다.

"알레르기 있는 사람 없죠?"

"수의학과 학생이 알레르기가 있으면 큰일이게요."

"그러네요."

태비의 농담에 아이비 여사가 살짝 미소 지으며 말했다.

"물론 고양이는 메인주에 데리고 갈 거예요."

문을 닫으며 그녀가 조에게 말을 걸었다.

"친구 분한테 들었는데 쇼니숲에서 PhD 연구를 하고 계신다고요? 조류학 전공이시라던데?"

"맞아요. 조류 생태 및 보전학과입니다."

"저도 새를 좋아해요. 바깥에 모이 상자들을 갖다 놨어요. 만약 이 집에서 살게 되면 모이 상자를 채워 주시면 고맙겠어요. 몇 년 동안 제가 모이를 가져다주는 데 길이 들어서요."

"물론이에요. 아파트에서 살다가 마당에서 새들을 보게 되면 정말 좋을 것 같아요."

아이비 여사는 조에게 집 구경을 시켜 주었다. 난간이 있는 나무 계단을 올라가니 작은 방 한 개와 더 작은 방 두 개가 있고, 앤틱한 타일과 네 발 욕조로 꾸민 공용 욕실이 있었다. 아래층 거실에는 근사한 오크 나무 선반 장식이 있는 벽난로가 있었다. 그 바로 옆에는 독서 공간으로 개조한 다이닝룸과 식사할 수 있는 아늑한 공간이 딸린 부엌이 있었다. 아래층 간이 화장실은 위층에 있는 것만큼이나 고풍스러웠다. 간소한 디자인의 러그와 가구는 19세기 초 목조 양식과 윤기 나는 오크 마룻바닥, 스테인드글라스 채광창의 아름다움을 강조해서 보여 주고 있었다.

부엌의 프렌치 도어를 열자 나무로 된 테라스가 있고 그 너머에는 아담한 뒷마당이 있었다. 그 위에 시골집다운 꽃밭, 박태기나무, 개나리와 진달래 덤불이 심겨져 있었다. 상당한 크기의 내자작나무가 정원 서쪽을 드리우고 있고 그 아래에는 양치식물과, 활짝 핀 비비추와 아스틸버에 둘러싸인 벤치가 자리하고 있었다. 새집 주위로 집굴뚝새가 지저귀고 있었고 여기저기에 모이 상자가 있었다. 조가 말했다.

"정원을 자연 그대로 꾸며 놓으신 게 너무 아름답네요."

"고마워요."

아이비 여사가 말했다.

"화단을 가꿀 줄 아세요?"

"네. 엄마가 큰 정원을 돌보셨거든요."

"전 정원이 있는 곳에서 자란 건 아니지만 꽃은 정말 좋아해요."

태비가 말했다.

"우리 조깅 코스에 있는 집 중에서 이 집을 가장 좋아하게 된 게 바로 그 때문이에요."

"안으로 들어가서 계약서를 보시죠."

아이비 여사가 말했다.

"우리한테 세놓으실 건가요?"

태비가 말했다.

"항목에 동의하시면요."

"뭐든 동의할게요. 제 첫 아이를 양도하라고 말씀하셔도 그렇게 할게요."

아이비 여사가 미소 지었다.

"그렇게 좋아해 주니 나도 좋군요."

거실에서 계약에 대해 논의하는 동안 아이비 여사가 아이스티를 내왔다. 얼사는 식탁에서 우유와 쿠키를 먹었다. 거기에는 종이와 크레용이 함께 있었는데, 얼사보다 더 어린 아이에게나 어울릴 듯했지만, 어른들이 거실에서 진지한 이야기를 하는 동안 얼사는 군말 없이 식탁에서 그림을 그렸다.

세 사람 사이에 꽃, 새, 고양이보다 더 많은 공통점이 있다는 사실이 드러났다. 집주인은 자신을 프랜시스라고 부르라고 말하며, 마침내 두 사람에게 마음을 열고 자신이 애정을 쏟은 이 집을 떠나는 이유에 대해 털어놓았다. 2년 전 헤어진 뒤 집을 나간 자신의 전 여자친구 낸시가 끔찍한 교통사고를 당했는데 돌봐 줄 사람이 아무도 없다고 했다. 팔다리가 심하게 부러지고 다리 한쪽을 절단했으며, 프랜시스가 당장 떠나지 않으면 안 되었다. 그녀는 계약을 간단하게 만들기 위해 적어도 학기 1년간 메인주에 머물 예정이었다.

조는 월세가 비싼 데다, 8월까지 두 군데에 월세를 내야 한다는 사실이 꺼림칙했지만, 계약서에 서명하고 태비가 감당하지 못한 몫을

지급했다. 태비가 말처럼, 그녀가 상속받은 재산 일부를 좀 사용하면 어떤가? 그녀의 엄마도 이 집을 좋아하셨을 게 분명했다. 조는 그 정원에서 매번 엄마를 생각할 테니까.

*

계약을 마친 뒤 태비는 축하 피자를 먹으러 가자고 했다. 조는 차를 따고 그녀 뒤를 따라 레스토랑으로 간 뒤 옆자리에 주차했다. 그 사이 태비는 자신의 차에서 내려 사람들이 왔다 갔다 하는 주차장에서 상의를 벗어 던졌다. 조가 말했다.

"노출증 환자 같은데?"

"뭔 상관이야?"

태비가 대답했다.

"공공장소에서 저 끔찍한 셔츠를 절대 입을 순 없지."

"하, 고맙네요."

"네가 티셔츠 따위에 무슨 감정이 있다고."

그녀는 검은색 레이스 브래지어 위에 롤링스톤스 티셔츠를 입었다. 얼사의 뺨에 또다시 볼우물이 패었다. 얼사는 그림을 마저 그리기 위해 프랜시스가 선물한 크레용을 들고 왔다. 피자를 주문하고 태비가 맥주를 시켰다. 조는 그냥 물을 마시겠다고 말하고 얼사에게는 스프라이트를 시켜 주었다. 음료수가 도착하자 태비는 맥주잔을 들고 건

배사를 제안했다.

"우리의 끝내주는 집을 위해!"

세 사람은 잔을 부딪쳤다. 태비가 말했다.

"이번 일은 운명 같지 않아?"

"내 말은, 우리가 애초에 그 집을 너무 좋아한 것에서부터 거기서 정말로 살게 된 거까지 전부 말이야!"

"내가 그렇게 만든 거야."

얼사가 말했다.

"네가 어떻게 만들었는데?"

태비가 말했다.

"난 다른 별에서 왔거든. 우리 별 사람들은 좋은 일이 일어나게 만들 수 있어."

"그러니?"

"얘는 역할놀이 하는 거 좋아해."

"역할놀이 아니야."

얼사가 말했다.

"그 집이 증거라고."

"너희 별 사람들이 어떻게 좋은 일이 일어나게 만드는데?"

태비가 물었다.

"설명하기 힘들어. 우리가 좋아하는 지구인을 만나면 그 사람한테 갑자기 좋은 일들이 생기는 거야. 우리에게 잘해 줬기 때문에 상을 주는 거지."

"그럼 네가 낸시의 교통사고를 일으켰단 말이잖아."

태비가 말했다.

"그건 내가 원한 게 아니야. 하지만 좋은 일이 일어나기 위해서 가끔 나쁜 일도 벌어지는 거야."

"내가 무슨 일이 벌어지길 바라는지 아니? 낸시가 아직 프랜시스를 사랑한다는 사실을 깨달았으면 좋겠어. 누가 봐도 아직 프랜시스는 낸시를 미친 듯이 사랑하니까."

"그렇게 될지도 몰라. 나도 프랜시스가 좋거든."

"프랜시스랑 낸시는 레즈비언이야?"

얼사가 묻자, 태비가 미소 지으며 대답했다.

"맞아. 둘 다 레즈비언이야. 그래도 괜찮니?"

"난 성소수자 권리를 지지해."

얼사가 말했다.

"우와."

태비가 조에게 말했다.

"역시 촌뜨기 동네에서 온 사람들은 달라."

"난 헤트라에에서 왔는데."

"그게 너희 별이니?"

얼사가 고개를 끄덕이며 말했다.

"무한 둥지 은하 안에 있어."

"그래, 그래. 그건 그렇다 치고, 외계인이 성소수자 권리에 대해서 어떻게 알아?"

"게이브 아저씨네 집 인터넷에서 봤어. 지구에 대해서 배워야 하거든. PhD 따는 거랑 비슷한 거야."

"멋진데."

태비가 말했다.

"근데 도대체 게이브가 누구야?"

"내가 빌린 집 옆집 주인이야."

조가 말했다.

"이 사람이 게이브 아저씨야."

얼사가 집 그림 밑에서 종이를 한 장 끄집어냈다. 태비는 크레용으로 파란 눈에 수염이 난 남자를 그린 그림을 살펴보았다.

"잘 그렸네. 그런데 너 몇 살이니?"

"지구인들은 내 나이를 이해하지 못할 거야."

얼사의 대답에 태비는 조를 쳐다봤고, 조는 어깨를 으쓱했다. 식사를 마친 뒤 태비는 맥주를 한 잔 더 마셨다. 그러고는 함께 새 집에 이사할 계획을 세웠다. 얼사는 두 번째 그림을 그리기 시작했다. 프랜시스 아이비 여사의 집 정면이었다. 아이가 화장실에 갔을 때 태비가 말했다.

"애에 대해서 좀 더 말해 봐."

"나도 네가 아는 정도밖에 알지 못해."

"어디 사는지 아예 몰라?"

"응."

조는 얼사가 반대편에 있는 화장실에 들어가는 모습을 지켜보았다.

"그리고 실종 신고도 되지 않았어. 거의 매일 인터넷에서 체크하고 있거든."

태비는 탁자 위로 몸을 숙이며 나지막이 말했다.

"애를 여기까지 데리고 오는 건 잘못 생각한 거야. 너랑 함께 있다가 무슨 일이라도 생기면 어쩌려고?"

"온종일 혼자 둘 순 없었어."

"너, 그러다가 큰일 벌어질 수도 있어!"

"일이 이렇게까지 엉망진창이 된 거 나라고 모르겠어? 애를 묶어서 경찰한테 끌고 가는 거 말고는 방법이 없어. 그렇게 되면 애는 자신을 학대하던 사람에게 되돌아가는 거야."

"제기랄."

"어떻게든 문제가 저절로 해결되기를 바랄 뿐이야."

태비가 맥주를 한 모금 들이켰다.

"네가 보기에…… 애는 정상이야?"

"지금까지는 더할 나위 없이."

"근데 애는 정말 자기가 외계인이라고 생각하는 거야?"

"아닐걸."

태비는 얼사가 그린 집 그림을 들었다.

"이거 뭔가 이상해."

"뭐가?"

"이 깊이랑 입체감 좀 보라고. 밖에서 집을 얼마나 봤다고, 여기 세세한 디테일 좀 봐. 정면 유리창 위에 있던 스테인드글라스 디자인까지 기억하고 있어."

"애는 정말 똑똑해."

"그나저나 게이브라는 남자는 어디서 나타난 거야?"

"그 사람 농장에 가서 노는 걸 좋아해."

"그 사람은 괜찮대?"

"공동 육아, 뭐 그런 거야."

"너도 그 남자 알아? 이상한 사람 아닌 거 확실해?"

"괜찮아 보이던데."

"그렇게 보였다고?"

"아빠가 시카고대학교 영문학 교수님이셨대. 그 사람도 얼마간 거기 다녔고."

"그래도 이상한 사람일 수도 있어."

"그럼 얼사가 먼저 말했을 거야."

"언제부터 촌뜨기 동네에 영문학 교수가 살기 시작한 거지?"

"네가 편견 덩어리가 되기 전부터."

"나 편견 덩어리 아니야!"

"시골에 사는 사람들이 전부 뒤떨어지는 시골뜨기라고 믿는 게 편견 덩어리 아니고 뭐야?"

"알았다고. 전부 그런 건 아닐지도 모르지."

그녀는 게이브를 그린 그림을 들었다.

"어쩌면 이 남자는 아닐지도. 옥수수죽을 먹은 그릇을 수염으로 닦을 셈인가?"

"셰익스피어를 읽는 사람이야."

"정말?"

"농장에서 기르는 새끼 고양이 이름도 셰익스피어 희곡에서 따 왔어."

태비가 깔깔댔다.

"진짜야."

그녀가 더 크게 웃었다. 눈물까지 닦아가면서.

얼사가 뛰다시피 테이블로 돌아왔다.

"뭐가 그렇게 웃겨?"

"셰익스피어."

태비가 말했다.

"보통은 안 그런데."

얼사가 말했다.

"셰익스피어 희곡 주인공들은 대부분 슬픈 운명을 타고났는데."

"세상에! 요 꼬마 녀석도 셰익스피어를 읽네! 촌뜨기 동네에 대해 얘기한 거 전부 취소!"

태비가 말했다.

"촌뜨기 동네가 뭐야?"

얼사가 물었다.

"밭에서 보라색 신발을 수확하는 곳이지."

태비는 테이블 밑에서 발을 빼서 신고 있던 보라색 부츠를 얼사의 보라색 운동화 옆에 갖다댔다. 태비가 말했다.

"우리는 신발을 고르는 취향이 똑같네."

"보라색은 내가 제일 좋아하는 색이야!"

얼사가 말했다.

"그런 것 같네."

태비가 강아지가 그려진 얼사의 연보라색 상의와 보라색 반바지를 보면서 대답했다. 그녀가 조를 쳐다보며 말했다.

"애도 들어야겠다."

"안 돼."

조가 말했다.

"뭘?"

얼사가 물었다.

"저쪽에 있는 거 보이니, 꼬맹이 외계인?"

태비가 말했다.

"어떤 거?"

"오색 빛깔 전구가 붙어 있는 기계 말이야."

"저게 뭐?"

"저건 주크박스란 건데 인간의 역사에 존재하는 모든 곡을 연주하지. 뱅글스의 '이집트인처럼 걸어요(Walk Like an Egyptian)' 오리지널 버전에서부터 말이야."

얼사가 주크박스를 쳐다보았다.

"이 세상에서 가장 훌륭한 노래가 저 안에 있단다."

태비가 말했다.

"제발 그만해."

조가 애원했다.

"무슨 노래?"

"'보라 식인괴물(The Purple People Eater)' 들어본 적 있니?"

"아니."

얼사가 대답했다.

"외계인에 대한 노랜데."

"정말?"

"그럼."

지갑을 뒤지며 태비가 말했다.

"지금 대낮이야."

조가 말했다.

"그게 뭐?"

"술 취한 사람들만 그게 재밌다고."

"예민하게 굴지 마세요."

태비가 얼사의 손을 잡고 주크박스 쪽으로 갔다. 기계의 원리를 설명한 뒤 그녀는 얼사가 돈을 넣고 곡을 선택할 수 있게 했다. 그 우스꽝스러운 노래가 흘러나오자 태비는 사람들 앞에서 춤추고 노래하기 시작했다. 태비는 대학교 2학년 때 이 노래를 처음 발견한 뒤부터 이 짓을 계속했는데, 보통은 맥주 두 잔을 마셔야지 나오는 행동이었다. 그녀가 얼사의 손을 잡고 춤추는 시범을 보이자 식사를 하던 사람들이 웃음을 터뜨렸다. 태비가 조를 불렀다.

"조조, 이리 와! 외계인 춤추는 것 좀 봐."

"우리랑 같이 추자!"

얼사가 소리쳤다. 모든 사람이 기대에 찬 눈빛으로 조를 바라보자 자리에 앉아 있는 것이 춤추는 것보다 더 민망한 지경에 이르렀다. 그녀는 얼사의 다른 손을 잡고 춤추는 것처럼 보이려고 애썼다. 얼사도 춤출 줄 몰랐지만, 전혀 개의치 않았다. 깔깔 웃으면서 폴짝폴짝 뛰고 엉덩이와 어깨를 흔들었다. 아이는 그 어떤 때보다 빛났다. 찬란한 별빛이 아이의 헤트라에인 영혼에서 뿜어져 나오는 것처럼.

12

일리노이주로 돌아가는 차 안에서 얼사는 곧장 마지막 남은 세 번째 종이에 태비를 그렸다. 한 시간이 지났는데도 꿈쩍도 하지 않고 그림만 그렸다. 조가 물었다.

"차가 움직이는데 그림 그리면서 어쩜 멀미 한번 안 하니?"

"별의 속도에 익숙해져 있으니까."

"빛의 속도 말하는 거니?"

"우린 별의 속도라고 해. 빛의 속도보다 빠른 거야."

"그림 그리는 거 좋아하는구나, 그렇지?"

"응."

"색연필 사다 줘야겠다. 크레용은 세밀한 표현을 하기에는 너무 두껍네."

"맞아."

얼사가 말했다.

"태비 언니 코에 있는 보라색 보석을 너무 크게 그렸어."

"예술은 네가 어떤 방식으로 세상을 보는지 표현하는 거야. 똑같이 보일 필요는 없어."

"근데 태비 언니를 똑같이 그리고 싶어."

"왜?"

"그럼 언니랑 언제나 같이 있을 수 있으니까."

"무슨 느낌인지 알아. 태비는 내가 지금까지 만난 사람 중에서 가장 자유로운 영혼의 소유자야. 내가 많이 아팠을 때도 태비 덕분에 웃을 수 있었지."

"다 했다!"

얼사가 앞좌석으로 그림을 내밀었다. 조가 운전 중에 곁눈질하며 말했다.

"잘 그렸네! 태비 닮았어."

"태비 언니가 내 세 번째 기적이야."

"정말? 태비를 아기새랑 새끼 고양이랑 동급으로 쳐주는 거야?"

"태비 언니도 좀 아기 같아. 어른이 되는 걸 까먹었고, 그래서 다른 어른들보다 더 재밌는 거 같아."

"제대로 관찰했네."

얼사가 점점 다가오는 고속도로 출구를 바라보았다.

"왜 속도를 줄여?"

"기름 넣으려고."

얼사가 이쪽저쪽을 돌아보았다.

"잠깐만……. 여기가 어디야?"

"에핑엄이라는 도시야. 보통 여기에 잠시 들러. 기름값이 저렴한 주유소가 있거든."

"난 여기 들르기 싫은데."

"기름이 다 떨어져서 어쩔 수 없어."

"다른 데로 가면 안 돼?"

"왜?"

"여기 맘에 안 들어."

조가 백미러를 쳐다보았다

"여기 온 적이 있어?"

아이는 아무 말도 하지 않았다.

"있느냐고?"

조가 물었다.

"그냥 하나도 예쁘지 않으니까 맘에 안 든다고 한 거야."

"그렇다고 하더라도 고작 해봐야 10분 정도 있을 거야. 화장실도 다녀와. 여기 화장실 깨끗해."

"안 가도 돼."

"스프라이트를 두 잔이나 마셨잖아."

얼사는 뒷좌석에서 몸을 웅크렸다.

"난 잘래."

조는 차에 기름을 채우고 화장실에 갔다 왔다. 그리고 다른 데서 잘 팔지 않는 '네코' 사탕을 두 묶음 샀다. 이것이 사실 이 주유소를 고집한 진짜 이유였다. 잠가둔 차 안으로 돌아온 조는 얼사가 잠들었다고 생각했다. 하지만 고속도로에 들어선 지 얼마 되지 않아 얼사가 몸을 일으켰다. 조가 말했다.

"네코 먹을래?"

"그게 뭐야?"

"내가 좋아하는 사탕."

조는 뜯어 놓은 묶음 하나를 얼사에게 건넸다.

"보라색 먹어도 돼?"

"그 위에 몇 개 있는데?"

"세 개."

"먹어. 근데 보라색은 네가 생각하는 포도 맛이 아니야. 상쾌하고 달콤한 향이 나는 정향(丁香) 맛인데 싫어하는 사람도 있어."

얼사는 보라색 사탕을 들고 이리저리 살펴본 뒤 혓바닥 위에 올려 놨다.

"맛있어!"

사탕 묶음이 반쯤 줄어들었을 때 얼사는 화장실에 가고 싶다고 말했다.

"그러게 에핑엄에서 왜 안 갔어?"

"거기선 안 가고 싶었단 말이야."

조는 세일럼에 들러서 얼사를 데리고 화장실에 갔다. 그 뒤로는 한 번도 멈추지 않고 곧장 터키크리크 로드까지 갔다. 길 위에 들어섰을 때, 얼사가 새끼 고양이들을 보러가도 되는지 물었다. 조는 그날 아침 게이브 집에 들러 아이를 데리고 어배너에 간다고 말하려 했었다. 하지만 집 앞에 은색 SUV가 주차된 것을 보고 손님이 온 것 같으니 방해하지 않기로 했다.

내시 농장에 가까워지자 얼사가 차를 세워달라고 간청했다. 아직 저녁 7시 10분밖에 되지 않아서 방문해도 괜찮은 시간이었고, 조는 며칠 전 일어난 일에 대해 게이브가 오해하지 않은 것을 확인하고 싶었다. 하지만 은색 SUV가 여전히 움푹 팬 진입로 끝에 주차되어 있었다. 조가 말했다.

"아무래도 그냥 가는 게 좋겠어."

"아저씬 상관하지 않을 거야."

조가 말리기도 전에 얼사가 차에서 내렸다. 살짝 센 긴 머리를 뒤로 묶은 여성이 밖으로 나왔다. 40대 중반으로 보이는 여성으로, 나부지고 사나운 인상에다가 장대한 기골에 붙은 살집은 뚱뚱하다기보다 위협적으로 보였다. 하지만 그보다도 냉혹한 파란색 눈동자 때문에 얼사는 머뭇거리며 계단을 다시 내려와 조의 손을 잡았다. 여자는 두 사람을 보고 화난 기색이 역력했고 조는 이유를 가늠할 수 없었다. 조가 말했다.

"게이브를 만나러 왔어요. 저는 조애나 틸이라고 하고 이쪽은 제 친구 얼사입니다. 바로 옆집에서 살고 있어요."

"그쪽이 누군지 잘 알아요."

조의 말을 막고 여자가 말했다.

"아저씨 어딨어요?"

얼사가 물었다.

"몸이 안 좋아."

여자가 말했다.

"아파요?"

얼사가 물었다. 여자는 짜증나는 듯한 표정을 지었다.

"아저씨 보러가도 돼요?"

얼사가 재차 물었다.

"안 돼."

"아줌마는 누구예요?"

얼사가 물었다. 조도 마음속으로 같은 질문을 하고 있었다. 단지 좀 더 험악하게.

"개브리엘 누나."

조가 상상도 하지 못한 답변이었다. 두 사람은 닮은 구석이라고는 없었다.

"아기 고양이 보러 가도 돼요?"

얼사가 물었다.

"돌아가는 게 좋겠는데."

여자가 말했다.

"게이브가 많이 아픈가요?"

조가 물었다. 여자는 이미 집 안으로 들어가고 있었다.

"왔었다고 전해 줄게요."

쾅 하고 문이 닫혔다.

"저 아줌마 나빠."

차를 타며 얼사가 말했다. 어쩌면 나쁜 게 아니라 괴로운 것일지도 몰랐다. 게이브가 많이 아파서 누나가 언짢아하고 있는 것일지도 몰랐다.

*

다음 날 조는 얼사를 데리고 현장으로 나갔다. 잔인할 정도로 푹푹 찌는 열기에 대부분의 작업이 노상에서 이뤄졌지만 얼사는 한마디도 불평하지 않았다. 게다가 홍관조 알 두 개가 들어 있는 둥지를 발견하기까지 했다. 조는 아이에게 현장 조수에게 임금을 지불해야겠다고 말했다.

터키크리크 로드에서 둥지 관찰을 마치고 조는 내시 농장으로 가서 은색 SUV 옆에 차를 세웠다. 두 사람은 문을 두드렸고, 아무런 대답이 없자 더 크게 두드렸다. 게이브의 엄마가 네 발 지팡이를 집고 천천히 나무문을 열었다. 덧문을 사이에 두고 조가 말했다.

"게이브가 어떤지 궁금해서 들렀어요."

"어젯밤에도 왔었다고 레이시한테 들었어요."

레이시는 게이브의 누나를 지칭하는 것이 분명했다. 험상궂은 인상과는 어울리지 않는 여성스러운 이름이었다. 조가 물었다.

"게이브는 좀 어떤가요?"

"별로 안 좋아요."

캐서린이 말했다.

"걱정이 많이 되시겠어요. 몇 분 만이라도 게이브를 만날 수 있을까요?"

"게이브가 원치 않을 거예요."

그녀가 말했다.

"한 번 물어봐 주시겠어요? 우리를 보고 기운이 날지도 몰라요."

"그럴 것 같지 않네요. 그만 돌아가요."

그녀가 고개를 좌우로 흔들며 말했다. 조와 얼사의 눈앞에서 문이 닫혔다.

레이시가 별채에 이르는 길에 나와 있었다. 작업복은 더럽혀져 있었고 부츠에는 거름이 묻어 있었다. 평소에 게이브가 하는 일을 대신하는 듯했다. 그녀가 물었다.

"필요한 거 있어요?"

"게이브를 보러 왔어요."

조가 말했다.

"엄마가 문 열어 줬어요?"

"네. 어머니랑 대화했어요."

"제기랄."

그녀가 낮게 읊조렸다.

"죄송해요. 여기 계신 줄 알았다면 저희는……."

"안 하길 잘했어요. 치워야 할 똥이 산처럼 쌓여 있다고요. 말 그대
로 똥이요."

여자는 헛간 쪽으로 가버렸다. 조는 무슨 말을 하려고 했지만, 어떤
말을 하더라도 전부 공격적으로 들릴 게 뻔했다. 그녀는 얼사와 함께
차에 올라탔다. 얼사가 말했다.

"왜 아저씨를 못 보게 하는 거지?"

"나도 몰라. 아무튼 이상한 일이 벌어지고 있어."

그녀는 키니 산장으로 차를 돌리면서 꼬리를 물고 이어지는 생각을
멈추기 위해 애를 썼다. 어쩌면 게이브는 또다시 신경쇠약 증세를 보
이고 있는 건지도 몰랐다. 조는 며칠 진 그와 나눈 어색한 대화가 혹여
증상을 촉발하지 않았는지 걱정이 들기 시작했다.

다음 날 얼사를 데리고 둥지들을 돌보면서, 조는 그날 저녁 레이시
를 찾아가 더 강하게 말하리라 다짐했다. 그들은 보통 때보다 조금 일
찍 현장 답사를 마치고, 일몰 한 시간 전쯤 내시 농장에 도착했다. 조
가 말했다.

"이번에는 '안 된다'는 말은 안 통하는 거다, 알겠지?"

"응."

얼사가 문을 두드렸다. 레이시가 행주에 손을 닦으면서 문을 열었다.

"포기라곤 모르는 사람들이로군."

"우린 게이브 친구고, 걱정이 돼서요."

조가 말했다.

"어차피 여름이 끝나면 떠날 거면서 언제까지 친구 관계를 유지할 건데요?"

조는 너무 놀라서 할 말을 찾지 못했다. 하지만 곧 그런 행동을 보인 것을 후회했다. 레이시가 덧붙인 것이다.

"그 애를 위해서 나중까지 기다릴 필요 없이 지금 잊어버리세요."

게이브 누나가 문을 닫았다. 그의 누나는 두 사람이 사귀고 있다고 생각하는 게 틀림없었다. 그리고 조가 동생을 차버릴 것이라고 단정하고 있었다. 조는 게이브가 그런 말을 했을 거라고 믿지 않았고, 그 말은 곧 레이시가 남매 간 지켜야 할 선을 넘은 것을 의미했다. '남동생이 교제하는 여자를 싫어해서 통제하는 누나가 있다'는 이야기를 들어보긴 했지만 이건 정도가 심했다. 레이시는 시작조차 하지 않은 관계에 대해 방해 공작을 펼치고 있었다. 조는 차로 돌아가서야 비로소 얼사가 테라스에 남아 있는 것을 눈치챘다.

"얼사, 그만 가자."

조의 말에, 얼사는 테라스 계단 끝까지 와서 멈춰 섰다.

"'안 된다'는 안 통하기로 했잖아."

"그건 그냥 한 말이야."

"아니야."

"아저씨는 우리가 보기 싫은가 봐."

"아저씨는 보고 싶은데 저 사람들이 막는 건지도 몰라."

얼사가 말했다.

"나도 알아. 하지만 이제 우리가 할 수 있는 게 없어."

"아냐, 있어."

"뭔데?"

"아줌마가 문 안 잠갔고, 나는 아저씨 방이 어딨는지 알아."

"맙소사! 얼사, 당장 이리로 내려와!"

조가 낮은 목소리로 소리쳤다.

"난 이 별에서 온 게 아니니까 언니 말 들을 필요 없어! 우리 방식대로 할 거야."

아이가 날쌔게 문 쪽으로 향했다.

"얼사!"

얼사는 안쪽 문을 살짝 열고 틈 사이로 빠져나갔다. 조는 뒤쫓아 갈지 말지 고민하다가 아이 혼자 레이시를 상대하게 할 순 없다고 생각하고는 얼사를 뒤따라갔다. 간신히 얼사가 통나무 벽 뒤로 사라지는 모습을 목격할 수 있었다. 게이브의 엄마와 누나는 문 쪽에 등을 돌리고 대화를 나누고 있었고, 싱크대에 물소리 때문에 얼사가 들어오는 소리를 듣지 못했다. 조는 살금살금 거실을 가로지르면서 최대한 몸을 숙이고 웅크렸다. 얼사가 재빨리 복도로 가서 복도 맨 끝방 문을 열었다.

"노크 먼저!"

조가 속삭였지만, 곧장 방으로 들어가는 얼사를 막기에는 이미 늦었다. 조와 얼사는 문간에 서서 게이브를 쳐다보았다. 회색 잠옷 바지와 연한 파란색 티셔츠를 입고 통나무 프레임 침대에 모로 누워 있었다. 두 사람에게 등을 향한 채였다. 책들이 방 곳곳에 쌓여서 탑을 이루고 있었다. 장식이라곤 한쪽에 걸린 성좌지도가 전부였다.

"아저씨, 괜찮아?"

그가 돌아누웠다. 퉁퉁 부은 눈에 놀라운 기색이 역력했다.

"얼사?"

게이브가 말했다.

"많이 아파?"

얼사가 물었다.

"누가 그래?"

"아저씨 못된 누나가."

그는 콧방귀를 뀌며 부드럽게 웃음을 짓고 일어나 앉으며, 얼굴에 흘러내려 온 구불구불한 머리카락을 쓸어 뒤로 넘겼다. 눈길이 조를 향했을 때 파란 눈망울은 예전처럼 날카로워져 있었다.

"누나가 들어오게 해 줬어요?"

"실은…… 아뇨."

조가 대답했다.

"그럼 엄마가요?"

"수색 및 구조 작전에 좀 더 가깝다고 할 수 있겠네요."

조가 말했다.

"농담하는 거죠?"

"아뇨."

"엄마랑 누나가 들어 온 걸 모른다고요?"

조가 고개를 끄덕였다.

"외계인이 저지른 짓이에요."

그의 얼굴에 웃음기가 사라졌다. 그는 손으로 수염을 비비고 머리
카락을 쓸어 올렸다.

"오 이런, 내 꼴이 말이 아닐 텐데."

"아저씨 괜찮은걸. 하나도 안 아파 보여."

얼사가 말했다.

"맞아. 그런데 아픈 것에도 여러 가지 종류가 있단다."

그는 다리를 침대 모서리로 끌어당겼다. 오랫동안 움직이지 않은
것처럼 보였다. 그의 눈길이 조에게 머물렀다.

"왜 저를 구조해야 한다고 생각하신 거예요?"

"어머니랑 누나가 병문안 오는 걸 막아서요."

"왜 오려고 했는데요?"

"달걀이 떨어져서요."

그가 미소 지었다.

"아침에 달걀 매대가 안 서서 군(郡) 비상사태가 발생했어요."

"국가 비상사태 아니고요?"

"과대망상이 있으시네요."

그녀가 말했다.

"그럴지도요."

"고양이 보러 가도 돼?"

얼사가 묻자, 게이브가 살짝 비틀거리며 자리에서 일어섰다.

"셰익스피어 이름의 고양이를 알현하시옵소서, 마마."

"일어날 필요 없어요. 잘 있는 거 확인했으니 됐어요."

조가 말했다.

"일어나야 해요. 누나 사정권 안에 당신이 포착되는 광경을 놓치지 말아야지요."

"저도 사실 그게 좀 걱정이에요."

"방해 전술을 펼칠게요. 그런데 경고하지만, 레이시는 착란 증세를 보이는 남동생을 진지하게 받아들이지 않아요."

"계란 아니고 착란?"

얼사가 말했다.

"그거 그럴 듯한데."

그가 낡은 황갈색 로퍼에 발을 밀어 넣었다.

"새끼 고양이 보러 가자."

"아직 눈 안 떴어?"

"모르겠어. 나도 요 며칠 못 봤어."

그가 앞장서서 복도를 걸어갔다. 얼사와 조는 그 뒤를 따랐다. 그들이 부엌과 거실 사이에 있는 열린 공간에 다다랐을 때, 그가 누나와 엄마를 향해 손을 흔들었다.

"우리 신경 쓰지 마. 그냥 지나가는 거니까."

"게이브!"

레이시가 소리 질렀다.

"왜?"

"쟤들 어떻게 들어왔어?"

"누구?"

"쟤들!"

"잠깐……. 저 사람들이 보여? 난 내 착란 증세 때문에 보이는 환영인 줄 알았는데."

레이시가 성큼성큼 조에게 다가왔다.

"무슨 배짱으로 몰래 들어 온 거예요?"

"제가 아니에요. 그 배짱은 사실 이 아이 거라서……."

"그렇다고 어린 애한테 소리 지를 건 아니지, 누나?"

게이브가 말했다.

"너 이제 괜찮은 거니? 이렇게 금방?"

레이시가 말했다.

"네 일 때문에 내가 여기까지 왔는데 그전에 좀 이렇게 할 순 없었니?"

"난 오라고 한 적 없어."

"그럼 엄마는 누가 책임져?"

"나중에 다시 얘기하면 안 될까? 내 친구들이 이 얘기가 듣고 싶겠어?"

그가 조와 얼사에게 말했다.

"이제 가자."

"어디 가는데?"

레이시가 말했다.

"얼사가 새끼 고양이 보고 싶대서."

"그 문제는 또 어떻고? 내가 고양이는 더 안 된댔지."

"내 고양이들은 중성화 수술 끝났어. 임신한 길고양이가 갑자기 나타난 거야."

"내 눈에 띄면 강에 갖다 버리든지 해야겠다."

게이브가 덤벼들 듯 무섭게 레이시에게 다가가자, 그녀는 뒤로 물러서면서 식탁 의자에 엉덩이가 부딪혔다.

"고양이한테 손댔다간 누나를 강에 내다 버릴 줄 알아. 농담하는 거 아니야."

"너 정말 미쳐도 단단히 미쳤구나!"

레이시가 말했다.

"그래! 그러니까 나랑 상대 안 하는 게 좋을 거야! 다시는 이 애 앞에서 그런 말 했다간 봐!"

레이시가 못마땅한 표정으로 얼사를 내려다보았다.

"쟤 누구야? 엄마 말로는 여기 살다시피 한다는데."

게이브는 얼사가 더는 레이시가 하는 말을 듣지 못하게, 얼사를 번쩍 안아 올린 뒤 빠르게 문 쪽으로 향했다.

"미안해. 아줌마가 하는 말 신경 쓰지 마."

그가 얼사의 귀에 속삭였다. 조도 게이브의 등을 밀면서 황급히 그곳을 빠져 나왔다. 그들은 허둥지둥 비포장 길을 따라 집 서쪽을 향했다. 헛간까지 반쯤 남은 지점에서 게이브는 얼사를 바닥에 내려놓았다. 그가 말했다.

"내가 실수했네. 다 큰 숙녀를 안고 가서야 되겠어."

"괜찮아."

얼사가 말했다. 조는 고개를 돌려 레이시가 따라오는지 확인했다. 레이시의 모습은 보이지 않았고, 게이브의 집도 무성한 나뭇가지에 가려서 잘 보이지 않았다.

"두 사람한테 그런 모습 보여서 미안해요."

헛간에 다 왔을 때 게이브가 입을 열었다

"우리 누난…… 나랑 누나는 한 번도 잘 지낸 적이 없어요. 내가 태어났을 때 누나는 이미 대학생이었고, 누나라기보다 못된 새엄마 같았거든요."

"사과할 필요 없어요."

조가 말했다.

"이제 가서 봐도 돼?"

얼사가 말했다.

"가 봐."

얼사가 헛간 안으로 뛰어 들어가고 게이브와 조는 아이의 뒤를 천천히 따라서 헛간 뒤쪽에 쌓인 건초더미 옆으로 갔다.

"어미 고양이가 놀라울 정도로 온순해요."

게이브가 야옹거리며 다가오는 주황색 고양이를 안아 올렸다. 고양이는 그의 가슴에 안겨서 귀 뒤쪽을 간질여 주는 손가락에 머리를 비벼댔다. 조가 말했다.

"야생이 아닌 건 확실하네요."

"맞아요. 임신한 걸 알고 누가 우리 농장에 갖다 버린 거 같아요. 이 근처 사람들은 내가 헛간에서 고양이를 키우는 걸 알거든요."

조는 그의 팔에 안긴 고양이를 쓰다듬었다.

"이 녀석이 공구 창고 옆에서 첫 번째 새끼를 낳은 걸 보고 헛간으로 옮겨 줬어요. 밤에는 문을 닫아 놓기 때문에 새끼들도 여기 있으면 포식자로부터 안전해요."

"당신 누나 같은 포식자요?"

조가 말했다.

"그러게요. 쥐잡이뱀보다 더 무섭지 않나요?"

"애들 더 꼭꼭 숨겨야 하지 않을까?"

얼사가 물었다. 게이브는 아이 앞에 쪼그리고 앉았다.

"아줌마가 절대 해치지 않게 할게."

"근데 아줌마가⋯⋯."

"아마 내일 가실 거야. 아줌만 농장 일을 싫어하거든."

얼사가 커다란 건초더미 두 개 사이에 여러 가지 색깔의 새끼 고양이가 옹기종기 모여 있는 곳으로 조의 손을 이끌었다.

"아빠가 여러 명인가 보다."

조가 말했다.

"네 은밀한 비밀이 들통 나고 말았네."

게이브가 어미 고양이 귀에 대고 속삭였다. 조는 그의 농담에 미소 지었다. 처음에 그를 봤을 때 상태가 좋지 못했지만 지난 10분 사이에 게이브는 놀랄 정도로 쾌활해져 있었다. 외계인 꼬마가 조보다 직감이 훨씬 뛰어났다.

"이제 눈 떴어!"

손에 흰색 새끼 고양이를 품고 얼사가 말했다. 새끼 고양이는 조그 맣게 야옹거리며 실눈 사이로 처음 보는 인간의 얼굴을 보고 있었다.

"얘가 줄리엣이야. 언니도 안아 볼래?"

얼사가 말했다. 조는 새끼 고양이를 가슴에 안았다.

"회색은 햄릿이야."

얼사가 손으로 한 마리를 가리키며 말했다.

"갈색은 시저고. 검은색이랑 흰색이 섞인 애는 맥베스고, 주황색은 올리비아……."

"그건 어떤 작품에 나와?"

조가 물었다.

"『십이야』."

게이브가 대신 말했다.

"드디어 희극이네."

"검은색은 오셀로야. 이건 아저씨가 지었는데 오셀로가 무어인[13]이었기 때문이래."

얼사가 줄리엣을 다시 데리고 갔다.

"난 줄리엣과 햄릿이 제일 좋아."

아이는 웅크리고 있던 햄릿을 안아 올린 뒤, 건초더미에 비스듬히 기대어 새끼 고양이 두 마리를 가슴 위에 올려놓았다. 한쪽 팔에 어미 고양이를 안은 채로 게이브가 올리비아를 들어 조에게 건네주었다.

"지금 우리에게 희극이 필요하니까 잠시 안고 있어요."

조는 자그마한 주황색 새끼 고양이가 가만히 있을 때까지 따뜻하게 품어 주었다. 게이브가 그 모습을 보고 미소 지었다.

"기분은 좀 어때요?"

그녀는 묻고 나서 곧바로 후회했다. 암 진단 후 끈질기게 따라붙던 질문을 자신도 모르게 똑같이 한 것이다. 그는 그녀의 의도를 파악하려고 하는 것 같았다.

---

13 아프리카 북서부에 살았던 이슬람 종족.

"우리랑 같이 저녁 먹을래요?"

"얼사랑 같이 버거랑 고구마 프라이, 샐러드 만들 거거든요. 근데 햄버거가 아니라 칠면조 버거에요. 붉은 고기는 잘 안 먹어서요."

"칠면조 버거도 상관없어요."

그가 말했다.

"먹어 본 적 있어요?"

"아뇨."

"그럼 우리 집으로 오세요."

"먼저 좀 씻어야 해요."

"그동안 우리가 요리하고 있을게요."

"괜찮겠어요?"

"그럼요."

"근데 그거 알아?"

얼사가 말했다.

"뭔데?"

게이브가 말했다.

얼사가 양손에 각각 흰색과 회색 고양이를 올려놓고 몸을 일으켰다.

"줄리엣이랑 햄릿이 등장하는 희곡을 쓸 거야."

"주인공이 고양이야, 사람이야?"

그가 물었다.

"사람. 줄리엣과 햄릿한테 나쁜 일들이 생기기 전에, 마법의 숲에서 만나게 할 거야. 그러면서 운명이 바뀌는 거지. 희극이고 마지막에 누구나 행복해지는 해피엔딩이야."

"좋은데."

게이브가 말했다.

"정말 멋진데. 티켓은 언제 살 수 있어?"

WHERE
THE
FOREST
MEETS
THE
STARS

2부
가족이라는 이름의 상처

얼사가 손전등을 켜고 들판 가장자리를 탐험하는 동안 조는 버거를 굽기 위해 불을 지폈다. 조가 물었다.

"뭐 하고 있어?"

"식탁에 올릴 꽃 꺾고 있어."

"석쇠에 굽는 날은 늘 밖에서 먹었잖아."

"아니! 아저씨가 먹는 저녁은 특별해야 해."

조는 오히려 그 반대였다. 게이브와 또다시 어색해질지도 모르는데 형광등 아래에서의 저녁 식사는 전혀 도움이 될 것 같지 않았다. 감자가 다 익었는지 확인하러 집 안으로 들어간 조는 더는 형광등 아래서의 식사가 아니란 걸 알았다. 얼사가 집 안에 모든 불을 끄고, 반쯤 태운 양초 두 개를 가지고 와서 자신이 만든 꽃다발 양옆에 세워둔 것이다. 테이블은 지나칠 정도로 로맨틱했지만 조가 어떻게 손 쓸 새도 없이 작은곰이 게이브의 도착을 알리며 짖어대기 시작했다. 조는 개를 조용히 시키기 위해 황급히 밖으로 나갔다.

"훌륭한 감시견이로군요."

트럭 문을 닫으며 게이브가 말했다.

"훌륭하긴요. 귀찮기만 해요."

게이브가 개를 쓰다듬고 나서 집 쪽으로 올라왔다. 손에는 달걀 상자가 들려져 있었다.

"정말 달걀이 떨어졌어요?"

"네. 고마워요."

그녀는 남자의 손에서 상자를 가져가면서 그의 몸에서 포근한 비누 냄새가 풍기는 것을 눈치챘다.

"미리 말씀드리자면, 얼사가 이 자리를 코스요리가 나오는 레스토랑으로 둔갑시켰어요."

"계곡에서 캐비어를 찾기라도 했나요?"

"메뉴는 동일해요. 그냥 근사한 분위기를 내려는 거 같아요."

"좋군요. 제 옷차림이 레스토랑에 어울려야 할 텐데요."

조는 노란 테라스 전등에 비친 남자의 모습을 훑어보았다. 푸른색 셔츠에 밝은색 바지를 입고 있었는데, 티셔츠에 해진 청바지를 고수하는 평상시보다 신경 쓴 티가 났다. 데이트를 할 때 옷차림 같았다. 그녀는 불안감이 엄습하는 것을 억지로 참았다. 조가 말했다.

"완벽하네요. 턱시도는 좀 과했을 거예요."

그녀는 앞장서서 부엌으로 향했다. 식탁에서 얼사가 키친타월을 접어서 냅킨처럼 만들고 있었다.

"아줌마가 못 오게 할까 봐 걱정했는데."

"못 가게 하려고 온갖 수를 다 썼는데 족쇄를 풀고 나왔지."

그 말은 사실일 가능성이 컸다.

"준비하는 거 좀 도와줄까요?"

"고마워요, 이제 패티를 굽기만 하면 돼요."

조가 말했다.

"에어컨 틀어 놓았으니 안에 들어가 있어요. 에어컨이라 하기는 좀 그렇지만."

얼사가 안에서 먹자고 고집을 피우자 조는 거실에 설치된 창문형 에어컨을 가장 세게 틀었지만, 기계가 너무 오래돼서 실내 온도는 그다지 내려가지 않았다.

조는 밖에서 칠면조 패티 네 장과 햄버거 빵을 석쇠에 구웠다. 음식을 가지고 집 안으로 들어가자 거실 불이 환하게 켜져 있었다. 게이브와 얼사가 소파에 앉아서 얼사가 크레용으로 그린 자신과 태비, 프랜시스 아이비 여사의 집을 보고 있었다. 게이브가 말했다.

"그저께 어배너까지 가서 집 계약하셨다고요."

"네. 미리 말 못 해서 미안해요. 가기 전에 그럴 기회가 없었어요. 그런데 그렇게 빨리 움직이지 않았으면 계약은 날아가 버렸을 거예요."

"괜찮아요."

그는 자신을 응시하는 그녀의 눈길에서 그녀의 사과가 더 많은 것을 함축하고 있다는 걸 알았다.

"세 번째 기적이라는 태비라는 친구는 대단한 사람일 거 같아요."

"태비는 뭐라 말로 설명할 수 없지만, 기적에 가까운 친구예요."

조가 말했다.

"대학교 2학년 때 처음 만나서 3학년 때부터 쭉 룸메이트로 지냈어요."

"얼사 말로는 미래의 수의사라면서요."

"그리고 언니 이름은 고양이야!"

얼사가 말했다.

"진짜 웃기지?"

"그러네."

그가 말했다.

조는 버거 옆에 고구마 프라이를 담은 그릇을 놓았다.

"식사 준비 다 됐어요."

얼사가 거실과 부엌 불을 전부 껐다.

"어이쿠, 무서워라."

게이브가 긴장감을 덜어내기 위해 말했다. 촛불이 켜진 식탁을 사이에 두고 얼사와 게이브가 나란히 앉고 게이브 맞은편에 조가 앉았다.

"샐러드 내가 만들었어."

얼사가 말했다.

"잘했어."

그가 말했다.

"다 먹을 수 있을지 모르겠네요. 며칠 동안 많이 먹지 못해서요."

"토하느라고?"

"아니, 그냥 배가 고프지 않아서."

그 정도는 조도 예상했지만, 그녀의 손은 이미 네 번째 패티를 굽고 있었다. 그녀는 아픈 엄마를 위해서도 언제나 푸짐한 식사를 준비했었다. 잘 먹으면 엄마가 다시 건강해지기라도 할 것처럼. 그런 생각은 자기 자신에게도 투영돼, 입맛이 없으면 혹시 암이 재발하지 않았는지 두려움이 밀려왔다.

얼사는 그런 걱정을 할 필요가 없었다. 아이는 허기진 상태에서 입안 가득 버거를 욱여넣고 보통 때처럼 조잘거리지도 않았다. 게이브가 말했다.

"얼사도 조류학자가 다 되었던데요."

"맞아요. 둥지를 두 개나 찾았어요."

그가 손바닥을 들어서 얼사와 하이파이브를 했다. 기분이 나아진 척 연기하고 있었다. 버거는 반도 먹지 못한 채 내려놓았고, 조와 얼사가 식사를 마치는 동안 괜스레 샐러드를 깨작대고 있었다.

"연구는 잘 돼 가나요?"

그가 물었다.

"첫 현장 경험치고 기대한 것보다 괜찮아요."

"몇 번 더 남았는데요?"

"적어도 한 번이요."

"내년 여름에도 여기서 살 건가요?"

"그럴 계획이에요."

게이브는 샐러드를 뒤적거리던 포크를 내려 보다가 고개를 들어 그녀의 눈을 마주 보았다.

"왜 하필이면 멧새를 연구하세요?"

"둥지 연구를 하는 중인데, 멧새 둥지는 흔하고 찾기도 쉽거든요. 멧새는 오래전부터 화재나 홍수 피해가 있었던 숲에 둥지를 지었어요. 요즘에는 길가나 논밭으로 모여드는데 사실 그런 서식지는 멧새한테 좋지 않아요. 관목 같은 환경에 사는 새들의 개체 수가 점점 줄고 있어요."

"흥미로운데요."

"그래서 자연 서식지와 인간의 방해를 받은 서식지 사이 번식 성공률을 비교하는 거예요."

그가 끄덕였다.

"맨 처음 어떤 계기로 조류의 세계에 발을 들이게 되었나요?"

"아무래도 부모님 때문인 것 같아요."

그녀가 말했다.

"아빠는 지질학자고, 엄마는 식물학자셨어요. 어릴 때 우리 가족은 미국 전역을 돌아다니면서 캠핑과 등산을 했어요. 그때 처음 새에 대해서 알게 되었어요. 엄마 공이 크죠."

"언니 엄마랑 아빠는 돌아가셨어."

얼사가 말했다. 조가 부모님 얘기를 하며 과거형을 사용했을 때, 게이브는 썩 놀란 것처럼 보이지 않았다. 그리고 대부분의 사람과 달리 무슨 일이 있었는지 묻지 않았다.

"아빠는 안데스 산맥에서 연구를 하고 계셨어요."

조가 말했다.

"그러다가 제가 열다섯 살 때 산으로 비행기가 추락하면서 돌아가셨어요. 페루인 파일럿, 다른 지질학자 두 명과 함께요."

"세상에, 연세가 어떻게 되셨는데요?"

"마흔하나요."

"어머니도 그곳에 계셨어요? 아버님과 함께 연구하고 계셨나요?"

"아뇨. 저랑 동생이랑 집에 있었어요. 남동생이 태어난 뒤로 엄마는 식물학 PhD를 마치지 못하셨어요. 아빠가 연구 때문에 오랫동안 집을 비우셨고, 엄마는 학위과정을 마치기 위해서 동생을 보육 시설에 맡기는 걸 원치 않으셨거든요."

"언니 엄마는 유방암으로 돌아가셨어."

얼사가 말했다.

"언니 엄마가 언니를 살린 거야."

"보다시피, 얼사는 우리 가족에 대해 무척 궁금해 했답니다."

얼사를 보며 그녀가 덧붙였다.

"내가 얘기한 만큼 자기도 얘기해 주면 얼마나 좋을까요."

"헤트라예에 있는 우리 가족 얘기를 해도 언니는 이해 못 할 거야."

얼사가 말했다.

"이해할게. 내가 이해할 거라는 거 너도 알잖아."

"언니 엄마가 어떻게 언니를 살린 건지 아저씨한테 얘기해 줘."

"화제를 바꾼다고 해서 해결되지 않아."

"언니가 바꾼 거야."

얼사가 말했다.

"언니가 엄마 얘기하고 싶지 않으니까."

아이는 의자에서 일어나 화장실로 갔다.

"또 당했어요."

조가 말하자, 게이브가 미소 지었다.

"우리 엄마가 날 살렸다는 얘기가 무슨 얘긴지 궁금하실 거예요."

"어머니가 암 진단을 받으면서 본인도 암에 걸렸다는 걸 알게 된 거겠죠."

조가 끄덕였다.

"그게 언제 적 일이에요?"

"약 2년 전이요."

"꽤 오래전이네요. 그때도 대학원생이었어요?"

"네, 그 뒤로 2년을 쉬었어요. 엄마를 간병하면서 저도 치료를 받고, 수술도 몇 번 받느라고요."

"수술을 한 번 이상 받으셨어요?"

그녀는 유방이 없는 건 분명하더라도, 난소적출술을 받았다는 얘기까지는 하고 싶지 않았다. 더욱이 제 또래 남자에게는. 하지만 이 모든 것을 극복해야 한다고 생각했다.

"암은 초기에 발견했어요."

그녀가 말했다.

"그래도 유방을 완전히 절제하고, 난소도 제거했어요. 제 경우에는 유방암과 난소암이 재발할 우려가 아주 높았거든요."

그가 그녀 가까이 상체를 숙이자, 얼굴이 촛불에 일렁거렸다.

"아무 말 하지 않아도 돼요."

그리고 다시 뒤로 젖혔다.

"전 아무 말 안 할게요. 적합한 말이 가장 필요한 상황에서 말실수를 하게 마련이거든요."

"사람들은 무슨 말을 해야 한다고 생각하지만, 그 어떤 말도 위로가 된 적 없어요."

"알아요. 언어는 우리가 생각하는 것처럼 고도의 수단이 아니라고 생각해요. 우린 여전히 소통하고 싶은 생각들은 뇌 속에 가둬 두고, 꿀꿀대는 거로만 표현하는 유인원에 불과하죠."

"영문학 교수 아들이 이런 말을 할 줄은 몰랐네요."

"아버지로부터 문학적인 유전자는 물려받지 못했나 봐요."

조는 남자가 남은 음식을 다 먹어야 한다는 부담을 느끼지 않게 자리에서 일어나 접시를 치우기 시작했다. 그도 일손을 도우며 얼사의 접시 위에 자신의 접시를 포갰다.

"어머니께서는 무슨 일을 하셨어요?"

그녀가 물었다.

"엄만 오랫동안 초등학교 선생님을 하다가 당신 어머니와 같은 전철을 밟았어요. 레이시가 태어나고 일을 그만 두셨죠. 그리고 시인이기도 하세요."

그가 조를 따라 부엌으로 들어오면서 말했다.

"시집을 두 권 출간하셨거든요."

"정말요? 지금도 시 쓰세요?"

"못 하시죠. 파킨슨병 때문에 손을 심하게 떨어서 글씨를 쓰거나 타자를 치지 못하셔요."

"어머니가 낭송하시면, 받아쓰면 되잖아요."

"저도 그렇게 말했는데 엄마가 그렇게 하면 창의적인 과정이 망가진다네요."

"그럴 것도 같아요."

"어차피 파킨슨병이 머릿속에서 시를 지워 버렸을 거예요."

"슬픈 얘기네요."

"맞아요."

얼사는 벌써 손에 미시멜로 봉지를 들고 있었다. 조가 말했다.

"넌 마시멜로가 지겹지도 않니?"

"디저트는 이것뿐이고 아직 불도 안 꺼졌잖아, 응?"

"알았어, 너 하고 싶은 대로 해."

"아저씨도 먹을 테야?"

얼사가 게이브에게 물었다. 그가 조를 쳐다보았다.

"난 이제 그만 가는 게 좋지 않을까."

"좀 더 있다 가요."

조가 말했다.

"괜찮으시겠어요?"

"족쇄는 피할 수 있을 만큼 피하는 게 좋잖아요?"

14

얼사가 마시멜로를 굽는 동안 두 사람은 간이의자에 앉았다. 게이브는 침울한 표정으로 말없이 불길을 바라보았다. 얼사도 별말 하지 않았다. 늘 넘쳐나던 기운도 그의 침묵에 한풀 꺾인 것 같았다.

"누나는 내일 떠나시는 거예요?"

"내가 일어났으니까 아마 그럴 거예요."

불길에 시선을 떼지 않고 그가 말했다.

"어디 사시는데요?"

"세인트루이스요."

"좋네요."

그가 쳐다보았다.

"왜요?"

"가깝잖아요."

"먼 게 더 나았을 거예요."

"너무 자주 오셔서요?"

"누나는 오고 싶어서 오는 게 아니에요. 엄마가 전화해서 와달라고 하면 오는 거예요."

"자주 그러세요?"

"내가 낮잠이라도 오래 잘라치면 엄마가 누나한테 전화해요. 내가 좀 차분하게 있어도 누나한테 전화하고, 아침에 할 일을 빼먹기라도 하면 누나에게 전화해요."

"왜요?"

"제가 또 우울해진다고 생각하세요."

그는 얼사가 자신의 말을 이해했는지 보려고 얼사를 흘낏 쳐다보았다.

"엄마는 내가 엄마 자신이나 가축을 돌보는 걸 멈추면 질겁하세요."

"그런 적이 있었나요?"

그가 쓴웃음을 지었다.

"내가 어떻게 알겠어요."

"무슨 뜻이에요?"

"내 상태가 그렇게 나빠질 수 있는지조차 알 기회가 없었어요. 그렇게 되기 전에 언제나 누나가 나타났으니까요."

"그렇게 되면 아예 문을 닫게 되죠. 그럴 여건이 만들어지고, 또 그렇게 해야만 하는 거 같으니까요."

조가 말했다. 그러자 게이브의 눈이 반사되는 모닥불 불빛보다 더 반짝 빛났다.

"정확해요!"

"뭣 같은 상황이네요. 주위에 누나 같은 사람이 있다면 누구나 문을 닫을 수밖에 없을 거예요. 아까 보니 침대에서 일어났다는 사실만으로 화가 난 것처럼 보이던데요."

"맞아요. 내가 우울해할 때마다 집에 와야 한다고 불평하는데, 실제로는 그걸 즐기는 것 같기도 해요. 자신이 우세해진다고 느끼는 거 같아요."

"그래서 우리가 당신을 만나지 못하게 했나 봐요. 당신한테 친구가 있을지도 모른다는 사실이 위협적으로 느껴진 거예요."

"침대에서 일어나게 할 친구라……. 당신이 그걸 해냈네요. 정말 고마워요."

"얼사한테 고맙다고 하세요. 사실 전 무서웠어요."

"작전을 수행해 줘서 고마워, 얼사. 아, 물론 이제 총으로 무장을 해선 안 돼."

조와 얼사가 동시에 웃음을 터뜨렸다.

게이브는 기분이 나아진 것처럼 보였다. 실제로도 그렇게 느끼는 듯했다. 마시멜로를 한꺼번에 두 개나 먹어치웠기 때문이다. 그러나 이곳에서 아무리 에너지를 충전해도, 해로운 분위기가 흐르는 그의 집에 돌아가면 다시 사라질 게 뻔했다. 얼사가 반딧불이를 잡으러 간 사이에 조가 물었다.

"여기 온다고 집에서 나왔을 때 누나가 뭐라고 했어요?"

"상상하시는 그대로요."

그가 마시멜로 꼬챙이를 불 위로 던졌다.

"아니, 어쩌면 모르실 거예요. 보통사람은 상상하기 힘드니까."

"뭐라고 했는데요?"

그는 얼사가 듣고 있지 않다는 걸 확인하기 위해 얼사를 쳐다보고 나서 말했다.

"처음에 얼사에게 옷을 사줬다고 몰아세웠어요. 우리가 헛간에 있는 사이 엄마가 말했나 봐요. 못 들은 척하니까 내가 화를 낼 때까지 더 모질게 굴더군요. 늘 그래요. 얼사를 계속 농장에 오게 했다가는 소아성애자로 고발당할 거라고 했어요. 지금 협박하는 거냐고 물어보니 그럴지도 모른다고 했어요. 내가 얼사를 안고 나간 것도 이상하대요."

"정말 너무하네요!"

"네, 지독했어요. 당신에 대해서도 비난했어요. 우리가 사귄다고 생각하던데요."

조의 생각이 틀리지 않았다.

"나쁜 년. 동생이 짝을 만났다고 생각하면 기뻐해 주지는 못할망정……"

"내가 행복하면 누나는 불행해져요, 그 반대도 마찬가지죠. 아마 엄마 배 속에 있을 때부터 날 끔찍이도 미워했을 걸요."

"그런 누나가 제게 뭐라고 했는지 아세요?"

"뭐라고 했는데요?"

그가 깜짝 놀라서 물었다. 그는 자신의 누나가 하는 말을 하나도 믿지 않는 게 분명했다.

"내가 지금 당신을 차 버려야 한다고요. 연구가 끝나는 나중이 아니고 지금 당장."

"제기랄!"

그가 자신의 집 쪽을 바라보며 소리쳤다.

"걱정하지 마세요. 어떤 상황인지 눈치챘으니까요. 하지만 당신도 알아야 한다고 생각해서 말하는 거예요."

그가 조의 눈치를 살폈다.

"다른 말은 안 했어요?"

그의 시선이 그녀에게서 떨어지지 않았다. 마치 그녀의 대답 너머에 숨겨진 사실을 찾아내듯.

"누나가 무슨 말을 더 했을 거라고 생각해요?"

그가 아래쪽을 바라보며 무릎 사이에서 손바닥을 비볐다.

"누나랑 엄마는 내가 우울해진 이유가 당신 때문이라고 생각해요. 그렇게 되기 직전에 당신과 함께 있었기 때문에요."

사실 그가 처음 사라졌을 때 그녀도 비슷한 추측을 했었다. 하지만 그게 사실이냐고 묻지 않았다. 그 질문은, 함께 은하를 본 날 밤 그녀가 왜 갑자기 얼어붙었는지로 이어질지 모르기 때문이다. 게이브가 얼굴을 돌려 그녀를 바라보았다.

"누나는 당신에게 그렇게 말할 자격이 없어요. 누나가 우리 망할 가족사에 당신을 끌어들인 거, 제가 대신 사과할게요."

"괜찮아요. 누나에게 나쁜 년이라고 해서 미안해요. 그건 심했어요."

"왜요?"

그는 두 손을 모아 입에 대고 집이 있는 방향에 대고 소리 질렀다.

"나쁜 년아!"

"못 들었을 거예요."

"모르죠. 큰 소리는 보통 들리거든요. 우리 소가 우는 소리 들으셨죠?"

"알았어요, 이제 그만해요. 누나에게 연민을 가져야 한다고요. 당신 누나처럼 모진 사람한테는 보통 그만한 이유가 있어요. 혹시 이혼이나 그 비슷한 거 하신 건 아니에요?"

"아뇨. 하지만 모진 건 잘 보셨어요. 누나는 언제나 아빠에게 인정받기 위해 필사적으로 노력했고, 아빠가 내가 어릴 때 똑똑하다고 주위에 자랑하는 걸 싫어했어요. 누난 아빠를 기쁘게 해 주기 위해 영어를 전공하고, 작가가 되려고 했지만 실패했어요. 그즈음 내게 못되게 구는 게 심해졌지요. 내가 폭발하기 직전까지 무지비하게 괴롭히곤 했어요. 그리고 부모님, 특히 아빠 앞에서 내게 망신을 주는 걸 즐겼어요."

"그건 일반적인 경쟁 같은데요."

"20대 여자가 한참 어린 동생과 경쟁해서 뭉그러뜨리고, 멍청하다고 욕하는 게 일반적이라고 할 수 있나요? 갓 태어난 남동생에게 두꺼비 같다고 말하면서 어른이 될 때까지 '두꺼비 사촌'이라고 부르는 건요? 누나 곁에 가면 난 이 세상에서 가장 못생기고 멍청한 놈이 되더라고요."

"정말 끔찍하네요. 미안해요."

"그럴 필요 없어요. 옛날에 다 극복했으니까요."

그는 자신의 항변과 모순되게 적대감이 가득한 목소리로 말했다.

"누나가 날 숲속에 버린 날, 난 누나가 나를 좋아해 줄 거라는 기대를 버렸어요. 엄마에게 줄 꽃을 꺾고 있었는데 누나가 그냥 가버렸어요. 그때 얼마나 겁에 질렸었는지 아직도 생생해요."

"그때 몇 살이었는데요?"

"다섯 살이요. 엄마가 날 찾기까지 한 시간이 걸렸죠. 엄마가 시를 쓰는 동안 누나에게 날 데리고 산책 나가라고 한 거였어요. 누나는 내가 혼자서 어디론가 가 버렸다고 거짓말했어요. 그리고 내가 정말 똑똑하다면 집을 찾아오는 법을 알았을 거라며 떠들어댔죠."

"세상에, 누나에게 아이가 없길 바라요."

"아들 둘인데 버릇없는 녀석들로 키웠어요. 둘 다 지금 대학생이에요."

"누나는 직업이 없어요?"

"전업주부를 하면서 계속 글을 쓰긴 했는데, 한 번도 화제가 된 적이 없었죠. 누나는 아빠를 실망시켰다고 생각했어요. 하지만 애초에 아빠를 기쁘게 해드린다는 이유로 그런 선택을 해서는 안 되는 거였어요. 특히 자신이 글쓰기에 재능이 없다는 걸 알았다면 더더욱."

두 사람이 이야기를 나누고 있는 사이 얼사가 돌아왔다.

"레이시 아줌마 이야기 중이야?"

"응."

조가 말했다.

"내가 저쪽에 있을 때 왜 소리 질렀어?"

아이가 게이브에게 물었다.

"그냥 장난친 거야."

"아줌마가 와서 아저씨 데리고 가는 줄 알았잖아."

"아줌마가 억지로 못 데리고 가."

"더 있을 거지?"

"곧 가봐야 해. 두 사람 다 피곤할 거야."

"가지 마!"

얼사가 말했다.

"가면 아저씨는 또 감옥에 갇힐 거야. 이번에는 문이 잠겨서 우리가 구해 줄 수도 없을 거야."

"그 정도로 심각하지는 않아."

그가 말했다.

"부탁이야! 언니도 아저씨가 가는 걸 원치 않아. 언니, 아저씨 가지 말라고 해!"

"어쩌면 돌아가지 않는 게 나을지도 몰라요."

조가 말했다.

"당신의 인생이 있다는 걸 누나에게 보여 줘요. 어머니도 아셔야 해요. 어머니는 당신이 좀 쉴 수 있게 세인트루이스에서 누나와 지내시면 안 되나요? 아니면 어머니를 도와줄 사람을 고용하면 되잖아요. 누가 당신이 평생 어머니를 돌봐야 한다고 정했나요? 그런 짐을 짊어지기에는 너무 젊다고요."

그가 그녀를 지긋이 바라보았다.

"미안해요. 전 화가 나면 하고 싶은 말을 쏟아내는 경향이 있어요."

그녀가 말했다.

"사과하지 마요. 당신이 하는 말 전부 다 옳아요."

"그럼 두 분에게 교훈을 줄 겸 소파에서 자고 가요. 얼사는 나랑 자면 돼요. 얼사만 괜찮다면."

"난 괜찮아!"

얼사가 팔을 허공에 번쩍 쳐들었다.

"내일 아저씨도 우리랑 써머스 계곡에 가면 되겠다! 아저씨, 거긴 진짜 근사한 곳이야! 마법의 숲 같은 데라고!"

"마법의 숲 한 번도 본 적 없는데."

그가 말했다.

"기대해요. 꽤 신비로운 곳이니까."

15

"저기, 조······."

가슴까지 오는 울창한 수풀 속에서 약 30미터쯤 뒤처져 따라오던 게이브가 그녀를 불렀다.

"왜요?"

조가 대답했다.

"여기에 표식이 떨어진 둥지가 있는 거 같아요."

그녀가 풀숲을 헤치고 가까이 나가왔다.

"이럴 수가······. 나온 지 한 시간 만에 둥지를 찾은 거예요?"

"안에 알이 세 개가 있어요."

"그거 유리멧새 둥지야!"

얼사가 두 사람의 말소리를 듣고 쫓아왔다. 얼사와 조는 동시에 달려와, 게이브 양옆에 서서 조릿대 사이에 숨겨진 둥지를 내려다보았다.

"첫 둥지, 축하해요. 에잇, 현장 조수 월급이 또 나가겠네."

"달걀 판매보다 수익이 더 높겠는걸요."

그가 말했다.

"우리 모두 조류학자다!"

얼사가 외쳤다. 게이브는 작은 알에 손가락 하나를 살며시 가져다 댔다.

"희열이 느껴지죠?"

조가 말했다.

"새 둥지는 숱하게 봤지만, 찾으려고 했을 때 발견하니 훨씬 더 좋네요."

"조심해요, 둥지 찾기는 중독성이 강해요. 특별한 뭔가가 있거든요. 야생의 세계가 가진 작은 비밀을 알게 된다고나 할까요."

그가 미소 지었다.

"괴짜처럼 들렸나요?"

"아뇨. 제대로 이해했어요."

그는 조가 불러 주는 대로 둥지를 발견한 장소, 날짜, 현황을 받아 적는 얼사를 지켜보았다. 얼사는 조심스럽게 '발견자'란에 '개브리엘 내시'라고 기록했다.

"과학계 발견 자료에 기여했으니 내 존재가 더는 무의미하지 않군요."

그의 말에 조는 뿌듯함을 느꼈다.

"이제 그만 가는 게 좋겠어요."

그녀가 말했다.

"부모 새들이 어쩔 줄 몰라 하거나 포식자를 끌어들이면 안 되니까요."

"어떤 포식자도 내 둥지 가까이 오지 마라!"

그 자리를 벗어나며 게이브가 숲속에 대고 외쳤다.

"그 날이 나빕이 돼서 둥지를 지켜 줄 거야."

얼사가 말했다.

"새로운 연구 주제가 될 수 있겠는데."

그가 말했다.

"'새 둥지를 포식자로부터 보호하기 위한 마법의 사용'이라."

"국립과학재단에서 연구비를 타 낼 수 있을 거예요."

"얼사 메이저가 내 공동저자가 되고요."

"정말 연구비가 나오겠네요."

조가 웃으며 말했다. 초심자의 행운이 다음 조사지까지 연결되지 않았지만, 게이브는 마지막 현장인 얼사의 마법의 숲에 큰 기대를 걸고 있었다.

그들은 오후 일찍 서머스 계곡에 도착했다. 게이브는 곧바로 나무가 우거진 협곡과 이끼 낀 폭포, 거품이 일어나는 시냇물과 양치식물에 감싸진 바위에 매료되었다. 그는 얼사에게 마법이 느껴진다고 말한 뒤, 계속해서 요정이나 유니콘을 봤다고 말했다. 곧이어 얼사도 환영을 보기 시작하면서 두 사람은 둥지를 찾는 것보다 환상의 존재를 만들어 내는 데 더 열을 올리기 시작했다. 작업에 살짝 방해가 되기도 했지만 조는 이들의 대화가 사랑스럽게 느껴졌다.

작업이 반쯤 진행되었을 때, 그들은 늘 하던 대로 점심을 먹기 위해 커다란 못이 있는 곳을 찾았다. 조가 가장 좋아하는 납작한 바위 위에 앉기도 전에 얼사는 맨발로 물속에 들어가 첨벙거리며 물고기를 잡았다. 조가 얼사에게 말했다.

"옷 다 젖기 전에 와서 샌드위치부터 먹어."

"싫은데."

깊숙한 물속으로 첨벙 엎드리며 얼사가 말했다.

"내 훈육법은 꽝이에요."

조가 칠면조와 체다 치즈가 들어간 샌드위치를 건네며 게이브에게 말했다.

"얼사는 착한 아이에요. 따로 훈육이 필요 없어요."

"내가 그렇게 빌어도 집이 어딘지 말해 주지 않는데도요?"

그는 그녀 옆에 있는 바위 위에 앉았다.

"어디서 왔는지 이미 말해 줬잖아요."

"네, 하늘에 있는 커다란 둥지에서 왔다죠."

"가끔씩 전 그 말을 믿게 돼요."

그가 말했다.

"얼사는 내가 지금껏 알던 아이들과 달라요."

"알아요. 근데도 이 아이를 찾는 사람이 아무도 없죠."

"요즘도 인터넷 확인해요?"

"네, 그런데 매번 두려운 마음이 생겨요. 어느 날 홈페이지 어딘가에서 아이를 발견해서 실종 신고도 안 한 그 멍청한 사람들한테 돌려보내야 할까 봐요."

"그 사람들에게 돌아가지 않을 수도 있어요. 좋은 위탁 가정에 보내면 돼요."

조가 몸을 돌려 그를 정면으로 마주했다.

"얼마나 더 있다 다시 경찰한테 연락할 건가요? 벌써 2주 가까이 지났다고요."

식욕이 사라진 듯, 샌드위치를 들고 있던 게이브의 손에 힘이 풀렸다.

"저도 지난 며칠 동안 생각 많이 했어요."

"전 항상 생각해요. 경찰에게 데리고 갈 방법을 강구해야만 해요."

"맞아요."

얼사가 물놀이하는 것을 지켜보며 두 사람은 말없이 침울한 분위기에서 샌드위치를 먹었다. 조는 게이브에게 물이 담긴 물통을 건네주고 자기 것도 꺼내 뚜껑을 열었다.

"오늘 아침 옷 갈아입으러 집에 들렀을 때는 어머니와 누나가 어떻게 나오던가요?"

"누나는 세인트루이스에 돌아가고 싶기 때문에 화가 많이 났죠."

"어머니께서는 뭐라고 말씀하셨어요?"

"엄만 놀라서 별말 하지 않았어요."

"왜 놀라셨는데요?"

"아시잖아요."

"잘 모르겠어요. 당신이 대학에서 심한 압박감을 받아서 신경쇠약에 걸렸다고 쳐요. 그렇다고 당신 인생이 누나 인생보다 더 희생해야한다는 근거가 어디 있어요? 왜 하루쯤 편하게 친구들을 만나면서 쉬지도 못해요? 가족들은 당신이 하루도 쉬지 않고 어머니를 돌보는 데익숙해져 있잖아요. 의도적으로 당신이 스스로의 삶을 살아가는 걸방해하고 있다고요."

"그게 전부는 아니에요."

"그거 말고 또 뭐가 있어요?"

그가 그녀의 눈을 지그시 쳐다봤다.

"전 아파요. 보통사람처럼 회복하고 제 갈 길을 갈 수가 없어요."

"그렇게 생각한다면, 그렇게 되겠죠."

"한 번도 경험하지 못했잖아요. 당신도 다른 사람들처럼 우울증에대해 낙관적으로 잘못 인식하고 있네요."

그는 조의 발밑에 물통을 놓고 얼사에게 향했다. 아이는 강기슭에발을 담근 채 거대한 뒤엉킨 플라타너스 뿌리에서 무엇인가를 잡으려애쓰고 있었다. 얼사가 말했다.

"봤어? 큰 개구리를 잡았는데 놓쳤어."

"잘생긴 왕자님을 놓쳤네."

그가 말했다.

"멍청해 빠진 잘생긴 왕자님 따위 누가 바란다고."

"그럼 똑똑하고 잘생긴 왕자님은?"

"마법의 숲에는 아무 왕자님도 없어."

아이가 말했다.

"현대적이로군."

아이가 더 깊은 물속으로 들어갔다.

"아저씨도 들어올 거지?"

"그러지 뭐."

게이브는 청바지는 그대로 입은 채 '시카고대학교'가 적힌 긴소매 티셔츠와 부츠를 벗었다. 조는 농장 일을 하면서 만들어진 군살 없고 탄탄한 게이브의 벗은 몸에서 눈을 떼지 못했다. 그가 못 깊은 곳까지 헤엄쳐 들어갔을 때, 물 아래로 고개를 넣어 시야에서 사라졌다가 큰 소리를 내며 물 밖으로 고개를 내밀었다. 머리카락에서 물방울이 튀었다.

"진짜 차가워요! 한번 들어와 봐요."

그가 조를 불렀다.

"언니는 데이터 기록표가 젖는 게 싫대."

얼사가 대답했지만, 조는 가장자리까지 걸어갔다.

"언니 진짜 들어올 거야?"

얼사가 물었다.

"네가 그렇게 말하는 바람에 들어가야겠어."

"내가 뭐라고 했는데?"

"내가 데이터 기록표가 젖는 걸 싫어한다고. 그러니까 꼭 바보 같잖아."

얼사는 환호를 지르며 게이브 등 위로 펄쩍 뛰어올랐다. 등에 찰싹 붙은 모습이 꼭 새끼 원숭이 같았다.

조는 등산화를 벗고 작업 바지를 무릎까지 걷었다. 문제는 사실은 진심으로 데이터 기록표가 젖는 걸 원치 않고, 쐐기풀과 모기가 살갗에 파고드는 걸 막기 위해 덮쳐 입은 두 겹의 셔츠가 절대 마르지 않을 것이란 사실이었다.

그녀는 단추를 목까지 풀고 긴소매 셔츠와 티셔츠를 둘 다 머리 위로 벗어 던졌다. 어쩌면 태너에게 말한 대로 '자신의 있는 그대로의 모습'에 만족하기 때문에 그런 행동을 한 건지도 몰랐다. 아니면 엄마가 돌아가시기 전에 "내 몫까지 열정적으로 살아다오"라고 말했기 때문인지도 몰랐다. 그것도 아니면, 게이브에게 '회복하고 제 갈 길을 가는 것'에 대해 행동으로 보여주기 위해서일지도…….

이유가 무엇이든 이미 셔츠는 던져졌고 조는 뜨거운 가슴에 닿는 차가운 물의 느낌을 만끽했다.

얼사는 거의 눈치채지 못했다. 얼사는 조와 함께 옷을 갈아입으면서 조의 가슴을 몇 번 본 적 있었다. 그러나 게이브는 당황한 기색이 역력했다. 그는 맨 처음 상처를 본 뒤 고개를 돌렸다. 그런 다음 그녀를 다시 보았지만, 얼굴에 눈길을 고정시켰다.

"삼림관리원이 지나가다 부적절한 노출로 체포하는 거 아닌가 모르겠네요."

"아무것도 노출할 게 없어도 부적절한 노출일까요?"

조가 말했다.

"좋은 질문인데요."

그가 말했다. 그녀의 농담에 한시름 놓은 모양새였다.

그녀는 남자에게 처음으로 가슴을 드러낸 곳이 숲속의 웅덩이라는
사실이 마음에 들었다. 침대 위도 아니고, 부담감도 없었다. 편안한 숲
속에서 그 어느 때보다 충만함을 느꼈다. 그녀는 팔을 뻗고 못을 가로
질러 헤엄쳐 갔다. 뒤로 돌아보려다 수면 아래로 풍덩 빠진 뒤 다시 얼
굴을 내밀었다. 얼사는 게이브 등에서 그녀의 등으로 옮겨와 그녀의
쇄골뼈를 감싸 안았다.

"들어오길 잘했지?"

"정말 잘했어."

얼사가 축축한 입술을 조 귓가에 대고 속삭였다.

"아저씨한테 물 튀기자."

"좋아."

조도 속삭이는 목소리로 대답했다.

"하나, 둘, 셋!"

얼사는 그녀의 등에서 떨어진 뒤 맹렬한 기세로 게이브에게 물을
끼얹기 시작했다. 조도 합세했지만 얼사만큼 열정적이지는 않았다.

"불공평하잖아. 2대 1이라고!"

그가 소리쳤다.

"아저씨가 더 크잖아!"

게이브는 팔을 휘저어 그들을 향해 거대한 물결을 보냈다. 얼사는 조의 어깨를 잡고 온 힘을 다해 발을 첨벙거리기 시작했다.

"항복! 항복!"

그가 말했다.

"여자 팀, 승!"

얼사가 소리쳤다.

"당연하지. 내가 이긴 적 한 번도 없어."

"잠깐, 저 소리 들었어?"

조가 말했다. 그들은 움직임을 멈추고 남서쪽 하늘에서 천둥이 치는 소리를 들었다.

"아직 근처에 오지는 않았네요."

게이브가 말했다.

"그래도 차까지 한참 걸어야 돼요."

그녀는 물에서 나오자, 불길하게 우르릉거리는 소리가 길게 이어졌다. 그 빈도로 볼 때 번개와 폭풍우가 한꺼번에 몰아칠 게 틀림없었다.

"샌드위치 먹어도 돼?"

얼사가 물었다.

"아저씨랑 내가 옷 입는 동안 빨리 먹어."

두 사람이 옷을 입고 얼사가 샌드위치를 급하게 먹어 치우고 나자, 숲속은 더 어두워졌고 천둥소리는 더 크게 들리기 시작했다.

"폭풍이 빠르게 움직이고 있어요."

게이브가 말했다.

"최악이네요."

그들은 무성한 초목을 피해 최대한 자갈이 깔린 강가를 따라 걷다가, 상류에 가까워지면서 물이 불어나자 할 수 없이 숲속을 걸었다. 바람이 불면서 나무꼭대기가 흔들리고, 기온이 적어도 10도가량 떨어졌다. 하늘은 짙은 초록색이었다.

"지금 꼭 밤 같아!"

얼사가 말했다.

"비 피할 곳을 찾을까요, 그냥 뛸까요?"

게이브가 조에게 물었다.

"나도 모르겠어요."

"뛰자!"

얼사가 말했다. 다 같이 달릴 때 얼사가 무섭다며 소리를 질렀지만, 천둥 번개와 함께 갑자기 쏟아지는 비를 맞으면서 즐거워하는 게 느껴졌다. 바람이 세차게 불고 천둥소리가 더 커지기 시작했다. 나뭇가지에서 우두둑하는 소리가 들리자 조는 뒤집어쓸 만 한 게 있는지 찾아봤지만, 아무것도 보이지 않았다.

"거의 다 왔어."

게이브의 목소리가 천둥과 바람 소리를 뚫고 날아들었다.

"조!"

게이브의 외침에 조가 뒤돌아봤다. 게이브가 얼사 곁에 무릎을 꿇고 앉아 있었다. 조는 온 길을 되돌아서 달리기 시작했다. 잡초 위에 널브러져서 고개를 늘어뜨리고 눈을 감은 얼사의 모습이 보이자 심장이 빠르게 뛰었다.

"넘어졌어요?"

그가 얼사의 젖은 머리카락을 문질러 피가 묻어 나오는 손바닥을 보여 주었다.

"저 가지에 부딪혔나 봐요."

나뭇가지는 조의 팔목보다 굵었다. 그녀는 얼사 옆에 무릎을 꿇고 뺨을 어루만졌다.

"얼사? 얼사, 내 말 들리니?"

얼사가 눈을 떴다. 그러나 초점이 하나도 없었다.

"병원에 데려가야겠어요."

게이브가 말했다. 그러고는 아이 몸 아래쪽에 손을 집어넣고 번쩍 안아 올렸다. 조가 뛰어가서 차 문을 열었고, 얼사를 뒷좌석에 눕힌 게이브가 말했다.

"아이 옆에 있어요. 제일 가까운 병원이 어딘지 알아요."

"어딘데요?"

"매리언에 있어요. 예전 부모님이랑 간 적 있어요."

그가 차 키를 받아 쥐고 배낭에서 티셔츠를 꺼내 조에게 건넸다.

"이걸 상처 부위에 누르고 있어요."

게이브가 운전하는 사이, 조는 무릎에 얼사의 머리를 받치고 머리에 난 상처에 티셔츠를 대고 눌렀다. 와이퍼가 쉴 새 없이 움직였다. 천둥 번개와 빗방울이 그녀의 두려움을 대변하듯 차에 맹공격을 가했다.

얼사가 일어나려고 몸을 일으켰다. 조가 말했다.

"다쳤으니까 계속 누워 있어."

"괜찮아. 나뭇가지에 부딪힌 것뿐인데."

얼사가 머리를 들어서 게이브를 바라보았다.

"왜 아저씨가 운전해?"

"내가 병원 가는 길을 아니까."

그가 말했다.

"나 병원 가기 싫어!"

조는 아이의 힘을 이기지 못했다.

"집에 갈래! 병원으로 가지 마!"

"너 10초 넘게 정신을 잃었다고!"

게이브가 말했다.

"뇌진탕에 걸렸을지도 모르고, 찢어진 부위도 꿰매야 할지 몰라."

"그냥 장난친 거야! 진짜로 정신을 잃은 게 아니었어!"

"잃었었어."

조가 말했다.

"다 괜찮을 거야."

게이브가 말했다.

"아니야!"

사실 아이 말이 맞았다. 병원에 도착한들 괜찮을 리 없었다. 얼사가 두 사람과 함께 숲에 있었던 이유를 어떻게 설명할 것인가? 설상가상으로 아이는 지난 2주간 키니 산장에서 지냈다. 만약 학교에서 이 사실을 알게 된다면, 조는 곤경에 빠지게 될 것이다. 비슷한 생각을 했는지 얼사가 물었다.

"경찰도 와?"

"응, 아마 올 거야."

게이브가 말했다.

"경찰이 우릴 떼어 놓을 거라고!"

얼사가 왈칵 눈물을 쏟아내며 말했다.

"난 안 갈 거야!"

조는 아이를 안으려고 했지만, 아이가 밀어냈다.

"미안해."

게이브가 말했다.

"네가 원하지 않더라도 우린 이렇게 할 수밖에 없어. 다 너를 위해서야."

얼사는 입을 다물었고 눈물이 소리 없이 뺨을 타고 흘러내렸다. 천둥과 비가 잦아들고 차 안에는 간헐적으로 와이퍼가 왔다 갔다 하는 소리만 들렸다.

매리언 근교에 도착해서 게이브는 정지 표시 앞에 선 차를 보고 속력을 줄였다. 차가 완전히 멈추기도 전에 갑자기 얼사가 안전띠를 풀고 잠금장치를 열고 나가더니 뒤에서 쾅 하고 차 문을 닫았다. 조가 재빨리 얼사를 잡으려 옆좌석으로 옮겨갔지만, 아이는 이미 숲을 향해 달려가고 있었다. 조가 그 뒤를 쫓아갔을 때는 이미 사라진 뒤였다.

"얼사, 돌아와!"

조가 큰 소리로 불렀다. 게이브도 덤불 속으로 들어와 주변을 삳삳이 뒤졌다.

"숨어 있을 거예요. 그렇게 멀리 가지는 못했을 거예요."

그가 숲으로 이어지는 지름길을 뛰어다니다가 멈춰 섰다.

"얼사, 내 말 듣고 있는 거 다 알아."

그가 소리쳤다.

"우선 나와서 이야기하자, 응?"

"얼사, 제발!"

조가 소리쳤다.

"제발, 나와!"

그들은 얼사가 숨어 있을 만한 크기의 나무마다 그 뒤를 살폈다.

"계속 도망치고 있어요. 다시는 못 찾을지도 모른다고요!"

조가 말했다.

"얼사!"

게이브는 최대한 큰 목소리로 소리쳤다.

"밖으로 나오면 병원에 안 갈게."

그들은 잠시 기다렸다. 나무에서 빗물이 떨어졌다. 박새가 그들을 향해 꾸짖듯이 울었다.

"가 버렸어요."

조가 말했다. 게이브는 조가 곧 울음을 터뜨리려고 하는 모습을 지켜봤다.

"찾을 수 있을 거예요. 차로 얼사가 간 방향으로 가 봅시다."

그런데 갑자기 뒤에서 얼사의 목소리가 들렸다.

"약속한 거지?"

게이브와 조가 동시에 뒤를 돌았다. 아이가 수풀 가장자리에 서 있었다.

"집에 간다는 약속 안 하면 또 도망갈 거야."

아이가 말했다.

"알았어. 근데…… 네 집이 어딘데?"

게이브가 말했다.

"지구에서 사는 집은 언니 집이야!"

아이가 소리쳤다.

"얼사……."

"내가 말하는 대로 안 하면, 우린 이제 친구 아니야! 병원에 안 간다고 했잖아!"

"안 갈게."

"약속해?"

"진짜지."

아이를 진정시키기 위해 조가 아이 쪽으로 걸음을 뗐다.

"머리는 좀 어때?"

"괜찮아."

조가 아이의 머리카락을 들춰서 찢어진 곳을 살펴보았다.

"어기 좀 봐요. 피가 멈췄어요."

그녀가 게이브에게 말했다.

"내가 머리털 나고 처음 본 가장 딱딱한 머리라서 그런가 봐요. 너 대체 어디에 있었어?"

"저 쇠 안에. 바로 여기."

얼사가 앞장서서 수풀을 헤치고 빗물이 소용돌이치며 빠져나오고 있는 골 진 배수관 입구로 갔다. 조와 게이브가 절대 찾을 수 없는 곳이었다.

"전 두 손 두 발 들었어요. 요 외계인 녀석이 나보다 훨씬 똑똑해요."

게이브가 말했다.

"집에 가면 안 돼?"

"이제 갈 거야."

16

차가 멈추기가 무섭게 얼사가 뛰어내려 막대기를 집어 들고는 작은곰
이 물어오도록 멀리 던졌다. 집에 오는 내내 얼사는 머리에 난 상처가
아무렇지도 않다는 걸 증명해 보이려는 듯 평소보다 더 들떠 있었다.

"얼사, 목욕하게 들어와."

조가 문의 잠금장치를 풀며 말했다.

"샤워 말하는 거지?"

얼사가 말했다.

"빨리 와, 너 지금 서 있으면 안 돼."

"나 괜찮대도."

"최소한 찢어진 데가 쓰라릴 거 아니니. 내가 하라는 대로 해. 곧 따
라 들어가서 도와줄게."

"도와줄 필요 없는데."

얼사는 중얼거리면서도 순순히 집 안으로 들어갔다. 게이브는 피가 묻은 셔츠를 그대로 입고 배낭을 자신의 트럭 뒷좌석에 실고 있었다.

"괜찮아 보이네요."

"여러 면에서 그러려는 척하는 걸 거예요."

게이브가 얼사의 상처 부위를 누를 때 사용했던 피 묻은 티셔츠를 배낭 옆에 내려놓았다.

"정리하고 다시 오실래요?"

"그러길 원해요?"

"네. 한밤중에 얼사가 깨어나지 못한다든가 하는 일이 생기면 어떡해요."

"그게 아이가 하자는 대로 따르는 대가예요."

"그만 해요……. 이미 충분히 괴롭다고요."

그가 그녀의 팔을 부드럽게 쓰다듬었다.

"곧 다시 올게요."

"함께 저녁 먹는 건 언제나 환영이에요."

그녀가 말했다.

"먹을 거 충분해요? 어젯밤에 치우면서 보니까 냉장고가 거의 비었던데요."

"맞아요. 달걀 가지고 오면 그걸로 오믈렛 해먹어야 해요."

"요리할 재료 좀 가지고 갈게요. 오늘 저녁은 내가 준비할게요. 많이 지쳐 보여요."

"똑같이 지치셨을 텐데요."

그의 힘없는 미소에도 피곤한 기색이 보였다.

"괜찮을 거예요. 이따 봐요."

조는 얼사가 옷을 벗고 따뜻한 물을 받아 놓은 욕조에 앉게 했다. 그리고 얼사의 머리에 난 상처 부위를 닦아주고 나서, 아이가 직접 몸을 씻게 부드러운 천에 비누를 묻혀서 건넸다. 목욕을 마친 뒤 얼사는 게이브와 알뜰 장터에서 산 헬로키티 잠옷을 입고 나왔다. 조가 샤워하는 동안 얼사는 조가 시키는 대로 소파에 누워 있었다. 샤워를 마친 조는 반바지와 티셔츠로 갈아입었다. 욕실에서 나오니 게이브가 이미 부엌에서 요리하고 있었다.

"얼사가 문을 열어 줘서 들어왔는데, 괜찮죠? 최대한 빨리 저녁 준비를 하려고요."

그는 닭고기에 양념을 바르며 말했다. 아직 익히지 않은, 빵조각이 들어간 스터핑[14]도 보였다.

"정말 맛있어 보이네요."

조가 말했다.

"내가 스터핑 만들고 싶은데 아저씨가 못하게 해."

얼사가 말했다.

"넌 누워 있어야 하니까 그렇지. 소파에 가 있어."

게이브가 말했다.

---

14 고기류와 빵 조각을 양념에 버무려 오븐에 구워내는 요리.

"난 병약자가 아니라고."

거실로 가면서 아이가 툴툴거렸다.

"병약자라……. 우리 누나는 저런 단어를 구사 못 하면서도 작가 노릇을 하네요."

"누나는 좀 어떠세요?"

"여기 사람들 말로 부아가 잔뜩 돋았죠."

게이브가 물과 녹인 버터를 섞은 것에 스터핑 믹스를 부었다.

"우리가 살인이라도 저질렀다고 의심하는 거 같아요."

"맞다, 피! 어떻게 설명했어요?"

"얼사가 다쳤다고 말했어요. 그것 때문에 '다른 집 애와 돌아다니면 안 된다'는 설교가 이어졌죠. 경찰을 부른다고 협박까지 했어요."

"정말 그럴까요?"

"우리 누나라면 또 모르죠."

"다시 나가니까 뭐라고 하던가요?"

"내 행동이 유치한 짓거리라면서 다 집어치우고 집에 있으라고 명령하더군요. 무슨 일이 있어도 내일 아침에는 가겠대요."

"오늘 밤에 집에 가야 해요?"

그는 휘젓는 것을 멈추고 그녀를 똑바로 응시했다.

"오늘 밤에 같이 있어 달라고 부탁했잖아요. 전 오늘 여기 있을 겁니다."

"그럴 마음이 있으시면요."

"있어요. 저도 얼사가 걱정돼요."

"저녁 준비하는 데 도울 일은 없나요? 채소가 좀 필요할 것 같은데요."

"제가 알아서 할게요. 누나랑 엄마가 먹고 남은 깍지콩이랑 옥수수가 냉장고에 있실래 가지고 왔어요. 데우기만 하면 돼요."

그로부터 한 시간 뒤 세 사람은 닭고기, 스터핑, 채소가 차려진 식탁에 둘러앉았다. 게이브는 디저트로 먹을 아이스크림까지 챙겨 왔다. 조는 너무 배가 불러 먹지 못했지만 얼사와 게이브는 한 접시씩 해치웠다. 그가 얼사에게 말했다.

"머리를 부딪쳤는데도 식욕은 이상 무네."

"그러니까 병원 갈 필요 없다고 했잖아."

아이가 말했다.

"너 때문에 얼마나 놀랐는지 알아? 마법의 숲은 이제 끝이야."

"숲 때문이 아니야."

얼사가 말했다.

"내가 그렇게 만든 거야."

"네가 직접 나뭇가지가 머리로 날아 오게 해서, 거의 죽을 뻔하게 만들었다는 거야?"

"죽진 않았을 거야. 언니랑 태비 언니한테 말한 것처럼, 좋은 일이 일어나기 위해서 나쁜 일이 벌어지기도 하는 거야."

"그 일로 무슨 좋은 일이 생겼는데?"

게이브가 물었다.

"아저씨가 여기서 하룻밤 더 있잖아."

"네가 다치면 내가 하룻밤 더 잘 걸 알고 있었다는 거니?"

"정확히 알지는 못했어. 그냥 그렇게 된 거야. 헤트라예에서 온 사람들은 쿼크[15]랑 비슷하면서도 좀 다른, 눈에 보이지 않는 입자를 내보내는데, 우리가 좋아하는 지구인을 만나면 그걸 이용해서 좋은 일이 일어나게 만드는 거야."

그가 빈 그릇 위에 스푼을 내려놓았다.

"그러니까 쿼크 같은 물질이 좋은 기를 뿜어낸다는 거네."

"그걸로 사람들의 운명이 바뀌기도 해."

"내가 여기서 하룻밤 더 있는다고 해서 뭐가 좋은데?"

"우리 둘 다 아저씨 좋아하거든."

아이는 아이스크림 접시를 들고 다 녹은 아이스크림을 마지막 한 방울까지 빨아먹었다.

"아저씨도 어차피 못된 아줌마랑 집에 있는 거 싫잖아, 그렇지? 다른 쪽으로도 잘 된 거라고."

"과학자께서는 어떻게 생각하시는지요?"

그가 조에게 물었다.

"안될 게 뭐가 있겠어요? 중력도 눈에 보이지 않지만 큰 영향을 미치잖아요."

"맞아요."

---

15 입자물리학에서 양성자, 중성자와 같은 소립자를 구성하고 있다고 생각되는 기본적인 입자를 뜻한다.

그는 일어나서 얼사의 그릇을 자신의 그릇 위에 포갰다.

"내일 아침 베개 밑에 100만 달러가 있을 수도 있겠어요."

"그건 아닐 거야."

얼사가 말했다.

"왜 아니야?"

"쿼크는 아저씨가 '정말로' 뭘 원하는지 알고 있거든."

"내가 원하는 게 100만 달러가 아니야?"

"아닌 거 같은데."

"에잇."

그는 싱크대로 가서 설거지를 시작했다.

"혹시 지구인들이 '모트린'[16]이라고 부르는 약 있어?"

얼사가 조에게 물었다.

"머리 아프니?"

"그냥 조금."

"거짓말하지 말고. 얼마만큼 아픈데?"

"좀 아파."

아이는 조와 게이브가 눈빛을 교환하는 것을 쳐다봤다.

"괜찮아질 거야. 차가운 수건이랑 모트린이 안 아프게 해 준다는 얘기를 들어서."

과거에 그 약을 복용한 게 분명했다. 아픈 아이를 돌봐 준 사람은 누

---

16 어린이 진통제의 한 종류.

구였으며, 그는 왜 실종 신고를 하지 않는 걸까?

두 사람은 엘사를 소파로 데리고 가서 모트린을 먹게 한 다음, 자리에 눕힌 뒤 눈과 이마 위에 차가운 수건을 올려놔 주었다. 그들은 거실에 불을 끄고 엘사의 초 두 개에 불을 붙였다. 아이는 곧장 깊은 잠 속으로 빠져들었다. 조는 소파 끝에 앉아서 아이가 숨 쉬는 것을 바라보았다.

"밤새 그렇게는 못 있어요."

게이브가 말했다.

"아이 옆을 지켜야 해요."

"침대 위에 눕힐게요."

그가 아이를 안고 침실로 가서, 바닥 위에 덩그렇게 놓인 퀸사이즈 매트리스에 아이를 내려놓았다. 그런 다음 담요를 덮어 아이의 어깨 사이로 꼭꼭 여며 주고, 얼굴 위로 흘러내린 머리카락을 옆으로 쓸어 주었다. 그가 고개를 들어서 조의 미소 띤 얼굴을 바라보았다.

"지금 바로 잘 거예요?"

그가 물었다.

"아이를 봐야 하니까 참을 수 있을 때까지 참을 거예요."

"혹시 내가 침대 옆에 앉아 있으면 신경 쓰이세요?"

"전혀요."

조가 초 두 개를 다시 가지고 와서 하나는 화장대에, 다른 하나는 침대 스탠드에 올려놓았다. 그녀는 엘사 쪽을 보면서 매트리스 위에 앉

앉고, 게이브는 얼사의 다른 쪽 바닥에 앉았다.

"오늘 즐거웠어요. 얼사가 다치기 전까지 말이에요."

"열기, 벌레, 오지 탐험을 잘 견뎌내셨어요."

다시 침묵이 이어졌다. 그는 얼사 옆에 놓인 책을 들어보았다.

"『제5도살장』이로군요."

그가 책장을 넘기며 말했다.

"양장본은 처음 봤어요. 얼마나 오래된 거예요?"

"책이 출간된 1969년 판이에요."

그가 놀란 듯이 그녀를 바라보았다.

"원본 표지에다가요? 값어치가 상당하겠는데요."

"상태가 별로 좋지 못하지만, 대단히 귀중한 책이에요. 할아버지부터 아빠, 동생, 그리고 저한테로 대물림되었거든요. 엄마도 이 책을 적어도 한 번 이상 읽으셨고요."

그녀가 얼사 몸 위로 손을 뻗어 그에게 책을 받아서, 양반다리 위에 올려놓았다.

"이 책이 화젯거리로 자주 올라왔었죠."

조가 표지를 손으로 쓸며 말했다.

"우리 가족 모두가 제일 좋아한 책이에요."

"우리 아빠가 좋아했을 것 같네요."

"무엇을요?"

"책을 매개로 부모님과 이어지는 거요."

그랬다. 그 책뿐만이 아니었다. 그녀는 부모님이 소유했던 책을 대부분 가지고 있었고, 매일 밤 잠들기 전, 그리고 불면증으로 잠을 설칠 때 조금씩 읽곤 했다. 책을 읽으면서 손가락으로 부모님이 손길이 닿았을 페이지를 넘기면 두 분이 곁에 있는 것처럼 느껴졌다.

"그런 특이한 책을 좋아했다니 재밌는 가족 같네요."

게이브가 말했다.

"정말 재밌는 가족이었죠."

그녀가 말을 이었다.

"사실, 좀 이상한 가족이었어요. 그 때문에 저와 동생은 다른 애들과 어울리는 게 좀 힘들었어요."

"왜요?"

조는 잠시 생각에 잠겼다.

"야외생물학을 공부하게 되면서 자연에서 연구하는 과학자 대부분이 좀 유별나다는 걸 알게 됐어요. 장시간 사회의 안락함에서 멀어질 수 있다는 것과 연관이 있을지도 모르겠네요. 하지만 그 사람들은 그걸 '포기할 수 있다'라는 것보다 '그렇게 할 수밖에 없다'라는 것에 더 가까워요. 그들에게 자연은 생명이자 영적인 행위와 같으니까요."

촛불에 반짝이는 그의 눈이 그녀에게 열중하고 있었다.

"우리 부모님이 바로 그런 분들이었어요. 다른 아이들이 흔히 가는 곳에 우리를 데리고 간 적이 거의 없으시죠. 이를테면 공원이나 관광지로 유명한 해변 같은 곳이요. 주말이면 하이킹을 가서 카약을 타거나 도마뱀이나 화석을 찾으러 다녔어요. 가족 여행은 주로 캠핑이었는데 메인주까지 가서 바다오리를 보거나 유타주에 암반층을 보러 갔지요. 어디를 가던 광물이나 보석을 찾기 위해 암석을 수집하고 다녔어요."

"멋진데요."

그가 말했다.

"정말 그랬어요. 우리 가족의 수집품을 보면 알 거예요. 아빠의 지질학에 대한 열정은 미쳤다고 할 정도로 전염성이 있었죠. 언제나 주변 풍경에서 지질학을 찾아내곤 하셨어요. 지루한 것처럼 들릴 수도 있지만, 그렇지 않았어요. 자연의 위력이 어떻게 지구를 형성했는지 아빠가 설명해 주시는 걸 듣고 있으면 거의 시적이라는 생각이 들었죠."

"재밌는 분처럼 들리네요."

"네. 그리고 우리 엄마……. 엄마는 자연의 위력, 그 자체였어요. 하지만 좀 더 편안하고, 잔물결이 이는 시냇물과 같은 방식으로요. 학교에서나 친구들 사이에서 문제가 생기면 엄마는 언제나 그게 별일이 아니라는 사실을 깨닫게 해 주고 긍정적인 방향을 제시해 주셨죠. 그리고 엄마가 정원을 가꾸셨는데……. 정말 근사했어요. 교외 한가운데를 꽃과 연못과 나무가 있는, 자연을 그대로 옮긴 듯한 곳으로 만드셨어요. 태비는 엄마 정원에 요정이 살 거라고 확신했어요. 그 정도로 신비로웠죠."

"어디에 살았었는데요?"

그가 물었다.

"에번스턴이요. 아빠가 근처 노스웨스턴대학교에 출강하셨거든요."

"정말요? 우리 아빠 대학이랑 별로 멀지 않아요."

"시카고 사람들한테는 먼 거리죠."

그녀가 말했다.

"아버님이 시카고대에 있을 때 거기서 함께 살았나요?"

"브룩필드에 살았어요. 아빠가 자란 집에서요. 어딘지 아세요?"

"네. 브룩필드 동물원에 몇 번 간 적 있어요."

"우리 집은 동물에서 약 1킬로미터 정도 떨어진 곳에 있었어요."

그녀가 무릎 위에 올려놓은 책을 바라보았다.

"참 이상하죠……."

"뭐가요?"

"처음 달걀을 살 때는 우리 두 사람의 배경이 비슷할 거라고 꿈에도 생각 못 했어요."

"제가 그냥 멍청하고, 총기나 휴대하는 촌놈이라고 생각했죠?"

"그저 어떤 사람인지 전혀 알지 못했을 뿐이에요."

두 사람 중 누구도 다음 할 말을 찾지 못했지만 더는 침묵이 어색하게 느껴지지 않았다. 조는 일어나서 책을 침대 스탠드 위에 놓았다. 그런 다음 거실에서 베개와 담요를 가지고 와서 얼사 반대쪽 침대 위에 깔았다.

"피곤해 보여요."

그녀가 그에게 말했다.

"좀 눕는 게 어때요?"

"진심이에요?"

"우리 둘 다 여기 있으면 아이의 상태를 더 자주 확인할 수 있을 거예요. 저랑 같이 잠에서 깰 때마다 아이를 체크할 테니까요."

"이제 괜찮은 거 같아요."

"순식간에 잠이 들었고, 우리가 이야기하는 내내 꼼짝도 안 했어요."

"정말 피곤했을 거예요."

"맞아요. 계속 자게 놔두는 게 좋겠어요."

"좋은 생각이에요."

조는 휴대전화 알람을 7시로 맞춘 다음 초 두 개를 불어서 껐다. 그녀는 매트리스 위에 누웠고 얼사를 사이에 두고 반대쪽에서 그가 눕는 소리를 들었다. 그녀가 물었다.

"자리 충분해요?"

"푹 잘 수 있을 만큼요."

창문에서 에어컨이 웅웅하는 소리를 내다 덜커덩댔다. 그녀는 그 소리가 그에게 거슬리지 않기를 바랐다. 그녀는 잘 때 들판과 숲속에서 나는 소리를 듣는 것을 더 좋아했지만, 침실이 후텁지근하고 끈적거리면 잠을 설치곤 했다.

"우리 가족에 대해서 너무 떠들어 대서 미안해요."

"사과하지 말아요. 재밌었는걸요."

"다음번엔 당신 가족 이야기가 듣고 싶어요. 숲속에 통나무집을 지은 영문학 교수와 시인 아래서 보낸 어린 시절은 남달랐을 거 같아요."

잠시 침묵이 흐른 뒤 그가 말했다.

"네, 그랬죠. 하지만 당신이 생각하는 그런 식은 아니었지만."

조는 어둠 속에서 그를 보기 위해 팔꿈치를 딛고 몸을 일으켰다.

"무슨 뜻이에요?"

"신경 쓰지 마세요."

그가 몸을 돌려 반대쪽으로 돌아누웠다.

17

조는 창문이 덜컹거리는 소리에 눈을 떴다. 하지만 다시 천둥소리가 길게 이어지면서 창틀을 흔들 때까지 영문을 알지 못해 가만히 있었다. 그녀는 얼사에게 손을 대고 숨을 쉬는지 확인한 뒤 휴대전화를 들었다. 6시 3분이었다. 몇 분을 기다린 끝에 수신표시가 들어와 날씨를 체크했다. 걸프만에 남아 있는 열대성 폭풍이 남부 일리노이주를 덮쳐, 적어도 정오까지 비가 올 예정이었다. 멀리서 또다시 천둥이 치는 소리가 들렸다.

"딱 우리한테 필요한 거네요. 또 폭풍우라니."

게이브가 말했다.

"맞아요. 일어나지 않아도 되니까요. 얼사에게도 그게 좋고요."

그녀는 휴대전화 알람을 해제했다.

"비 오는 날에는 현장 안 나가요?"

"비 올 때 새들을 둥지 밖으로 내쫓는 건 못할 짓이죠."

"일리 있네요."

"아저씨?"

얼사가 말했다. 아이가 몸을 일으켜 게슴츠레한 눈으로 그를 바라보았다.

"좀 더 자."

조가 말했다.

"비와서 어차피 현장에는 못 나가."

"좋다."

아이는 모로 누워 게이브 몸에 팔을 두르고 웅크리더니 다시 잠에 빠져들었다.

"이제 일어나지도 못하겠군."

"못 일어나요."

조가 미소 머금고 말했다.

"비 오는 날 아침이 최고예요."

그들은 두 시간을 더 잤다. 얼사가 제일 먼저 눈을 뜨고 한 손은 조 위에, 다른 한 손은 게이브 위에 올리고 말했다.

"여기 꼭 둥지 같아. 나는 아기새고."

"아기새처럼 배도 고프겠네."

조가 말했다.

"맞아. 근데 둥지 밖으로 나가고 싶지 않아."

게이브가 일어나서 앉았다.

"둥지 반쪽은 화장실에 갑니다."

"아저씨!"

"미안, 아기 새야. 내가 커피 내릴게요. 원하면 그대로 누워 있어요."

그가 조에게 말했다.

"아뇨. 저도 일어날게요."

얼사의 둥지가 부엌으로 간 덕에 아이는 부리 가득 달걀프라이, 잉글리시 머핀 반쪽, 오렌지 조각을 채워 넣었다. 식사 정리가 끝나고 게이브가 트럭에 있는 도구를 가지고 와서 막혀 있는 부엌 싱크대 배수관을 손보기 시작하다가, 결국에는 파이프를 전부 분해하는 지경에 이르렀다. 작업을 마치고 파이프를 다시 연결하는 사이 작은곰이 밖에서 짖기 시작했다. 조는 테라스로 나가 레이시가 은색 SUV를 게이브의 픽업트럭 옆에 세우는 것을 지켜보았다. 레이시는 쏟아지는 비와 작은곰이 짖어대는 소리를 무시하고 집 쪽으로 성큼성큼 걸어왔다.

"게이브를 좀 만나야겠어요."

그녀는 일방적으로 통보를 한 뒤 집 안으로 들어섰다.

"들어오세요."

조는 그녀의 등에 대고 말했다. 레이시는 부엌 입구에서 걸음을 멈추고 바닥에서 파이프를 조이고 있는 게이브와 식탁에서 새로 산 색연필로 유리멧새를 그리고 있는 얼사를 쳐다보았다.

"전형적인 행복한 가정의 모습이군?"

그녀가 비아냥거렸다. 얼사는 집 안에 괴물이라도 들어온 것처럼 놀란 표정을 짓고 게이브도 허둥지둥 일어섰다.

"내가 돌아가는 것보다 저 여자네 싱크대가 고장 난 게 더 중요한가 보구나."

"그런가 보지."

레이시의 눈길이 얼사를 향했다.

"어제 다쳤다고 들었는데."

얼사가 살짝 고개를 끄덕였다.

"어쩌다가?"

얼사가 불안한 듯이 조를 바라보았다.

"폭풍이 불어서 나뭇가지가 떨어지는 바람에……."

"네 부모님은 뭐라고 하시든? 걱정이 많으시겠구나."

"누나, 여긴 무슨 일로 왔어?"

게이브가 대화를 끊었다.

"그럴 일이 좀 있지. 어젯밤 부엌을 싹쓸이 해 줘서 고맙구나. 식료품이 다 떨어졌어."

"먹을 거라면 큰 냉동고에 쌓여 있어."

그가 말했다.

"냉동고에는 없는 화장실 휴지가 다 떨어졌단 말이다. 엄마가 습진에 바르는 연고도 떨어졌고. 네가 사 놓지 않아서 엄마가 화나셨어."

"이거 다 해 놓고 바로 가서 사 올게."

그가 말했다.

"늦었어. 내가 사러 나왔으니까."

"누나는 집으로 돌아가는 줄 알았는데?"

"나도 그럴 줄 알았지. 근데 네가 키니 산장에서 빈둥대는 동안, 집에 할 일이 쌓여 있어서 말이야."

그녀가 싱크대를 보면서 고개를 끄덕였다.

"키니 교수님이 그거 고쳐놨다고 참 좋아하시겠어. 교수님 댁 일꾼으로 취직하는 게 어떠니?"

레이시가 가벼운 코웃음을 치고 그곳에서 나가자 게이브의 눈이 초점을 잃고 흐릿해졌다. 그는 뒤돌아서서 먼 산을 바라보며 싱크대 끝부분을 꼭 쥐고 있었다. 레이시가 집을 벗어날 때까지 작은곰이 짖어댔고 게이브가 다시 몸을 돌리자 분노의 흔적은(혹은 그게 무엇이었든 간에) 자취를 감추고 없었다.

"교수님 일꾼이나 되라는 그 비아냥거림은 대체 뭐예요?"

조가 물었다.

"그냥 누나가 누나답게 군 거예요."

그가 다시 바닥에 앉아서 배수관 작업을 마무리했다. 그 뒤 두 시간 동안 조는 둥지 기록표에 적힌 데이터를 노트북에 옮기고, 게이브는 얼사에게 오래된 카드를 꺼내 몇 가지 게임 방법을 가르쳐 주었다. 12시 30분이 되었지만 비는 여전히 세차게 내리고 있었고, 조는 그날 현장에 나가는 것을 포기했다. 대신 당장 시급한 과제인 빨래방과 식료품 가게에 갔다 오는 것으로 휴일을 유용하게 쓰기로 했다.

그녀는 게이브에게 얼사와 함께 집에 있을 수 있는지 물었다. 아이를 데리고 비엔나 경찰서 인근으로 갔다가 딘 경관과 마주치는 위험을 피하고 싶었기 때문이다. 설령 얼사가 경찰에 인계되더라도 조의 방식대로 이뤄져야 했다. 물론 지금까지 벌어진 일들은 외계인 방식을 전적으로 따르고 있다는 사실을 부인할 수는 없었다.

조는 이미 늘어난 얼사의 옷가지로 포화상태가 된 빨래 가방에 더러워진 행주 두 개를 욱여넣었다. 게이브와 얼사는 식탁에 앉아서 토마토 수프가 끓기를 기다리고 있었다. 게이브는 이제 오이스터 크래커[17]를 내기 칩으로 활용하면서 포커하는 법을 알려 주었다.

"처음에는 총 쏘기, 이제는 도박이네요. 아이한테 참 좋은 영향을 주겠어요."

조가 말했다.

"곧 끝날 거예요. 칩을 계속 먹어 버리고 있거든요."

"집에 먹을 게 하나도 없어서 미안해요. 장 한가득 봐 올게요."

"마카로니와 치즈 까먹으면 안 돼!"

얼사가 말하면서 들고 있던 카드 다섯 장을 식탁에 내려놓았다.

"에이스 세 개니까 내가 이겼어."

"쿼크로 반칙 때리기 없기!"

---

17 수프에 넣어 먹는 짭짤한 맛의 육각형 모양의 작은 과자.

조는 시내로 나서 빨래방 근처에 있는 카페에 들러 샐러드를 주문했다. 창밖으로 보이는 작은 마을이 천천히 움직이는 것을 감상하면서 익숙한 고독을 만끽했다. 지난해까지만 해도 이러한 고요한 순간이 찾아오면 이미 곁을 떠나버린 사람들을 생각하곤 했다. 엄마, 아빠, 그리고 수술하기 전 자기 자신.

하지만 오늘은 얼사와 게이브, 다시 말해 삶에 대해 생각하고 있었다. 얼사의 머리 상처가 나아져 다행이었다. 만일 그들이 얼사를 데리고 병원으로 갔다면, 그리고 경찰의 심문을 받았다면 어떤 일이 일어났을지 상상해 보았다. 어떤 일이 벌어졌든 간에 한 가지는 확실했다. 얼사는 이제 조 곁에 없을 것이다. 조는 얼사가 자신과 게이브에게서 억지로 분리되는 순간을 상상조차 하고 싶지 않았다. 다행히 더 깊은 생각에 빠지기 전에 음식이 나왔다.

그녀는 샐러드 위에 올라간 달걀 슬라이스를 가운데로 몰아넣었다. 몇 주 전까지만 해도 수수께끼 같던 달걀장수가 그녀의 일상을 파고들 거라는 사실이 놀라웠다. 이렇게 비현실적인 상황은 '외계인의 개입'이라는 전제 없이 설명하기 힘들었다. 그녀는 오늘 아침 얼사가 게이브의 온화한 성품을 전적으로 신뢰하며 그의 품속으로 파고들던 모습을 떠올리며 슬며시 미소를 지었다.

조는 불현듯 느껴지는 놀라운 감각에 먹는 것을 잠시 중단했다. 그것은 그녀가 이성에게 매력을 느꼈을 때 몸 안에서 느껴지던 따뜻한 기운과 비슷했다. 그녀는 자신의 몸이 여전히 이러한 느낌을 받는다는 사실에 안도했다. 어쩌면 몸이 아니라 대체 호르몬인지도 모르지만.

냉철한 분석에 따뜻한 기운은 이내 사라지고 말았다. 부모 양쪽으로부터 분석적인 유전자를 물려받은 사람은 어쩔 수 없는 것이다. 어쨌든 게이브에게 반하면 불편해지는 일이 한둘이 아니었다. 그녀가 하는 연구는 적어도 조수 한 명이 필요할 정도로 방대한 프로젝트였다. 그 사람이 우정 이상의 관심을 보여 주는 것도 아닌데, 위험을 불러올 행동을 그녀 자신이 왜 자초하겠는가? 이틀 밤이나 그녀와 함께 있으면서 그의 행동에는 어떤 미세한 변화도 없었다. 정확히 말하자면, 어떤 시도조차 없었다. 어쩌면 그녀의 몸을 보고 관심이 사그라졌는지도 모른다. 아니면 더 간단히 암이라는 것 자체가 부담스러웠을지도. 아무리 연민이 많은 사람이라도 평범하지 못한 여성의 몸에 끌릴 가능성은 적었다. 그녀는 그만 포크를 놓고 계산을 마친 뒤 그 자리에서 나왔다.

그녀가 집에 도착할 즈음 마침내 마지막 남은 회색 비구름이 걷혔다. 키니 산장을 둘러싸고 있는 숲은 감탄이 절로 흘러나왔다. 이파리와 가지 하나하나마다 황금빛 태양을 반사시키는 보석 같은 빗방울이 매달려 반짝반짝 빛났다.

게이브와 얼사는 집에 없었다. 게이브의 손글씨로 '구멍이 숭숭 뚫린 그물로 계곡에 고기 잡으러 가요'라고 적힌 쪽지가 있었다. '그러니까 시간이 좀 걸릴 거예요. 좌절감을 함께 맛보려거든 이쪽으로 오세요.'

옆에는 얼사가 남긴 쪽지도 있었다. '파이 사 왔으면 좋겠다!!!!'

조는 파이를 샀다. 더치 애플파이와 함께 곁들여 먹을 바닐라 아이스크림까지. 식료품과 빨래를 치우고, 조는 계곡에 가는 대신 저녁으로 먹을 스파게티를 만들기로 했다. 7시쯤 돼서 얼사가 큰소리를 내며 집 안으로 들어왔다.

"파이 사 왔어? 시어라고 부르는 예쁜 물고기 잡았어! 아저씨가 물방개도 보여 줬어! 물방개는 몸 밑에 공기 방울을 매달고 다니면서 물속에서 산소를 얻는대!"

"그거 정말 대단한데?"

"그리고 움직이는 집을 짓는 날도래라는 유충도 찾았어! 실크 같은 물질로 튜브를 만든 뒤에 모래랑 작은 돌멩이랑 나무토막을 그 위에 올려. 그러고 나서 포식자를 피해서 부드러운 몸을 그 속에 숨긴대!"

"나도 그거 본 적 있어."

조가 말했다.

"정말 신기하지!"

게이브가 부엌으로 들어와 싱크대 위에 모래가 가득 들어 있는 유리병 두 개를 올려놓았다. 그의 옷도 얼사처럼 흠뻑 젖고 진흙으로 더러워져 있었다. 조는 숲과 강이 그에게 얼마나 잘 어울리는지 애써 외면했다.

"수생곤충 전문가를 몰라봤군요."

"그런 거 아니에요."

"맞아, 아저씨는 모르는 곤충이 없어!"

얼사가 말했다.

"스스로 깨친 거예요, 아니면 누가 알려 준 거예요?"

"키니 교수님이 알려 주셨어요. 냄새가 정말 좋은데요. 무슨 냄새예요?"

그가 프라이팬 뚜껑을 열며 말했다.

"칠면조 소시지를 넣은 스파게티 소스예요."

"와, 파이다!"

싱크대 위에 있던 파이를 들고 얼사가 말했다.

"제자리에 갖다 놔."

조가 말했다.

"그건 디저트야. 근데 초록색 음식을 다 먹어야지 먹을 수 있어."

집 밖에서 작은곰이 흥분해서 짖기 시작했다.

"젠장, 또 누나가 왔군."

세 사람은 창문을 통해 집 앞을 주시하다가, 비포장도로로 들어서는 경찰차를 보고 얼사가 순식간에 자리에서 사라졌다. 뒤쪽 덧문이 끼익 소리를 내면서 열렸다가 쾅 닫히는 소리를 듣고, 조는 마치 데자뷔를 경험하는 것 같았다.

"누나 짓이에요!"

게이브가 말했다.

"젠장, 누나가 여기 왔을 때 무슨 꿍꿍이가 있다는 걸 눈치챘어야 하는데!"

"뭐라고 하죠?"

"사실대로 말해야죠. 최대한."

조는 밖으로 나가서 경찰을 향해 짖어대는 작은곰을 조용히 시켰다. 게이브는 집 앞 보도에 서 있었다. K. 딘이 아니었다. 나이가 그보다 많은 40대 중반이었지만, 여느 20대 청년보다 늘씬하고 몸이 좋았다. 눈에 띄는 진한 갈색 눈동자는 비난하는 기색으로 번득였다.

"조앤 틸 되십니까?"

경찰이 물었다.

"네. '조애나'라고 해요."

경찰이 그녀를 향해 걸어왔다. 자신을 향해 짖어대는 반쯤 자란 개는 신경도 쓰지 않고 눈길은 게이브에게 고정돼 있었다. 조가 물었다.

"무슨 문제라도 있나요?"

"먼저 말씀해 보시지요."

그가 특유의 느릿한 어투로 말했다

"이 집에서 다친 여자애가 있다는 신고가 들어와서요."

"누가 그래요?"

"그걸 알 필요가 있습니까? 신고가 사실입니까, 아닙니까?"

"여기 자주 오는 여자애가 하나 있어요. 몇 주 전에 그 아이 일로 보안관국에 연락했었는데요, 딘 경관님이 오셨어요."

그는 전혀 예상치 못했던 얘기에 고개를 끄덕였다. 근엄한 태도가 눈에 띄게 부드러워졌다. 딘과 잘 아는 게 분명했다.

"그런데 아이가 경찰을 보고 도망갔었어요."

"왜 그랬죠?"

"강제로 집에 보낼 거로 생각했나 봐요. 몸에 멍이 들어 있었어요."

"카일, 그러니까 딘 경관에게 이 사실을 보고했다고요?"

"네."

"아직도 그 애가 오나요?"

그가 물었다.

"네. 누가 아이 실종신고를 했나요?"

"누가 아이가 위험해 처해 있다는 신고를 했어요. 아이를 마지막으로 보셨을 때, 다친 데가 있었나요?"

"어제 머리 부위에 찢어진 상처가 있었어요. 제가 소독해 주었고요."

"그 상처가 학대로 인한 것처럼 보였습니까?"

"아니요. 폭풍이 왔을 때 떨어진 나뭇가지에 맞은 거예요."

조는 아차 싶었다. 어쩌면 너무 말을 많이 한 건지도 모른다. 만일 그 일이 어디서 일어났는지 물어본다면 어떻게 대답해야 할 것인가?

"아이 가족을 만나보셨나요?"

경찰이 물었다.

"아뇨. 아이가 사는 곳을 몰라요. 말해 주지 않더군요."

경찰이 게이브를 쳐다보자, 조가 말했다.

"제 친구예요. 바로 옆집에 살아요."

"이 집 주인 되시나요?"

그가 조에게 물었다.

"빌린 거예요. 연구하는 동안에요."

"무슨 연구요?"

"조류에 관한 거예요."

"뭐, 누군가는 해야 할 일이겠죠."

그가 웃으며 혼잣말을 하더니 게이브 쪽으로 갔다.

"그 아이를 보신 적 있나요?"

"네, 우리 집에도 온 적 있어요."

레이시가 이미 말했다는 걸 알고 그가 덧붙였다.

"뭣 때문에요?"

경찰이 물었다.

"동물을 좋아하던데요."

"그 애가 지금 어딨는지 아십니까?"

"이 주변 어딘가에 있을 거예요."

"안다는 말입니까, 모른다는 말입니까?"

그가 게이브의 눈을 똑바로 쳐다보며 말했다.

"얼마 전까지 여기 있었는데 가 버렸어요. 어디로 갔는지 우리도 몰라요."

경찰이 끄덕였다.

"집 안을 좀 살펴봐도 되겠습니까?"

그가 조에게 물었다. 그녀는 그러한 요구를 전혀 예상하지 못했다. 경찰이 누군가의 집으로 들어가기 위해서는 언제나 수색영장을 제시

해야 한다고만 알고 있었다. 하지만 게이브가 그녀를 향해 고개를 끄덕였다. 집 안으로 들이라는 신호였다. 조는 테라스 문을 열며 말했다.

"물론이죠."

조와 게이브도 그 뒤를 따라 집 안으로 들어갔다. 다행히 깨끗이 빨아 놓은 얼사의 옷은 서랍장 안에 넣어둔 상태였다. 하지만 경찰이 서랍장을 열어본다면?

경찰은 그 작은 집에서 방을 옮겨 다니며 하나도 빼놓지 않고 세심하게 둘러보았다. 부엌으로 가서 자석으로 냉장고 문에 붙여 놓은 얼사의 유리멧새 그림을 손으로 가리켰다.

"누가 그린 겁니까?"

"그 애가요."

조가 말했다.

"애를 종종 집 안에 들이십니까?"

"전 집에 있을 때가 거의 없어요. 조사 때문에 온종일 밖에 있어서요."

"집 안에 들이신 적이 있는지 여쭤본 겁니다."

"애가 딱해서 몇 번 그런 적 있어요. 제 생각에 보살펴 주는 사람이 없는 거 같아요."

"그 애 이름이 뭡니까?"

"'얼사 메이저'라고 했어요. 근데 지어낸 거 같아요. 그건 별자리 이름이거든요."

"나도 압니다."

경찰이 말했다. 그는 뒷문으로 나가서 들판 가장자리를 둘러본 뒤 방치된 광쪽으로 걸음을 옮겼다. 조와 게이브는 그가 광 주변을 이리 저리 살펴보는 동안 앞마당 히코리 나무 아래에 서 있었다. 그 대신 작은곰이 그의 뒤를 따라 다녔다.

"흠, 애는 안 보이네요."

경찰이 말했다.

"하지만 이 아이에 대한 우려가 제기됐으니 또 보이면 경찰서로 연락 주세요."

그가 자신의 전화번호가 적힌 명함을 조에게 내밀었다.

"그럼 좋은 밤 보내십시오."

"경관님도요."

조와 게이브가 동시에 말했다. 그들은 경찰이 경찰차에 올라탄 뒤 집에서 멀어져 가는 모습을 지켜보았다. 작은곰이 그 뒤에 대고 컹컹 짖어댔다. 그의 모습이 시야에서 완전히 사라지자 게이브가 말했다.

"집으로 가야겠어요. 가서 누나 엉덩이를 걷어차서 세인트루이스로 보내 버릴 거예요."

"화나게 만들지 마세요! 더 끔찍한 일을 벌일지도 몰라요."

"안 그래요. 그 대신 내가 집으로 돌아가면 누나는 떠날 거예요."

"그게 누나의 본 목적이라고요. 당신이 그런 교활한 여자랑 남매라는 걸 정말 믿을 수가 없네요!"

게이브가 걸어갔다.

"그보다 먼저 얼사를 찾아야 해요."

조가 그를 따라 집 뒤쪽으로 갔다.

"지난번에 똑같은 일이 일어났을 때, 멀리 가지는 않았어요. 그때는 밤이긴 했지만요."

그들은 잡초가 뒤덮인 들판을 돌아다니며 얼사의 이름을 불렀지만, 혹시 경찰이 가는 길에 내시 농장에 들릴까 봐 너무 큰소리로 부르지는 못했다. 줄기가 꺾어진 길을 따라 그들은 들판의 끝이자 숲이 시작되는 경사에 다다랐다. 해가 저물기 시작했고 손전등이 없어서 좀 더 찾아보는 일은 불가능했다.

"어딘가에 웅크리고 있을 거예요. 경찰차가 확실히 갈 때까지 기다렸다가 밤에 돌아올 작정일 거예요."

뒷문에 서서 게이브는 어둑해진 들판을 바라보았다.

조와 게이브는 파스타를 만들었지만, 많이 먹지 못했다. 파이는 손도 대지 않았다. 10시가 돼서 얼사에게 집으로 돌아오라는 신호조로 화덕에 불을 피웠다. 두 사람은 간이의자에 앉아서 얼사를 기다렸다. 걱정 속에서 침묵이 이어졌다. 10시 30분이 되자 게이브가 말했다.

"길을 잃었던지 돌아오지 않기로 한 건지 둘 중 하나예요. 어느 쪽인 거 같아요?"

"얼사는 날 믿고 두 번이나 돌아왔었어요. 그런데 똑똑하니까 길을 잃진 않았을 거예요. 터키크리크를 쭉 따라오면 여기가 나온다는 것도 알고 있고, 달이 밝아서 주변을 식별할 수도 있을 거예요."

"전 이렇게 생각해요."

그가 들판을 바라보고 섰다.

"뒷문을 빠져나간 뒤, 경찰에게서 최대한 멀리 달아나기 위해 아마 수풀을 헤치고 곧장 북쪽으로 갔을 거예요. 반대편에 있는 경사를 내려갔다면 거스리크리크에 도달했겠죠."

그가 손으로 동쪽을 가리키며 말을 이었다.

"이 언덕을 중심으로 터키크리크가 나뉘는데, 얼사가 수풀을 빠져나오면서 거스리를 건넜으면 어두워서 터키크리크가 나뉘는 걸 아마 못 봤을 거예요. 잘못된 길에 들어서 헤매고 있을지도 몰라요."

"맞아요. 터키크리크가 나뉘는 지점은 잡초가 무성해서 길로 보이지 않으니까요."

"얼사가 저쪽 지형에 대해서 잘 알고 있나요?"

"아마 모를 거예요. 주로 이 집과 광 주변에 있었거든요."

그가 수염을 비비며 컴컴한 들판을 멀리 내다보았다.

"누나한테 숲속에서 버림받은 날이 떠오를 것 같아요."

조가 말하자, 그가 놀란 표정을 지었다. 마치 그녀가 그렇게 연결지을 것을 전혀 예상하지 못한 듯했다.

"내가 지금 생각하는 게 바로 그거예요."

그가 말했다.

"쓸 만한 손전등 있어요? 따라가서 아이를 찾아봐야겠어요."

조는 장비를 뒤져 그에게 헤드램프를 건네고, 자신은 일반 손전등을 들었다. 그리고 얼사의 소리나 냄새를 감지할지도 모른다는 기대를 품고 작은곰을 불러 따라오게 했다.

어린 시절 툭하면 키니 산장에서 시간을 때운 덕에, 게이브는 언덕을 내려가서 거스리크리크에 도착하는 가장 쉬운 길을 알고 있었다. 그들은 걸어가면서 간헐적으로 얼사를 불렀다. 하지만 너무 어두운 탓에 좀처럼 속도가 붙지 않았고, 나무뿌리나 돌멩이에 걸려 넘어지기 일쑤였다. 작은곰만이 한밤중 외출을 만끽하면서 탐험하기 위해 어두운 숲속으로 사라졌다가 돌아오는 일을 반복했다.

"이렇게 많이 걸었으면 길을 잘못 들었다는 걸 분명히 알았을 거예요. 가던 길을 되돌아갔을지도 몰라요."

나선 지 약 40분 만에 조가 말했다.

"그건 그래요. 돌아가야 할까요?"

"조금만 더 가 봐요. 아직 포기할 수는 없어요."

그는 고개를 끄덕이고 그녀 옆을 지켰다.

"얼사, 언니야! 이제 나와도 돼!"

조가 소리쳤다. 15분이 더 지난 뒤 두 사람은 되돌아가기로 했다. 조는 울지 않으려 애썼다. 게이브가 그런 그녀를 살며시 안아줬다.

"괜찮아요. 똑똑한 녀석이니까 아무 일 없을 거예요."

얼사와 계곡에 다녀온 뒤 젖어 있던 그의 셔츠는 벌써 다 말랐지만, 여전히 계곡물과 축축한 모래, 피라미 냄새를 풍겼다. 조는 눈을 감고 뜻밖의 그의 친밀한 행동이 주는 편안함 속에 몸을 맡겼다. 그가 그녀를 더 가까이 끌어당겼다. 그 역시 그녀가 필요했다.

그때, 작은곰이 키니 산장 방향으로 달음질치며 짖기 시작했다. 조와 게이브는 몸을 떼고 그 뒤를 쫓기 시작했다. 갑자기 짖는 소리가 멈추고 두 사람이 모퉁이를 돌자마자 불빛이 개울가 바닥에 꿇어앉아 작은곰을 끌어안고 있는 얼사를 비췄다.

"언니!"

아이가 소리치더니 야트막하게 고인 물을 첨벙대며 뛰어와서 조의 품에 덥석 안겼다. 곧이어 소리 내어 울기 시작했다.

"경찰이 나 잡아가는 거야?"

"벌써 갔어."

게이브가 말했다. 얼사가 그의 허리로 팔을 옮겼다.

"어디 있었어? 어떻게 우리가 부르는 소리를 듣지 못하고 지나갔어?"

그가 물었다.

"길을 잃었어!"

얼사가 말했다.

"도로로 연결되는 그 길을 찾고 있었는데 아무리 찾아도 없었어. 어두워지니까 전부 다르게 보였어! 그래서 뒤돌아서 한참 걸었는데도 못 찾았어."

"그래서 또 돌아갔구나."

얼사가 고개를 끄덕이며, 뺨을 타고 흐르는 검은 눈물을 손등으로 훔쳤다.

"남서쪽에 있는 걸 모르고 북동쪽으로 찾으러 간 거예요."

그가 말했다.

"계곡을 따라서 걸은 건 잘했어."

조가 얼사에게 말했다.

"그런데 엉터리 계곡이었어. 이건 터키크리크가 아니라 거스리크리크란다. 그래서 전부 다르게 보인 거야."

게이브가 말했다.

"무서웠어."

얼사의 뺨에 또다시 눈물이 흘러내렸다.

"언니랑 아저씨를 다시는 못 보는 줄 알았어."

게이브가 아이 앞에 웅크렸다.

"업히렴. 조금 업어줄게."

얼사가 등 위에 올라타 그의 목을 두 팔로 감았다. 게이브가 얼사의 다리를 잡고 일어섰다.

"많이 무거워?"

"조, 내 등에 앉은 강도래[18]가 말을 하나요?"

"찍찍거리는 소리가 들리긴 했어요."

조가 말했다.

"오늘 아저씨랑 강도래 애벌레를 찾았어."

얼사가 말했다.

---

[18] 물가 근처를 날아다니는 작은 곤충.

"유기쇄설물을 먹고 산대."

"굉장한 단어네."

조가 말했다.

"오늘 배운 단어야. 썩은 동식물로 만들어진 찐득한 물질이야."

"참 맛있겠네."

조가 말했다.

"혹시 파이 다 먹었어?"

"아니. 널 기다리고 있었지."

키니 산장에 도착한 뒤 게이브는 자신의 트럭 근처에 얼사를 내려놓았다.

"이제 가야겠어요."

그가 헤드램프를 벗어서 조에게 건넸다.

"오늘 밤 누나가 짐을 싸게 만들 거예요."

"내 생각에 아줌마가 경찰을 부른 것 같아."

얼사가 말했다.

"나도 그렇게 생각해."

그가 조를 돌아보았다.

"얼사가 다른 사람 눈에 띄지 않게 조심해요. 당분간만 길가에서 둥지 보는 걸 자제해요."

"내일은 터키크리크에서 작업 안 해요."

"잘됐네요."

그가 트럭 쪽으로 몸을 반쯤 틀었다.

"그럼 나중에 봐요……."

"언제요?"

"잘 모르겠어요. 이번 일이 잠잠해질 때까지요."

조가 그의 곁으로 다가갔다. 한 번 더 포옹할 것이라 생각했다. 그러나 그는 트럭에 올라탄 뒤 곧바로 멀어져 갔다.

18

다음 날, 조는 얼사가 그동안 못 잔 잠을 보충할 수 있게 평소보다 몇 시간 더 자도록 내버려 두었다. 그 때문에 비가 그치고 난 다음날마저도 둥지 관찰 일정이 미뤄지게 되었다. 더 늦게까지 일을 해야 했고, 해가 진 뒤에야 터키크리크 로드에 도착하는 바람에, 게이브의 월요일 저녁 장사를 놓치고 말았다.

"아저씨 집에 들르면 안 돼?"

얼사가 물었다.

"안 돼. 레이시 아줌마가 있을지도 몰라."

"내가 살짝 들어가서 아줌마 차 있나 보고 올게."

"이제 살짝 들어가는 거는 끝이야."

그들은 다음 날에도, 그다음 날에도 비슷한 대화를 나누었다. 사흘이 지났지만, 게이브에게서는 아무런 소식이 없었다. 조는 그에게 휴대전화가 있는지 물어보지 않은 것을 후회했다. 하지만 사실 그와 문자를 주고받지 않는 게 더 좋았다. 어떤 이유에선지 그녀는 그와 그렇게 소통하는 것을 상상하기 힘들었다.

다음 날 아침, 조는 동이 틀 때까지 얼사가 자도록 내버려 두었다.

"비 와?"

얼사가 눈을 뜨고 어스름한 빛을 보고 물었다.

"좀 더 늦게까지 자게 안 깨운 거야. 오늘은 터키크리크 로드에서 시작할 거야."

"그렇게 하는 거 좋아."

아이는 식탁에 앉아서 비몽사몽 중에 와플을 먹었다.

그들은 보통 사방이 고요한 어둠에 휩싸였을 때 집을 나서곤 했다. 그러나 터키크리크 로드에서 시작하는 날에는 우렁찬 새벽의 합창단이 그들을 맞았다. 긴 밤이 지나간 뒤 새들이 무리를 지어 영역을 방어하기 위해 시끌벅적한 노래를 부르는 것이다. 늘 하던 대로 그들은 집 뒤편에서 작은곰에게 밥을 주고 나서 차에 올라탔다.

"언니, 첫 번째 둥지 그냥 지나쳤어."

얼사가 창문 밖으로 주황색 표식을 가리키며 말했다.

"관찰할 둥지 가운데 주차할 거야. 걸어가면서 둥지 찾기도 할 거라서."

이른 아침은 둥지를 찾는 데 제격이었다. 긴 밤 끝에 배고픈 아기새를 위해 부모새들이 부지런히 먹이를 실어 나르기 때문에 곧바로 둥지를 찾게 되는 경우가 많았다. 그녀는 게이브의 집 진입로에서 약

400미터 떨어진 곳에 차를 세우고 도로 안쪽 풀밭에 주차했다. 얼사는 조의 허락하에 들고 나온 싸구려 여분용 쌍안경을 목에 걸고 차에서 폴짝 뛰어내렸다. 아이는 애타는 눈길로 게이브의 집 쪽을 쳐다보았다.

"오늘은 아저씨 만날 수 있어?"

"곧 볼지도 몰라. 오늘은 목요일이잖니. 보통 오전에 달걀을 팔러 나오니까."

조가 말했다.

"또 아픈 게 아니라면 말이야."

그녀는 의도적으로 달걀을 파는 날 그의 집 근처에서 일하게 되었다고 인정하지 않았지만, 그가 괜찮은지 확인하고 싶었다. 나란히 걸으면서 얼사가 조를 올려다보았다.

"아저씨는 왜 아픈 거야?"

"글쎄.

"내 생각에 레이시 아줌마 때문에 아픈 걸 거야."

얼사가 말했다.

"그게 다는 아니야. 사람의 몸은 매우 복잡하거든. 우리 몸속에는 기분을 좌우하는 수많은 유전자랑 호르몬, 화학 물질이 있는데, 때때로 이 물질들이 어떤 조합을 이루면서 슬픈 감정을 느끼기도 한단다."

"항상?"

"'항상'은 아니야."

"아저씨는 레이시 아줌마가 오기 전에 슬프지 않았어."

"우리 주변에서 일어나는 일, 그러니까 환경이 몸속에 있는 화학 물질에 영향을 끼치기도 해."

"레이시 아줌마는 내 몸속에 있는 화학 물질을 기분 나쁘게 만들었어."

얼사가 말했다.

"나한테도 그래."

조가 대답했다. 그들은 길게 뻗어 있는 도로 끝에서부터 둥지가 있는지 확인하면서 내시 농장 진입로 방향으로 걸어왔다. 홍관조 둥지를 관찰하기 위해 석회암 가루로 뒤덮인 수풀을 헤치고 들어가려는 찰나, 게이브의 트럭 소리가 들렸다.

"아저씨! 아저씨!"

얼사가 팔을 흔들며 큰 소리로 외쳤다. 게이브가 속력을 줄이며 다가와 미소를 지은 뒤 손을 마주 흔들었지만, 그 뒤 그냥 지나쳐 갔다.

"왜 안 서는 거야?"

얼사가 물었다.

"우리가 일하고 있으니까 방해하고 싶지 않았나 봐. 아저씨도 할 일이 있고."

"그렇지만 1분만 섰다가 갈 수도 있잖아!"

얼사 말이 맞았다. 한 시간 뒤 그들은 작업을 마치고 게이브가 파란색 천막과 '신선한 계란' 현수막 아래에 앉아 있을 교차로를 향해 차를 몰았다. 조는 그의 트럭 뒤편에 있는 수로에 차를 댔다. 얼사가 뛰어나가 탁자로 달려갔다.

"아저씨, 보고 싶었어!"

아이가 말했다.

"왜 안 놀러 왔어?"

"좀 정리될 때까지 기다리는 게 최선인 거 같아서."

그가 말했다. 시선은 가까이 다가오는 조를 향했다. 그녀는 얼사 옆에 섰다.

"누나는 갔어요?"

"그저께 떠났어요."

그 말인즉슨 그 집에 하루 더 있었다는 뜻이다.

"어떻게 지냈어요?"

"그냥……. 잘 지냈어요."

질문에 함축된 의미를 알아채고 그가 무뚝뚝하게 대답했다.

"전에처럼 오늘은 아저씨 농장에 가면 안 돼? 응? 제발!"

"그건 아저씨한테 달렸어."

조가 말했다.

"이제 그렇게는 안 돼."

그가 말했다.

"왜 안 돼?"

얼사가 말했다.

"너도 알잖아. 네가 또 우리 농장에 있는 걸 할머니가 보고 아줌마한테 말하면 아줌마가 또 경찰에 신고할 거야."

"할머니가 못 보는 데 있으면 되잖아."

"그건 좋은 생각이 아니야."

"오늘 밤에 아기고양이 보러 가면 안 돼? 일 끝나고 인니랑 집에 간 뒤에. 할머니는 어두워서 날 못 볼 거야."

그때 차 한 대가 다가와 매대 옆에 멈췄다.

"그동안 안녕하셨어요, 젠?"

그가 간호사 유니폼을 입고 매대로 걸어오는 중년 여인에게 말을 걸었다.

"피곤해 죽겠어요. 들어가서 잘 거예요. 12구짜리 하나 주세요."

그녀가 5달러짜리 지폐를 내밀며 말했다.

"고맙습니다."

그가 거스름돈을 내어주며 대답했다. 여자가 매대 위에 있는 상자를 집어 들었다.

"잘 있어요, 게이브."

"안녕히 가세요."

젠이 자리를 뜨자 게이브가 무릎에서 너덜너덜해진 『참선과 오토바이 유지관리 기술』을 들었다.

"그래도 돼?"

얼사가 말했다.

"뭘?"

그가 말했다.

"오늘 밤에 아기고양이 보러 가는 거."

"이제 우리 집에 오면 왜 안 되는지 말했잖아. 만일 경찰이 다시 오면 이번에는 반드시 네가 원래 있어야 할 곳으로 데려갈 거다."

게이브는 조를 보며 덧붙였다.

"그 사람들은 옳은 일을 할 거니까."

얼사는 마치 그를 처음 본다는 표정으로 바라보았다.

"가자."

조가 말했다. 얼사가 움직이지 않자 조는 아이의 손을 잡고 차 쪽으로 끌어당겼다. 게이브는 손에 든 책에 눈을 떼지 않았다. 차가 움직이기 시작하자 얼사가 물었다.

"아저씨 뭣 때문에 우리한테 화난 거야?"

"아저씨가 화난 거라고 단정 짓지 말자."

그녀는 속으로 그가 그저 기분이 언짢은 것이길 바랐다. 그가 보여 준 행동은 그것보다 더 심각했기 때문이었다. 그는 그들을 배척하고 자신의 감정을 차단하고 있었다.

*

다음 날 그들은 여느 날과 다름없이 일했지만, 모든 것이 이상하게 느껴졌다. 얼사는 조가 지금까지 봤던 그 어느 때 보다 가라앉아 있었다. 여우 한 마리가 옥수수밭을 가로지르는 것을 봤는데도 별다른 반응을 보이지 않았다. 작업을 마치고 나서도 아이가 말이 없자, 조는 내심 게이브를 언급하지 않고 내시 농장을 지나칠 수 있겠다고 생각했다.

그러나 운명은 마음처럼 되지 않았다. 헤드라이트가 어두컴컴한 내시 농장 진입로를 비췄을 때 트럭 뒷부분을 내리고 걸터앉아 있는 게이브의 모습이 보였다. 그는 일어나서 손을 흔들며 차를 세웠다. 조가 창문을 열고 물었다.

"무슨 일이에요?"

"기다리고 있었어요. 많이 늦었네요."

"식료품 가게에 들렀다 오느라고요."

"배고플 텐데 아기 고양이 보러 올 수 있겠어요?"

"안 고파!"

얼사가 말했다.

"안으로 따라와요."

헛간에 도착해 조가 시동을 끄는 사이 얼사가 성급하게 차에서 내렸다.

"들어가도 돼?"

"왜 그리 성미가 급해. 언니 기다리자."

"못 참을 거 같아서 그래."

헛간 안은 깜깜했지만, 게이브가 랜턴을 켜서 새끼 고양이들이 있는 곳까지 앞장섰다. 어둠 속에서 어미 고양이가 나타나 게이브가 자신의 둥지 옆에 랜턴을 내려놓는 동안 곁에서 야옹거렸다.

"많이 큰 것 좀 봐!"

얼사가 말했다.

"걷는 것처럼 움직이네!"

얼사는 새끼 고양이 이름을 차례로 부르며 하나씩 쓰다듬었다. 그리고 줄리엣과 햄릿을 안아 들고 볼에 비볐다.

"나 안 보고 싶었니? 난 많이 보고 싶었어."

"잠깐 밖으로 나올래요?"

게이브가 조에게 물었다. 얼사는 배를 깔고 바닥에 누워서 줄리엣과 햄릿이 어설프게 몸싸움을 하는 것을 지켜보고 있었다.

"잠시 나갔다 올게."

게이브가 말했다. 밖으로 나간 그는 헛간 문을 닫고 얼사가 들리지 않게 조금 떨어진 곳으로 갔다.

"오늘 아침에 내가 한 행동에 대해서 사과할게요."

그가 말했다.

"그 말은 내가 아니라 얼사한테 해야 할걸요."

"속상해 하던가요?"

"그런 거 같아요."

그는 땅바닥을 내려다보며 할 말을 준비하다가 마침내 그녀를 바라보았다.

"얼사는 우리 누나보다 더 여기 오면 안 돼요."

"무슨 말 하는 건지 잘 이해가 안 되네요."

"얼사가 너무 애착을 보이잖아요. 게다가 전……."

그가 몇 초간 조의 눈길을 피했다.

"끝이 좋지 않을 거예요."

그가 말했다.

"당신이 아이를 경찰에 인계하는 게 하루씩 늦춰질수록 그만큼 모두가 힘들어져요."

그녀는 '우리'가 아닌 '당신'이라는 표현에 화가 났다. 그는 얼사를 데리고 있는 모든 책임을 회피하고 있었다.

"무슨 일을 벌이고 있는지 진지하게 생각해 봤나요?"

그가 물었다.

"대학원으로 돌아가 버리면 혼자 남아 가슴 아파할 아이에게 정을 주고 있는 거예요. 당신이 떠나 버리면 굶어 죽을 개한테 먹이를 주고, 얼사가 그 개한테 애착을 갖게 내버려 두는 거라고요. 그 개가 아이가 가는 곳에 함께 가게 될 일은 절대 없어요."

그녀에게 이런 식의 설교는 필요 없었다. 이미 같은 내용으로 끊임없이 자기 자신을 압박하고 있었기 때문이었다.

"더는 여기에 동참할 수 없어요."

그가 말했다.

"모든 사람이 상처 입을 거예요."

"그보다 이미 상처를 입었고, 더 아프기 전에 관두고 싶은 거겠죠."

조가 말했다.

"맞아요. 벌써 아파요. 우리보다 아이 때문에요. 너무 멀리 나가버렸어요. 그렇게 생각하지 않아요?"

그가 그녀의 반응을 기다렸다.

"동의해요. 내가 상상한 것보다 훨씬 더 멀리 나갔죠."

조는 신고 있던 부츠의 코로 자갈을 파헤쳤다.

"엄마가 몇 달 뒤 돌아가실 거라는 걸 알게 된 후에, 두 가지 선택권이 주어졌어요……."

그녀가 고개를 들었다.

"고통과 거리를 두든지, 아니면 더 가까워지든지요. 아빠를 잃기 전에 아빠가 내게 어떤 존재였는지 말할 기회를 놓쳤기 때문인지도 모르겠지만, 전 고통과 가까워지기로 결심했어요. 너무 가까이 다가가는 바람에 엄마가 느끼는 고통과 공포를 나도 고스란히 경험하게 되었지만요."

조가 말을 이었다.

"죽음이 눈앞에 있다는 사실에 아랑곳하지 않고, 엄마와 난 모든 것을 공유하고, 한 번도 사랑하지 않은 사람들처럼 사랑했어요. 결국에는 내 일부가 엄마와 함께 죽어 버렸죠. 지금까지도 완전히 회복되지 않았지만, 난 엄마와 함께 어둠 속으로 들어가겠다는 스스로 선택 한 거예요. 사랑하는 사람을 잃은 사람들은 대부분 후회한다고 말해요. 이렇게 할 걸, 저렇게 할 걸, 혹은 더 사랑할 걸, 하고 말이죠. 전 일말의 후회도 없어요. 정말로요."

그는 아무런 할 말이 없었다.

"아마 이해 못 하실 거예요."

"멍청한 농부지만 그 정도는 아니에요."

그가 입을 뗐다.

"전 항상 당신에게 일어난 일을 생각하면서 당신이 겪어온 일과 얼사가 무관하지 않을 거라고 짐작했어요. 하지만 이건 당신 어머니에게 일어난 일과 달라요. 마지막에는 후회하게 될 거예요. 아이를 사랑하는 게 아이의 고통을 가중시키는 결과가 돼 버릴 거라고요."

"만약 마지막이 당신이 상상하는 것과 다르다면요?"

"어떻게요?"

"직접 아이의 위탁모가 되려고 시도해 볼 생각이에요."

그녀가 머릿속에서 떠돌던 생각을 입 밖으로 낸 것은 처음이었다. 계획한 건 아니었지만 후련했다. 그는 가만히 그녀를 바라보기만 했다.

"제대로 된 자격이 있어야 한다든지, 그런 건 다 알아요. 하지만 그렇게 힘든 일도 아니라고 생각해요. 저는 비록 미혼이지만 위탁모가 갖춰야 하는 자원이 있어요. 아빠는 위험한 직업에 종사하셨기 때문에 보험을 단단히 들어 놓으셨어요. 엄마는 그 돈 일부로 또 다른 보험에 드셨어요. 편부모 가정이었기 때문에요. 제가 학교에 가 있는 동안 얼사를 돌봐 줄 사람을 고용할 수 있을 만큼 돈은 충분해요. 그리고 작은곰에 대한 계획도 있어요. 내가 사는 곳은 개를 기를 수 없게 되어 있지만 태비는 떠돌이 개에게 주인을 찾아주는 일에 아주 탁월해요.

함께 수의사 공부를 하는 친구 한 명이 작은곰을 입양하게 되면 얼사가 놀러 갈 수 있을 거예요."

"돈이 충분히 있고 개를 어디로 데려갈지 정해 놓았다고 해도, 경찰에게 거짓말했다는 사실은 변하지 않아요."

"전 아무런 법도 어기지 않았어요."

"어겼어요. 우리 둘 다요. 그때 그 경찰이 누나한테 뭐라고 했는지 알아요? 다른 집 아이를 집에 데리고 있으면, 특히 애가 다쳤을 때 말이죠, 아동학대로 간주된다고 했어요. 심지어 납치로도 여겨진다고요. 당신이 한 일이 있는데 그 사람들이 순순히 당신이 위탁모가 되게 내버려 둘 거 같아요?"

"난 얼사에게 잘해 준 죄밖에 없어요! 얼사가 그걸 증명할 거고요."

"얼사가 매일 당신과 일하러 갔다고 말하면 어떻게 될까요? 그것도 찜통 속에서 12시간 동안이나요?"

"그건 아이도 원한 거예요. 그리고 아이를 혼자 집에 내버려 두는 게 더 위험해요."

그녀가 마지막 말은 그의 침묵 속에서 공허하게 메아리쳤다.

"좋아요, 근데 그거 알아요?"

그녀가 말했다.

"난 당신처럼 당신 누나가 내 인생을 망치는 걸 구경만 하고 있지 않을 거예요."

"이 문제는 누나랑은 별개예요!"

"과연 그럴까요? 여기서 머물던 마지막 날, 당신 누나는 당신에게서 행복을 전부 빼앗아 가는 데 성공했어요. 오늘 아침 얼사와 내가 당신에게 일어난 변화를 두 눈으로 똑똑히 목격했다고요. 이런 일, 그러니까 다른 사람들과 관계를 맺는 일을 두려워한다면 결국 누나처럼 모질게 변할 거고, 그게 바로 당신 누나가 원하는 일이에요."

그녀는 헛간으로 걸어가서 문을 열었다.

"가자, 얼사. 더 피곤해지기 전에 가서 저녁 만들어서 먹어야 돼."

얼사가 건초 더미 뒤에서 나왔다.

"아저씨도 우리랑 같이 저녁 먹으면 안 돼?"

"안 돼."

얼사는 차와 헛간 사이에 가만히 서 있는 게이브에게 달려갔다.

"아저씨, 우리 집에서 같이 저녁 먹을래? 칠리랑 옥수수빵 먹을 거야."

"맛있겠다. 근데 할머니한테 가봐야 해."

아이의 머리를 헝클어뜨리며 그가 말했다.

"맛있게 먹어라, 꼬맹아."

집으로 돌아오는 차 안에서 얼사도 조처럼 아무 말 하지 않았다. 달빛이 깃든 진입로에 차를 대는 사이 작은곰이 차 주위를 빙글빙글 돌았다. 얼사가 물었다.

"언니랑 아저씨, 서로한테 화난 거야?"

"화난 건 아니야."

"그럼 뭐가 문제야?"

"아저씬 이제 우리랑 만나지 않기로 결정했어. 널 아끼는 건 똑같아. 그건 의심할 필요도 없어. 그저 앞으로 생길 일이 두려운 거야."

"무슨 일이 생기는데?"

"우선 경찰한테 꼬투리를 잡힐 수 있지."

"아무 문제 없을 거야. 경찰한테 우리 집이 우주에 있다고 말하면 되니까."

"너도 알겠지만, 그 사람들은 그 말을 믿지 않을 거야."

조는 아이를 정면으로 쳐다보기 위해서 뒷좌석으로 몸을 돌렸다. 어둠을 배경으로 꼼짝하지 않는 시커먼 형체를 향해 단호히 말했다.

"머지않아 내게 사실을 말해 주면 좋겠어. 지금쯤이면 나에 대한 믿음이 생겼을 거야. 난 너의 가장 큰 행복을 위해 최선을 다할 거란다."

"만약……."

아이가 차창 밖으로 고개를 돌려 입을 떼었다. 조는 아이가 쉽게 말을 꺼낼 수 있는 평정을 유지하기 위해 미동도 않고 숨도 거의 쉬지 않았다. 그녀는 얼사가 중요한 사실을 말하려고 한다고 확신했다. 그러나 얼사는 어두운 숲속을 응시할 뿐이었다.

"무슨 말을 하려고 했니?"

조가 묻자, 아이가 눈을 돌렸다.

"만약 내가 진짜로 다른 세상에서 왔다면? 언니는 단 한순간이라도 내 말을 믿은 적 있어?"

아이는 용기를 잃어버렸다. 애초부터 아무 말 할 생각이 없었을지도 모른다. 어떤 쪽이든 조는 이러지도 저러지도 못하는 아이의 심정을 이해했다. 얼사 메이저는 곰 모양 성좌일 뿐, 허구였다. 아이는 나란히 이어진 별자리처럼 살고 있었다. 마치 집요하게 선 밖으로 넘어가지 않게 색을 칠하는 아이처럼, 얼사도 자신이 그린 형태 안에 자신을 가두고 그 너머에 존재하는 끔찍한 세상으로 떨어지지 않기 위해 안간힘을 쓰면서 행동 하나하나를 통제하고 있었다.

"왜 내 말을 안 믿는 거야?"

얼사가 압박했다.

"난 과학자야, 얼사."

"외계인은 아예 안 믿어?"

"우주의 방대함을 고려하면 다른 생명체가 있을 가능성이 있지."

"내가 그 생명체 중 하나야."

이 아이가 더는 인간이길 거부하도록 만든 사건을 생각하면 조는 가끔 먹먹해졌다. 지금이 바로 그런 순간이었다. 다행히 얼사는 어둠 속에서 그녀의 눈물을 보지 못했다.

"언니랑 아저씨, 다시는 말 안 할 거야?"

"달걀 사러 가면 이야기 하겠지."

"그게 끝?"

조는 거짓말 하지 않았다.

"맞아. 그게 끝일 거야."

19

다음 날 아침, 조가 깨우러 갔을 때 얼사는 거실 소파 위에 없었다. 화장실에도 보이지 않았다. 조가 문을 열자 테라스에 작은곰이 매트 위에 몸을 동그랗게 말고 잠이 덜 깬 눈으로 그녀를 올려다보았다. 그 옆에는 텅 빈 밥그릇이 놓여 있었다.

얼사는 테라스에서 개밥을 주면 안 된다는 걸 알고 있었다. 한밤중에 몰래 집을 빠져나가면서 짖지 않게 테라스에 들인 뒤 밥을 준 게 틀림없었다. 아이가 어디로 갔는지는 너무나 뻔했다.

그녀는 집으로 돌아와서 아이의 보라색 운동화가 사라진 것을 확인했다. 아침에 입으라고 꺼내 놓은 옷도 함께 사라졌다. 조는 서둘러 옷을 입고 아침을 먹은 뒤 보통 때와 같이 점심 도시락을 쌌다. 두 명 몫의 물도 충분히 챙겼다. 그 뒤 장비를 챙겨 밖으로 나가서 작은곰을 테라스 밖으로 몰아내고 집 뒤쪽 콘크리트 평판 위에 사료를 부어주었다.

조는 새벽녘 어둠을 뚫고 내시 농장으로 차를 몰았다. 게이브도 우유를 짜거나 오전에 해야 하는 다른 일 때문에 깨 있을 것이라고 생각했다. 단지 집 안으로 들어가야 하는 일이 생기지 않기만을 간절히 바랐다. 그녀의 차가 나무가 우거진 진입로를 지나 헛간 쪽으로 방향을 틀었을 때 헤드라이트 불빛이 게이브를 비추었다. 손에는 랜턴을 들고 있었고 청바지 위에 무릎까지 오는 고무장화를 신고 있었다. 그녀가 오는 소리를 들은 것이다. 그녀는 창문을 내렸다.

"얼사가 없어졌어요."

"제기랄, 새끼 고양이가 있는 데부터 찾아봅시다."

"저도 그게 제일 먼저 떠올랐어요."

그가 헛간 앞에 먼저 도착해 손을 흔들었고 그녀는 종종걸음으로 달려갔다. 두 사람은 헛간에 들어가서 뒤쪽 벽으로 향했다. 게이브가 들고 있던 랜턴에서 나온 불빛이 얼사를 비추었다. 아이는 새끼고양이 여섯 마리와 함께 잠들어 있었다. 아이의 몸이 따뜻한 둥지의 한쪽 경계를 형성하며 둥글게 말려 있고 다른 경계에는 어미 고양이가 있었다. 조와 게이브는 그 아름다운 광경을 방해하고 싶지 않아서 꼼짝도 하지 않고 서 있었다.

어미 고양이가 일어나서 또 다른 둥지 어미에게 다가가 잠을 깨웠다. 얼사가 랜턴 불빛을 피해 손으로 눈을 가렸다. 아이가 말했다.

"아저씨?"

"언니도 왔어."

그가 말했다. 얼사가 실눈을 뜨고 두 사람을 바라보았다.

"너 왜 여기 있어?"

조가 물었다. 얼사가 일어나서 자리에 앉았다. 뒤엉킨 머리카락 사이로 건초가 삐져나와 있었다.

"다시는 아기 고양이랑 아저씨를 보지 못하는 게 싫어서."

"그건 아저씨의 결정에 맡겨야 하지 않을까?"

얼사가 일어나서 게이브를 쳐다보았다.

"미안해."

그가 말했다.

"그런데 언니랑 내 의견이 서로 달라……. 앞으로 어떻게 할지에 대해서."

"뭘 앞으로 어떻게 할지?"

얼사가 말했다.

"너."

그가 말했다.

"난 네게 안정적인 가정이 필요하다고 생각해. 그게 어디든."

"우주에 안정적인 가정이 있어."

"아저씨는 그 얘기를 이제 그만 듣고 싶어 해."

조가 끼어들어 말했다.

"차 안에 너 주려고 만든 달걀 샌드위치가 있어. 같이 갈 거지?"

"난 여기 있고 싶어."

"지구에서는 언제나 우리가 하고 싶은 일만 하고 살 순 없어."

"언니랑 아저씨는 자신이 뭘 하고 싶은지도 몰라."

"얼사, 나 지금 이럴 기분이 아니야."

그녀는 아이를 손으로 잡고 헛간 밖으로 끌어낸 다음 놓아주었다.

"차로 가든지 여기 남아서 아저씨가 경찰을 부르는 위험을 감수하든지, 네 알아서 해."

"아저씨, 경찰 부를 거야?"

아이가 게이브에게 물었다.

그는 대답하지 않았다.

"난 간다."

조가 말했다. 얼사가 그녀를 따라와서 뒷좌석에 올랐다.

"안녕, 아저씨."

아이가 풀죽은 목소리로 말했다.

"좋은 하루 보내렴."

그가 차 문을 닫으며 말했다.

얼사는 조가 둥지를 관찰하고 새로운 둥지를 찾는 동안 다시 입을 닫았다. 이번에는 조도 아이가 말을 하도록 애쓰지 않았다. 오히려 침묵이 반가웠다. 얼사의 수다에 방해받지 않으면서, 그녀의 머릿속은 얼사와 게이브를 만나기 전의 합리적 상태로 돌아갔다. 일과를 마칠 무렵에는 조도 게이브가 한 말 대부분에 동의하게 되었다. 얼사를 오랫동안 곁에 둔 이상 그녀를 위탁모로 지정할 사람은 아무도 없을 것이다. 그 말은 곧 고통을 조금이라도 줄이기 위해 당장 아이를 경찰에 인계하라는 게이브의 말이 옳다는 것을 뜻했다.

그날 밤, 얼사가 색연필로 그림을 그리는 동안 조는 며칠 동안 들어가지 않았던 실종 아동찾기 홈페이지를 훑어보았다. 생각만으로도 고통스러웠지만 조는 명단에서 얼사를 찾을 수 있기를 바랐다. 그렇게 되면 경찰이 얼사를 아이를 데리고 가는 데 협조해야 하는 반박할 수 없는 이유가 생기는 것이다. 하지만 한쪽 뺨에 볼우물이 패는 특별한 아이는 실종 아동 명단에 없었다.

조는 얼사가 그린 제왕나비를 유리멧새와 나란히 냉장고에 붙이고 나서 아이에게 잠옷을 입고 이를 닦으라고 말했다. 그 뒤 아이는 소파로, 조는 침대로 향했다. 조가 불을 끄자 아이는 "잘 자, 언니!"라며 늘 하던 인사를 했다.

조는 게이브가 떠나버린 뒤 밤마다 잠이 들지 못하고 뒤척이는 증상이 더 심해졌다. 혼자서 얼사를 책임져야 한다는 부담이 그녀를 짓눌렀다. 새벽 한 시까지 한숨도 못잔 그녀는 일어나서 얼사를 들여다보기 위해 거실로 나갔다.

아이는 그곳에 없었다.

조는 텅 빈 소파를 보면서 어떻게 할지 고민했다. 또다시 게이브 농장으로 가면 얼사의 통제 아래 놓이게 되는 것이다. 만일 그녀가 그곳을 찾아가지 않고 아침에 일을 하러 가 버리면 게이브가 농장에서 얼사를 발견하고 경찰에 알릴지도 몰랐다. 그렇게 하면 얼사는 도망갈 것이다. 조는 확신했다. 얼사는 키니 산장에 숨으려 할 것이고, 그렇게 되면 조와 키니 교수 부부, 심지어 월세를 지불하는 일리노이대학 생물학과에까지 끔찍한 파장이 미칠게 될지도 몰랐다.

만일 얼사가 키니 산장에 숨지 않으면, 어디로 갈지 알 수 없었다. 아이는 사람을 너무 잘 믿고, 그걸 이용할 위험천만한 사람들은 어디에나 있었다.

조는 플랫슈즈에 발을 밀어 넣고 자동차 키와 손전등을 챙겨 들었다. 테라스에는 또 작은곰과 텅 빈 밥그릇이 놓여 있었다. 그녀가 작은곰을 그곳에 그냥 내버려 두고 나오자 녀석은 화난 듯이 출발하는 차를 향해 짖어댔다.

내시 농장 입구에 도착해서 그녀는 헤드라이트를 끄고 주차등을 켰다. 소리를 최대한 낮추기 위해 움푹 파인 도로에서 속도를 줄이며 천천히 앞으로 나아가다 집이 보이자 라이트를 전부 껐다. 현관등만 켜진 채 집 안은 깜깜했으며, 에어컨 바람이 나가지 않게 모든 문과 창문이 꼭 닫혀 있었다. 속도를 줄이면 게이브와 그의 엄마는 아마 차 소리를 듣지 못할 것이었다.

그녀는 현관등 불빛에 의지해 가축들이 있는 건물로 조심스럽게 움직였다. 차를 주차시키고, 내려서 조용히 차 문을 닫았다. 헛간 안에 들어갈 때까지 손전등을 켜지도 않았다. 그리고 건초 더미 뒤쪽으로 걸어가서 아기 고양이가 옹기종기 모여 있는 방향으로 불빛을 비추었다. 어미 고양이가 눈을 끔벅이며 야옹거릴 뿐, 얼사는 그곳에 없었다.

조는 틈새와 모퉁이 곳곳을 불로 비추면서 헛간 이곳저곳을 살폈다.

그녀는 밖으로 나와서 다른 축사를 바라보았다. 자그마한 목초지 두 개가 딸린 외양간, 진흙탕으로 된 돼지우리와 야외 방사가 가능한 닭장, 그리고 게이브의 농기구 창고로 보이는 작은 목조 건물이 있었다. 조는 얼사가 닭장에 가지는 않았을 거라고 추측했다. 그러면 외양간과 농기구 창고가 남는다. 하지만 총기 소지자의 사유지에서 더 이상 몰래 돌아다닌 것은 위험하다는 생각이 들었다. 게이브를 찾아야 했다.

그녀는 농장 길을 따라 걸어서 집에 도착했다. 그리고 현관등 근처 어둠 속에 잠시 멈춰 서서 집을 바라보았다. 얼사와 함께 게이브 방에 갔던 날을 떠올린 것이다. 그 당시 게이브의 방은 거실을 지나 코너를 돈 뒤 왼쪽에서 두 번째에 위치한 작은 방이었다. 조는 커다란 거실 창문과 첫 번째 침실의 작은 창문을 지나 통나무집의 왼쪽 벽을 따라 걸었다. 두 번째 방에 이르러 멈춰 섰다. 게이브가 밤중에 곧바로 총을 꺼내드는 일이 없기를 바라며 그녀는 손가락 하나로 가볍게 유리창을 두드렸다. 아무런 인기척이 없었다. 좀 더 세게 두드리자 불이 켜지더니 커튼이 열리고 게이브가 네모난 불빛 속에 모습을 드러냈다.

그녀는 그의 모습을 보고 자신도 모르게 격한 반응을 보이고 말았다. 창문으로 한 발짝 다가가서 손을 흔든 것이다. 그가 잠겨 있던 창문을 열고 위로 들어올렸다.

"또 사라졌어요?"

"네. 새끼 고양이가 있는 헛간은 이미 찾아봤어요."

"아마 거긴 없을 것 같네요. 그러기엔 너무 영리하잖아요. 집 앞에서 만나요."

그녀는 테라스 쪽으로 가서 맨 아래 계단에서 그를 기다렸다. 잠시 뒤 그가 손전등을 들고 나왔다.

"정말 미안해요."

그녀가 말했다.

"우리의 통제를 벗어났다는 걸 이젠 알겠군요."

"알아요. 혹시 어머니가 깨셨나요?"

"아뇨."

그가 그녀 옆을 지나 축사로 향했다. 조는 말없이 그 뒤를 따랐다. 그들은 먼저 창고를 살펴본 뒤 외양간으로 갔다. 그 뒤 닭장을 열자 심기가 불편한 닭들이 꼬꼬댁 소리를 냈다. 그는 닭장 앞에 서서 생각에 잠겼다.

"끝내 도망가 버렸는지도 몰라요."

조가 말했다.

"오늘 말도 거의 한마디도 안 했어요."

"더는 자신이 이곳에서 환영받지 못한다는 걸 알게 된 거죠."

"정말로 가버린 걸까요?"

"아니, 이건 그 애의 또 다른 게임일 거예요."

"갠 그저 겁에 질린 어린 아이라는 사실을 잊지 말아요."

"그건 그래요."

그가 새로운 방향으로 걸어갔다.

"어디 가세요?"

"나무 위의 집이요."

그를 따라 약 1킬로미터쯤 걸어가자 손전등이 낡은 간판을 비추었다. 희미하게 어린아이 글씨로 '게이브 농장'이라고 적혀 있었다. 그 바로 아래에는 '출입금지'라고 적힌 부러진 팻말이 있었다.

게이브가 거대한 오크나무 위를 손전등으로 비추었다. 나무의 높이는 게이브 키의 약 세 배에 달했으며, 길쭉한 통나무 지지대가 나무를 받치고 있었다. 그리고 나뭇가지로 만든 곡선형 난간이 달린 근사한 나선 계단 끝에 입구가 자리하고 있었다. 그녀가 말했다.

"지금까지 본 나무 위의 집 중 최고예요."

"내가 정말 좋아했던 곳이죠. 일곱 살 때 아빠와 함께 만들었어요. 최대한 나무에 해가 가지 않게 판재 위에 지은 거예요."

그는 몸통을 휘감고 있는 계단 쪽으로 가서 제일 아랫단을 힘주어 밟았다.

"아직 끄떡없네요."

"얼사가 여기 알아요?"

"위에서 몇 시간이나 보냈는걸요. 내가 달걀을 파는 동안 엄마의 눈을 피해 여기 있었어요."

"함께 달걀을 팔겠다고 하지 않은 게 놀랍네요."

"물론 그랬죠."

"그런데 왜 못하게 했어요?"

그가 그녀의 얼굴을 쳐다보았다.

"이런 일을 생각하지 않는다는 게 신기해요."

"뭐가요?"

"전 아이를 데리고 길가에 나가는 게 두려웠거든요. 아이가 도망쳐 나온 사람이 아이가 여기 있다는 걸 보면 어떡해요? 그 사람이 와서 아이를 데려가도 막을 수 없고, 또 그렇게 하는 게 정말 옳은 건지도 몰랐을 거예요."

"충분히 가능한 일이네요."

"아직 한참 멀었어요."

날아온 펀치가 아팠지만 반격할 기분이 아니었다.

"외계인이 통제하고 있는데 뭘 더 할 수 있겠어요?"

집에서 나온 뒤로 내내 힘이 잔뜩 들어갔던 그의 얼굴이 엷은 미소와 함께 풀렸다.

"믿지 않으시겠지만 말이에요."

그녀가 말했다.

"별에서 온 소녀가 나타나기 전에는 나도 강박에 가까울 정도로 분별력이 있던 사람이었다고요."

"그 느낌 잘 알지요."

그가 말했다.

"나도 아이를 만난 뒤부터 퀴크의 파도에서 헤매고 있으니까요."

그가 손을 내밀었다.

"먼저 올라가세요. 넘어질지도 모르니 제가 뒤에 갈게요."

그의 도움이 필요 없었지만, 그녀는 그의 따뜻한 손과 신중함을 화해의 제스처로 받아들였다. 손가락을 놓자마자 다시 접촉이 이뤄진 곳은 허리였다. 손으로 가볍게 그녀가 계단으로 오르는 것을 도왔다. 그저 신사적인 행동인 걸까, 아니면 그녀와 마찬가지로 그도 육체적 접촉을 갈망하는 걸까? 그녀가 지금까지 수집한 데이터를 볼 때 전자가 더 개연성이 높았다.

난간이 튼튼해서 다행이었다. 계단이 위험한 정도로 심한 소용돌이를 이루고 있었기 때문이다. 조는 꼭대기에 도착해 들고 있던 손전등으로 커다란 오크나무 가지로 나뉜 내부를 비춰보았다. 밧줄로 된 작은 해먹이 한쪽 벽과 나무 몸통 사이에 매달려 있었고, 나무틀로 만들어진 것처럼 보이는 아동용 책걸상이 반대쪽에 있었다. 두 개의 발코니는 각각 숲의 다른 방향을 내다보고 있었는데, 하나는 숲으로 들어오는 오솔길을, 다른 하나는 나무가 우거진 아름다운 협곡을 향하고 있었다. 조는 손전등으로 협곡을 비춰보면서 탐험의 왕 노릇을 하는 어린 게이브의 모습을 상상했다.

"그것 참 이상하네."

게이브가 뒤에서 말하자, 그녀가 돌아보았다. 그의 손전등이 작은 책상을 비추고 있었다. 그 위에는 연필 두 자루와 지우개, 그림 동화

책, 그리고 돌로 눌러놓은 흰색 프린트 용지 몇 장이 있었다. 돌 안에 든 크리스털이 반짝 빛을 내었다. 얼사가 모으는 돌이었다.

조는 게이브와 함께 그린 얼사가 그린 그림을 살펴보았다. 만화처럼 표현한 개구리, 매우 사실적으로 그린 갓 태어난 새끼 고양이……. 그 아래에서 게이브가 또 하나의 그림을 꺼내 들었다. 연필로 어둡게 칠한 직사각형 무덤이었다. 흙으로 덮인 무덤 위에는 아무런 글자가 새겨져 있지 않은 흰색 십자가가 있었다. 무덤 양옆에는 얼사가 쓴 '사랑해'와 '미안해'라는 문구가 있었다.

"무덤 속에 사람이 있어요."

조가 말했다.

"나도 봤어요."

그가 종이를 들자 두 사람은 함께 무덤을 자세히 들여다보았다. 얼사는 머리가 어깨까지 오는 한 여자가 눈을 감고 누워 있는 모습을 그린 뒤 그 위에 흙을 색칠해 놓았다. 게이브가 말했다.

"세상에."

"저와 같은 생각하고 있는 거죠?"

"아이가 아끼는 누군가가 죽었고, 그래서 혼자가 된 거군요."

그가 고개를 끄덕였고, 조는 그의 손에서 그림을 받아들었다.

"왜 '미안해'라고 적은 걸까요?"

"그러게요. 좀 소름이 돋는군요."

그가 말했다.

"아이가 누군가를 죽였을지도 모른다는 말은 하지 말아요."

"무슨 일이 일어났는지 누가 알겠어요? 그러니까 아이를 곧장 경찰에 데려다 줬어야 한다고요."

조는 그림을 책상 위에 올려놓았다.

"갑자기 착한 척하는 거 질리려고 해요. 아이에 대해서 더 알아낼 수 있을 때까지 데리고 있자고 한 사람이 바로 당신이라는 사실을 잊은 건 아니겠죠."

"또 그러네요."

그가 말했다.

"내가 뭘요?"

"얼사 문제를 회피하기 위해서 날 공격하는 거요."

"당신만큼 얼사 문제를 회피하는 사람이 어디 있다고 그래요? 더는 신경 쓰고 싶지 않은 길고양이한테 하듯 우리를 버렸잖아요. 고양이한테도 이렇게는 안 했을 거예요."

그가 그녀의 얼굴 앞까지 가까이 다가왔다.

"말도 안 되는 소리 하지 말아요!"

"정말 말도 안 되는 일 맞아요."

"나라도 무슨 수를 써야 했어요. 상황이 좋지 않다고요. 정말 그걸 몰랐어요? 우리 둘 다 납치 혐의로 체포돼서 감옥에 갈 수도 있다고요."

그녀는 그의 눈을 뚫어지게 쳐다보았다.

"당신은…… 그것 때문에 우릴 버린 게 아니잖아요."

게이브는 조와 계속해서 눈을 마주치지 못했다. 그 모습은 그가 눈길을 피하면서 감추려고 한 것보다 더 많은 것을 보여주었다. 조가 무언가 눈치챈 걸 느끼고 게이브는 몸을 돌려 자리를 피하려고 했지만, 생각할 겨를도 없이 그녀가 그의 팔을 잡았다.

"그만."

그녀가 말했다.

"뭘 그만 해요?"

그가 돌아보았다. 그의 신중한 이목구비가 눈에 들어왔다.

"날 거부하는 거 이제 그만 해요. 우리 사이에 대해서 얘기해야 하잖아요."

그의 무심한 표정에 노골적인 두려움이 깃들었다. 적어도 그는 그녀가 무슨 말을 하는지 알고 있었다.

"우리, 서로에게 좀 더 솔직할 순 없나요?"

그가 뒤로 물러서며 그녀의 손에서 팔을 뺐다.

"난 솔직하게 다 말했어요. 엉망진창인 놈이라고요. 이제 그만 해요."

"엉망진창 아니에요."

"아니라고요?"

그가 팔로 가슴을 감쌌다.

"여자 한 번 사귀어 본 적 없는 놈이라고요. 그게 엉망진창이 아니면 뭐예요?"

"참 영리하시네요."

그녀가 말했다.

"뭐가요?"

게이브가 팔짱을 풀며 말했다.

"당신을 보면 얼사가 생각나요. 늘 요새를 쌓죠. 자신의 편을 들어주는 사람에게 조차도요."

"그게 무슨 관련이 있나요?"

"당신은 내가 여자 한 번 사귀어보지 못한 스물다섯 살 남자한테 놀라서 관심을 끄길 바라고 있죠. 나를 떨쳐내려고 일부러 그런 말을 하는 거예요. 당신의 병을 이용해서 나를 가까이 오지 못하게 했던 것처럼."

그는 이를 꽉 물고 계단을 응시했다.

"제발, 내게서 달아나지 말아요."

"우린 지금 얼사를 찾아야 해요."

그가 말을 돌렸다.

"그게 다예요?"

"내가 무슨 말을 하길 바라요?"

그녀는 얼사가 그린 묘지 그림을 다시 쳐다보았다. 게이브도 그림을 보았다. 죽은 여자가 들어 있는 시커먼 직사각형에서 조는 엄마의 유해가 들어 있던 텅 빈 유골함을 떠올렸다. 엄마의 마지막 소원대로 유해를 미시간호의 차가운 하얀 물결에 붓고 나서, 조는 하얀 가루가 된 엄마의 육신이 뽀얗게 남아 있는 유골함을 차마 버릴 수 없었다. 아직도 가지고 있었다. 그리고 그 텅 빈 공간은 가슴 속 엄마의 사랑이 자리했던 공간, 더 정확하게는 그녀의 여성 신체 부위가 있던 자리에 그대로 남아 있었다.

얼사도 물론 찾아야 하겠지만 두 사람도 얼사만큼 길을 잃은 게 아닐까? 어쩌면 얼사가 처한 문제를 해결하기 전에 그들 자신의 얽히고설킨 관계를 먼저 풀어야 할지도 몰랐다.

"나도 당신만큼이나 두려워요."

그녀가 말했다. 그의 시선이 그림에서 그녀에게 옮겨왔다.

"당신이 말한 그 느낌 기억해요? '영혼에 가해지는 끔찍한 인간성의 말살' 말이에요. 그건 어쩌면 사람들이 다가오는 것을 허락하면 그들로 인해 상처 받을 것이 두렵다는 거와 일맥상통하지 않을까요."

그가 침묵을 이어갔다. 그건 한 번도 진지한 관계를 경험해 보지 못했기 때문에 어떤 반응을 보여야 할지 모르기 때문일 것이다.

"그러니까 여자랑 한 번도 사귀어보지 못했다는 말에는 키스도 포함되나요?"

그녀가 물었다.

"고등학교 때 여자애들과 어울리는 법을 몰랐어요. 사회 불안증이 있었으니까요."

"한 번도 키스한 적 없어요?"

"없어요."

그들이 서 있는 바로 그곳, 어두운 숲속에 솟아 있는 고지대는 지렛대 받침과 같았다. 그 미세한 정점 한가운데에 놓인 두 사람의 뒤늦은 솔직한 감정은 금방이라도 균형을 잃어버릴 듯 위태로웠다.

조는 자신의 손전등을 끈 뒤 옆에 있던 책상 위에 내려놓고, 그의 손에서도 손전등을 빼내 불을 껐다. 갑자기 찾아온 어둠 속에서 그가 흠칫하며 뒤로 물러섰다.

"뭐 하는 거예요?"

그가 물었다.

"내가 하려고요."

"뭘요?"

"당신의 첫 키스요."

20

그녀는 어둠 속에서도 무리 없이 그를 찾았다. 몸에서는 열기, 아니 그
보다 두려움이 뿜어져 나오고 있었다. 그의 가슴에 손을 올리자 그가
몸을 움츠렸다. 그녀의 손이 미끄러지듯 그의 가슴을 스친 뒤 목에 닿
았다. 게이브의 피부는 따뜻하고 축축했다. 두 사람을 에워싼 여름밤
처럼. 그녀는 그의 수염을 손가락으로 헤치면서 자신의 입술의 그의
입술에 부드럽게 갖다 댔다. 게이브가 조를 따라 움직이기 시작하자
그녀는 입술을 좀 더 세게 눌렀다. 자기 전 샤워를 했지만 그의 매끈한
육체에서 풍기는 향기는 숲과 농장의 내음과 뒤섞여 옅은 비누 향을
압도했다.

"당신한테 좋은 냄새 나요."

조가 말했다.

"정말요?"

"전 특이하게 원시적 후각을 가지고 있죠."

그녀는 그의 티셔츠 밑으로 손을 집어넣고 위로 끌어 올렸다. 그리고 게이브의 살갗에 얼굴을 대고 그의 냄새를 들이마셨다.

"음……, 조……."

그녀가 고개를 들었다.

"왜요?"

그의 입술이 그녀의 입술에 닿았다. 훌륭한 키스였다. 조는 입술을 뗀 뒤 자신의 몸을 그에게 밀착시켰다. 그 역시 기다렸다는 듯 그녀를 더욱 세게 끌어안았다. 두 사람의 몸은 자연스럽게 맞물렸다. 마치 이런 결과를 미리 알고, 길에서 두 사람이 처음 만났을 때부터 이 순간을 준비하고 있었던 것처럼. 그들은 서로에게, 그리고 깊은 밤 속으로 녹아들었다. 그녀는 다시 어둠 속에서 기분이 좋아지리라고는 상상하지 못했다.

"영혼이 너무 심하게 말살된 건 아니죠?"

그녀가 물었다.

"아뇨. 딱 적당한 정도로만요."

그가 대답했다. 그러나 그들에게는 얼사가 있었다. 조는 무덤 그림이 뇌리에서 떠나지 않았다.

"밤새도록 이러고 있고 싶지만, 먼저 얼사를 찾아야 해요."

조의 말에 게이브가 몸을 뗐지만, 한 손으로 여전히 그녀의 허리를 감고 있었다.

"어디에 있는지 알 것 같아요. 찾아볼 데는 이제 한 군데예요."

"그럼 거기 있어야 할 텐데요."

그가 손전등을 찾아 더듬거렸다. 그녀가 먼저 하나를 찾아서 불을 켰다. 조는 보통 성적인 긴장감이 풀어지고 나면 상대가 다르게 보이곤 했는데(어딘가 모르게 부드럽게, 특히 눈동자가) 게이브도 그녀를 다르게 바라볼지 궁금했다. 그는 그녀를 뚫어지게 쳐다보았다.

"얼사가 어디로 간 거 같아요?"

"작은 통나무집이요. 우리가 크고 난 뒤 통나무집이 가득 차는 바람에 아빠가 손수 지었어요. 조카들도 좀 커서는 그곳에 혼자 있는 걸 좋아했어요."

"얼사가 거길 알아요?"

"한 번 보여 준 적 있어요. 아이의 뇌를 계속해서 자극해 줘야 해서요."

"그건 동의해요."

게이브가 조의 손을 잡고 계단 쪽으로 가다가 먼저 내려가면서 아쉬운 듯 손을 놓았다. 그들은 공중의 떠 있는 듯한 달콤한 분위기에서 푹신한 숲 바닥으로 내려왔다.

"이쪽이에요."

그들은 '게이브 농장' 팻말을 지나 새로운 오솔길에 접어들었다. 몇 분 뒤 게이브의 손전등이 비추는 곳에 작은 통나무집이 들어왔다.

그 투박한, 양철지붕 건물은 조가 여름 캠프에 갔을 적에 지내던 오두막집을 연상케 했다. 페인트를 칠하지 않은 삼나무 판자로 만들어져 있었으며, 약 1미터에 이르는 여러 개의 나무 기둥 위에 지어져 있었다.

"정말 예뻐요. 문학 교수님이 집을 짓는 데 이렇게 탁월한 재주가 있다고 누가 믿겠어요?"

"우리 아빠 소위 말하는 '르네상스 맨'이었어요. 다재다능한 사람이었죠."

그녀는 그를 따라 나무 계단을 올라갔다. 방충망이 둘러진 테라스 위에는 흔들의자 두 개가 숲 쪽을 바라보고 있었다. 그가 조심스럽게 나무문을 열자 사용하지 않은 녹슨 경첩에서 끼익 소리가 났다. 작지만 탁 트인 공간에는 식탁과 의자 몇 개가 있었고 그 뒤에 침실 두 개가 있었다. 게이브가 왼쪽 방에 불을 비추는 동안 조는 오른쪽 방으로 갔다.

"여기예요."

게이브가 말했다. 조는 그가 있는 곳에서 2층 침대 아래쪽에 웅크려 자고 있는 얼사를 발견했다. 아이는 자러갈 때 입은 파란색 꽃무늬 잠옷을 그대로 입고 있었고, 테라스 소파 위에 놓여 있던 담요를 가지고 와서 베고 있었다. 꿈을 꾸는 듯 눈꺼풀이 떨리고 있었다.

"무덤 그림에 대해서 아무 말 하지 말죠. 적어도 오늘 밤에는 말이에요."

그녀가 속삭이자, 게이브가 고개를 끄덕였다.

조가 자신의 손전등을 끄고 침대 끝에 앉아서 얼사의 머리를 쓰다듬으며 말했다.

"큰곰아, 이제 가자. 그만 일어나렴."

얼사가 그윽한 갈색 눈을 뜬 뒤 잠에서 완전히 깨지 않은 목소리로 꺼낸 첫 말이 이번 야반도주 소동의 목적을 확실히 했다.

"아지씨도 있어?"

"그래, 여기 있어."

게이브가 손전등 불빛에 아이의 눈이 부시지 않게 조심하면서 침대 쪽으로 걸어왔다.

"언니랑 나는 앞으로 널 개집에서 재우기로 했어."

"그럴 리 없어."

얼사가 몸을 일으켰다.

"자다 보면 익숙해질 거야."

얼사의 졸린 얼굴에 미소가 번졌다. 계곡에서 길을 잃었던 그날 밤처럼 그가 얼사 앞에 등을 돌리고 앉았다.

"집에 데려다 줄게. 업혀."

"여기서 집까진 너무 멀어요."

조가 말했다.

"그럼 우리 집에 세워 놓은 차로 가죠. 집까지 바래다줄게요."

"정말?"

"그럼, 신속하게 탑승하세요. 개브리엘 익스프레스가 곧 떠납니다."

얼사가 그의 등 위로 재빠르게 올라탔다.

"애 말을 다 들어주는 게 누구인지……. 어쩌다가 이렇게 된 거지?"

조가 중얼거렸다. 얼사를 업고 밖으로 나오는 게이브의 얼굴에 슬며시 미소가 번졌다. 조는 담요를 챙겨 그 뒤를 따랐다. 차에 도착한 뒤 게이브는 뒷좌석에 얼사를 내려놓고 그 옆에 앉았다.

"정말 어머니 두고 가도 괜찮은 거예요?"

조가 말했다.

"화장실이라도 가셔야 하면 어쩌고요?"

"다행히 그건 아직 엄마 혼자 가능해요. 근데 점점 중심을 잘 못 잡으시는데, 누나가 사다 준 보행 보조기 사용을 거부하세요."

그녀는 출발하면서 백미러로 게이브를 쳐다보았다. 자신의 가슴팍을 파고 들어온 얼사를 한 팔로 감싸 안고 있었다. 조는 그들에게 눈을 떼기 싫었지만 눈앞에 펼쳐진 자갈길과 씨름해야 했다.

"제기랄."

차대가 긁히는 소리가 나자 그녀가 읊조렸다.

"이 길 때문에 우리 엄마 차가 엉망이 되겠어요."

"어머니 차였어요?"

그가 말했다.

"네."

조가 터키크리크 로드에서 좌회전을 해서 키니 산장으로 이어지는 길에 들어서자 테라스에 갇힌 작은곰이 정신없이 짖어댔다. 게이브는 얼사를 안고 집으로 들어왔다. 소파에 눕히려고 하자 아이가 일어나 앉았다.

"더 자도 돼."

"가지 마."

"여기 있을게. 어서 자."

아이가 베개를 베고 눕자 게이브가 담요를 덮어 주었다. 조는 스토브 등만 켜둔 채 집 안을 어둡게 유지했다.

"왜 다시 친절해졌어?"

얼사가 그에게 물었다.

"난 늘 친절한데."

"아닐 때도 있어."

"눈 감아."

그는 소파에 걸터앉아서 아이가 잠들 때까지 손을 떼지 않았다. 조는 그 옆에 있는 의자에 앉았다. 얼사의 숨소리가 깊고 규칙적으로 들려 왔을 때 게이브가 문 쪽으로 손짓했다. 그들은 시원해진 집 안에서 다시 후텁지근한 바깥으로 나왔다.

"차로 태워다 줄게요."

조가 말했다.

"걷는 게 더 나아요."

"첫 키스로 발산되는 에너지를 전부 소비하게요?"

"이게 그거였어요? 전부 다 소비하려면 50킬로미터는 걸어야겠는데요."

"저도 마찬가지예요. 굿 나이트 뽀뽀가 도움이 될 지도요."

그녀가 그의 목에 팔을 감고 뽀뽀보다 진한 키스를 했다.

"전혀 도움이 안됐어요."

그가 그녀를 안고 그녀의 어깨너머로 집을 바라보았다.

"이제 이 집에 오는 게 좋다는 사실이 너무 이상해요. 싫어했거든요. 당신이 달걀을 집으로 가져다 달라고 부탁하기 전까지 한 몇 년 동안 이 집을 쳐다보지도 않았어요."

그녀가 그의 품속에서 떨어졌다.

"왜 싫어했어요? 교수님 부부랑 친한 줄 알았어요."

"별로요."

"키니 교수님이 수생곤충에 대해서 가르쳐 줬다고 했잖아요."

"맞아요."

"어머니는 확실히 교수님을 좋아하시는 거 같던데, 그럼 아버지랑 문제가 있었나 보네요."

"우리 아빠랑 키니 교수님 사이는…… 특이한 애증관계였어요."

"왜요?"

"우리 아빠는 자신감 넘치는 지성을 언제나 밖으로 내놓는 사람이었어요. 군중 속에서 가장 똑똑한 사람, 어떤 주제에 대해서도 가장 멋진 마지막 멘트를 해야 하는 그런 사람이었죠. 키니 교수님도 아빠만큼 똑똑하고 자신감이 넘쳤지만 조용한 방식이었어요. 지금은 어떠신지 모르지만 내가 어렸을 때 조지 키니 교수님은 마치…… 세상의 진짜 비밀을 모두 알고 있지만 그것을 공유하기에는 너무 천하태평이었다고나 할까요."

"'소리 없이 흐르는 강일수록 깊다' 처럼요?"

"맞아요. 조지 교수님의 조용한 자신감이 아빠를 건드린 거 같아요. 아빠는 농담으로 가장한 비열한 멘트를 날리면서 교수님을 깎아내리려고 했지요. 예를 들면, 아빠가 자주 말씀하시곤 하셨는데, 조지는 일리노이대학의 '곤충 채집가'라고요. 자신은 시카고대학의 문학 교수인데 말이죠."

"저런, 교수님 안됐네요."

"그렇게 생각할 필요 없어요. 키니 교수님은 어떤 비난에도 끄떡하지 않으셨거든요. 교수님이 큰소리로 따라 웃으시면, 나쁜 사람으로 보이는 건 우리 아빠였어요. 왜 그런지 모르겠지만 키니 교수님이 언제나 한 수 위였어요. 아빠가 지적인 토론과 유머로 좌중을 이끌다가도, 조지 교수님의 신중한 몇 마디면 거기 있던 가장 똑똑한 사람들은 조용히 교수님 곁으로 모였어요."

"교수님은 타고나신 거네요."

"맞아요."

"그래서 아버지와 교수님 사이가 벌어진 거예요?"

"아빠가 돌아가실 때 까지 두 분은 가깝게 지냈어요."

"그럼 이 집을 싫어하는 이유가 뭐예요?"

그가 수심에 잠긴 채 숲속을 응시했다.

"이 집이랑 우리 집 사이에 있는 오래된 묘지 본 적 있어요?"

"뭐예요, 어릴 때 거기서 귀신이 나온다고 생각한 거예요?"

그의 입술이 뒤틀리면서 조소가 흘러나왔다.

"맞아요. 귀신이 나온다고도 할 수 있겠네요."

"정말요? 무슨 귀신인데요?"

그의 얼굴에서 웃음기가 사라졌다.

"손전등 가지고 나와 봐요. 보여 줄게요."

21

조는 잠이 필요했지만, 갑자기 게이브의 기분이 바뀐 이유가 알고 싶
었다. 그녀는 거실에서 얼사가 자고 있는 걸 확인한 뒤 진입로에서 게
이브와 만나 손전등 불을 켰다.

"이쪽이에요."

그가 그녀를 숲속으로 이끌면서 말했다. 작은곰이 꼬리를 흔들면서
따라왔다. 이 시간에도 기꺼이 산책하겠다는 듯이.

"좀 오래되긴 했는데 아마 이쪽일 거예요."

게이브가 자갈로 된 진입로 서쪽을 향해 불을 비추었다. 그들은 진
입로 옆 무성한 수풀을 헤치고 나갔다. 깊은 곳까지 들어가자 사방이
뚫리면서 움직이기가 훨씬 쉬워졌다.

"학창시절 부모님과 함께 적어도 한 달에 한 번은 주말마다 여기에
왔었고 여름 대부분을 이곳에서 보냈어요."

걸어가면서 게이브가 말했다.

"키니 교수님과 아내인 린 사모님은 우리만큼 자주 들리시지는 않았어요. 그래도 어릴 때 자주 뵙긴 했어요."

잠깐 멈춘 뒤 그가 이어서 말했다.

"내가 열한 살 때, 우리 엄마와 키니 교수님은 이상하게 둘만 알아듣는 신호를 주고받았어요. 거의 매번 엄마가 시작했고, 교수님에게 '희망한다(hope it)'나 '사랑한다(love it)' 같은 단어를 써서 이야기했어요."

"이해가 잘 안 되네요."

"예를 들면, 조지 교수님이 '저 일몰 좀 봐요. 사랑스러운 광경이군요'라고 하면 엄마가 '정말 희망적이에요'라는 식으로 대답을 하는 거예요."

"이상하네요."

"네, 저도 호기심이 생기기 시작했어요."

두 사람은 함께 쓰러진 통나무를 건너뛰었다.

"그래서 엄마와 교수님을 좀 더 면밀히 주시했어요. 성인들은 보통 아이들이 귀를 기울이고 대화 내용을 이해하고 있다는 사실을 망각하죠."

"맞아요."

그는 멈춰 서서 어디쯤인지 파악하기 위해 손전등을 앞뒤로 비추었다. 그런 다음 왼쪽에 바위가 뾰족하게 튀어나와 있는 곳으로 향했다.

"두 사람의 대화를 엿들으면 엿들을수록, 불편한 광경들을 더 많이 목격했어요."

"오, 이런."

"열두 살이 되어서야 두 사람의 불륜을 확신하게 되었어요. 그해 여름 조지 교수님과 계곡에서 곤충들을 관찰하고 있었는데, 교수님이 진날 밤 불면증을 겪어서 매우 피곤하다고 그러더군요."

"그게 왜요?"

"엄마도 종종 불면증으로 고생했는데 긴 산책을 다녀와야지만 잠들 수 있다고 했었거든요."

"그걸 증거라고 하기에는 부족한데요."

"알아요. 근데 몇 주 뒤에 내시 농장이랑 키니 산장 사이에서 한 번도 가 본 적 없는 숲속을 탐험하게 되었지요. 전 키니 산장을 갈 때 항상 자전거를 타고 숲길을 달렸었거든요."

"여기 있었어요? 이 숲에?"

"네. 그리고 우연히 여길 발견했어요."

그가 손전등을 왼쪽으로 비추자 묘비 몇 개가 모여 있는 곳이 보였다.

"1800년도에 이곳에 작은 교회가 있었는데, 1911년, 소실되기 전까지 죽은 사람들을 교회 묘지에 묻곤 했어요."

그들은 함께 묘비 쪽으로 걸어갔고 게이브가 가장 길쭉한 표식에 불을 비췄다. 오래된 흰색 돌멩이로 만들어진 십자가였는데, 얼사의 그림에서 본 그것과 비슷했다. 세월이 흘러 많이 희미해졌지만 십자가 한가운데에는 '호프 러벳(Hope Lovette), 1881년 8월 11일~1899년 12월 26일'이라고 새겨져 있었다.

"호프 러벳."

조가 읊조렸다.

"이제 연결고리가 보이나요?"

"네. 근데 연결고리인 게 확실해요? 우연일 수도 있잖아요."

"저도 그 가능성을 생각해 봤죠. 하지만 엄마와 키니 교수님이 주고받는 신호와 연결되어 있다고 결론났어요."

"그럼 여기가……."

그녀는 차마 말을 잇지 못했다.

"밀회장소냐고요?"

"그런가요?"

"그걸 알아내기로 결심했지요."

그가 말했다.

"이 장소를 발견하고 열흘 뒤 키니 교수님 내외가 도착했는데 보통 때처럼 우리 집에 와서 식사를 하고 와인을 마셨지요. 저는 그날 밤 내내 멀리 떨어지지 않은 곳에서 교수님과 엄마가 나누는 대화에 귀를 기울였지만, 교수님 내외가 떠날 때까지 내가 기다리고 있던 내용은 들리지 않았어요. 엄마와 교수님이 아빠와 사모님보다 먼저 밖으로 나갔고, 저도 뒤따라 나가서 테라스 흔들의자에 앉아 귀를 쫑긋했어요. 교수님이 날씨가 덥다는 식으로 말하자 엄마가 '오늘 밤 비가 내려서 시원해지길 희망하고 있어요'라고 하더군요. 교수님은 미소를 지었지만 대답하지 않았어요. 그러니까 엄마가 '밤에 부는 폭풍을 사랑하지 않나요?'라고 말하니, 그제야 네, 라고 대답하더군요."

"그게 이 무덤 표식 앞에서 만나자는 암호라고 생각한 거군요?"

"물론이죠."

"근네 모든 게 이린에의 상상처럼 들려요. 두 사람 관계는 한창 예민할, 열두 살의 감성이 만들어 낸 게 아닐까요?"

"제가 몰래 지켜봤어요."

"어떻게요?"

"나무가 우거진 협곡에 텐트를 쳐놨었거든요. 그때는 집이랑 나무 위의 집이 따분하게 느껴졌을 때였어요."

"그리고 텐트를 몰래 빠져나와서 이곳으로 왔고요?"

"몰래 나올 필요가 없었어요. 우리 부모님은 내가 이 주변을 맘껏 돌아다니도록 내버려 뒀거든요."

그가 근처에 있는 쌓여 있는 바위 무더기에 불을 비췄다.

"저 바위들은 아마 예전에 이곳에 교회를 짓기 위해 개간할 당시 파낸 것들일 거예요. 저기에 몸을 숨기고 몰래 엿본 거예요."

그가 바위 쪽으로 걸어가고 조가 그 뒤를 따랐다.

"얼마나 잘 보였는지 아시겠죠?"

"그러네요. 그 다음에 어떻게 됐는지 빨리 말해 봐요. 궁금해 죽겠어요."

"해가 지고 얼마 지나지 않아 여기 도착해서 계속 기다렸어요. 잠이 들 걸 대비해서 물과 스낵, 십자말풀이 책을 갖다 놨어요."

"엄마의 불륜현장을 잡는 동안 십자말풀이를 했다고요?"

"아빠랑 같이 십자말풀이를 즐겨 했어요. 괴짜 중의 괴짜였죠."

"그래서 어떻게 됐는데요!"

"자정을 5분 남기고 우리 집 방향에서 이쪽으로 오는 불빛이 보였어요. 엄마였어요. 담요를 손에 들고 내가 좋아했던 꽃무늬 원피스를 입고요."

"세상에."

"엄마가 호프 씨 무덤에 담요를 펼쳐 놓고 키니 산장 쪽을 바라보셨어요. 그리고 5분 뒤 키니 산장 쪽에서 또 다른 손전등 불빛이 이쪽으로 다가왔어요. 엄마가 들고 왔던 손전등을 바닥에 내려놓는 바람에 흰색 십자가에 불빛이 반사되었죠. 곧이어 키니 교수님이 등유 랜턴을 들고 나타났어요. 그리고 그걸 바닥에 내려놓고 두 분이 키스하셨어요."

"게이브, 정말 유감이에요."

그는 그 말을 듣지 못하고 흰색 십자가를 응시했다.

"엄마가 '호프의 유령이 우리를 그리워했을 거예요'라면서 교수님의 바지를 풀었고, 교수님은 내가 아는 그 모습 그대로 감정표현을 했고요."

"당신은 어떻게 했어요?"

"제가 뭘 할 수 있었겠어요? 전 꼼짝도 하지 못했죠. 한 발만 내디디도 나뭇잎과 잔가지를 밟는 소리가 들렸을 테니까요. 보는 것 말고는 아무것도 할 수 없었어요."

그가 다시 십자가를 쳐다보았다.

"그날 섹스에 대해 참 많은 걸 배웠죠. 두 사람은 가능한 모든 체위를 다 했으니까요."

"됐어요, 이제 그만 가요."

조가 그의 손을 잡았다.

"아직 클라이맥스를 듣지 못했잖아요."

그의 목소리는 그답지 않게 냉소적이었다.

"다 끝나고 두 사람은 대화를 나누더군요. 처음에는 흥미를 끌 만한 내용이 없었어요. 그런데 교수님이, '오늘 또 게이브랑 같이 계곡에서 표본 조사한 거 알고 있어? 녀석의 자연에 대한 호기심은 끝도 없더군'이라고 하니까 엄마가 '그 부모에 그 자식 아니겠어? 당신이 아이랑 시간을 보낼 수 있어서 너무 행복해'라고 하더군요."

조는 그를 품에 안으려고 했지만, 그의 몸은 목석과 같았다. 십자가에서 잠시도 눈을 떼지 않았다. 그녀는 손으로 그의 얼굴을 돌리려고 했지만, 그는 꼼짝하지 않았다.

"알고 보니 모두가 그 사실을 알고 있더군요."

그가 말했다.

"얼굴이 닮았거든요. 그래서 수염을 기르는 거예요. 매일 아침 그 망할 인간의 거울에서 그 사람을 보지 않으려고요. 수염으로 얼굴 전체를 가릴 수 있게 된 뒤부터 전 한 번도 제 얼굴을 본 적 없어요. 열여섯 살 이후로는요."

"아버지도 알고 계셨어요?"

"모를 수가 없었죠. 두 사람의 불륜은 명백했으니까. 전 그런 게 뭔지도 모르던 열두 살에 이미 파악했는걸요. 그리고 아까 말한 대로 전 조지 교수님의 판박이니까요. 유일하게 몰랐던 사람은 아마 교수님의 아내, 린 사모님이었을 거예요. 사모님은 비상한 분은 아니셨는데, 그게 아마 교수님이 우리 엄마에게 빠지신 이유 중 하나였을 거예요. 우리 엄마는 똑똑하지만 정말 엉큼해요. 누난 엄마를 많이 닮았고요."

"누나도 알아요?"

그제야 그가 그녀를 쳐다보았다.

"물론이죠. 그래서 절 그렇게 미워한 거예요. 누나는 두드러진 턱과 코, 등 아빠의 이목구비를 물려받았고, 전 키니 교수님 얼굴을 닮았으니까요. 그날 밤 아기 때부터 누나가 그렇게 모질게 군 이유를 알게 되었어요."

"닮은 거 가지고만 그런 건 아닐 거예요."

"맞아요. 전 우리 부모님이 실패한 증거였으니까요. 누나는 아빠를 우러러봤고, 아내랑 바람을 피우는 키니 교수님과 계속 친구로 지낸다는 사실을 끔찍해했어요. 불쌍한 아빠의 모습을 보는 건 정말 괴로웠어요."

"누나한테 이런 얘기 한 적 있어요?"

"남한테 얘기한 건 오늘 밤이 처음이에요."

"신경쇠약증을 앓을 때 심리학자에게도 털어놓지 않았어요?"

"내가 왜 그런 짓을 하겠어요?"

"이 상황을 받아들일 수 있는 도움을 받기 위해서요. 키니 교수님이 생부인 걸 알기 전에 교수님을 좋아했었잖아요. 당신이 그 광경을 목격하는 걸, 교수님과 당신 어머니가 의도하셨을 리 없잖아요."

"하지만 목격했다고요! 그 상황이 끝나고 내가 얼마나 토하고 아팠는지 알아요? 이틀 동안 침대에서 끙끙 앓았어요. 두 분은 나한테 왜 갑자기 열이 나지 않는지 끝내 알지 못했죠."

"그러니까, 그때 시작한 거로군요."

"뭐가요?"

"속상한 일이 있으면 침대로 가서 세상과 단절하는 거요."

그가 그녀를 뚫어지라 쳐다보았다. 얼사가 말한 대로 '천둥 같은 눈'이었다.

"어쩌면 모든 건 그날 밤과 연관된 건지도 몰라요."

그녀가 말했다.

"네, 그럼 당신도 암에 걸린 적 없고, 그저 동정받기 위해 가슴을 도려낸 거겠네요."

"게이브!"

"이제 어떤 기분인지 알겠어요?"

그가 반대쪽을 향해 걸어갔다.

"우울증이 가짜라는 말을 하는 게 아니에요."

그녀가 그의 등 뒤에 대고 말했다.

"그 원인을 말하는 거예요. 우울증을 유발하는 건 유전적 요인이나 환경적 요인, 혹은 복합적인 요인일 수 있다고요."

그는 계속 걸어갔다.

"이럴 수가! 또 시작이군요. 날 여기까지 데리고 와서 그 이야기를 해 준 이유가 이거였어요? 날 밀쳐 낼 또 다른 핑곗거리를 찾으려고?"

그가 숲속으로 자취를 감추었다. 손전등 불빛도 그와 함께 희미해져 갔다. 그녀는 호프 러벳의 무덤 가까이 가서 십자가에 불을 비추었다. 그는 열여덟에 요절했다. 크리스마스 다음 날이자, 새로운 세기의 시작을 불과 며칠 남겨두지 않고서. 이보다 더 슬픈 일이 있을까? 그 곳은 연인을 만나기에는 특이한 장소였다. 하지만 꼭 그런 것만은 아니다. 캐서린은 시인이었다. 결혼 후 아이들을 양육하면서 수많은 꿈을 포기해야만 했던 그녀에게 그곳은 희망과 청춘의 부활이라는 은유적 개념이었을지도 모른다.

조는 희미하게 남은 다른 글자들에 불빛을 비춰보며 죽은 사람들 상당수가 아기와 어린이라는 사실에 놀랐다. 그리고 그들은 죽는 모습을 지켜볼 수밖에 없었던 부모 곁에 나란히 묻혀 있었다. 어쩌면 캐서린은 그들에게 경의를 표한 것인지도 모른다. 그리고 호프의 망령이 내려다보는 바로 이곳에서 게이브를 가졌을지도 모른다.

조는 키니 산장을 향해 걷기 시작했다. 작은곰이 그 뒤를 따랐다. 집에 도착하니 새벽 3시 40분이었고 얼사는 깊이 잠들어 있었다. 한 시간 뒤에 일어나는 건 무리였다. 그녀는 알람을 맞추지 않았다.

자려고 누웠을 때, 그녀의 머릿속은 지난 몇 시간 안에 일어난 일들로 뒤죽박죽이었다. 4시 반이 되자 그녀는 정신이 혼미했다. 생각에서 벗어나 잠들고 싶은 마음이 간절했다. 무덤과 얼사의 그림 속 땅에 묻힌 여자에 대한 생각이 나무 위의 집에서 게이브와 나눴던 친밀감에 찬물을 끼얹는 것 같았다.

모든 것이 잘못되었다. 게이브에게 키스를 해선 안 됐다. 얼사를 이곳에서 지내게 한 것도 실수였다. 어떻게 하다 연구에 방해만 되는 이런 일들이 벌어지게 내버려 둔 것일까?

WHERE
THE
FOREST
MEETS
THE
STARS

3부
불완전한 여자와
마음이 병든 남자

22

"언니?"

얼사가 서서 그녀를 내려다보고 있었다. 잠옷을 그대로 입고 있었다. 조가 전화기를 들어서 시간을 확인했다. 오전 9시 16분이라니!

"어디 아파?"

얼사가 물었다.

"아니. 지금 일어났어?"

"응"

"너도 나처럼 피곤했나 보다."

"아저씨는 어딨어?"

"집에."

"여기 있겠다고 했는데."

"그럴 순 없어. 집안일을 전부 아저씨가 전부 돌봐야 하니까. 할머니

편찮으신 거 알잖아."

"오늘 아저씨 만나?"

"글쎄."

조는 일어나서 커피와 아침 식사를 만들었다. 그들은 10시 20분이 되어서야 집에서 나왔다. 그녀는 터키크리크 로드 중간에 서 있는 게이브를 보고 차 속력을 줄였다. 장갑 낀 손에는 쇠갈퀴가 들려 있었고, 옷은 땀에 푹 젖어 있었다. 그는 고개를 들어 그들을 쳐다보고 놀란 표정을 지었다. 차를 세운 조의 눈길은 새하얀 진입로를 향했다. 움푹 팬 흙길 위에 매끈하고 흰 자갈이 두툼하게 깔려 있었다. 그녀가 창문을 내렸다.

"오늘은 늦게 출발하네요."

그가 땀이 흐르는 이마에 팔을 가져가며 헐떡이면서 말했다.

"잠이 좀 부족해서요."

"저도 그 느낌 잘 알아요."

그가 턱으로 도로를 가리켰다.

"어때요?"

"저걸 전부 오늘 아침에 다 한 거예요?"

"자재 배달해 준 사람이 좀 도와줬어요. 전 갈퀴질이랑 가지치기를 하고요."

"보수 하는 김에 '출입금지' 간판도 새로 달아야겠는데요."

"이제 '환영합니다'로 바꿀까 봐요."

그가 그녀의 눈치를 살피며 말했다. 그는 뒷좌석에 앉아 있는 얼사에게 말을 걸었다.

"안녕, 도망쟁이 아기 토끼, 오늘은 기분이 어떠니?"

"좋아. 아저씨네 새 길 마음에 들어."

얼사가 말했다.

"언제 한번 지나가 보세요."

"오늘 밤 아저씨랑 같이 저녁 먹으면 안 돼?"

얼사가 조에게 물었다. 조와 게이브의 눈길이 마주쳤다.

"먼저 가버려서 미안해요."

그가 몸을 숙이며 가까이 다가왔다.

"마찬가지예요. 나도 했던 말 사과할게요."

"그럴 필요 없어요."

그가 뒤로 물러나 장갑 낀 손으로 쇠갈퀴를 짚었다.

"그럼 저녁 같이 먹을까요?"

"일이 밀려서 좀 늦을 거예요."

조가 뜸을 들인 뒤 대답하자 그가 더 멀리 물러섰다.

"같이 먹고 싶으면 연락해요. 얼른 가 봐요."

조는 고개를 끄덕이고 차를 움직였다. 노스포크 계곡과 제시 브랜치에서 작업을 끝내고, 다음 목적지인 서머스 계곡에 도착했을 때, 늦은 오후의 비구름이 서쪽 하늘을 검게 드리우고 있었다.

"지난번에 아저씨랑 왔을 때 날씨랑 비슷해."

얼사가 말했다.

"그러네. 번개는 같은 장소에 두 번 치지 않는다는 속설이 있지만, 굳이 위험을 감수할 필요가 없겠다."

조는 도랑에서 차를 뺐다.

"이제 우리 어디 가는데?"

"집. 저 태풍, 불길하게 느껴져."

*

키니 산장으로 돌아가는 길에 태풍이 몰아쳤다. 억수같이 쏟아지는 비에 앞이 보이지 않아서 조는 잠시 차를 갓길에 세워야 했다. 얼사는 신이 나 있었다. 비가 잠잠해지기를 기다리며, 조는 얼사에게 천둥과 번개가 몇 초 간격으로 치는 지 재서 현재 위치에서 폭풍의 중심이 얼마큼 떨어져 있는지 가늠하는 방법을 가르쳐 주었다.

그들은 5시 15분 전 터키크리크 로드에 도착했고, 그사이 혹독했던 날씨가 맑게 개었다. 조가 예상한 대로 내시 농장을 지나자 얼사가 애원하기 시작했다.

"우리 아저씨랑 저녁 먹어? 아저씨가 알려달라고 했잖아."

조는 차를 세우고, 진입로에서 그들을 환영하는 듯한 하얀 자갈을 보면서 생각에 잠겼다. 그는 아주 분명한 메시지를 보내고 있었다. 하지만 지금 두 사람의 관계는 투명하지 않았다. 그녀가 앞으로 나아가기 위해서는 갈 길이 명확하게 보여야 했다. 적어도 지금보다는. 그녀는 진입로 쪽으로 방향을 틀었다.

"야호!"

얼사가 말했다. 진입로 초입에서 게이브의 집까지는 예전보다 걸리는 시간이 거의 반으로 줄었다.

"웅크려."

게이브의 트럭 옆에 주차하기 전 조가 말했다.

"왜?"

"네가 더 잘 알잖아. 할머니 눈에 띄면 안 돼. 널 봤다고 레이시 아줌마한테 얘기할지도 몰라."

얼사가 창문 아래에 구부정하게 기댔다.

"5분 안에 돌아올게."

"그렇게 오래?"

"엎드리고 있어."

그녀는 테라스 계단 위로 올라가 문을 두드렸다. 게이브가 문을 열었다. 집 안에서 로스트비프 냄새가 풍겨왔다. 그는 또 분홍색 에이프런을 입고 있었다.

"요리사에게 키스해도 돼요?"

그녀가 말했다. 그는 미소를 짓다가 걱정스러운 눈길로 뒤쪽을 한 번 쳐다보고 나서 그녀와 가볍게 입을 맞췄다.

"태풍 때문에 일찍 귀가했군요."

조가 고개를 끄덕였다.

"써머스 계곡에서 보게 됐어요."

"돌아올 수밖에 없었겠네요."

"저녁 먹었어요?"

그녀가 물었다.

"지금 막 만들고 있었어요. 끝나면 넘어갈 수 있어요."

"좋아요. 만새기구이 좋아해요? 얼사에게 맛보여 주려고 저녁으로 만들 건데."

"만새기구이 좋지요."

"어머니 부엌에 계세요?"

"네. 왜요?"

"인사드리려고요."

"그럴 필요 없어요."

그가 몸으로 입구를 막으며 말했다. 그녀는 그를 밀치고 집 안으로 들어갔다. 식탁에 앉아 있던 그의 엄마가 조를 보고 미소 지었다.

"어머니, 좀 어떠세요?"

"그냥 괜찮아요."

그녀는 조의 작업복과 헝클어진 머리를 주시했다.

"새 연구는 잘 돼 가요?"

"네. 게이브가 현장에 따라온 적이 있는데 혹시 들으셨어요? 둥지까지 찾았어요."

"그래요?"

그녀가 게이브를 보며 말했다. 조가 게이브에게 손을 뻗자 그는 회피하는 동작을 취했지만, 그가 빠져나가기 전에 그녀가 그의 허리를 잡았다. 캐서린의 새파란 눈동자가 예리하게 빛났다.

"오늘 저녁에 아드님 좀 빌릴 수 있을까요?"

조가 물었다.

"게이브를 저녁 식사에 초대하려고요."

"아……. 그럼요. 그렇게 하세요."

그녀가 말했다. 조가 게이브의 수염 난 볼에 키스했다.

"6시 정도까지 올 수 있어요?"

"네."

그가 딱딱하게 말했다. 자신의 엄마가 조의 친근한 몸짓을 세심하게 관찰하고 있는 것을 아는 것이다. 그는 조가 자신을 봐 주기가 무섭게 스토브로 달려가 보글보글 끓고 있는 냄비 앞에서 분주하게 움직였다.

"요청 드리고 싶은 게 하나 더 있어요. 너무 저돌적으로 들리지 않으면 좋겠는데……."

게이브가 몸을 돌렸다. 당황한 표정이 역력했다.

"게이브가 그러는데 어머니께서 시를 쓰신다고……."

조가 말을 이었다.

"넌 뭐 하러 그런 소리를 했니?"

그녀가 게이브에게 말했다.

"읽어보고 싶어서요. 혹시 두 권 다 있으시면 빌려 볼 수 있을까요?"

불안한 듯 캐서린이 더 심하게 손을 떨었다.

"저 녀석이 미화했을 거예요."

"생물학자로서 말씀드리는데 저는 절대로 개인적인 판단을 내리지 않을 겁니다. 단지 이 지역에 기반을 둔 시가 있다기에 읽고 싶어서요. 남부 일리노이주 자연을 주제로 한 시도 있나요?"

"있어요. 새가 등장하는 시도 몇 편 있죠. 그중 하나는 내가 발견한 둥지에 대한 거예요."

"어떤 새요?"

"노랑가슴딱새요."

"전 딱새를 굉장히 좋아해요. 지난달에 저도 둥지를 발견했답니다."

"참 신비로워요. 그렇죠?"

곧이어 게이브를 향해 말했다.

"어디 여분이 있는지 알잖니. 한 권씩 가져다 드려라."

그가 부엌에서 나갔을 때 캐서린이 물었다.

"여기 자주 왔던 꼬마 애는 어떻게 됐어요?"

"여전히 왔다 갔다 해요."

그때 게이브가 돌아와서 문고본 도서 두 권을 건넸다. 한 권의 제목은 '생물의 고요'였고, 다른 한 권은 '호프의 망령'이었다. 그는 조가 두 번째 책 제목을 보고 어떻게 반응할지 지켜보았다.

"고마워요."

"가져도 돼요. 아무도 그걸 원하지 않거든. 나부터가요."

캐서린이 말했다.

"가장 혹독한 비평가는 언제나 자기 자신이죠. 음식이 타기 전에 마저 요리하시게 전 이만 가 볼게요. 편안한 밤 보내세요, 어머니."

"아가씨도요."

게이브가 그녀를 문까지 바래다주었다.

"무슨 꿍꿍이속인지 다 알아요, 엉큼한 아가씨."

밖으로 나왔을 때 그가 말했다.

"뭘요?"

"엄마를 나름대로 궁지에 몰아넣었잖아요."

"링에 오른 권투선수는 누구누군데요?"

그가 잠시 생각했다.

"글쎄, 잘 모르겠어요. 당신도 엄마만큼 엉큼해서."

"왜 남자들은 똑똑한 여자들을 '엉큼하다'고 하는 거죠?"

"알았어요, 당신도 엄마만큼 똑똑해요."

그녀가 그에게 키스했다.

"날 달아오르게 하는 말은 나중을 위해 아껴 둬요."

23

게이브가 치즈 소스에 버무린 콜리플라워를 저녁으로 가지고 왔다.

"우엑플라워 싫은데!"

얼사가 말했다.

"언니가 어젯밤에도 먹게 했어!"

"이건 위에 쫄깃한 치즈가 있는데."

그가 말했다.

"쫄깃한 치즈는 모든 걸, 심지어 흙까지도 맛있게 만들어 버리지."

"차라리 흙 먹으면 안 돼?"

"난 재치가 번뜩이는 여성을 좋아하지만, 요즘 들어 수적 열세가 심해졌어."

그가 식탁 위에 콜리플라워 그릇을 올려놓았다.

"전 뭐할까요?"

"이미 한 끼 식사를 만들고 왔잖아요."

조가 말했다.

"아마 불 때문에 더 푹푹 찌겠지만, 밖에서 얼사랑 같이 전채 요리와 차가운 맥주를 즐기세요. 아, 맥주는 당신만요."

그녀가 얼사에게 체다 치즈로 토핑된 크래커가 담긴 접시를 건네주었다.

"이거 내가 만들었어."

"맛있겠는데."

게이브가 말했다. 조는 냉장고에서 맥주를 꺼내 따서 그의 손에 쥐어 주었다.

"밖에 나가 있어요. 좀 있다 구울 거예요."

"언니가 '만새기'라는 거 먹어야 된댔어."

밖으로 나가면서 얼사가 말했다.

"나도 들었어. 그거 대왕 애벌레일걸."

조는 녹인 버터에 간을 하고 생선과 야채꼬치를 들고 밖으로 나갔다. 그런 다음 꼬치를 먼저 불 위에 올렸다. 야채가 거의 다 익었을 무렵, 석쇠에 생선살을 올리고 그 위 버터를 발랐다. 날이 무척 더웠지만 그들은 키니 교수가 이 집에 살던 시절부터 있었을 법한 낡은 간이의자에 앉아서 만찬을 즐겼다.

"아까 샤워하고 나서 어머니 시 몇 편 읽어봤어요."

식사를 마칠 때쯤 조가 말했다.

"어떤 책이요?"

"『생물의 고요』요. 순서대로 읽고 싶어서요."

"난 그것만 읽었어요. 내가 태어나기 2년 전에 출간된 거예요."

"『호프의 망령』은 안 읽어봤어요?"

"안 읽었어요. 그건 제가 열세 살 때 출간된 거예요. 그 일이 있고 나서 딱 일 년 뒤……."

"무슨 일이 있고 나서?"

얼사가 말했다.

"내가 인생의 의미를 발견하고 나서."

그가 말했다. 얼사가 그 말의 의미를 곱씹으면서 그를 빤히 쳐다보았다. 아이도 게이브가 어렸을 때처럼 성인의 행동에서 그 뉘앙스를 파악하는 데 능했다. 그렇기 때문에 무르익기 시작하는 두 사람의 로맨스를 숨기는 건 무의미했다. 아이도 벌써 두 사람 사이에 달라진 분위기를 감지했다.

"와, 아예 설거지를 했네."

조가 아이에게 말했다.

"콜리플라워까지 다 먹었구나."

"치즈 때문에 먹을 만했어."

아이가 말했다.

"우엑플라워 먹으라고 할 때 언니도 그렇게 해줘야 돼."

"고마워요."

조가 게이브에게 말했다.

"내 간단한 요리에 걸맞지 않게 기준을 높게 잡아줘서요."

"뭘요. 하지만 간단한 요리도 인정하겠습니다. 생선 정말 맛있었어요."

"마시멜로 먹어도 돼?"

얼사가 물었다.

"좀 있다가."

조의 대답에 얼사가 의자 위에 축 늘어졌다.

"묻고 싶은 게 있어."

조가 아이에게 말했다.

"뭔데?"

"어젯밤 아저씨랑 널 찾다가 나무 위의 집에서 네가 그린 그림들을 봤어."

얼사가 늘어진 채 움직이지 않았다. 얼굴은 무표정했다.

"무덤 그림에서 흙 밑에 묻힌 사람은 누구야?"

"죽은 사람."

얼사가 말했다.

"알아, 근데 누구?"

얼사가 몸을 곧추세웠다.

"나."

"너라고?"

게이브가 말했다.

"내 말은, 이 몸 말이야. 죽은 애 몸 안에 들어갔다고 했잖아, 까먹었어?"

조와 게이브는 아이가 말을 이어갈 때까지 기다렸다.

"애 몸을 갖고 온 게 미안해서. 이 별에서는 사람이 죽으면 땅속에 묻는다기에 그렇게 한 거야. 몸을 땅속에 묻어 주고, 그 위에 보통 무덤에서 볼 수 있는 십자가 같이 생긴 걸 올려줬어."

"그럼 그 옆에 '사랑해'랑 '미안해'라고 적은 이유는 뭐니?"

"왜냐면 이 애를 사랑하니까. 애 덕분에 난 몸이 생긴 거니까. 미안하다고 한 건 나 때문에 땅속에 묻히지 못해서."

게이브가 조를 보면서 눈썹을 들었다.

"언닌 누구라고 생각했는데?"

얼사가 물었다.

"네 과거에서 온 어떤 사람."

조가 말했다.

"이 별에서 난 아무런 과거가 없어."

아이가 의자에서 일어났다.

"우유 더 마셔도 돼?"

"그럼."

조가 말했다.

"꽤 그럴싸한 대답인데요."

얼사가 안으로 들어가자 게이브가 말했다.

"질문했을 때 긴장하는 거 같았어요."

"받아들여요."

그가 말했다.

"애가 너무 똑똑해서 실수를 했어도 걸려들게 하는 게 쉽지 않다는 걸요."

"어쨌든 내가 떠나기 전에 반드시 얘기해야 돼요."

"그게 언젠데요?"

"한 달 정도 뒤예요. 8월 초."

"제길."

그가 말했다.

"알아요. 근데도 이걸 시작하다니, 마조히즘인 걸까요?"

"'이거'라는 말 나온 김에……."

그가 상체를 기울여 그녀에게 키스했다.

"이게 하고 싶어 죽는 줄 알았네요. 아까 불 위에서 노예처럼 일할 때 보니 매력적이던데요."

"당신은 정말이지 원시인이군요."

"당연하죠."

그들은 한 번 더 키스했다.

"수염에서 생선 냄새가 빠질 것 같지 않아요."

그녀가 말했다.

"여자 원시인인데 무슨 상관이에요."

"전 여자 원시인 아니에요."

"수염 싫어요?"

"솔직히 말하면…… 네. 전 깨끗하게 면도한 얼굴이 좋아요."

그가 한 손으로 수염을 비볐다.

"좀 깎을 순 있어요."

"아니면 싹 밀던가요."

"안 돼요."

"여기 앉아 봐요."

그녀가 말했다.

"왜요?"

"앉아요."

그가 자리에 앉자 때마침 얼사가 우유를 가지고 왔다.

"직접 못하겠으면 내가 할게요."

조가 게이브가 못 일어나도록 재빨리 그의 무릎위에 앉았다.

"언니, 뭐하는 거야?"

얼사가 말했다.

"아저씨를 인질로 잡고 있어. 화장실에 가서 가위랑 면도기 가져와 봐."

"왜?"

"우리 둘이 아저씨 수염을 밀어 버릴 거야."

"정말?"

"아니."

게이브가 말했다.

"더 잘생겨질 거야, 그치?"

"잘 모르겠어……."

얼사가 말했다.

"거 봐요."

"그래도 하고 싶어! 재밌겠다!"

"얼사! 넌 내 편 들어야지."

그가 말했다.

"가지고 나올게."

아이가 서둘러 문 쪽으로 움직였다. 들고 있던 우유가 출렁거렸다.

"싱크대 아래에 누가 놔두고 간 면도 크림도 필요해."

조가 큰 소리로 말했다.

"그릇에 따뜻한 물도 담아 와."

"조, 이러지 마요……."

게이브가 말했다.

"당신이나 이러지 말아요. 수염을 기를 수 있게 된 뒤부터 자기 얼굴을 한 번도 본 적 없다면서요."

"왜 그런지 알잖아요."

"이제 당신의 본질을 그만 감추는 때도 되지 않았나요?"

"난 그 사람 얼굴을 매일 보고 싶지 않다고요!"

"당신은 그 사람이 아니에요. 그거랑 별개로, 당신 얼굴에는 어머니 모습이 많이 보여요. 눈이 어머니 눈과 닮았어요."

"알아요. 수염을 더 길러서 그것까지 덮어 버리려고 했는데 실패했어요."

그녀는 그의 눈 밑에 난 솜털을 손가락으로 쓸었다.

"성공할 뻔했는데요."

그녀가 부드럽게 키스했다.

"날 믿어 봐요. 정 마음에 안 들면 다시 기르면 되잖아요."

그녀가 다시 키스했다.

"나한테 치명적이고 싶지 않아요?"

"키니 교수님처럼요?"

"교수님 뵌 적은 있는데 내 타입하곤 거리가 멀어요."

"어디서 봤는데요?"

"생물학과 사무실에서요. 명예교수님이세요. 은퇴하셨지만 연구를 계속하고 계시죠."

"그럴 것 같았어요. 죽을 때까지 연구만 하실 분이에요."

"제 지도교수님도 그렇게 말하더라고요. 곤충학자들 사이에서는 전설이에요."

"여기서도 그래요."

조가 그의 티셔츠 끝자락을 잡고 들어올렸다.

"가슴 털도 밀게요?"

"아뇨, 가슴 털은 좋아해요. 근데 안 벗으면 다 젖을 거예요."

게이브는 그녀가 자신의 머리 위로 티셔츠를 올려 벗겨내도록 내버려 두었다. 그녀는 티셔츠를 의자 위에 던져 놓고 그의 흉근 위에 손을 갖다 댔다.

"근사한데요. 나보다 여기가 더 풍만해요."

"당신 몸 정말 아름다워요."

그가 말했다.

"정말이에요."

그녀가 그의 무릎 위에서 일어났다.

"네네, 흉터를 보면 당신이 얼마나 용감한지 알 수 있다, 어쩌고저쩌고."

"전 그렇게는 말 안 했어요."

"무슨 말을 하더라도 안 믿을 거예요. 그러니까 아무 말 하지 말아요."

"불공평해요."

"그건 내가 할 소리예요."

얼사가 면도 크림을 가슴에 밀착시키고 한 손에는 물그릇을, 다른 한 손에는 면도칼과 가위를 들고 나왔다. 조가 뛰어가서 받아들고는 게이브 옆에 있는 작은 플라스틱 탁자에 올려놓았다.

"수건이 있어야겠다."

조가 말했다.

"내가 갖고 올게. 대신 먼저 시작하면 안 돼!"

아이가 다시 문 쪽을 향해 달렸다.

"적어도 누군가는 이 일을 즐기고 있군요."

게이브가 말했다.

"최대한 즐길 수 있게 만들어 볼게요."

조는 얼사가 가져 온 수건을 게이브의 목에 둘렀다. 그런 다음 간이의자를 앞으로 가지고 와서 다리를 벌리고 양 허벅지로 그의 다리를 감싸면서 바짝 다가앉았다. 그는 그녀의 벌어진 다리와 짧은 반바지에 홀린 것처럼 보였지만, 얼사가 있는 자리에서는 미성년자 관람가를 유지해야 한다는 사실을 알고 있었다. 조가 가위를 들어서 그의 시선을 좀 더 적절한 곳으로 유도했다.

"준비됐어요?"

"아뇨."

게이브가 말했지만, 얼사가 외쳤다.

"응!"

조는 석양빛 아래서 금빛으로 반짝이는 그의 진한 수염을 가위로 자르기 시작했다. 피부에 바짝 다가갈수록 살갗이 날 사이에 끼지 않게 조심했다. 수염을 다 깎은 뒤 조는 털에 물을 묻히고 얼사에게 면도 크림을 흔들도록 지시했다. 얼사가 손에 불룩하게 거품을 짰다.

"전체에 골고루 묻히렴."

조가 말했다.

"이거 재밌어."

양껏 거품을 바르며 얼사가 말했다.

"나 숨 좀 쉬게 해줘요."

그가 말했다. 조는 수건으로 그의 콧구멍과 입술에 묻어 있는 크림을 닦은 뒤 면도기를 들었다.

"자, 시작합니다……."

"내가 해도 돼?"

얼사가 말했다.

"절대 안 돼!"

그가 소리쳤다.

"면도기는 어른이 다뤄야지."

얼사는 면도날이 미끄러지는 모습을 보기 위해 바짝 다가붙었다.

"밑에도 피부가 똑같아."

아이가 말했다.

"그럼 외계인처럼 초록색일 거로 생각했어?"

"난 외계인이니까 난 그렇다고 해도 놀라진 않았을 거야."

"너희 종족은 피부가 초록색이니?"

그가 물었다.

"밖에서 보면 우리는 별빛으로만 보여."

조는 조금씩 드러나는 게이브의 얼굴을 감상했다. 키니 교수님을
연상시키는 듯하면서도 그보다 훨씬 준수했다. 넓은 이마, 끝이 살짝
휘어진 뚜렷한 콧날, 사각 턱은 전부 키니 교수님에게 물려받은 것이
었다. 그러나 살짝 처진 진한 푸른색 눈동자와 선명한 윗입술의 굴곡,
미소의 윤곽선은 캐서린의 것이었다. 조는 그의 광대뼈에서 약 1.5센
티미터 가량 흉터가 진 곳을 손가락으로 어루만지며 그곳에 키스하고

싶은 충동을 억눌렀다.

"이 흉터는 어쩌다가 생긴 거예요?"

"말해도 못 믿을걸요."

그가 말했다.

"어떻게 하다가 생겼어요?"

"가위를 들고 뛰다가요."[19]

"역시 그건 틀린 말이 아니군요."

"네. 여섯 살 때였는데 눈알이 빠질 뻔했어요."

얼사가 면도 크림과 수염이 엉겨 있는 물을 버리고 따뜻한 물을 새로 떠 왔다. 조는 마지막으로 한 번 더 부드럽게 긁어낸 뒤, 수건 한쪽 끝에 물을 묻혀서 얼굴을 닦았다. 그동안 그는 그윽한 눈길로 그녀를 바라보았다.

"어때요?"

그가 말했다.

"지금까지 이 얼굴을 가리고 다닌 죄로 벌금을 물어야겠어요."

"누구한테 내면 되나요?"

"나한테요."

그녀가 그의 무릎에 걸터앉더니 목에 팔을 두르고 진하게 키스를 했다.

"해냈다! 해냈다! 해냈어!"

---

19 '무모하게 행동하다'의 비유적인 표현을 뜻한다.

아이가 흥얼거리며 주먹을 공중에 흔들어 대며 두 사람 주위를 빙글빙글 돌았다.

"뭘 해냈는데?"

게이브가 물었다.

"아저씨랑 언니가 사랑에 빠지게 만든 거. 내 쿼크 덕분이야. 난 알고 있었어! 알고 있었다고!"

얼사가 깡충거리며 쿼크 춤을 추는 동안, 조와 게이브는 다시 한번 키스를 나누고 작은곰이 컹컹 짖으며 뛰어다녔다.

"이게 말살된 영혼의 느낌이면 그다지 나쁘지 않은데요."

게이브가 그녀의 귀에 대고 속삭였다.

"이건 네 번째 기적이야!"

얼사가 말했다.

"그러면 이제 하나 남았네."

게이브가 말했다.

"알아. 그건 정말 좋은 거를 위해 아껴 둘 거야."

*

설거지를 마치고 나서 게이브와 얼사는 마시멜로를 구웠다. 조는 남자의 새로운 얼굴과 두 사람이 장난스럽게 농담을 주고받는 모습을 바라보았다. 게이브가 그녀 곁으로 다가와 손을 잡았다.

"이거 좀 봐봐."

얼사가 말했다.

"별을 만들고 있어."

아이가 불 속에 꼬챙이를 연이어 찔러 넣자 불꽃이 폭포처럼 쏟아지면서 반짝이는 별들이 어둠 속으로 사라졌다. 조도 아이처럼 순간순간을 달콤하게 살고 싶었다. 그러나 그녀가 얼사와 함께하는 순간마다 불확실한 아이의 미래가 그림자처럼 드리우고 있었다. 그리고 여름이 점점 막바지를 향해가면서, 이젠 게이브까지 예측할 수 없는 운명의 일부가 되었다.

얼사가 잠옷을 입고 자러 갈 준비를 마치자 게이브가 트럭이 있는 곳으로 가서 낡은『도망쟁이 아기 토끼』[20] 를 가지고 왔다.

"나도 그 책 알아요."

조가 말했다.

"이 책을 모르는 아이들은 없죠. 헤트라에인들도 이 책 아니?"

그가 얼사에게 물었다.

"아니."

아이가 말했다.

"오늘 아침에 널 '도망쟁이 아기 토끼'라고 부를 때 이 책이 생각났지."

"아기들이 보는 책이잖아."

얼사가 말했다.

---

20   국내에서는『엄마 난 도망갈 거야』로 출간되었다.

"그래도 훌륭한 문학 작품이야. 우리 아빠가 문학 교수님이셨는데 이 책을 좋아하셨어."

"정말요?"

조가 말했다.

"이 책이 부모의 보호 본능과 아이의 독립 욕구가 상충하는 것을 잘 압축해 놓아서 좋다고 하셨어요. 밤에 종종 읽어 주시곤 했죠. 내가 좀 크고 나서도요."

"우리 엄마도 읽어주셨어요."

조가 말했다.

"외계인 아가씨, 어서 누워."

게이브가 말했다.

"헤트라예인도 이 책에서 인간에 대한 중요한 것들을 배우게 될 거야."

얼사는 소파에 올라가서 담요를 끌어당기고 게이브가 들려주는 이야기에 귀를 기울였다. 아기 토끼가 엄마에게 집에서 도망가면 어디로 숨을 건지 이야기하면 엄마 토끼가 그 장소를 찾는 기발한 방법을 제시하며 아기 토끼의 계획을 저지하는 내용이었다. 조는 언제나 엄마 토끼의 참을성과 무조건적인 사랑을 좋아했었다. 그가 읽는 것을 마치자 얼사가 말했다.

"아저씨가 왜 나보고 도망쟁이 아기토끼라고 했는지 이제 알겠어."

"너한테 잘 어울리는 별명이야, 그렇지? 그래도 오늘 밤엔 나가면 안 돼. 너를 잡으러 가기에 우리 둘 다 너무 피곤하단다."

"아저씨 여기 있을 거야?"

"아마 조금만 더."

"아저씨랑 언니가 뽀뽀할 수 있게 오늘은 안 나갈게."

"좋은 생각이야."

24

다음 날 밤, 그다음 날 밤에도 게이브가 저녁을 먹으러 왔다. 얼사가 잠이 들면, 첫 저녁 식사에서 얼사가 찾은 초 두 개를 켜 놓고 테라스에서 꼭 끌어안고 있었다. 지금까지 어긋나기만 했던 두 사람의 문제는 해결되었지만 얼사 문제는 변한 게 없었다. 오히려 결정이 더 힘들어졌다.

더는 '경찰'이라는 단어는 입에 오르지 않았다. 그들은 얼사의 미래나 조가 이 집에서 나가게 되면 어떻게 할지에 대해 일체 함구했다. 처음 경험하는 이성 관계를 만끽하며 게이브는 얼사와 똑같이, 과거나 미래를 단절시킨 영원한 현재 속에서 살았다.

조는 그의 환상을 내버려 두었다. 얼사에게도 마찬가지였다. 12시간 동안의 고된 노동이 끝나면 두 사람 모두 잃을 수 있다는 가능성에 대해 생각할 시간도, 그렇게 생각할 정신적 여유도 남아 있지 않았다. 조는 집으로 돌아와서 게이브와 얼사와 함께 무지갯빛 비눗방울 속에서 부둥켜안고 있을 수 있는 것에 만족했다.

게이브가 찾아온 지 세 번째 밤, 얼사가 잠든 뒤 조는 캐서린의 두 번째 시집 『호프의 망령』을 가지고 테라스로 나왔다. 시는 오후에 이미 다 읽은 상태였다. 조의 손의 든 책을 보고 게이브가 얼굴을 찌푸렸다.

"이 책에 있는 시 몇 개를 같이 읽을까 해서요. 이 시집은 한 번도 읽은 적 없다고 했죠?"

그녀가 말했다.

"그럴 만한 이유가 있죠."

"이 시 중에는 당신에 대한 것도 있어요. 보면 좋을 거 같아요."

그가 책을 바닥 위에 던져버렸다.

"엉망진창인 우리 가족 이야기를 하면서 이 소중한 시간을 허비할 순 없어요."

그가 소파 위로 그녀를 끌어당겨서 키스했다.

"엉망진창인 가족들은 얼마든지 있어요."

그녀가 말했다.

"중요한 건 그 안에 얼마만큼의 사랑이 있냐는 거죠."

그녀가 바닥에서 책을 집어 들었다.

"당신 어머니는 시를 통해서 자신의 사랑을 드러낼 만큼 용감한 사람이에요. 당신이 읽지 않겠다면 내가 읽을게요. 몇 편만요."

그는 마치 콘도 회원권 구매를 유도하는 영업 사원의 멘트가 시작되기라도 하는 양, 등을 쿠션 위로 기대버렸다.

두 편의 시는 어린 시절의 게이브에 관한 것이었다. 연인의 아들에 대해서는 은유가 사용되었지만, 그 내용을 모두 알고 있는 조는 쉽게 이해할 수 있었다. 시를 통해 드러난 캐서린의 모성애는 조를 눈물짓게 했다.

세 번째 시에는 키니 교수님에 대한 언급과 함께 그에 대한 절절한 사랑이 표현돼 있었다. 책의 제목으로 사용된 '호프의 망령'에는 가족의 분열에 대한 그녀의 회한이 담겨 있었다.

조가 마지막 시 낭송을 마쳤을 때, 게이브는 무관심한 표정을 거두고 울음을 참기 위해 안간힘을 쓰고 있었다.

"제 생각에 이 시는 당신이 어머니와 교수님 사이를 알게 된 뒤에 쓰신 것 같아요."

조가 말했다.

"어머니께서는 당신의 잘못으로 당신과 아버지 사이가 멀어졌다는 걸 알고 계셨던 거예요."

"그 사람은 내 아버지가 아니에요."

"당신의 생물학적 아버지고, 당신은 그분의 아들이에요. 두 분 모두 당신을 사랑했어요, 게이브. 내게 해 준 어린 시절 이야기를 전부 들어 보았을 때 당신의 아버지, 어머니, 키니 교수님 모두 당신을 사랑했다는 확신이 들어요. 한 분 한 분이 당신의 관심사와 재능을 할 수 있는 한 최선을 다해 장려해 주셨죠. 그건 정말 훌륭한 부모님만 하실 수 있는 거예요."

"그렇게 해 주신 건 맞아요."

그가 말했다.

"그렇지만 열두 살 때 망가져 버렸죠. 그걸 목격한 뒤부터요. 부모님들은 막연히 내가 사춘기를 겪고 있다고 짐작하시면서 어쩔 줄 모르셨어요."

조는 책을 내려놓고 그의 팔을 쓰다듬었다.

"그러다가 결국 내 문제가 정신병인 걸로 결론 내더군요."

"더는 그렇지 않다고 생각하는 것처럼 들리는데요."

그들 사이에는 잠시 침묵이 흘렀다.

"당신과 함께 있으면 기분이 훨씬 나아져요. 일시적인 것일까요?"

"잘 모르겠네요."

조가 말했다.

"누나가 오늘 전화했어요."

"왜요?"

"엄마한테 소식이 없다고 걱정하고 있더라고요. 제 생각에 엄마가 우리 사이를 누나에게 말하고 싶지 않은 모양이에요. 누나가 찾아와서 망칠까 봐 두려운 거죠. 엄마는 매일 밤 이 곳에 가라고 절 문밖으로 밀어내듯이 하세요."

"묘지에서 사랑을 나눈 여성이라면 놀랄 만큼 로맨틱할 거라고 예상했어요."

그가 그녀를 뚫어질 듯 쳐다보았다.

"게이브, 사랑은 죄가 아니에요."

"아빠랑 혼인서약을 했잖아요. 부정을 저지르기 전에 아빠를 놓아줬어야죠. 그것도 다른 사람도 아닌 가장 친한 친구랑."

"가장 친한 친구인 게 뭐가 그렇게 중요해요? 아버지가 그 사실을 용인했을 거라는 생각은 해 본 적 없어요?"

"지금 농담하는 거죠?"

"동물 사이에 일부다처제는 흔한 일이고, 인간 세계에서도 우리가 알고 있는 것보다 훨씬 더 흔하다고요."

"영아 살해와 강간도 마찬가지죠. 그것도 미화할 건가요?"

조는 쥐고 있던 시집을 내려다보았다.

호프의 망령. 1899년 어느 추운 겨울날 요절한 18세의 호프 러벳. 그녀는 누군가를 사랑해 봤을까? 사랑을 나누어 봤을까? 그 당시에 미혼이었다면 아마도 아닐 것이다. 과거 수많은 남성 시인들과 다르게 조는 순결한 어린 여성, 혹은 남성의 죽음에서 어떠한 낭만도 찾을 수 없었다.

조는 책을 옆에 내려놓고 양손에 초를 든 채로 말했다.

"따라와요."

"어디 가는데요?"

그녀는 그를 집 안으로 이끌었다. 얼사를 지나쳐 조의 침실로 들어갔다. 조는 초 하나는 바닥에 두고 다른 하나는 침대 스탠드에 내려놓았다. 그녀는 게이브가 들어온 뒤 문을 잠갔다. 그는 문 쪽에서 머뭇거렸다.

"뭐하게요? 난 아직······."

"긴장 풀어요. 그냥 누워만 있을 거예요."

그러고는 바지를 벗고 분홍색 팬티와 흰색 캐미솔만 입은 채 다리를 꼬고 앉아서 그를 올려다보았다. 그는 그녀가 팬티만 입고 있는 모습은 처음 보았다. 그런데도 그 자리에 서 있기만 했다. 그녀는 모로 누워 말했다.

"이리 와요. 물지 않을 테니까. 당신이 원하면 또 몰라도."

그가 미소를 지으면서 그녀에 곧게 뻗은 몸매에 눈길을 주었다. 그녀는 그가 누울 자리를 손으로 톡톡 두드렸다. 그가 신발을 벗었다.

"바지도요."

"나 지금 유혹당하고 있는 거 맞죠."

"현장에 갔다 온 날은 내가 얼마나 피곤한지 잘 알잖아요. 그냥 잠들지도 몰라요."

"그건 안 돼요."

바지가 쑥 내려갔다. 그가 침대에 등을 대자 그녀가 그를 감싸 안았다.

"아직 화났어요?"

"화난 적 없어요."

그녀는 얼굴을 가까이 가져갔다.

"증명해 봐요."

그가 부드럽게 그녀의 입술에, 목에 차례로 키스했다. 조는 그가 자신을 어루만지는 방식을 사랑했다. 그는 경험이 부족한 대신 호기심이 많고 작은 디테일도 놓치지 않았다. 심지어 그녀의 어깨 위 주근깨 무늬에도 관심을 보였다. 그는 촛불 옆에서 주근깨를 자세히 들여다보며 손가락으로 자국을 연결하며 말했다.

"이건 북두칠성 같아요."

그녀는 지금 이 순간 간절하게 남자를 원했다. 수술했다고 해서 달라진 건 없었다. 단 한 가지만 제외하고. 그녀는 그를 향한 자신의 갈망을 절실하게 느끼고 있었다. 과거 너무나 당연시 여겼던 몸과 마음의 기적이었다.

조가 그의 티셔츠와 팬티를 벗기고 그의 따뜻한 몸 위에 길게 엎드렸다. 게이브는 그녀에게 팔을 둘렀다.

"당신이 뭐 하려는지 알아요."

그녀가 그의 뺨에 키스했다.

"내가 뭐 하는데요?"

"섹스가 얼마 좋은 건지 나에게 보여 주면, 내가 엄마와 교수님을 용서할지도 모른다고 생각하잖아요."

그녀가 상체를 일으키고 앉아서 그를 응시했다.

"이 방에 어머니랑 교수님은 잊어버리고, 우리 하던 거 계속할 수는 없어요?"

그가 미처 대답하기 전에 그녀가 일어서서 팬티를 벗고 다시 앉았다.

"대답해 봐요."

"그 사람들 갔어요……. 아예 떠났네요."

그가 일어나서 자신의 무릎으로 그녀를 품었다.

"상의 벗을 수 있어요?"

"그냥 입고 있는 게 당신한테도 좋을 걸요."

그가 두 손으로 그녀의 얼굴을 감싸 쥐었다.

"난 있는 그대로의 당신을 원해요. 알겠어요?"

그녀는 그가 캐미솔을 벗길 수 있게 도와주었다.

"조금도 부족하지 않아요."

그가 말했다.

"당신은 내가 알고 있는 사람 중에서 가장 완전한 사람이에요."

그가 부드럽게 자신의 따뜻하고 거친 손을 그녀의 흉터 위에 올려
놓았다.

"혹시 여기 조심해야 하나요? 만지면 안 되나요?"

"당신이 괜찮다면 난 신경 안 써요."

잠시 뒤 그는 손을 떼고 두 번째 손가락으로 그녀의 심장 부근 흉터
를 따라 그렸다. 그의 눈에는 동정하거나 비통한 기색이 전혀 없었다.
그녀의 어깨 위에서 별을 연결할 때처럼 경이로움에 차서 선을 그렸
다. 마치 그녀의 몸에 숨겨진 모든 비밀을 알아내고 탐색하려는 듯.

그는 손을 오른쪽 가슴의 흉터 쪽으로 옮겨서 따뜻한 손길로 어루
만졌다.

"어떤 면에서 이 흉터들이 우리를 만나게 해 준 셈이에요."

그가 그녀의 눈을 응시했다.

"내 흉터도 마찬가지예요. 이보다 아름다운 일이 또 있을까요?"

"없어요."

그녀가 매트리스 위에서 그를 지그시 눌렀다.

25

7월 첫째 주가 지나가면서 조는 완전한 환상의 세계로 진입했다. 그리고 얼사의 소용돌이, 그러니까 게이브가 '무한 둥지'라고 이름 붙인 영원한 별들의 회전에 결국 항복하게 되었다. 끝없는 사랑의 소용돌이에서 세 사람을 멈출 수 있는 것은 아무도 없었다. 그들의 과거도. 그들의 미래도. 조는 실종 아동 찾기 홈페이지를 배회하는 것을 그만두었고, 게이브도 그랬을 것이라고 짐작했다.

그러나 은하마저도 영원하지는 않다. 그들의 세계가 제일 처음 흔들리기 시작한 것은 태비의 전화에서 시작되었다. 태비의 친구가 어떤 영국 남자와 사귀고 있었는데, 그 남자가 그 친구와 함께 있기 위해 미국행을 택하기로 했다는 소식이었다. 그 커플은 마지막 월세를 내고 조와 태비가 살던 아파트에서 지내길 원했다. 좋은 소식이 틀림없었지만, 그곳에는 아직 조의 물건이 남아 있었다. 태비는 몇 주 전부터 그들이 빌린 단독주택에 살고 있었고, 조는 현장 조사 시즌이 끝난 뒤 이사할 계획이었다. 어쩔 수 없이 하루 휴가를 내야 하는 상황이 만들어졌다.

조는 월요일 저녁마다 달걀을 파는 게이브를 만나기 위해 평소보다 작업을 빨리 마무리 지었다. 그는 파란색 천막 아래에 앉아 있다가, 자신의 트럭 뒤에 차를 세우는 그녀를 보고 미소 지었다.

"오늘 일찍 끝났네요."

게이브가 말했다.

"갑자기 오믈렛이 먹고 싶었어요?"

"갑자기 당신이 보고 싶어서요."

그녀가 달걀 상자 위로 상체를 굽혀 그에게 키스했다.

"내가 무슨 말 할 건지 맞혀봐!"

얼사가 말했다.

"우리 내일 샘페인-어배너에 가는데 아저씨도 우리랑 같이 가는 거야!"

"천천히."

조가 말했다.

"아저씨한테 먼저 물어보자고 했잖니."

그의 눈의 광채가 순간 빛을 잃었다.

"거기 왜 가는데요?"

"살던 아파트에 짐을 빼야 돼서요. 거기 살 사람이 나타났거든요."

"바로 이사 온대요?"

"이미 이사 왔고, 그 사람들이 내 물건에 손대는 걸 원치 않아서요."

"현장 조사는 어쩌고요."

"하루 정도는 괜찮아요. 몇 주 전만큼 활동적인 둥지가 많지 않거든요."

"근데 물건 몇 가지 옮기려고 그 먼 데까지 간다고요? 태비가 대신 해 주면 안 돼요?"

"그런 부탁을 할 수 없어요. 그리고 몇 가지가 아니에요. 혹시 도와 줄 마음 있어요?"

그는 수염이 아직 거기 있는 것처럼 뺨을 비볐다.

"구경도 시켜주고 싶어요."

"태비 언니도 만나고 예쁜 집도 볼 수 있어."

까치발을 통통거리며 얼사가 말했다. 조는 그의 눈에 비치는 감정을 읽을 수 없었지만, 좋지 않아 보였다. 그가 말했다.

"나중에 다시 얘기해도 돼요?"

"그럼요. 언제 올 거예요?"

"아마 8시쯤?"

조는 그가 8시까지 나타나지 않은 데에 별로 놀라지 않았다. 9시가 다 되어서야 그가 모습을 나타냈다. 얼사가 잠든 뒤 그들은 평소와 다름없이 테라스 소파 위에 앉았다.

"내일 우리랑 같이 가는 거에 대해서 생각해 봤어요?"

"네."

"대답은요?"

"엄마를 종일 혼자 둘 수 없어서요."

"그래서 아까 오후에 얘기하자고 한 거예요. 그럼 누나한테 전화해 볼 수 있을 테니까요."

"누나가 여기 오면 안 되는 걸로 합의하지 않았나요?"

"얼사를 보여 주지 않기로 했었죠."

"지금 전화하기엔 너무 늦었어요."

"갈 생각도 없었던 거죠?"

그는 방충망 너머 어두운 숲속을 바라보았다.

"그곳에 있는 내 삶에 당신을 포함 시키는 방법을 찾아야 한다고요."

"알고 있었어요."

그가 말했다.

"그냥 박스 몇 개 옮기는 게 전부가 아니란 걸."

"그럼 뭔데요?"

조가 반문했다.

"당신은 내가 그쪽으로 이사 가기를 원하는 거죠."

"그렇게 할 수 없다는 거 알고 있어요. 당신에게 어머니와 농장을 버리라는 거 아니에요. 난 그냥 우리가 함께 할 수 있는 방법을 찾아보자는 거였어요."

그가 그녀를 향해 몸을 돌렸다.

"정말 그걸 원하는 거예요?"

"지금 우리한테 일어난 일은 매일 일어나는 일이 아니에요. 다신 이런 일이 내 인생에서 일어나지 않을까 봐 두렵다고요."

"알아요. 나도 그게 두려워요."

"그러니까 우리 이걸 지키기 위해 뭔가 해 봐요."

그녀가 그의 손에 깍지를 꼈다.

"제발 시도해 줘요."

"당신이 생각하기에 가는 게 도움이 된다면 기꺼이 갈게요."

"도움 될 거예요. 내가 항상 당신을 만나기 위해 농장으로 올 순 없어요. 당신도 세상과 대면해야 돼요."

그가 무겁게 고개를 끄덕였다.

"내일 어머니는 누가 돌봐 드릴 수 있어요?"

그녀가 물었다.

"지금 가서 누나한테 전화할게요."

"지금 9시 반이에요."

"그건 상관없어요. 누난 엄마가 와야 한다고 하면 무조건 와요."

"어머니한테 전화하라고 시킬 거예요?"

"잘 모르겠어요."

그가 소파에서 일어났다.

"집에 가서 엄마랑 얘기해 볼게요. 하지만 엄만 벌써 내가 당신과 함께 그곳에 가길 원할 거예요."

그녀도 따라서 일어났다.

"당신을 사랑하기 때문이에요."

그가 그녀의 뺨에 뽀뽀하고 덧문을 열고 나갔다.

"당신이 정말로 가는지 어떻게 알 수 있나요?" 조가 큰소리로 물었다.

"가요. 누나가 올 거예요."

26

게이브는 차창 밖으로 마운틴버논 시내 풍경을 바라보았다. 출발한 이후로 게이브는 내내 말이 없었고, 조는 그런 그를 그대로 두는 게 좋겠다고 판단했다. 새벽 6시부터 세인트루이스에서 운전해서 온 레이시와 좋지 않은 말이 오갔을 것이다.

조는 백미러로 얼사를 쳐다봤다. 태비에게 주기 위해 '시저'라고 이름 붙인 새끼 태비 고양이 그림에 색칠하고 있었다. 줄무늬를 하나하나 그려 넣는 데 시간이 많이 걸릴 거라고 얼사가 말했지만, 조는 아이가 잘 해낼 것이라는 것을 알고 있었다. 그때 게이브가 청바지를 입은 허벅지에 손바닥을 비비는 모습이 눈에 들어왔다.

"괜찮아요?"

"네."

그가 대답했다.

"57번 주간 고속도로 타면 옛날 생각이 새록새록 나겠군요."

"맞아요."

"좋은 기억들이겠죠?"

"아마도요."

그녀는 더 이상 말을 시키지 않았다. 그들은 세일럼, 파리나, 왓슨을 지나쳤다. 침묵이 길어질수록 조는 그를 안락지대에서 빼내 온 것에 대한 죄책감이 커져 갔다. 그러나 그녀도 그의 상태를 알아야만 했다. 그에게 깊이 빠져 있지만, 이번 여행으로 그가 바깥세상과 공존하지 못한다는 것이 증명되면 관계를 끊기 위한 힘겨운 절차를 시작할 수밖에 없었다.

조가 종종 저렴한 기름을 넣고 네코 사탕을 사는 에핑엄에 막 도착했을 때 게이브가 기운을 되찾았다.

"이 근처에 예전에 갔었던 괜찮은 피자집이 있어요."

그가 말했다.

"고속도로에서 가까워요?"

"그렇게 가깝지 않아요."

"그럼 어떻게 찾았는데요?"

"아빠가 프랜차이즈 식당을 싫어하셨거든요. 로컬 식당 마니아였는데 특히 작은 도시에선 더 그러셨죠. 현지 분위기가 나는 곳을 찾기 위해 직접 찾아보셨죠. 전 일리노이주를 걸쳐서 특이한 파이 가게부터 옛날식 식당까지 안 가 본 곳이 없어요."

"정말 재밌는 분이시네요."

"우리 아빠와 분명 잘 맞았을 거예요."

그녀는 좀 더 기다렸으나 그는 또다시 침묵을 지켰다. 백미러로 얼사를 보니 이미 잠들어 있었다. 끊임없이 생각을 하는 아이에겐 좀체 없는 일이었다.

"이 시시한 풍경은 얼사까지 잠들게 만들었네요."

그녀가 말했다.

"옥수수랑 대두 밭을 풍경이라고 말할 수 있을지 모르겠지만요."

"오랜만엔 보는 사람에겐 그럴 수 있어요."

그가 말했다.

"숲에 들어가서 산 뒤로 이렇게 광대한 하늘을 보기는 참 오랜만이네요. 처음에는 좀 놀라기까지 했어요."

그는 예전에 자신의 광장 공포증에 대해서 언급한 적이 있었다. 어쩌면 그것 때문에 지금까지 침묵을 유지했는지도 모른다. 그녀는 대화를 이어가려고 몇 번 더 시도했지만 별 반응이 없자, 그만 포기해 버리고 말았다.

그들은 약속시간인 정오가 다 돼서 샴페인에 도착했다. 옛 아파트에서 태비를 만나 차 두 대에 짐을 나눠 싣기로 했다. 조는 한 번에 짐을 모두 실을 수 있기를 바랐다. 3층까지 왔다 갔다 하는 것만으로 꽤 시간이 걸릴 것이기 때문이었다.

대학 졸업반 때부터 태비와 함께 살았던 아파트 건물이 보이자, 그녀는 새삼 이사를 가게 되어서 안심이 되었다. 캠퍼스와 가깝다는 편리성을 제외하고는, 흉측한 외관과 혼잡한 주변 환경은 조가 수술을 받은 뒤부터 갈망해 온 편안한 집이라는 환경과는 거리가 멀었다.

"저기 좀 봐, 태비 언니 차야."

"아파트 안에 있을 거야."

조가 말했다. 계단으로 걸어가며 조는 게이브의 허리에 팔을 감고 그의 뺨에 키스했다.

"배고파요?"

"아직요."

그가 말했다.

"난 고파."

얼사가 말했다.

"집에 가서 태비랑 같이 샌드위치 먹을 거야."

얼사는 계단까지 팔짝팔짝 뛰어갔다. 그들은 3층으로 가서 복도를 지나 307호 앞으로 갔다. 새 집주인이 있을 것을 고려해 조는 열쇠 대신 문을 노크했다. 허리가 드러난 파란색 레이스 탱크톱과 말아 올린 군복바지, 찢어진 빨간색 컨버스 신발을 신은 태비가 문을 열었다.

"조조! 건강해 보인다!"

조를 힘차게 끌어안으며 그녀가 말했다.

"고마워. 너도 좋아 보여. 새로운 색도 잘 어울려."

그녀는 태비의 물 빠진 청바지 색 머리카락을 보고 말했다. 태비는 얼사에게 인사하는 것도 잊고 게이브에게 눈을 떼지 못했다. 조는 게이브와 얼사가 동행한다는 것은 물론이고, 게이브와 사귄다는 사실도 말하지 못했다. 모두 설명하기가 복잡한데 특히 얼사의 상황이 그랬다. 바깥세상의 그 누구도, 심지어 조의 가장 친구라 할지라도 이해하기 힘들 것이다. 또한 숲속 오두막집에서의 그녀의 생활을 설명해야 하는 상황에 놓이게 된다면, 그리고 그 생활을 억지로 방어해야 하는 상황이 온다면, 그 섬세한 아름다움은 빛을 잃고 말 것이다.

"내가 가장 좋아하는 외계인, 우리 얼사."

태비가 몸을 숙여 아이를 끌어안았다.

"잘 지내고 있나, 친구?"

"응."

얼사가 말했다.

"차에 언니 주려고 가지고 온 그림 있어."

"멋진데! 그리고 우리의 색을 입고 왔구나."

아이의 보라색 티셔츠를 가리키며 두 사람은 하이파이브를 했다.

"태비, 이쪽은 게이브 내시야."

조가 말했다.

"게이브, 내 친구 태비 로버티에요."

게이브가 긴장하면서 미소를 지은 뒤 태비와 악수했다.

"잠깐, 게이브라고? 얼사의 그림 속에 있던 그 남자?"

태비가 물었다.

"맞아. 수염 없는 버전."

"우리가 밀었어!"

얼사가 말했다.

"누가 그랬다고?"

"언니랑 나. 근데 난 돕기만 했어. 면도날을 만지면 안 된대서."

태비는 놀라움을 감추지 않았다. 상처도 받은 눈치였다. 조에게 직접 면도 시켜줄 정도로 가까운 남자가 있었다면 태비는 알고 있어야 했다. 게다가 얼사가 그 과정을 도와줬다는 이야기도 자칫 이상하게 들릴 수 있었다.

"이제 그만 시작하자. 밖이 벌써 미칠 듯이 더워."

조가 말했다.

"에어컨에 가까이 가게 해줘야겠네."

태비가 뒤로 물러나며 세 사람을 집 안으로 안내했다.

"물 마실 사람? 냉장고 안에 있는 게 대부분 새로운 세입자 거여서 그것밖에 대접할 게 없네."

"그 사람들 여기 있어?"

"우리 때문에 일부러 자리 피해 주었어."

"그 사람들이 여길 쓰레기장으로 만들지 않을 거라고 확신해? 만일 그렇게 되면 우리가 책임져야 된다고."

"믿음 가는 친구야. 남자친구는 잘 모르지만 매너 좋은 영국인 같던데, 뭘."

그녀가 격식 있는 영국인 말투를 흉내 내자, 얼사가 웃음을 터뜨렸다.

"월세는 냈어?"

"현금으로 지불했지."

태비가 말했다.

"화장실 안 가실래요? 조랑 그쪽 이야기 좀 하게요."

그녀가 게이브에게 물었다. 그는 그날 처음으로 미소를 보였다.

"화장실 어딨어요?"

"복도 끝 왼쪽 첫 번째 문이요."

화장실 문이 딸깍하고 닫히는 소리가 나자마자 태비가 말했다.

"의리 없는 년! 잘생긴 남자들은 언제나 네 차지였지. 왜 나한테 말 안했어?"

"어떻게 될지 확실치 않아서."

그녀가 눈을 치켜뜨면서 계속할 것을 재촉했다.

"어디까지 갔는데?"

"언니랑 아저씨는 서로 사랑해. 내가 그렇게 만들었어."

얼사가 말했다.

"외계인 파워를 써서?"

조가 윙크하며 말했다.

"맞아!"

얼사가 말했다.

"누가 그렇게 만든 건 제쳐두고, 저 말은 사실이야?"

조가 화장실 쪽을 바라봤다

"지금 이 자리에서 말하기는 곤란해."

"좋아."

태비가 말했다. 그러고 나서 조 티셔츠 목 부분을 움켜잡으면서 말했다.

"하지만 나중에 때려서라도 말하게 할 테니 그리 알아!"

"알았어."

태비가 조의 셔츠를 놓아주고 나서 자신의 품속에 껴안았다.

"정말 잘 됐어, 조."

화장실 문이 열렸다. 태비가 그녀의 귀에 대고 속삭였다.

"근데 저 남자 촌뜨기인 거지?"

"조용히 해."

조는 그녀를 지나쳐 게이브에게 다가가 침실로 들어간 뒤, 옷장에서 옷을 꺼내 양팔 가득 안긴 다음 차로 보냈다. 그러고 나서 태비의 질문 공세로 궁지에 몰리기 전에 자신도 옷더미를 한아름 안고 그 뒤를 따랐다.

네 사람이 부지런히 움직인 결과 한 시간 안에 조의 물건들이 차 두 대에 모두 실렸다. 그들은 새 집으로 갔고 태비와 얼사가 샌드위치와 레모네이드를 만드는 사이, 조는 게이브에게 집 구경을 시켜 주면서 제일 마지막에 뒷마당을 보여 주었다. 그가 붉은 백합을 손바닥으로 감싸 쥐며 말했다.

"이곳은 당신한테 잘 맞겠군요."

"언젠가는 당신처럼 나도 숲속에서 살고 싶어요. 하지만 도시에서 살아야 할 일이 생기면 그것도 나쁘진 않아요."

"당신도 숲속에서 살고 싶어요?"

"물론이죠. 아니면 산이나 강가에서요. 문을 열고 나가면 자연이 있으면 좋겠어요."

"인간은 그렇게 살아야 해요."

그가 인근 집을 바라보며 말했다.

"우린 층층이 겹쳐서 살게끔 만들어지지 않았으니까."

그녀가 그의 몸에 바싹 붙은 뒤 목에 팔을 감았다.

"우리가 서로 겹쳐 있었을 때는 좋아했던 걸로 기억하는데요."

그가 불안한 듯 뒷문 쪽을 바라보았다. 그녀가 말했다.

"태비도 다 알아요. 그렇지 않더라도, 감출 게 뭐가 있나요?"

"잘 모르겠어요. 이 모든 것에 익숙해지려고 노력 중이에요."

그녀의 손은 여전히 그의 목 뒷부분을 감고 있었다.

"우리를 신뢰하도록 노력 중인 거예요."

"그럴 지도요."

그녀는 그에게 키스했다.

"난 모든 걸 신뢰해야만 돼요. 후회하고 싶지 않거든요. 만일……"

그녀는 차마 입 밖으로 낼 수 없었다. 아직까지 한 번도 소리 내어 말한 적이 없었다.

"만일 뭐요?"

"만일 암이 재발하더라도요."

일순간 그의 몸이 굳었다.

"그게 가능해요?"

"그럴 가능성은 늘 존재하죠. 하지만 예후가 좋아요. 초기에 발견했 었으니까요."

그가 아플 정도로 세게 그녀를 껴안았다. 하지만 기분 좋은 아픔이 었다.

"어이, 따개비 커플! 점심 다 됐어!"

태비가 문을 열고 소리쳤다. 게이브가 손을 씻기 위해 화장실에 들 어간 사이, 조가 태비를 밖으로 잡아끌었다.

"저 사람한테 너무 많은 걸 물어보면 안 돼."

그녀가 작은 목소리로 말했다.

"말하고 싶지 않아 하는 것들이 있단 말야."

"예를 들면 어떤? 지난달에 도끼로 살해한 사람에 대해서?"

"좀 힘든 시간을 겪었어. 살살 대해줘."

"너보다 더 힘들었대?"

"힘든 종류가 좀 달라."

"세상에, 둘이 잘 만났구나."

"맞아. 이렇게 서로를 발견한 것도 신기해, 안 그래?"

태비가 그녀를 포용했다.

"날씨랑 정치 얘기만 할게. 근데, 잠깐. 저 남자 진보야, 보수야?"

"그게 말이지, 나도 잘 몰라."

"뭐? 그건 제일 먼저 확인해야 하는 사항이라고!"

"그 주제로 얘기한 적이 없네."

조가 말했다.

"제길, 잠자리가 그렇게 끝내줘?"

"쉿!"

조는 집 안으로 들어와서 게이브가 얼사와 함께 부엌에 있는 것을 보고 안도의 숨을 쉬었다. 얼사의 새끼 태비 고양이 그림은 언제나처럼 매우 훌륭했으며, '함부로 새끼 낳게 하지 마세요. 중성화 수술을 시키세요!' 라고 적힌 수의사 자석으로 냉장고에 붙여졌다.

점심을 먹으면서 태비는 게이브에게 중립적인 질문을 몇 가지를 했다. 가령, "얼마나 오랫동안 남부 일리노이에 사셨어요?" 같은 것들이었다. 태비가 대화의 방향을 정치 쪽으로 이끌면서 그들은 게이브가 진보적인 성향에 가깝다는 사실을 발견했다. 그건 조가 감당할 수 있었다.

짐을 내리는 일은 3시가 다 돼서야 끝났다. 조는 학교에 가서 처리해야 일이 좀 있어서 짐을 풀 새도 없었다. 박스들을 그냥 바닥과 프랜시스 아이비 여사가 남기고 간 침대 위에 쌓아 놓았다. 태비는 이사를 위해 하루를 비웠다며, 조에게 얼사를 두고 나가서 게이브에게 캠퍼스 구경을 시켜 주라고 종용했다.

"외계인이랑 여자 인간들이 하는 일을 할 거야."

"태비 언니가 손톱에 매니큐어를 칠해 준댔어."

얼사가 말했다.

"보라색으로 할 거야."

"너 정말 여기 있어도 괜찮아?"

"응!"

조는 게이브와 함께 스테이트 스트리트를 통과해서 캠퍼스까지 산책하고 싶었지만, 문 닫기 전에 생물학과 사무실과 그린 스트리트에 있는 은행에 들러야 했다. 게이브가 차에 탔을 때 말했다.

"이곳에 마지막으로 온 게 어린아이였을 땐데, 동네가 눈에 익어요. 키니 교수님이 이 근처에 사시는 거 같아요."

"그럴 지도요 여길 '교수굴'이라고 부르는 학생들도 있거든요."

조가 말했다.

"그거 기억나요. 아빠랑 함께 여기 몇 번 왔었는데 그때마다 아빠가 그걸로 농담한 거 생각나요."

"또 조지 교수님을 타깃으로요?"

"물론이죠."

그녀는 동물 생물학과가 위치한 모릴홀에 주차를 시켰다. 가을학기 수강신청 서류를 제출해야 했지만 그보다 먼저 그녀는 게이브에게 쾌드 광장을 보여 주고 싶었다. 게이브의 손을 잡고 오래된 건물들에 둘러싸인 넓은 사각형 안뜰로 이끌었다.

"저쪽이 학생관인 일리니 유니언이고요. 남쪽에 있는 큰 돔 건물은 폴린저 강당이에요."

"캠퍼스가 예쁘네요."

그들은 대각선으로 난 길을 따라 걸었다. 한여름에 늘 그렇듯 광장은 거의 텅 비어 있었다. 학생 몇 명이 잔디밭에 앉아 느긋하게 시간을 보내고 있었고 남쪽 끝에는 웃통을 벗은 남자가 애완견과 원반던지기를 하고 있었다.

"여기 오니 시카고대학교 광장이 생각나네요."

"한 번도 본 적이 없어요."

"정말 아름다워요."

"학교에 돌아갈 생각한 적 있어요?"

"아뇨."

"빠른 답변이네요."

"안 그럴 이유가 뭐가 있겠어요?"

"당신의 축복받은 두뇌를 숲속에 숨겨 놓는 건 당신 얼굴을 수염 아래에 숨겨 놓는 것만큼이나 큰 죄이기 때문이죠."

그가 걸음을 멈추고 그녀를 마주했다.

"이게 날 여기로 데려온 이유란 걸 진즉에 알았어요."

"이게 내 세상이에요, 게이브. 당신이 이 속으로 들어올 수 있는 방법을 찾는다면 모든 것이 훨씬 더 쉬워질거라고요."

"당신이 숲속에 살고 싶다고 했잖아요."

"학위를 따고 학교에서 일하게 되기까지 몇 년이나 걸릴지 몰라요."

그가 벤치에 앉아서 머리를 양손에 파묻었다.

"이건 불가능해요. 우리가 왜 이걸 시작했을까요?"

"통제할 수 있었다는 기억은 안 나요."

그가 그녀를 올려다봤다.

"나도 마찬가지예요. 당신이 매대에서 처음 달걀을 샀던 날부터 당신에게 반한 거 알고 있었어요?"

"전혀 그렇게 행동하지 않았다는 건 알죠."

"당신이 뒤돌아 가는 걸 지켜봤단 걸 모르진 않았겠죠."

"내 엉덩이를 쳐다본 건 아니고요?"

그가 말없이 미소 지었다.

그녀가 그의 손을 잡아서 일으켰다.

"가슴파가 아니라 엉덩이파라서 다행이에요."

"내가 엉덩이파예요?"

"그럼요. 『한여름밤의 꿈』에 나오는 그 남자처럼요."

"닉 보텀."

그녀가 그를 인도로 끌었다.

"이제 가요, 닉. 할 일이 있어요."

그들은 모릴홀로 들어가서 생물학과 사무실이 있는 5층까지 걸어 올라갔다. 조는 자신이 서류를 작성하는 동안 게이브가 직원과 억지로 대화를 해야 하는 상황을 만들지 않기 위해, 혼자 사무실로 들어갔다.

"이제 은행일 보러 가야 돼요."

사무실을 나서며 그녀가 말했다. 그들이 올라왔던 계단 방향으로 게이브가 발걸음을 떼자 조가 동쪽 계단을 손짓으로 가리키며 말했다.

"아니, 이쪽이에요. 이쪽으로 나가면 차에 더 가까워요."

그들은 연구실 문들이 늘어선 긴 복도를 지났다. 생물학과 교수와 대학원생 대부분은 여름 연구에 매진하느라 캠퍼스에 없었다.

"은행일 보고 나서 이제 돌아가는 거예요?"

게이브가 물었다.

"전쟁을 벌일 각오가 돼 있다면요."

"왜요?"

"얼사가 자기가 좋아하는 식당에서 태비와 함께 저녁을 먹는다고 벼르고 있거든요. 괜찮겠어요?"

"그럴 거 같아요."

그녀가 그의 손을 자신의 손으로 감쌌다.

"그냥 피자집이에요. 아주 무난한."

"게이브?"

그들 뒤에서 한 남자의 목소리가 들렸다. 두 사람은 손을 떼고 뒤돌아보았다. 조지 키니 교수가 연구실 문을 열고 서 있었다. 혼란스러운 기색이 역력했지만 미소를 지으며 다가왔다. 시선은 게이브에게 고정되어 있었다.

"네가 지나가는 걸 보고 환영을 본 게 아닌가 생각했다."

그가 게이브 앞에 멈춰 섰다. 두 사람의 모습은 이상한 시간의 거울 같았다. 노인이 자신의 청춘을 다시 만나고, 젊은이가 자신의 미래를 마주하는 것처럼.

27

두 사람은 조가 알고 있던 것보다 훨씬 더 닮아 있었다. 키도 거의 같
았다. 키니 교수 역시 좀 더 밝았지만 파란색 눈이었다. 하얗게 센 머
리는 길게 길러서 가르마를 탔는데, 게이브와 가르마의 방향만 달랐
다. 키니 교수가 좀 더 마른 체격이었지만 일흔세 살의 나이가 무색할
정도로 건강하고 혈기 왕성해 보였다.

"수염을 깎아서 못 알아볼 뻔했구나."

키니 교수가 말했다. 게이브는 그 말뜻에 숨은 아이러니를 눈치챘
지만 아무런 대꾸를 하지 않았다. 어색한 침묵을 깨기 위해 키니 교수
가 조에게로 관심을 돌렸다.

"조, 이렇게 만나서 반갑군요. 연구는 잘 돼 가나요?"

"네, 아주요."

그녀가 대답했다.

"다행이군요. 거실에 있는 에어컨이 골칫거리가 아니어야 할 텐데요. 혹시 새로 바꾸지 않아도 되나요?"

"괜찮아요. 저도 많이 사용 안 해요."

"이웃사촌을 사귀었나 보네요."

게이브를 곁눈질하며 그가 말했다.

"네."

조가 대답했다.

"이제 그만 가요."

게이브가 마치 키니 교수가 그 자리에 없는 것처럼 조에게 말했다. 그의 노골적인 무관심은 이에 익숙할 법한 키니 교수마저 당황시켰다. 하지만 포기하고 연구실로 돌아가는 대신 그가 말을 걸었다.

"게이브……"

게이브가 마지못해 그를 보았다.

"네게 할 말이 있구나……."

그가 손으로 문 열린 자신의 연구실을 가리켰다.

"……내 연구실에서 말이다."

목소리를 누그러뜨리며 그가 덧붙였다.

"연구실이라고 할 수 있을지 모르겠다만. 명예교수가 되면 학교에서 옷장을 내어 주거든. 가끔은 청소부가 실수로 대걸레를 두기도 하지."

조가 미소 지었지만 게이브는 가만히 있었다. 키니 교수가 끄덕였다.

"내 연구실로 좀 오거라. 네게 할 말이 있어."

"두 분만의 시간이 필요하신 거 같네요."

조가 말했다.

"교수님과 말씀 나누는 동안 은행에 다녀올게요. 다 끝나면 정문 앞 벤치로 오세요."

그녀가 게이브에게 말했다.

"그렇게 하면 되겠군요."

게이브가 거절하기 전에 그녀가 먼저 자리를 떴다.

"시간은 충분하니까 걱정 말아요."

어깨 너머로 조가 말했다. 그녀는 게이브가 자신 곁에 따라붙지 않을지 불안했지만 다행히 혼자 밖으로 나올 수 있었다. 무사히 주차한 곳을 찾아 은행으로 향했지만, 머릿속은 여전히 게이브와 키니 교수로 가득 차 있었다.

조가 돌아왔을 때 게이브는 벤치에 없었다. 당황한 나머지 그 자리에서 도망친 뒤 만나는 장소를 잊어버렸던가, 아니면 아직 키니 교수님과 대화중일 수도 있었다. 벤치에 앉아서 기다리길 15분, 그녀는 전화기를 만지작거리기 시작했다.

40분이 지나자 그녀의 불안감은 점점 증폭되었다. 갑자기 폭발해 아예 떠나버렸을지도 몰랐다. 그가 아직 키니 교수님 연구실에 있는지 들어가서 확인해 볼까도 생각해 봤지만 대화 중간에 들어가면 이상할뿐더러 방해가 될 수 있었다. 태비에게 전화를 걸어 게이브가 집으로 갔는지 물어볼까도 심각하게 고민했지만 그 이유를 설명할 자신이 없었다.

10분 뒤 게이브가 몸을 축 늘어뜨린 채 모릴홀 밖으로 나왔다. 조가 곁으로 다가갔지만 그는 계속 걷기만 했다.

"괜찮아요?"

"네."

"어떻게 됐어요?"

"이야기했어요. 하나도 빠뜨리지 않고요."

그는 자신이 어디로 가는지도 모르고 그저 계속 걸었다. 그녀는 그가 스스로 현실로 돌아오게 해야 한다고 생각했다. 그래서 함께 걸으면서 아무 말도 하지 않았다. 탁 트인 광장에 도착해서야 그는 멈추고 자신이 어디에 있는지 확인하려는 듯 주위를 두리번거렸다. 그러고 나서 염두에 둔 목적지라도 있는 것처럼 잰걸음으로 걷기 시작하더니, 가장 가까운 나무로 가서 긴 그림자 안에서 털썩 주저앉았다.

그는 잔디밭에 등을 대고 누워서 손바닥으로 지그시 눈을 눌렀다. 조는 그 옆에 앉아서 그의 가슴을 부드럽게 쓰다듬었다. 눈을 가린 채 그가 말했다.

"당신 말이 맞았어요. 아빠가 이미 모든 걸 알고 있었고 그냥 내버려 둔 거예요."

조는 '유감이에요'라고 말할까 잠시 생각했지만 그 말은 이 상황에 맞지 않는다고 생각했다.

그가 눈에서 손을 떼고 그녀를 바라보았다.

"아빠는 교수님이 엄마에게 아들을 낳게 한 것에 대해 기뻐하셨대요. 자신에게도 아들이 생긴 걸 좋아했고요. 아빠는 원래 아이를 낳을 수 없는 몸이셨대요. 누나는 정말 희박한 경우로 생긴 거고요."

그가 다시 손바닥을 눈에 갖다 댔다.

"린 사모님은 간이 완전히 망가졌대요. 난 아예 눈치채지 못했는데 사모님은 그 긴 세월 동안 알코올중독이셨대요. 어렸을 때 사모님의 무표정한 얼굴과 침묵이 그저 둔하고 재미없는 사람이라서 그런 줄 알았어요. 술에 취해 있었다는 건 몰랐어요."

"교수님은 그런 걸 사사로이 말씀하실 분이 아니시니까요."

조가 말했다.

"전 그냥 사모님이 편찮으시다는 소문만 들었어요."

그의 손이 여전히 눈을 가리고 있었다.

"저 분이 내게 뭘 물어 봤는지 아세요?"

"뭘 물어보셨는데요?"

"사모님이 돌아가시면 엄마랑 결혼하고 싶대요. 허락해 줄 수 있는지 물어보더군요."

조는 거기까지는 예상하지 못했다. 그 얘기를 하기 위해 게이브와의 대화를 강력하게 주장한 것이라는 생각이 들었다.

"당신은 뭐라고 했어요?"

그가 손을 떼고 그녀를 바라보았다.

"이런 일이 벌어지길 바라면서 교수님 연구실로 날 데려간 거예요?"

"아니에요! 거기가 교수님 연구실인 것조차 몰랐는걸요. 교수님과는 두 번밖에 얘기 나눠본 적 없고, 두 번 다 학과 사무실에서였어요."

"2년 전에 좀 더 작은 방으로 옮겨 왔다고 하더군요. 사모님 병간호를 위해서 원하던 것보다 좀 더 일찍 은퇴하셨대요."

"2년 전에는 암 치료를 받는 중이었어요. 내가 떠날 때까지도 교수님 연구실은 곤충학과 쪽에 있었어요. 믿어줘요."

그는 조가 이 만남을 유도하지 않았다고 수긍한 뜻으로 고개를 끄덕였다.

"어머니가 파킨슨병 앓고 계시는 거 교수님이 알고 계시던가요?"

그녀가 물었다.

"네. 그래도 결혼하길 원하세요."

그가 일어나 앉아서 그녀를 응시했다.

"지금 우는 거예요?"

"참는 중이에요."

"왜요?"

"정말 아름다운 이야기 같아서요. 슬프기도 하고요. 사모님은 아마도 교수님이 자신을 사랑하지 않는다는 걸 알고 계셨겠죠. 그 때문에 술을 마시기 시작했는지도 몰라요."

"이 이야기가 전혀 아름다울 게 없다는 게 바로 그 때문이에요. 두 사람의 이기심으로 사람들의 인생이 망가졌다고요."

그들의 '사랑'이 인생을 바꿨고, 조에게는 그 사실이 중요했다.

"처음에 어떻게 시작됐는지 전부 말씀해 주셨어요."

게이브가 말했다.

"교수님이 대학교 때 생물학 수업을 들으면서 먼저 쇼니숲에 왔었고, 아빠도 거기에 빠지게 만들었대요. 졸업반 때는 종종 주말에 교수님과 사모님, 우리 엄마아빠가 커플로 캠핑을 갔고요. 그 뒤에는 말 안 해도 상상할 수 있겠죠……."

"교수님과 어머니가 서로 끌렸군요."

"네. 하지만 어떻게 하지는 않으셨대요. 교수님과 아빠는 다른 대학원에 진학해서도 가깝게 지내셨어요. 서로의 결혼식에서 들러리도 서고요. 가족들이 다 함께 만나기 시작한 후에도 교수님과 엄마는 서로 손 끝 하나 닿지 않으셨대요. 뭐 어차피, 키니 교수님 말씀이긴 하지만요."

"결국 그렇게 돼 버렸는데 굳이 지금 거짓말 하실 필요가 뭐가 있겠어요?"

"그건 그래요."

"언제 만남이 시작됐었대요?"

"우리 아빠가 남부 일리노이에 집을 산 뒤에요. 집을 짓는 사이 옆집이 매물로 나왔어요. 아빠가 직접 살까 고민하고 있었는데 엄마가 교수님 내외가 관심이 있는지 물어보자고 한 거예요. 그래야지 그곳에서 휴가를 보낼 때마다 밀회를 가질 수 있을 테니까요."

"속셈이 있으셨던 거군요."

"그렇죠?"

그가 냉소적으로 말했다.

"아버님께서는 두 사람의 관계를 언제 알게 되셨대요?"

"엄마가 임신하셨을 때요. 아빠는 자신의 아이가 아니란 걸 아셨어요. 두 사람은 몇 년 동안 관계를 가지지 않았을 테니까요. 내가 뱃속에서 4개월째 되었을 때 엄마가 아빠와 교수님을 앉혀 놓고 앞으로 어떻게 할지 이야기 하자고 하셨어요."

"와, 어머님이 더 좋아지려고 하는데요. 그렇게까지 하다니 대단하세요."

"세 사람 모두 이혼은 반대였어요. 그리고 알코올중독으로 쇠약해진 사모님은 모르게 하자는 데 동의했고요. 지금까지 교수님은 자신의 아내와 두 딸에게 이 사실을 비밀로 했어요."

"당신과 교수님이 닮은 걸 그 집 사람들 아무도 눈치채지 못했어요?"

"제 생각에 아줌만 자기연민에 빠져 있었고, 그 집 아이들은 절 거의 본 적이 없어요. 내가 태어났을 때 누나 나이 또래였거든요."

"당신한테도 비밀로 하기로 한 거군요."

"그게 우리 아빠가 내세운 두 가지 조건 중 하나였대요. 아빠의 아들로 키울 것과 교수님과 엄마가 자신의 집에서는 밀회를 나누면 안 된다는 거요."

"그래서 숲속에서 만난 거군요."

"맞아요. 묘지는 교수님 택지에 있었거든요. 내시가와 경계를 이루는 곳에서 고작 몇 미터 떨어져 있었고요. 그곳에서 만나자는 게 농담

속에 함축돼 있었던 거예요."

"그게 정말 농담이었다고 생각해요?"

그녀가 말했다.

"당신의 어머니는 연민이 많은 분이에요. 시를 읽어보면 알죠. 아버
지가 상처받고 있다는 사실을 몰랐을 리 없어요."

"물론이에요. 엄마도 당연히 알았겠죠."

그가 씁쓸하게 말했다.

"근데, 아빠는 위로 선물을 받았잖아요? 나를 얻었으니까."

조가 그의 팔을 부드럽게 쓸었다.

"맞아요. 아버진 당신을 얻었어요."

그가 잔디를 한 움큼 뜯어서 바닥으로 던졌다.

"교수님이 뭐라고 한 줄 알아요? 나한테 진짜 아빠가 되고 싶다나."

"뭐라고 대답했어요?"

"아무 말 안했어요. 그건 개소리니까. 자신의 딸들은 몰라도 된대요.
잘도 '진짜'겠네요."

"사건의 전말을 모두 알게 됐는 데도 왜 그렇게 교수님을 싫어해요?
교수님과 어머니 두 분 다, 당신들 배우자의 행복을 위해 사랑하지도
않는 사람이랑 산 거잖아요. 그렇게 하면 안 된다는 걸 깨달았을지도
모르지만, 그때는 이미 이혼하면 상처받을 아이들이 있었을 거고요.
마침내 두 사람이 함께하게 되면서도 최소한의 사람이 상처받을 수
있게 노력 하신 거고요. 두 분의 희생이 아름답게 느껴지지는 않으세

요? 그리고 그 오랜 세월 동안 변치 않은 사랑의 힘도요."

"당신 부모님 이야기라면 이해했을 거예요."

그가 말했다.

"그랬겠죠. 난 우리 부모님이 살아 돌아오실 수만 있다면, 두 분이 원하는 사람과 맘껏 사랑하게 내버려 둘 거예요."

그는 잔디를 더 뜯어서 손바닥에 대고 굴렸다.

"이제 가야 돼요."

그녀가 말했다.

"태비에게 얼사를 너무 오래 맡겨 두었어요."

그는 생각에 빠져 그녀가 하는 말을 듣지 못했다.

"내가 연구실을 나갈 때 교수님이 오늘 내가 그 앞을 지나간 게 운명 같다고 했어요. 우리가 지나가기 직전에 나에 대해서 생각하고 있었대요."

그가 손으로 잔디를 쓸면서 그녀를 쳐다보았다.

"난 무슨 생각했게요? 얼사의 쿼크요. 그 녀석이 나타난 뒤 벌어진 일들에는 정말 이상한 구석이 많다고요."

28

게이브는 서둘러 돌아갈 준비를 했다. 얼사가 '보라 식인괴물' 노래가 있는 피자집에 가고 싶어 하기 때문이었다. 그러나 정작 자신은 저녁을 먹거나 대화를 나눌 기분이 아니었다. 집에 도착했을 때 차에서 내리지도 않았다. 조는 얼사와 태비에게 그가 몸이 좋지 않다고 말한 뒤 눈물을 흘리며 저항하는 얼사를 달래 뒷좌석에 앉혔다.

"집에 가는 길에 뭐든 먹자."

조가 말했다.

"맥도날드에 들리던지. 아이스크림 사줄게."

"난 태비 언니랑 피자 먹고 싶다고!"

"미안해."

"잠깐만 안에 들어가서 얘기할 수 있어?"

조가 차에 타기 전에 태비가 말했다. 조는 태비를 따라 집 안으로 들어가면서 뭐라고 변명해야 할지 난감했다. 게이브나 얼사에 대한 어떤 얘기가 나와도 태비는 감정이 격해질 것이고, 조는 에너지가 바닥 났기 때문이다.

"오늘 얼사까지 데리고 올 줄은 몰랐는데."

문을 닫으면서 태비가 말했다.

"그랬어?"

"이상한 게 아닌 척 마. 도대체 무슨 일이 일어나고 있는 거야? 애 말로는 너랑 같이 산다는데."

"그 말이 맞을 거야."

태비의 초록색 눈동자의 흰자위가 두 배로 커졌다.

"경찰에 데려다 줘야지!"

"그럼 도망간다고 했잖아."

"차에 먼저 태우고 어디에 간다고 말하지 않으면 되잖아."

"애가 너무 똑똑해. 우리가 한 번 해봤는데 차에서 뛰어내렸어."

"정말?"

"우린 그날 애를 잃어버릴 뻔했어."

"'우리'라니? 게이브가 너희 집에 자러 온다고 하던데."

"그게 어때서?"

"남의 집 애 데리고 소꿉장난이라도 하는 거야? 그러다가 진짜 곤경에 처할 수 있다고. 게다가 연구 시즌이 끝나면 어쩌려고?"

"얼사한테는 아직 말 안 했는데, 너무 놀라지는 마……."

"뭐?"

"위탁모 신청할지도 몰라."

태비가 손바닥으로 이마를 쳤다.

"맙소사, 너 진심이구나."

"맞아."

"프랜시스가 아이는 안 된댔는데."

"고작 그걸로 날 멈출 수 있을 거 같아? 난 애를 정말 사랑해."

침묵이 이어졌다. 조 자신도 태비만큼이나 놀랐다.

"조……."

"얘기해."

"시카고에 있었을 때 상담했던 의사에게 전화해 보는 게 좋겠어."

"담당 의사가 한둘이 아니라서 누군지 모르겠네."

"내가 무슨 말 하는지 알잖아."

태비가 말했다.

"심리학자 말이야? 네가 '저승사자'라고 불렀던?"

"그래. 그 사람."

"그 사람이 나한테 뭐라고 했는지 알아? 죽음을 대면하지 못한 사람들보다, 생존자들이 더 완전하게 살아가고, 사랑할 수 있다고 했어."

"진심으로 물어볼게. 너…… 지금 뭐 하고 있는 거야?"

"'생존자'처럼 행동하는 거야."

그녀는 문을 열고 차로 걸어갔다.

"사랑한다, 조조!"

현관에서 태비가 큰 소리로 말했다.

"나도 사랑해!"

*

크고 작은 상처를 안고 있는 세 사람은 57번 주간 고속도로에 들어설 때까지 침묵을 유지했다. 머튼에 도착할 때까지 아무도 입을 떼지 않았다.

"여기에 아빠가 좋아하셨던 바비큐 레스토랑이 있어요."

게이브가 말하자, 조가 브레이크 페달을 밟았다.

"그럼 잠깐 들릴까요? 기름도 넣어야 하고, 얼사도 배고플 거예요."

"난 피자 먹고 싶어!"

게이브가 아이에게 몸을 돌렸다.

"이 길을 쭉 따라가면 맛있는 피자집이 나와. 옛날식 주크박스가 있는 곳이야."

"태비 언니랑 있고 싶어!"

"그건 식당 메뉴에 없을 텐데."

그가 말했다.

"시끄러워!"

"어, 그렇게 말함 못 써."

게이브가 다시 몸을 앞쪽으로 돌렸다. 차에는 또다시 침묵이 흘렀다. 조는 머튼을 그냥 지나쳤다.

"잘못했어, 아저씨."

몇 분 뒤 얼사가 말했다.

"사과 받아들일게. 네 계획을 망쳐서 나도 미안해."

그가 다시 얼사를 향해 몸을 돌렸다.

"저 앞에 있는 피자집 가 볼래? 내가 네 나이 때 가끔 가던 곳이야. 나도 주크박스 트는 거 좋아했었어. 아마 네가 찾는 '보라 식인괴물'은 거기 없겠지만, 함께 좋은 곡을 골라보자."

"거기 문 안 닫고 계속 영업하는 거 확실해요?"

"할 거예요. 지역민 사이에서 인기가 높고 갈 때마다 사람들로 붐볐어요."

그는 휴대전화로 레스토랑을 찾기 시작했다. 조는 백미러로 얼사를 살폈다. 아이는 또 그림을 그리고 있었다. 색연필과 스케치북을 사길 참 잘했다고 생각했다. 조가 물었다.

"뭐 그리고 있어?"

"보라 괴물."

얼사에게 그림은 스스로 안정감을 찾아가는 행위라고 할 수 있었다. 원하는 게 있거나 그리운 사람이 있을 때 아이는 종종 그 욕구를 만족시켜주는 것을 그림으로 표현했다.

에핑엄에 도착했을 때는 이미 땅거미가 지고 있었다. 너무 늦은 시간이라 조는 식당에 앉아서 음식을 주문하기보다 패스트푸드로 때웠으면 했지만, 게이브가 어린 시절의 추억과 마주하길 원한다면 동조해 주고 싶었다. 아빠와 연결점을 찾는 것이야 말로 지금 그에게 필요한 것인지도 모르기 때문이다.

게이브가 레스토랑을 찾는 사이, 얼사는 스케치북 위에 어깨를 구부리고 어두컴컴한 불빛에도 아랑곳하지 않고 그림 그리는 데 집중하고 있었다.

"미술도구 들고 들어가자."

조가 주차하는 사이 게이브가 말했다.

"피자가 나오는 데 시간이 걸리니까 그 사이 할 게 있으면 좋을 거야."

조는 레스토랑 처마 끝에 달린 색색깔의 전구 밑에 일렬로 길게 늘어선 오토바이 행렬을 주시했다.

"여기가 당신이 말한 데가 맞아요?"

"여기 맞아요."

게이브가 말했다. 그가 뒷좌석의 문을 열었다.

"하나도 안 변해서 다행이에요. 주차장도 옛날처럼 자갈로 되어 있네요. 여기 주차된 차들 좀 봐요."

"저기 할리데이비슨도 있네요."

조가 말했다.

"네. 진짜 근사하죠? 60년대를 그대로 재현한 거 같아요."

"얼마나 정확한지 난 봐도 몰라요."

"우리 아빠 알았어요. 아빠가 여기 없는 게 애석해요. 밤에 여기 오는 걸 좋아하셨거든요."

"좀 거친 분위기에요."

"있죠, 요즘 사람들은 그게 문제예요. 자신들의 회색 패스트푸드 세계 속에서 색을 거의 보지 못하다가 경기를 일으키죠. 이런 곳은 그런 사람들에게는 너무 현실적인 거예요. 근데 이런 곳에서 정말 흥미로운 인생 스토리가 생겨나거든요."

"내시 교수님의 문학 강의를 듣고 있는 거 같네요."

"맞아요. 나도 아버지 말에 완전히 동의하고요. 책 속에 이곳이 묘사되어 있는데 그걸 맥도날드로 바꾼다고 가정해 보세요."

"그 두 장소는 판이하게 다른 목적으로 사용되었겠지요."

"내 말이 바로 그 말이에요. 비교할 수가 없죠. 하나는 우리 인생에서 음울한 모든 것을 지칭할 테고, 다른 하나는 그나마 남아 있는 예측 불가능함을 대표할 거라고요."

"그 예측 불가능함에서 바이커들의 칼싸움이 빠져 있으면요?"

"바이커들의 칼싸움이라……. 그거야말로 환상적인데요!"

"당신이 아버님을 닮은 부분은 좀 무시무시하군요."

그녀가 말했다.

"얼사, 이번 세기가 끝나기 전에는 차 밖으로 나올 생각인 거지?"

그가 말했다.

"나 여기서 먹기 싫은데."

아이가 말했다.

"너까지 그러기야!"

"배 안 고파. 집에 갈래."

아이가 말했다.

"여기 진짜 안전하다고."

"그거 때문이 아니야. 그냥 배가 안 고파."

"저 녀석 오늘 밤 왜 저래요?"

그가 조에게 물었다.

"태비 금단현상 때문에 그래요. 더 심해질지도 몰라요. 들어가서 테이블 잡아요. 내가 얘기해 볼게요."

"호신용으로 타이어 지렛대 가져다줄까요?"

그녀가 그의 어깨를 찰싹 때렸다.

"들어가요. 여기에서 에너지가 고갈되기 전에 테이블이 있는지 확인해요."

조가 열린 차 문에 기대서 말했다.

"아저씨가 정말 여기서 먹고 싶은가 봐. 아저씨를 위해서라도 좀 도와줄 수 없겠니? 배가 정말 고프지 않더라도?"

"여기 바보 멍청이 같단 말이야."

아이가 말했다.

"색연필이랑 스케치북 들고 가서 다른 덴 안 보면 되잖아."

아이는 움직이지 않았다.

"아저씨가 말하는 거 들었지. 아저씨 아빠가 여길 정말 좋아하셨대. 아저씨 아빠는 2년 전에 돌아가셨거든. 여기서 아저씨는 아빠랑 연결되고 싶은 거야. 그게 어떤 건지 이해할 수 있겠니?"

"응."

아이가 대답했다.

"그럼, 가자. 아저씨를 위해서. 안에서 자리 잡고 우리 기다리고 있을 거야."

얼사가 마지못해 차 밖으로 미끄러져 나왔다. 조가 상체를 숙여 색연필 통과 스케치북을 꺼냈다. 제일 첫 장에 보라 식인괴물이 그려져 있었다.

"정말 잘 그렸네."

그녀가 말했다.

"괴물 입 부분을 잘 표현했어."

"사람을 통째로 먹어야 하니까 그렇게 큰 거야."

"이빨도 무시무시하다."

"근데 사실 더는 사람 안 먹어. 줄리엣이랑 햄릿이 사는 마법의 숲에 가서 착하게 사는 법을 배워왔어."

"그럼 줄리엣이랑 햄릿이 나오는 네 연극에 이 녀석도 나오는 거니?"

"아직 몰라. 그냥 그림 그릴 동안만 얘가 마법에 숲에 있다고 가정한 거야."

두 사람은 색색의 전구가 비추는, 바닥이 널빤지로 된 입구에 올라섰다. 묵직한 나무로 된 문을 당겨 내부에 발을 들이자마자, 조는 그의 아빠가 왜 이 곳에 매료되었는지 알 수 있었다. 내부는 널빤지 바닥, 나무판으로 이어진 내벽, 나무로 된 부스와 테이블처럼 대부분 나무로 되어 있었고, 반들반들해진 나무에서 시간의 향기와 게이브가 말한, 삶의 이야기들이 피어 나오고 있었다.

레스토랑에 감도는 소나무, 피자에서 스며나오는 기름, 땀, 위스키, 담배 냄새는 마치 오래된 오크통에서 숙성되고 있는 와인 향처럼 느껴졌다. 번쩍거리는 주크박스에서는 낸시 시나트라의 60년대 히트곡 「이 부츠는 걸을 때 사용하는 거야(These Boots Are Made for Walkin')」가 흘러나오고 있었다. 분위기에 딱 맞는 노래였지만 웃음소리와 사람들이 떠드는 소리에 묻혀서 잘 들리지 않았다. 내부는 색전구가 밝히고 있어서 대체적으로 어두웠지만 뒤편에 있는 세 개의 당구대 위에는 밝은 등이 켜져 있었다. 그 주위로 몸에 문신을 새긴 남녀가 맥주를 마시고 잡담을 하면서 굴러다니는 당구공을 주시하고 있었다.

사람들의 눈길이 일제히 조와 얼사에서 레스토랑 한가운데에 앉아 있는 게이브로 향했다. 대부분 지역 주민들로 이뤄진 손님들은 그녀와 게이브가 뜨내기라는 걸 쉽게 알았을 것이다. 그들이 입고 있는 청바지와 티셔츠 차림은 튀지 않았지만 조의 티셔츠에 새겨진 '미국 조류학회'는 그들 사이에 섞이지 못했다.

조가 작은 정사각형 테이블을 사이에 두고 게이브 맞은편에 앉고,

얼사가 둘 사이에 있는 의자에 앉았다. 게이브가 말했다.

"여기 괜찮죠?"

"그러네요. 다른 시대로 돌아간 거 같은 느낌이에요. 근데 사람들은 우리가 시간 여행자라는 걸 아는 눈친데요."

"신경도 안 쓸 거예요. 우린 지역 경제를 돕고 있다고요."

그가 얼사 손을 잡고 연보라색으로 칠해진 손톱을 들여다보았다.

"예쁜 색으로 칠했네. 태비 언니가 발톱에도 해 줬어?"

얼사가 고개를 끄덕였다.

"진한 보라색으로."

그러고 나서 다시 색연필을 쥐고 괴물 그림 위로 고개를 숙였다. 어두운 불빛에서 볼 수 있게 스케치북에 얼굴을 바싹 갖다 댔다. 게이브가 메뉴판을 열었다.

"피자 위에 무슨 토핑 올릴래, 얼사?"

아이는 고개를 들지 않았다.

"아저씨 먹고 싶은 거."

조가 붉은 고기, 그중에서도 염지육을 거의 먹지 않기 때문에 그들은 채소 반, 소시지와 페퍼로니 반이 올라간 라지 사이즈 피자를 주문했다.

"음료수는 뭐할래, 아가?"

짙게 화장을 하고 진한 붉은색 머리를 양갈래로 땋은 40대 웨이트리스가 얼사에게 물었다. 얼사는 말없이 그림만 그렸다.

"어린이용 칵테일 먹을래? 내가 어릴 때 먹던 거야."

게이브가 물었다.

"알겠어."

얼사가 고개도 들지 않고 대답했다. 조는 아이가 온몸으로 집중하고 있는 것에 눈길을 돌렸다. 아이는 보라 식인괴물 주위에 식물과 나무를 그리느라 여념이 없었다. 조가 물었다.

"그게 마법의 숲이야?"

"응."

"정글 같은데."

"마법이야. 보라 식인괴물을 지켜 주는 거야."

"그 무시무시한 이빨로도 충분할 거 같은데."

"주변에 나쁜 것들이 있으면 그 걸론 부족해."

게이브가 이상한 분위기를 감지했다는 듯 조를 보며 눈썹을 치켜들었다.

"주크박스 켜 볼래?"

그가 물었다.

"지금 아무도 사용하고 있지 않은데."

"아저씨 하고 싶으면 해."

얼사가 말했다.

"네 노래가 있는지 가서 볼게."

그가 자리를 떠나 주크박스 앞에 섰다.

"뭐 불편한 거 있니, 얼사?"

조가 물었다.

"나 여기 오기 싫었어."

"미안해. 그리고 아저씨를 위해서 노력해 줘서 고마워."

게이브의 첫 곡, 「십대 영혼 같은 냄새(Smells Like Teen Spirit)」가 그가 자리에 돌아오기도 전에 흘러나왔다.

"너바나 좋아하시나 봐요?"

그가 자리에 앉자 그녀가 물었다.

"헌신적인 거랑은 거리가 멀어요. 근데 이 노래는 좋아해요."

조의 물, 게이브의 맥주, 얼사의 어린이 칵테일이 도착했다. 맥주잔을 치켜들고 게이브가 말했다.

"건배사 제안하고 싶은데요."

조도 물잔을 들었다.

"무엇에 대고요?"

"캐서린과 조지의 합가요. 영원하라!"

"진심이세요?"

"좋은 생각 같아요. 우리 가족 중 적어도 누군가는 이 일에 대해 끝맺음을 지을 수 있겠죠."

그가 잔을 높이 들었다.

"얼사, 우리 건배하잖니."

조가 말했다.

"난 이해 안 가. 캐서린은 아저씨 엄마잖아."

얼사도 오가는 말에 귀를 기울이고 있었던 것이다.

"당연히 그렇지."

그가 말했다.

"할머니 결혼해?"

아이가 물었다.

"어쩌면."

조가 말했다.

"조지는 누군데?"

"조지 키니 교수님."

"우리 집 주인 아저씨?"

"우리 집 아니야."

조가 말했다.

"그렇지만 그 분 맞아. 잔 들어서 건배하자."

얼사가 잔을 들어서 부딪친 뒤 내용물을 마셨다. 달콤한 음료를 한
모금 들이킨 뒤 나머지도 금방 사라졌다.

"근데 교수님 결혼하지 않았어?"

"맞아."

게이브가 말했다.

"근데 좀 지나면 아닌 게 될 거야."

"이혼하는 거야?"

"비슷해."

"할머니는 결혼하기엔 좀 늙었는데."

얼사가 말했다.

"사람들은 나이랑 관계없이 사랑할 수 있단다."

조가 말했지만 얼사는 더는 이야기를 듣지 않았다. 미동도 하지 않은 채 정면을 뚫어져라 보고 있었다. 아이의 시선을 쫓아가 보니 반대편 바를 향하고 있었다. 후줄근한 젊은 남자가 귀에 전화기를 대고 그들이 있는 쪽을 바라보고 있었다. 조와 얼사가 그쪽을 보고 있다는 것을 눈치챈 뒤 남자는 의자를 바 쪽으로 빙글 돌렸다. 얼사는 계속해서 무언가를 바라보고 있었지만 조는 무엇인지 알 수 없었다.

"두 사람 다 뭐에 홀린 거예요? 저쪽에 잘생긴 남자라도 있어요?"

게이브가 물었다. 얼사가 초록색 색연필을 집어 들고 마법의 숲에 나뭇잎을 그려 넣기 시작했다.

"당신이 여기서 제일 잘생겼어요."

조가 말했다.

"늙어빠진 바이커들이 내 적수인 거 같은데요."

그는 잘못 알고 있었다. 사람들 대부분은 젊은 축에 속했는데, 그중에서도 바에 있는 사람들이 그랬다. 얼사가 쳐다본 남자는 자리에서 일어나 그들이 앉은 테이블을 지나가면서 그들을 빤히 바라보았다. 얼사가 그가 레스토랑을 나가는 모습을 지켜보았다.

"저 남자 아니?"

조가 물었다.

"어떤 남자?"

아이가 말했다.

"네가 방금 본 그 사람."

"문 위에 걸려 있는 거 쳐다본 거야."

"말발굽 말이니?"

"왜 저기에 걸려 있는 거야?"

얼사가 물었다.

"그 밑으로 지나다니는 사람한테 행운을 주기 위해서. 미신 같은 거야."

얼사는 말발굽을 몇 초간 더 바라본 뒤 다시 그림에 집중했다.

캐서린과 조지의 미래를 받아들이기로 한 뒤, 게이브의 기분은 한결 나아져 있었다. 레스토랑이 한몫을 한 것도 맞았다. 피자가 나올 때까지 그와 조는 음악과 여러 가지 다른 주제들로 대화를 나누었지만 얼사는 그림을 휘갈기기만 했고, 보라색 외계인 주위를 감싸고 있는 숲은 점점 더 풍성해졌다.

게이브는 피자에 극찬을 늘어놓았다. 조도 꽤 입맛에 맞는다고 생각했다. 그러나 그녀는 이 레스토랑에 대한 아서의 열정이 피자 맛에 영향을 준 사실을 게이브가 깨닫지 못하고 있다는 생각도 들었다. 게이브는 식사값을 지불하겠다고 우겼고 웨이트리스에게도 후한 팁을 남겼다.

도시를 빠져나오는 길에 조는 기름을 넣고 얼사를 화장실로 보냈다. 아이가 레스토랑에서는 가지 않겠다고 버텼기 때문이다. 얼사는 여전히 이상할 정도로 침묵하고 있었다. 조는 아이가 피곤해서 그럴 것이라고 생각하며 집으로 갈 때까지 깨지 않고 잠들기를 바랐다.

조와 게이브는 차 안에서 다양한 이야기를 섭렵했지만 얼사가 깨어 있었기 때문에 키니 교수와 있었던 일은 일부러 언급을 피했다. 얼사는 잠을 자지 않고 양쪽 창문을 번갈아 옮겨 다니며 산만하게 움직였고, 조도 적어도 한 번 이상 아이에게 다시 안전띠를 매라고 말했다.

국도에 들어섰을 때 그녀는 백미러에서 불빛을 감지했다. 뒤차가 그들과 함께 국도로 빠진 뒤 터키크리크 로드까지 약 10킬로미터를 따라왔다.

"설마 여기서도 돌지는 않겠지."

조가 중얼거렸다.

"누가요?"

게이브의 말에 얼사가 뒷창문을 바라보았다.

"우리 뒤에 있는 차요."

조가 말했다.

"장담하는데 우리 뒤에 있은 지 꽤 오래됐어요."

조가 커브를 돌아 터키크리크 로드에 들어서자, 뒤차가 갑자기 속력을 내어 어둠 속으로 자취를 감추었다.

"사라졌어요."

게이브가 말했다.

"'막다른 길' 표시를 보고 잘못 왔다는 걸 알았나 봐요."

조는 게이브가 새로 깔아 놓은 자갈 진입로에 들어섰지만, 레이시가 얼사를 보지 못하게 중간에 차를 멈췄다. 그런 뒤 작별인사를 하러 차 밖으로 나왔다.

"교수님과 마주쳤지만 괜찮은 여행이었죠?"

"흥미로웠다고 할 수 있겠네요. 그건 확실해요. 푹 잘 수 있을지 모르겠어요."

그녀가 미소 지었다.

"힌트 주시는 거예요? 문 잠그지 말라는?"

그가 그녀에게 키스했다.

"본래 두는 곳에 키 두면 돼요. 밤엔 항상 문 잠가요."

WHERE THE FOREST MEETS THE STARS

4부
숲과 별이 만날 때

얼사는 조의 침대에서 자고 싶어 했지만 조가 허락하지 않았다. 아이가 지금까지 조의 침대에서 잔 것은 딱 두 번뿐이었다. 게이브가 처음 이곳에서 잔 날과 아이가 머리를 다쳤을 때다. 조는 아이와 침대를 함께 사용하지 않기 위해 주의를 기울였다. 위탁모 신청을 할지도 모르는 지금과 같은 상황에서는 더욱더. 얼사와 함께 자면 사람들이 그 사실을 비틀어서 볼지도 몰랐다. 사람들은 아마도 얼사에게 조와의 관계에 대해 불편한 질문을 해댈 것이다.

얼사가 헬로키티 잠옷을 입고 나오자, 조는 스토브 전등만 남기고 모두 불을 끄고 소파에서 얼사에게 이불을 덮어 주었다. 그리고 아이의 볼에 뽀뽀한 뒤 "잘 자, 큰곰"이라고 말했다.

"아저씨 와?"

"아마 안 올 거야. 생각하는 거보다 훨씬 더 피곤할 거거든. 우리 모두 그래.”

“아저씨 있으면 좋겠다.”

조가 소파에서 일어났다.

“이제 자렴. 시간이 너무 늦어서 평소보다 좀 더 잘 거야.”

조의 등 뒤에 대고 얼사가 말했다.

“언니 방문 열어 놔.”

“알겠어.”

“언니랑 같이 자면 안 돼?”

“규칙 잘 알잖아. 어서 자.”

조도 항복하고 싶은 마음이 간절했다. 잠자리에서 얼사가 두려워하는 모습은 처음이었다. 이곳에 온 첫날에도 그런 모습을 보이지 않았다. 아마 큰 이빨을 내보이는 외계인 그림과 연관이 있을 것이다. 아이는 그 그림을 그리고 나서 침울해졌다.

에어컨에서 나는 소음 때문에 조는 빠르게 잠에 빠져들었다. 하지만 불과 몇 시간 뒤 작은곰이 짖는 소리에 깼다. 휴대폰을 보니 2시 10분이었다. 게이브를 보고 짖었다기엔 너무 늦은 시간이었다. 너구리나 사슴을 본 것이 틀림없었다. 에어컨은 작동을 멈추고 있었고, 조는 바깥의 소음이 들리지 않게 에어컨이 다시 켜지길 바랐다. 그때 갑자기 작은곰이 길길이 뛰기 시작했다. 숨도 쉬지 않고 컹컹 짖어댔다. 얼사도 분명 눈을 떴을 것이다. 일어나서 개를 진정시켜야 했다.

조는 거실 입구에 우뚝 멈춰 섰다. 얼사는 소파 옆에 서서 그녀를 바라보고 있었는데, 아이의 몸이 부자연스러울 정도로 굳어 있었다. 스토브 형광등 불빛에 비친 아이의 얼굴은 유령처럼 푸르스름했고, 눈자위는 두 개의 블랙홀 같았다. 아이는 다시 요정이 버리고 간 아이로 변해 있었다.

"언니……."

아이가 말했다. 조는 심장이 요동치는 것을 애써 무시했다.

"어서 다시 자."

그녀가 말했다.

"밖에 코요테라도 있나 봐. 작은곰을 테라스로 데리고 와야겠어."

조가 문을 향해 발걸음을 떼자, 얼사가 달려와 등으로 문을 막고 서 양팔을 벌렸다.

"나가지 마!"

"왜?"

아이의 목에서 울음소리가 터져 나왔다.

"나쁜 사람들! 나쁜 사람들이 왔어!"

조의 몸이 차갑게 식었다.

"어떤 나쁜 사람들?"

아이가 엉엉 울기 시작했다.

"미안해! 미리 말했어야 했는데! 그 사람들이 언니도 죽일 거야! 미안해! 정말 미안해!"

작은곰이 약 10초간 짖는 것을 멈추었다가 곧바로 다시 짖기 시작했고, 그 소리는 아까보다 집에 가까워졌다. 조는 얼사의 어깨를 붙잡았다.

"울지 말고 무슨 일인지 말해. 식당에서 본 그 남자야?"

"맞아! 근데 그 사람은 아니야!"

"도대체 무슨 말이야 그게!"

조가 아이의 어깨를 잡고 살짝 흔들었다. 더 명확한 말을 흔들어 내기라도 하듯이.

"무슨 일인지 제대로 말해 봐. 알아야겠어!"

총소리가 두 번 나더니 소름 끼치는 낑낑거림이 들려왔다.

"작은곰아!"

얼사가 소리 질렀다.

"작은……."

조가 손으로 아이 입을 막고 속삭였다.

"조용히 해."

작은곰의 낑낑 우는 소리가 계속해서 들려왔다. 총소리가 한 번 더들리더니 사방이 조용해졌다. 얼사는 울음범벅이 되어 쓰러지기 일보직전이었다. 조는 아이가 정신을 차리도록 두 손으로 아이의 뺨을 잡았다.

"밖에 남자가 몇 명 있니? 알고 있어?"

"두 명……. 그 차 안에 말이야. 확실히는 몰라! 저 사람들이 작은곰을 죽였어!"

"에핑엄에서부터 따라 오던 차?"

얼사가 끄덕였다. 작은 몸이 북받치는 울음으로 떨리고 있었다.

"뚝 그쳐! 제발! 소리가 들리면 우리가 어딨는지 발각될 거야."

얼사가 헐떡거리던 울음을 삼키며 조용해지자, 조는 생각을 집중하기 시작했다. 생존 본능에 따라 모든 뇌의 기능을 사용해, 괴한들이 얼사의 과거와 관계가 있다고 결론 내렸다. 얼사를 안전하게 보호해야 한다는 다급함 때문에 그 이상은 생각할 겨를이 없었다. 괴한들이 언제고 집 안으로 총을 쏠지 모르는 상황이었다. 조는 게이브가 총소리를 듣고 경찰에 신고했기를 바랐지만, 그가 그렇게 했는지는 장담할 수 없었다.

괴한들은 나무로 된 앞문이나 뒷문을 통해 집 안으로 들어올 것이다. 다행히 이 옛날 집은 콘크리트 벽돌 위에 지어진 덕에, 벽의 중간쯤 위치한 창문으로 침입하기에는 너무 높았다. 조는 총알이 뚫고 들어올 것이 두려워 얼사를 문 쪽에서 멀리 잡아끌었다. 그리고 침실 입구에 서서 생각을 가다듬었다.

괴한들은 총소리 때문에 두 사람이 일어난 것을 이미 파악했을 것이다. 작은곰 때문에 기습에는 실패했으니, 이제 그들은 방어태세로 전환했을 것이다. 게이브를 집에 내려다 준 광경을 목격하지 못했기 때문에 게이브가 아직 그들과 함께 있을 것으로 생각할지도 모른다. 게이브나 조가 총기를 소지하고 있을지도 모른다고 경계하고 있을 수도 있다.

하지만 집 안에 정적이 오래되면 될수록 더 대담해질 것이다. 사냥감이 간힌 것을 알면 문을 박차고 들어올 게 뻔했다. 조와 얼사는 창문으로 빠져나가야 했다. 하지만 곧 그것은 숲에 다다르기 전까지 사방이 뻥 뚫린 들판 한복판을 가로질러야 한다는 것을 뜻했다. 현관에 있는 벌레 퇴치용 전구 두 개면 그들을 발견하고 총구를 겨누기에 충분했다.

그때 게이브가 주크박스에서 틀었던 너바나의 노래 가사가 조의 머리를 스쳐 지나갔다. '어둠이 덜 위험할 것이다.'

조가 얼사에게 속삭였다.

"여기 가만히 엎드리고 있어."

얼사는 조가 시키는 대로 문가에서 바닥에 바싹 엎드렸다. 조는 부엌으로 살금살금 기어가서 재빠르게 스토브 전등을 껐다. 그런 다음 어둠 속에서 웅크리고 잠시 기다렸다. 불이 꺼지는 것을 봤다면 긴장할 것이다. 안에서 누군가가 총을 가지고 엎드린 채 자신들을 기다리고 있다고 상상할 것이다.

조는 이번에는 기어서 뒷문 쪽으로 가서 재빨리 몸을 일으켜 벌레 퇴치용 전구를 끈 뒤, 다시 바닥으로 주저앉았다. 이제 집 뒤편마저도 어둠에 묻혔다. 테라스 덧문에 달린 벌레 퇴치용 전구에서 희미한 불빛이 새어 나왔지만, 그 스위치는 테라스에 있었기 때문에 조가 어떻게 할 수가 없었다. 바닥에 붙은 채로 그녀는 칼이 든 서랍을 열어 가장 큰 칼을 꺼냈다. 그녀는 손에 칼을 꼭 쥔 채 얼사가 있는 곳으로 천천히 움직였다.

"조용히 일어나."

아이의 차갑고 축축한 손을 당기면서 조가 말했다. 얼사는 온몸을 사시나무 떨듯 덜덜 떨면서 일어났다. 창문 옆에 있는 것은 위험했지만 조는 탈출을 준비해야 했다. 그녀의 침실에 있는 창문은 아래쪽이 에어컨으로 막혀 있었다. 어차피 다른 방으로 가는 것이 더 나은 선택이었다. 그쪽이 집 뒤편의 어두운 부분에 해당하기 때문이었다. 남자들이 집 안으로 들어오면 조와 얼사는 창문으로 빠져나가 숲으로 달려 나갈 계획을 세웠다.

썩 괜찮은 계획이었다. 실현 가능성이 있었다. 단, 괴한이 두 명 이상 포위하지 않았을 경우에 한했다. 하지만 그 이상이 있다면 지금쯤 공격을 감행하고도 남았다.

조는 얼사를 빈 침실로 데리고 가서 창문을 위로 밀었다. 하지만 꽉 끼어서 열리지 않았다. 여름 동안 습기 때문에 나무가 팽창한 것이다. 그녀는 젖 먹던 힘을 다해 나무 문틀을 들어 올렸고, 결국 조금씩 움직이기 시작했다. 에어컨이 다시 돌아가기 시작하자, 그녀는 자신이 내는 소리가 소음에 묻히길 간절히 바랐다. 조는 칼로 방충망을 뜯었다.

"저들이 집 안에 들어오면 여기로 뛰어내려서 숲속을 통해서 아저씨 집으로 뛰어가."

조가 얼사의 귀에 대고 말했다.

"큰길로 가면 안 돼. 절대 숲 밖을 벗어나지 마. 누가 따라오는 거 같으면 몸을 숨겨. 컴컴한 데서 절대 널 찾아내지 못할 거야."

조가 방 밖을 나가려고 하자 얼사가 그녀의 팔을 잡았다.

"가서 휴대전화랑 네 신발을 가져올게."

조는 설명을 했는데도 자신을 잡는 아이의 손을 간신히 떼어 놓았다.

그녀는 자신의 침실로 기어가서 바닥을 손으로 더듬어 전화기를 찾았다. 전화기를 찾고 나서 그녀는 문을 잠근 뒤 침실 문을 닫았다. 거실에서 얼사의 신발을 찾은 뒤, 다시 방으로 들어와 문을 잠갔다. 이제 괴한들은 부서야 할 문이 두 개 더 생긴 셈이었다. 그 사이 조와 얼사에게는 그들의 눈을 피해 숲속으로 달아날 시간이 주어질 것이다.

조는 얼사의 보라색 운동화를 아이의 차가운 맨발에 신기고, 떨리는 손으로 운동화 끈을 맸다. 미처 자신의 신발을 가지고 오지 않았다는 사실을 깨달았지만 가지러 가기에는 너무 위험했다.

조는 열린 창문 옆 벽으로 얼사를 지그시 눌렀다. 총소리가 난 지 겨우 몇 분밖에 지나지 않았지만 마치 한 시간이 흐른 것 같았다. 게이브가 그 소리를 들었다고 하더라도 그렇게 빨리 이쪽으로 올 수는 없을 것이다. 조는 전화기에 911을 눌렀지만 연결되지 않았다. 방 안에서 다른 쪽으로 옮겨가서 다시 번호를 눌렀다. 찰나의 시간이 속절없이 흘러갈수록, 연결 중인 전화기를 내려다보는 조의 신경은 점점 더 곤두섰다.

쾅 하고 발로 세게 문을 차는 소리가 들렸다. 조는 깜짝 놀라 넘어가면서 하마터면 전화기를 떨어뜨릴 뻔했다.

"언니!"

얼사가 말했다. 조는 전화기를 바닥에 내려놓고 아이를 꼭 끌어안
았다.

"아무 일 없을 거야. 내가 하라는 대로만 해. 아저씨 집에 도착할 때
까지 숲속을 벗어나면 안 돼. 아저씨 집을 못 찾겠으면 멀리 달아나서
숨어 있어. 안전해지면 우리가 널 찾을게."

괴한이 계속해서 문을 발로 찼다. 그 무시무시한 소리는 뒷문을 차
는 소리와 함께 더 증폭되었다. 이제 괴한의 위치는 알 수 있었지만 조
는 아직 얼사를 내보낼 수 없었다. 집 뒤쪽에 있는 남자가 아이가 뛰어
가는 걸 볼 수 있기 때문이다. 조는 아이를 안아 올린 뒤 창틀에 앉혔
다. 문이 부서지는 소리가 났다. 조와 얼사는 서로 쿵쾅대는 가슴을 맞
대고 서로를 꼭 끌어안았다. 어느 쪽이든 열리기 일보직전이었다. 조
는 뒷문이 먼저 열리기를 간절히 바랐다.

날카로운 총소리가 나더니 연이어 울렸다. 집 앞에 있는 남자가 빗
장을 부수기 위해 총을 쐈다. 또 한 번의 총성이 울렸다. 그와 거의 동
시에 나무가 부러지는 소리가 나더니 부엌문에 달려 있던 빗장이 열
리고 말았다. 조는 창문 반대편 바닥에 얼사를 내려놓았다. 하지만 아
이는 극도로 겁에 질려 조를 올려다보기만 했다.

"뛰어!"

조가 속삭였다.

"얼른! 나도 뒤따라갈게!"

*

얼사는 숲을 향해 서쪽으로 내달리기 시작했다. 조가 창문을 빠져 나오고 있을 때 터키크리크 로드에서 차량 엔진 소리가 들렸다. 그녀 가 바닥으로 뛰어내려 숲을 향해 달리기 시작했을 때, 게이브의 트럭 이 자갈을 튀기며 코너를 돌았다. 그리고 총을 든 괴한을 집에서 내쫓 기 위해 공중에 대고 총을 한 발 쏘았다.

타이밍이 이보다 나쁠 수 없었다. 조는 몸을 숨길 곳이 없었다. 하지 만 적어도 얼사는 숲속으로 사라졌다. 게이브가 조의 SUV 옆에 급하 게 차를 세운 뒤 차에서 뛰어 내리고, 운전석을 방패삼아 몸을 숙였다.

"아저씨! 조심해!"

얼사가 소리 질렀다.

"안 돼! 돌아가!"

일렬로 늘어선 나무 사이에서 튀어나온 얼사를 보고 조가 소리쳤 다. 달리면서 그녀는 자신의 뒤에서 쿵쿵거리는 발소리를 들었다. 뒷 문에 있던 남자가 얼사를 향해 총을 쐈다. 어쩌면 조를 향한 것인지도 몰랐다. 게이브는 뛰어가는 얼사를 엄호하려고 했지만, 앞 문에 있던 남자가 게이브를 향해 총을 쏘기 시작했다.

조는 전쟁터를 달리고 있었다. 주변에서 총성이 울려 퍼졌다. 갑자 기 그녀가 풀썩 쓰러졌다. 허벅지 뒤에서 타는 듯한 통증이 밀려왔다. 총상을 입은 충격에 그녀는 움직이지 못했다. 그녀를 쏜 남자가 그녀

겉을 빠르게 지나갔다.

그는 얼사를 쫓고 있었다. 그녀는 일어섰다. 통증을 느낄 새도 없었다. 하지만 다리에 입은 부상 때문에 필요한 만큼 속력을 낼 수 없었다. 희미한 달빛 아래 얼사가 게이브의 트럭으로 달려가는 모습이 보였다. 거의 가까이 다가갔을 때 남자가 총을 쐈다. 얼사가 바닥에 쓰러졌다. 조는 멈추고 손으로 입을 막고 터져 나오는 비명을 가까스로 막았다. 하지만 괴한은 그녀가 가까이 있는 것을 눈치챘고, 몸을 돌려 그녀를 똑바로 향해 총구를 겨누었다.

게이브가 분노에 휩싸인 동물 같은 소리로 울부짖은 뒤 방아쇠를 당겼다. 그는 괴한의 신경을 조에게서 돌리기 위해 남자를 향해 벌판을 질주하고 있었다. 남자는 게이브를 응사하기 위해 조에게서 몸을 돌렸지만, 이내 비틀거리며 뒷걸음질 치더니 바닥으로 고꾸라졌다.

게이브는 그 자리에 서 있었다.

"엎드려요!"

그가 소리쳤다. 조는 바닥에 엎드려 게이브가 남자를 향해 달려가는 모습을 지켜보았다. 그는 남자에게서 총을 빼앗고 몸을 뒤져서 총 하나를 더 찾아냈다.

"모두 몇 명이에요?"

그가 큰소리로 조에게 물었다.

"두 명인 거 같아요. 얼사가 다쳤어요!"

"알아요. 그래도 움직이지 말아요!"

그는 총을 장전한 채 급히 얼사 쪽으로 달려갔다. 게이브가 얼사를 안아 올린 뒤 조에게 다가왔다.

"다쳤어요?"

"조금요. 얼사는 어때요?"

조의 온 신경은 얼사를 향해 있었다. 그는 아무 말 하지 않았다.

"대답해요!"

"많이 다쳤어요."

"세상에!" 그녀가 일어서서 왼쪽 발을 끌면서 얼사에게 달려갔다.

"몸을 숙여야 돼요!"

그가 그녀와 함께 달리면서 말했다.

"두 놈을 해치우긴 했는데 아직 더 남아 있을 수 있다고요."

조는 얼사 옆에 풀썩 주저앉았고, 게이브가 그 위에서 몸을 숙인 채 주변에 공범이 더 남아 있는지 살폈다. 얼사는 등을 대고 누워 있었다. 불빛이 없어도 조는 아이가 어디를 다쳤는지 알 수 있었다. 희미한 별빛 아래서도 아이의 분홍색 헬로키티 잠옷 아래쪽이 시커먼 얼룩으로 흠뻑 젖어 있는 것이 보였다. 아이는 오른쪽 배에 총을 맞았다. 숨을 쉬고 있었지만 쇼크 상태였다. 덜덜 떨면서 조의 눈을 쳐다보았지만 그녀를 보고 있는 것 같지 않았다.

"앰뷸런스 불렀어요?"

"맨 처음 총성이 들렸을 때 누나가 바로 911에 신고했어요."

"앰뷸런스는 안 올지도 모르잖아요!"

"총소리 전부 들었을 거예요. 앰뷸런스 올 거예요."

그는 말을 하면서도 얼굴에는 근심이 가득했다. 그가 총을 내려놓고 레이시에게 전화했다.

"경찰 오고 있어?"

그가 말했다.

"앰뷸런스는? 나 말고. 얼사가 많이 다쳤어."

짧은 침묵이 흐르고 그가 말을 이었다.

"맞아. 걔야."

그는 전화기를 잠시 들고 있다가 끊었다.

"누나가 경찰에 신고했어요. 처음에는 경찰이 필요하다고 했다가 총격전이 일어난 걸 듣고 다시 전화해서 경찰 부대랑 앰뷸런스가 필요하다고 했대요."

"제시간에 도착 안 하면 어떡해요?"

조가 울기 시작했다.

"올 거예요."

"아무도 이 길을 찾지 못할 거예요!"

"여기가 어딘지 경찰은 알아요. 그리고 누나가 다시 전화해서 얼사가 다쳤다고 말한댔어요."

그가 티셔츠를 벗었다.

"이걸 상처에 누르고 있어요. 세게 누르되 아이가 아프지 않을 정도로만요."

그가 다시 총을 집어 들었다. 조는 어느 강도로 눌러야 할지 확신에 차지 않은 채로 심해 보이는 상처 위에 티셔츠를 갖다 댔다.

"만약 관통상이면 어떡해요?"

"아마 그럴 거예요."

그가 말했다.

"근거리에서 쐈거든요."

상처 위를 누르면서 조는 얼사의 오른쪽 옆구리 아래에 손을 집어넣었다. 뒤쪽에서 피가 쏟아지고 있는 것이 느껴졌다. 총알이 어느 쪽에서 뚫고 들어왔는지 알 수 없었다. 그녀는 입고 있던 티셔츠를 찢어서 얼사의 몸 아래로 밀어 넣고 양쪽에 압력을 가했다.

"괜찮아질 거야, 딱정벌레야."

그녀가 얼사의 볼에 입술을 갖다 대면서 말했다.

"아저씨랑 언니랑 같이 있자, 알겠지? 자지 말고 우리랑 같이 있자."

얼사는 깨어 있었다. 조에게 시선을 고정시키고 있었다.

"우, 울지 마……."

아이가 입을 실룩거리며 말했다.

"언니……. 울지 마."

"미안."

조가 말했다.

"미안해, 못 그러겠어."

얼사가 조의 눈을 지그시 바라보았다.

"언니, 나……, 나 사랑해서 우는 거야?"

"당연하지! 내가 널 얼마나 사랑하는데!"

얼사가 미소 지었다.

"됐다……. 다섯 번째 기적. 그, 그게 내가 제일 워, 원했던 건데…….
내가 그렇게 만들었어."

조의 울음소리가 더 커지고 얼사의 눈에서도 눈물이 흘러내렸다.

"언니……."

"왜?"

"내가 죽어도 슬퍼 마. 그건…… 내가 아니거든."

아이가 말했다.

"너 안 죽어!"

"알아. 이젠 가, 갈 수 있어. 기적 다섯 개를 봤으니까. 그렇게 돼도
슬퍼 마."

"못 가!"

조가 눈물범벅이 된 채로 말했다.

"네 위탁모가 되고 싶어. 입양할지도 모른다고. 그 얘기 해 주려고
했는데……."

"정말?"

아이의 눈동자가 빛났다. 아이는 다시 행복한 얼사로 보였다.

"태비랑 나랑 예쁜 집에서 같이 살자. 너도 좋지?"

"응……. 근데 미안해. 어쩌면……, 어쩌면 별로 돌아가야 할지도 몰라."

"저기 왔어요!"

멀리서 여러 대의 사이렌 소리가 들렸다. 하지만 아직 너무 멀리 있었다. 얼사의 눈은 감겨 있었다.

"얼사?"

조가 말했다.

"얼사, 정신차려!"

"별······."

아이가 웅얼거렸다.

"언니······. 별이 보여."

"얼사, 안 돼! 정신 차려!"

그녀는 얼사의 상처를 계속 누르고 있으려 했지만, 팔에 힘이 하나도 없었다. 다리가 풀리더니 옆으로 쓰러졌다가 등이 바닥에 닿았다. 그녀도 별을 보았다. 곰이 어디 있지? 얼사 메이저가 어디 있지? 어떤 별이더라?

"조! 피를 많이 흘렸어요! 바지가 다 젖었다고요!"

게이브가 그녀를 안아 올렸다. 그의 말이 맞았다. 총에 맞은 뒤부터 머릿속에 안개가 낀 것 같았다. 그녀는 눈을 감고 어둠이 내리길 기다렸다. 그녀는 얼사를 찾아낼 것이다. 반드시 찾아낼 것이다. 그것이 하늘 위로 올라가서 아이를 별에서 끌어내려야 한다는 걸 의미한다고 해도.

30

얼사. 얼사. 얼사!

그녀를 마취에서 깨어나게 한 주문이었다. 그녀는 눈을 뜨고 병실인 것을 보고도 놀라지 않았다. 두렵지도 않았다. 그녀에게는 너무나도 익숙한 환경이었다. 링거액을 만지고 있던 중년의 간호사가 그녀를 내려다보았다.

"벌써 깼어요? 적어도 한 시간 안에는 안 깰 줄 알았는데."

"나랑 여기 같이 온 여자애 괜찮아요?"

"그걸 물어볼 수 있는 사람은 따로 있어요."

"누가 나에게 아무 말 하지 말라고 했단 뜻이죠?"

"기분은 어때요?"

맥박을 재기 위해 조의 손목을 잡고 간호사가 물었다.

"어떤 일이 일어났는지 들을 수 있을 만큼 아무 문제없어요."

"자신한테 무슨 일이 일어났는지는 알고 있어요?"

아마도 조가 얼사의 소식을 감당할 수 있는지 확인해야 할 것이다.

"다리 뒤에 총을 맞았어요."

"여기가 어딘지는 알아요?"

"매리언인가요?"

"세인트루이스예요."

"세인트루이스요?"

"생각 안 나요? 헬기로 이 병원으로 수송되었잖아요."

그 말을 듣고 나니 생각이 났다. 큰 소리로 돌아가는 헬리콥터 모터 소리를 꿈속이라고 착각한 것이다.

"다리는 어떻게 됐어요?"

"수혈을 여러 번 받고, 혈관이랑 조직 재건 수술을 받았어요. 의사 선생님이 오시면 더 자세히 설명해 줄 거예요."

"개브리엘 내시라는 남자 여기 있어요?"

"방문객 만날 준비가 됐어요?"

"네. 그 사람이 보고 싶어요."

"그럴 수 있을 만큼 괜찮은 거 맞아요?"

"네, 물론이죠!"

간호사가 방을 나갔다. 그리고 몇 분 뒤, 병실 문이 열렸다. 게이브 가 아니었다. 제복을 입은 경찰과 흰색 셔츠에 카키색 바지를 입은 남 자였다. 둘 다 몸에 권총을 지니고 있었기 때문에 사복을 입은 사람이 형사란 사실을 알 수 있었다. 둘 다 40대 중반이었지만 전혀 닮은 구석이 없었다. 제복 경찰은 180센티미터가 넘는 키에 짙은 눈망울, 짧은 검은색 머리인 반면 형사는 그보다 10센티미터는 작고 옅은 눈망울에 금발을 뒤쪽으로 뭉툭하게 묶고 있었다. 그들의 엄숙한 표정을 보면서 조는 '차라리 깨지 않았으면 좋았을 걸'이라고 생각했다.

"조애나 틸 되시죠?"

형사가 물었다.

"네."

"전 에핑엄서에서 온 켈렌 형사고, 이쪽은 비엔나서 맥냅 경관입니다."

"얼사에 대해서 먼저 알아야겠어요. 죽었어요? 그냥 말해 주세요."

"아이의 이름이 얼사란 건 어떻게 알았죠?"

그가 물었다.

"애가 말해 줬어요."

"아이가 본명을 말해 줬나요?"

"정말 이러실 건가요? 질문을 100가지 하면서 제가 묻는 중요한 질문 한 개에는 답 안 해 주실 건가요?"

"아이는 아직 수술 중이거나 마무리 중이기 때문에 대답할 수 없습니다. 아이가 고비를 넘겼는지 알 수 없습니다."

그녀는 손으로 얼굴을 감쌌다. 그녀의 유일한 도피처였다. 그녀는 얼사가 키니 산장에서 죽은 줄로만 알았다.

"여기, 이 병원에 있나요?"

짧은 침묵 끝에 형사가 말했다.

"네."

맥냅 경관이 그에게 마땅찮은 눈길을 보냈다. 어떤 이유에선지 그는 형사가 얼사의 행방을 알려 주는 것을 원하지 않은 것이다.

"그 사람들이 왜 얼사에게 총을 쐈나요?"

조가 물었다.

"질문은 우리가 하겠습니다. 미스 틸."

맥냅 경관이 말했다.

"몸 상태가 괜찮으신가요?"

켈렌이 물었다.

그녀의 동의 아래 그 뒤 20분간 그녀는 수많은 질문에 답했다. 범죄 현장에 있었던 맥냅 경관은 주로 총격에 대해서 물었고, 켈렌 형사는 얼사와의 관계에 더 파고들었다. 그들은 언급하지 않았지만, 상당수의 질문이 게이브의 증언을 확인하기 위한 것임이 분명했다. 조는 가능한 한 진술에서 그를 배제시키기 위해 노력했지만 이들은 수시로 게이브를 소환하며, "그 일이 일어났을 때 개브리엘 내시가 그곳에 있었나요?"라고 물었다.

조가 얼사에 대해, 어떻게 자신과 동거하게 됐는지 말했을 때 그것은 전부 잘못된 것처럼 들렸다. 그녀는 그들의 눈에서 섣부른 판단을 느꼈고, 질문에서도 마찬가지였다. 조사가 계속되면서 조는 자신이 법적으로 큰 곤경에 처해질 수 있다는 생각이 들기 시작했다. 그 불안

감은 그녀의 몸과 마음에서 오는 그 밖의 다른 스트레스에 더해져서 조를 금방 녹초로 만들고 말았다. 그들은 그녀가 일관성을 잃는 것을 보고 일단 조사를 멈추기로 했다.

"게이브 여기 있어요?"

그들이 나가기 전 조가 물었다.

"한 시간 전에는 있었어요."

켈렌 형사가 대답했다.

"일단, 좀 쉬세요."

그가 경관과 함께 병실을 나가자, 조가 호출 버튼을 눌렀다.

"대기실에서 방문자를 확인하고 이곳으로 좀 데려다 주실 수 있나요?"

도착한 간호사에게 조가 물었다.

"가족이에요?"

"아뇨."

"지금은 가족 면회만 가능해요."

"그건 저한테 달린 거 아니에요?"

"담당 의사한테 먼저 말씀하세요."

"알겠어요. 좀 불러 주세요."

"언제 오실지 알 수 없어요. 회진 도실 때 만나실 수 있을 거예요."

담당의사 회진. 조도 잘 알고 있었다. 하지만 언쟁을 벌이기에 너무 지쳐 있었다. 그녀는 약 기운과 싸우는 것을 포기하고 잠에 굴복했다.

몇 시간 뒤 잠에서 깬 그녀는 회진이 끝나버린 것을 알게 되었다. 그녀는 얼사의 소식이 간절했지만 간호사가 바뀌어 있었고 바뀐 간호사는 그 전보다 더 무뚝뚝했다. 그녀는 간호사가 준 진통제를 먹고 또다시 잠에 빠져들었다.

조는 뺨에 누군가의 입술이 닿는 것을 느끼고 꿈을 꾼다고 생각했다. 그녀는 눈꺼풀과 힘든 싸움에서 간신히 승리한 뒤 익숙한 초록색 눈동자를 마주했다.

"태비!"

"병원에 오는 것도 이제 지겨워지려고 해, 조조."

태비가 말했다. 그녀는 어두운 창문 쪽을 바라보고 말했다.

"어서요, 키스해요. 지금이에요."

태비가 한발 물러서자 게이브가 보였다. 그의 얼굴은 초췌하고 수염으로 가무잡잡해 있었다. 처음에 두 사람은 물끄러미 서로를 마주 보기만 했다.

"내시, 빨리요. 그냥 키스해요."

태비가 재촉하자, 그가 상체를 숙여 그녀를 안았다. 두 사람은 태비의 명령대로 짧을 키스를 나눌 때까지 한동안 그대로 안고 있었다.

"어떻게 들어왔어요? 오늘 아침 눈을 떴을 때부터 방문객을 못 들어오게 하고 있었어요."

조가 물었다.

"태비 덕분이죠. 난 종일 해도 안 됐는데 태비는 2분 만에 문지기를 설득해 문을 열게 했어요."

"어떻게 한 거야?"

그녀가 태비에게 물었다.

"네가 우리밖에 기댈 사람이 아무도 없는 고아인데다 암 생존자라고 그랬지."

"정말 솜씨가 끝내줬어요."

게이브가 말했다.

"데스크에 있던 간호사가 거의 눈물을 흘릴 뻔했다니까요."

"내가 병원 도깨비를 다루는 데는 일가견이 있어서요."

태비가 말했다.

"조가 하도 여길 자주 들락거려서 말이죠. 여기 음식이 좋은가 봐요."

"내가 여기 있는지 어떻게 알았어?"

"게이브가 말해 줬어."

"당신이 태비를 보고 싶어 할 거란 거 알고 있었어요."

그가 말했다.

"학생 연락처 명부에 다행히 올라가 있더라고요."

"내 연락처는 항상 올라가 있어요. 어떤 멋진 남자가 언제 내 전화번호가 필요할지 모르니까."

태비가 게이브에게 윙크하며 말했다.

"남동생 전화번호는 아무도 찾지 못했어요."

"잘했어요. 걔는 모르는 게 나아요."

조가 말했다.

"그래도 전화해야지."

태비가 말했다.

"이제 막 레지던트 과정 시작했다는 걸 너도 알잖아. 지금까지 내 건 강문제로 걔 인생을 방해한 걸로 충분해."

"조⋯⋯."

게이브가 말했다.

"알았어요. 전화할게요. 얼사에 대해서 경찰한테 들은 거 없어요?"

"아무것도 말 안 해 줬어요."

게이브가 말했다.

"지역 뉴스도 아무런 도움 안 됐고요. 강도 미수라고만 보도됐어요. 뉴스에 나오는 거라곤 남자 두 명이 현장에서 사살됐고, 아이와 여성 한 명이 총상 치료를 받기 위해 헬리콥터로 근처 병원으로 이송됐다 는 게 다예요."

"거기에 힌트가 있네요."

조가 말했다.

"얼사의 수술이 성공적인 게 틀림없어요! 어린 여자애가 강도 사건 에서 사망했다면 그 소식은 빠르게 보도됐을 거예요."

"네 말이 맞아."

태비가 말했다.

"어린아이가 처한 비극을 써먹을 수 있는 기회를 미디어가 놓칠 리 없지. 그런 뉴스가 있었으면 시카고까지 전해졌을 거야."

"게이브……."

조가 입을 뗐다.

"네?"

"지금 생각났어요……. 두 사람이 죽었잖아요. 괜찮은 거예요?"

"네."

"그 우울한 표정은 뭐예요?"

태비가 게이브의 등을 쓰다듬으며 말을 이었다.

"게이브는 영웅이야. 너랑 얼사의 목숨을 구했다고."

"아니요."

그가 말했다.

"두 사람, 나 때문에 죽을 뻔한 거예요. 내가 그때 나타나지만 않았어도 얼사는 총에 맞지 않았을 거라고요."

"그걸로 죄책감을 느낄 필요 없어요. 당신은 몰랐으니까."

조가 말했다.

"아뇨. 정말 참기 힘들어요. 얼사는 숨어 있다가 나에게 경고를 해주기 위해 나온 거예요. 얼사가 소리 지르면서 숲 밖으로 나오기 전까지 놈들이 어디 있는지 전혀 몰랐어요. 엄호해 주려고 했는데, 집 앞에 있던 놈을 상대하는 사이 뒤쪽에서 다른 놈이 나왔어요. 두 사람을 한꺼번에 막을 수는 없었어요."

"어쩔 수 없는 상황이었어요."

조가 말했다.

"당신은 아니었죠."

그가 말했다.

"경찰이랑 집에서 당신이 한 일들을 하나하나 맞춰 보았어요. 놈들이 집 안에 들어오기까지 기다렸다가 얼사를 밖으로 내보냈더군요. 얼사는 아마 무사했을 거고, 당신도 마찬가지였을 거예요. 두 사람이 숨어 있던 방문을 부수진 못했더라고요."

그가 배낭을 열어서 그녀의 휴대전화를 꺼냈다.

"당신이 숨어 있던 방에서 이걸 발견했어요. 911에 계속 연결되어 있었고, 안내원이 총격이 오가는 소리를 모두 들었죠. 그러고 나서 바로 헬리콥터를 보낸 거예요."

"네가 얼사랑 같이 그 방에 갇혀 있었다는 생각을 하면……."

태비가 한 번 더 조를 끌어안고 키스했다.

"다리는 괜찮을 거래? 깁스하지 않은 거 보니 뼈가 부러지지는 않았나 봐."

"혈관이 문제래. 간호사 말로는 괜찮을 거래. 근데 아직 의사하고는 말할 기회가 없었어. 눈을 뜨고 있기조차 힘들었거든."

"피를 많이 흘렸어요."

게이브가 말했다.

"어젯밤 당신이 정신을 잃었을 때…… 난 당신과 얼사가 죽을까 봐 정말 무서웠어요."

"얼사한테 갈 수 있으면 좋겠어요."

조가 말했다.

"애가 얼마나 놀랐겠어요."

"보여 줄 게 있어."

태비가 말했다. 그녀가 가방에서 휴대전화를 꺼내서 손가락을 이리 저리 움직이더니, 조가 볼 수 있게 화면을 높이 들었다. 교정에서 찍은 얼사의 사진과 함께 밑에는 '실종: 얼사 앤 듀프리'라고 되어 있었다.

*

"거의 하루도 빠짐없이 그 홈페이지를 체크 했었는데!"

조가 말했다.

"최근에야 신고가 들어온 모양이에요."

게이브가 말했다.

"멈추지 말고 계속해서 체크를 해야 했는데!"

"나도 그만둬 버렸어요."

조가 태비에게서 전화기를 넘겨받아 사진 아래에 적힌 정보를 읽어 내려갔다. 아이는 일리노이주 에핑엄에서 6월 6일 실종되었다. 당시 나이는 8살이었고, 지난 8월 13일에 9살 생일을 맞이했다.

"겨우 여덟 살이었다니, 믿을 수 없어."

조가 말했다.

"이제 겨우 3학년이야."

전화기를 다시 건네받으며 태비가 말했다.

"이게 정말 가능한 일인지 헷갈려요."

게이브가 말했다.

"아이랑 처음 이야기를 나눴던 밤, '경례'라는 단어를 썼었어."

조가 말했다.

"정말로 아이의 몸을 한 똑똑한 외계인일지도."

태비가 말했다. 조의 바이탈을 체크하기 위해 간호사가 병실에 들어왔다.

"언제 침대에서 일어날 수 있어요?"

조가 물었다.

"내일 아침 물리치료 시작하실 거에요."

간호사가 말했다. 그가 나간 뒤 게이브가 침대 곁으로 와서 그녀의 손을 잡았다.

"우리는 여기에 몇 분 동안만 있을 수 있다고 했어요. 가기 전에 할 이야기가 있어요."

"좋은 소식은 아니겠죠."

"맞아요. 우리한테 문제가 생겼어요. 얼사랑 같이 산 거 때문에 당신한테 더더욱."

"경찰이 그래요?"

그가 끄덕였다.

"좀 심각해요, 조."

그가 그녀의 손을 세게 쥐었다.

"당신이 회복도 하지 못한 상태에서 이런 말 하기는 싫지만 해야만 돼요. 변호사가 있으면 연락하세요. 아동 위해 혐의로 입건될지도 몰라요."

아동 위해라니, 말도 안 되는 소리였다. 그녀가 한 일이라고는 방치된 어린아이에게 음식과 쉴 곳, 그리고 사랑을 준 것뿐이었다.

그날 밤 조는 얼사가 별이 뜬 하늘 아래에서 달리는 모습을 떠올렸다. 총성이 울리고 또 울리고, 얼사가 비틀거리더니 땅에 쓰러졌다. 이 모든 것은 조가 아이를 경찰에 넘기지 않았기 때문이다.

그녀는 팔로 얼굴을 감싼 뒤 흐느꼈다.

31

다음 날 아침 누군가가 병실 문을 두드렸다. 조는 '들어오세요'라고 말하며 붕대를 감은 다리를 환자복으로 가렸다. 게이브나 태비일 거라고 생각했다. 두 사람은 지난밤 병원 근처 호텔에서 묵었기 때문이다. 뜻밖에도 그녀의 지도교수가 들어왔다.

"언제쯤 총에 맞아서 죽을 뻔했다고 얘기할 생각이었어?"

쇼가 물었다.

"가능하기만 하면 아예 안 하려고 했죠. 끝도 없이 이어지는 내 불행하고 우울한 스토리에 지치실 만도 하시잖아요."

"그렇지 않아. 좀 더 일찍 알았다면 이것저것 재지 않고 곧장 달려왔을 거야."

그가 장신을 그녀 앞에 있는 의자에 접어 넣으며 말했다.

"동생이 왔나?"

"어젯밤에 통화했어요. 오고 싶어 했는데, 난 정말로 괜찮고 오면 화 낼 거라고 했죠."

"정말로 괜찮다고?"

받침대에 올려놓은 다리를 보며 교수가 말했다.

"그럼요. 근데 어떻게 알고 오셨어요?"

"조지 키니 교수님께 들었어. 교수님 자택에서 일어난 일이라 경찰이 연락했었다는군."

"정말 놀라셨겠어요. 자신의 집에서 총격전이 벌어지고 두 사람이 목숨을 잃었으니."

"타이밍이 안 좋았어. 사모님께서 그날 밤에 돌아가셨거든."

"린 사모님이 돌아가셨어요?"

쇼의 흰색 눈썹이 의아한 듯 위로 솟았다.

"린을 개인적으로 알아?"

"아뇨……. 잘 몰라요."

그가 잠시 그녀를 살폈다.

"키니 교수님 말로는 그날 교수님이 아는 사람을 학교에 데리고 왔다고 하던데. 개브리엘 내시라고 하던가?"

조가 끄덕였다.

"제 짐을 새 집으로 옮기는 걸 도와줬어요."

"그 사람이 옆집에 살고 있다고 하던데. 교수님과 그 집 가족이 오래 전부터 알던 사이라고 하더군."

그는 조가 어떻게 게이브를 알게 됐는지 설명할 것을 기다렸지만 그녀는 침묵했다.

"교수님이 그러시는데 그 사람이 네 목숨을 구했을지도 모른다고 하더라."

"누군가 제 눈앞에 총구를 겨누었고, 그 사람이 방아쇠를 당기기 전에 게이브가 총을 쏜 건 맞아요."

"맙소사!"

쇼 교수가 하얗게 센 비단결 같은 머리카락을 쓸어 넘기며 말했다.

"그 사람 만나서 고맙다는 인사를 해야겠어."

"바라는 대로 되실지도요. 곧 이리로 올 거예요."

"내가 그만 일어서야 하나?"

"아뇨. 방문객이야말로 병원 생활을 견디게 해 주는 힘이라고요."

"효과 좋은 약물이 그러는 줄로만 알았는데?"

"약물 차례는 지나갔어요. 이제 끊었거든요."

"잘은 모르겠지만 놀라운 소식은 아닌데?"

그가 의자 등받이에 편안히 몸을 기댔다.

"그 꼬마 여자애도 잘 있다고 들었어."

"그렇대요?"

"소식 못 들었어?"

"전혀요. 내게 아무 얘기를 해 주지 않아요."

"중환자실에 있는데 위험에서는 벗어났어. 견뎌 낼 걸로 보고 있던데."

눈앞에 지도교수가 없었다면, 조는 안도의 울음을 터뜨렸을 것이다.

"경찰이 키니 교수님께 왜 그 남자들이 아이 뒤를 쫓아갔는지 얘기하던가요?"

쇼가 다시 몸을 꼿꼿이 세웠다.

"사고로 다친 거 아니었어?"

"아이를 죽이려고 쫓아왔다고 거의 확신해요."

"경찰한테 알렸어?"

"모든 걸 다 말했죠."

"경찰이 조지 교수님한테는 강도일 거라고 했다던데."

"제 생각엔 범죄 수사를 벌이면서 철통 보안을 지켜야 하니까 그랬을 거예요. 모든 건 에핑엄에서 일어난 일과 관련 있어요. 거기에서 나온 형사가 제게 여러 가지 질문을 했고요."

쇼의 푸른 눈이 뚫어질 듯 그녀를 쳐다보았다.

"조지 교수님 말로는, 경찰이 그 여자애가 그 집에 살고 있는 걸 알고 있었는지 물었다더군."

조는 거기에 대해 할 말이 없었다.

"사실이야?"

"네."

그가 다시 머리를 쓸었다.

"아마 그것 때문에 큰 곤경에 처한 거 같아요."

"대체 무슨 생각이었던 거야?"

"아이가 너무 안됐어서요. 어느 날 밤 더러운 잠옷을 입고 쫄쫄 굶은 채로 집 앞에 나타났어요. 신발도 신고 있지 않았고요."

"생각나. 네 샌들을 신고 있었지."

"다음 날 경찰서에 신고했는데 경찰이 왔을 때 숲속으로 도망쳐 버렸어요."

"근데 그건……. 보자, 한 달도 더 된 얘기잖아?"

"네."

그가 조의 설명을 기다렸다.

"아이가 위탁 가정에 맡겨지는 게 못 견디게 싫었어요. 하도 나쁜 얘기들이 많아서……."

"아이의 부모가 아이를 찾고 있는 게 아니란 걸 어떻게 확신했나?"

"만약 그랬다면, 경찰에 먼저 신고했을 거예요. 처음 몇 주간은 하루도 빠지지 않고 인터넷을 체크했어요. 그리고 그때쯤엔……. 미친 소리로 들릴 거라는 거 알아요, 그런데 아이한테 진심으로 정이 들어 버렸어요. 아이의 위탁모가 될 생각까지 했어요."

"세상에, 조, 이 험한 세상을 살아가기에 넌 마음씨가 너무 고운 게 탈이야."

"만일 제가 입건된다면 학교에도 문제가 생기겠지요?"

"그럴 수 있지."

"대학원에서 쫓겨나게 될까요?"

"지금의 핫바지 학과장 체제에선 아무것도 장담할 수 없어."

그는 비탄에 빠진 그녀의 모습을 보고 덧붙였다.

"나라도 네 편을 들 거야. 네가 그동안 겪은 일을 잘 아니까. 그리고 그게…… 네가 한 일에 영향을 미쳤을 거라는 걸."

왜 모든 사람은 그렇게 생각하는 걸까? 그녀는 입을 꼭 다물었지만, 엄마가 살아 계시고, 가슴과 난소를 제거하지 않았다고 해도 지금과 다른 결정을 내리지 않았을 것이라고 말하고 싶었다. 얼사도 지금과 똑같이 사랑했을 것이다.

"연구를 마무리하는 데 도움이 필요하지 않겠어?"

쇼는 그녀가 동요하는 것을 보고 주제를 바꿨다.

"사실대로 말하면 둥지 관찰 기록표랑 컴퓨터, 그리고 그 집 안에 있는 다른 모든 게 걱정돼 죽겠어요."

"나도 똑같을 거야. 머리가 몸에서 잘려나가도 내 뇌는 내 데이터를 걱정하고 있을 거야."

"정말 그래요."

"세인트루이스에서 출발하면서 곧장 키니 교수님 댁으로 가 볼게. 키를 가지고 있어."

"열쇠로 따고 들어가야 할 문이 남아 있지 않을 거예요."

"맙소사, 한번 가봐야겠어."

"범죄 현장 아니에요? 들어가실 수 있을까요?"

"어쩌면 경찰 도움을 받아야 할지도 모르겠군. 기록표는 찾기 쉽겠지?"

"책상 위에 '둥지 관찰'이라고 표시해 둔 폴더 안에 있어요."

"그렇다면 찾기 쉽겠군."

"책상 위에 노트북과 쌍안경도 있어요. 그것도 학교로 가지고 가셔서 안전한 곳에 보관해 주실 수 있으세요?"

"그렇게 하지. 그런데 물어볼 것이 있는데······. 활동성 둥지 관찰을 우리가 마무리 지어도 되겠어?"

"되다마다요. 그러면 정말 감사하지요! 근데 그럴 시간 없으시잖아요."

"난 그렇지."

그가 부러진 적이 있었던 관절염을 앓고 있는 왼쪽 팔꿈치를 손으로 비볐다. 하기 힘든 말을 꺼낼 때 보이는 행동이었다.

"네가 병원에 있는 동안 태너와 칼라가 내려와서 둥지를 봐 주겠다더군."

"근데 그 집에서 지낼 수가 없잖아요. 말씀드렸지만 문이 다 부서졌고, 아마 범죄 현장으로 치부될 거예요."

"근처에서 캠프를 치겠대."

아마 조와 태너가 흐르는 강에서 사랑을 나눴던 곳일 것이다. 그곳은 그가 우연히 대학원생들을 따라왔다가 나중에 아끼는 캠프장소가 되었다.

"그 두 사람, 정말 시간을 낼 수 있대요?"

"농담이지? 연구가 끝나면 학생들은 논문을 쓰는 일을 피할 수 있다면 뭐든 할 거란 걸 잘 알잖나. 그 녀석들 말로는 어차피 캠핑을 갈 계획이었대."

"일하는 휴가를 원한다는데, 기쁘게 도와주지요."

"칼리가 네 조사지를 알고 있어, 자기가 예전에 조사한 곳이랑 많이 겹친다는군."

"귀찮으면 관찰 카메라는 제거해도 돼요. 폴더 안에 있는 지도에 알아보기 쉽게 표시해 놨어요."

"당연히 그랬겠지."

그가 말했다.

"그걸 복사해서……."

그때 방문을 노크하는 소리가 들렸다.

"들어오세요."

조가 말하자, 게이브가 들어왔다.

"미안해요. 이따 다시 올게요."

그가 쇼를 보더니 이내 말했다.

"아니에요. 가지마요. 게이브, 내 지도교수님인 쇼 대니얼스 교수님이세요. 교수님, 이쪽은 개브리엘 내시예요."

쇼가 자리에서 벌떡 일어나 게이브와 악수를 나눴다.

"만나서 반갑네!"

그가 말했다.

"조를 도와줘서 고맙네. 조의 목숨을 구했어! 그리고 그 꼬마 아가씨 목숨도!"

부정하지 않았지만 게이브의 눈에는 죄책감이 비쳤다. 조는 쇼 교수가 게이브의 얼굴에서 조지 키니 교수를 알아보는 기색이 없는지 살폈다. 닮은 점을 눈치챘는지도 모르지만, 그의 반응으로는 잘 알 수 없었다.

"아까부터 기다리고 있었어요."

조가 말했다.

"태비는요?"

게이브가 쇼를 곁눈질했다.

"태비는…… 선물 가게예요."

"네? 말도 안 되게 비싼 거 사오면 안 되는데!"

쇼는 과장되게 이마에서 땀을 닦는 시늉을 했다.

"'쾌유를 빕니다'라고 적힌 풍선을 안 사길 정말 잘했군!"

"지금 '풍선만 빼고'라고 말하려는 참이었는데요."

"이런!"

그가 몸을 굽혀 가볍게 그녀와 포옹했다.

"이제 그만 가봐야겠어. 키니 교수님 댁에 가서 네 데이터와 컴퓨터가 무사히 있는지 확인해볼게."

"잘 보이지 않게 데이터 파일은 제가 책상 서랍 안에 넣어 두었습니다. 노트북과 쌍안경은 저희 집에 가져다 두었고요."

게이브가 말했다.

"이 친구 마음에 들었어."

쇼가 조에게 말했다.

"이 친구는 과학자처럼 데이터 보호에 신경 쓰는군."

"저한테 옮았나 봐요."

게이브에게 미소 지으며 조가 말했다.

"또 만나세."

그가 다시 한번 게이브의 손을 잡으며 말했다.

"언제 맥주 한 잔 하자고. 내가 살 테니."

"좋습니다."

게이브는 조가 지금까지 봤던 그 어떤 때보다 처음 보는 사람과 있으면서 편안해 보였다. 태비와 시간을 보내고 나면 사람들은 이렇게 변하곤 했다.

"좋은 분 같아요."

쇼가 방에서 나가자 게이브가 말했다.

"정말 그래요. 다른 PhD 과정에 지원하는 대신 일리노이대학에 남은 것도 교수님 때문이에요. 교수님하고만 일하고 싶었거든요."

그녀가 그를 향해 팔을 올렸다.

"이리로 와서 내게 키스해 줘요."

"내가 다시금 수염을 밀고 치명적이게 되었기 때문에 그러는 거죠."

"잘 아시네요."

그들은 거치대에 올려놓은 그녀 다리 위에서 키스를 나누었다.

"침대에서 일어날 수 있게 돼서 정말 다행이에요."

"나도 그렇게 생각해요. 대체 태비는 어떻게 된 거예요? 개가 선물

가게에 있다고 말할 때 왜 그렇게 불안해 보인 거예요?"

"정말 놓치는 게 없군요, 그렇죠? 얼사 같아요. 두 사람 옆에 있으면 마음대로 한 발짝도 못 움직인다니까요."

"어디로 움직이려고 했는데요?"

"몰라요, 시도조차 해 본 적 없어서."

그가 의자에 앉았다.

"음……. 태비 일 말인데요……."

"설마."

"맞아요."

"맙소사, 도대체 지금 뭐 하고 있나요?"

"태비한테 이런 일이 자주 일어난다는 느낌을 방금 받았는데요."

"지금 뭐하는데요?"

"우리가 묵은 호텔 직원실에서 청소복을 훔쳐서……."

"뭐라고요?"

"태비가 정식으로 보여야 한다고……."

"뭘 정식으로 보여야 하는데요?"

"지금 선물 가게에서 얼사 선물을 사고 있는데, 꽃집에서 배달 나온 척할 거예요. 얼사를 보러 가려는 거예요."

"얼사는 집중치료실에 있어요. 문이 잠겼을 거라고요."

"저도 말리려고 했어요."

그가 말했다.

"태비가 어떤 일을 벌일 때는 아무도 못 말려요. 태비가 병원에 몰래 양을 데리고 들어온 적 있다고 말하던가요?"

"잠깐, 지금 양이라고 했어요?"

"네. 수의학과에서 대형 동물 전문이거든요. 연구에 사용하는 가축 중에서 양 한 마리가 어미를 잃는 바람에 태비가 젖병으로 우유를 먹이면서 키웠어요. 내가 자신이 돌보는 가축 새끼들을 좋아한다는 걸 기억하고 우유와 함께 그 양을 차에 태우고 시카고로 와서, 내가 가슴 절제 수술하고 누워 있는 병실에 몰래 데리고 들어왔다니까요! 숄더 백에서 조그만 양을 꺼내서 내 침대에 올려놓고 젖병을 내밀면서 '젖 꼭지가 다 무슨 소용이야? 우유를 줄 수 있는 다른 훌륭한 방법들이 있는데'라고 말했어요."

게이브는 다른 쪽을 보며 눈을 깜박거렸다.

"그래요. 난 그때 아이처럼 울었어요. 처음에 태비는 내가 화가 나서 그런 줄 알았어요. 하지만 정말 좋았어요. 그건 지금껏 태비가 했던 여러 가지 정신 나간 일 중에서 가장 멋진 일이었죠."

"어젯밤 병원을 나가면서 태비가 날 끌고 어디론가 갔어요."

그가 말했다.

"탐험해 보자고 하면서 결국 우리는……."

"이상한 곳에 가게 됐군요."

"맞아요!"

"내가 맞춰 볼게요. 히피스러운 마사지 숍? 일본식 가라오케 바?"

"태비가 그런 데 데리고 다녔어요?"

"시카고에서요. 엄마가 많이 편찮으실 때 태비가 날 억지로 데리고 나와서 이상한 일들을 시켰어요. 나의 우울한 작은 나라의 국경을 벗어나면 크고 멋진 세계가 있다는 걸 기억해야 한다면서. 토씨 하나 안 틀리게 이렇게 말했어요. 전 항상 태비가 소설가가 돼야 한다고 생각해요."

"맞아요. 수의학자는 왠지 태비랑 안 어울려요."

"걔가 도시의 아파트에서 자랐다는 걸 알면 더 그런 생각이 들걸요. 풀포기에 발이 닿은 적도 없었던 애가 소, 말, 양을 돌보게 생겼으니 말이에요. 태비 아빠는 자동차 정비소를 운영하시는데, 딸내미를 보면서 코미디가 따로 없다고 생각하시죠."

"화나신 거예요?"

"아뇨. 제 말은 정말로 코미디요. 좋으신 분이에요. 독특한 구석이 있으세요. 태비 엄마랑 이혼하신 뒤에 태비와 여동생을 홀로 키우셨어요."

"태비 같은 캐릭터를 우리 아빠도 정말 좋아하셨을 거예요."

"어제 어디로 데리고 갔었는지 얘기해 줘요."

"제일 먼저 퍼블릭하우스라는 웨일스풍 식당에 가서 모르는 사람들과 합석해서 먹고 마셨어요."

"우와, 그거 괜찮았어요?"

"믿기 힘들겠지만 재밌었어요. 거기서 정말 착한 남자 두 명을 만났는데……. 그렇게 해서 게이 바에 가게 됐지요."

"정말 태비다워요!"

"뭐가 태비다워?"

태비가 문에 머리를 빼꼼히 내밀고 말했다. 그러고 나서 방 안으로
들어왔는데 푸른색 청소직원용 셔츠를 입고 있었다.

"얼사 봤어요?"

게이브가 물었다.

"거의 그럴 뻔했죠."

그녀가 침대에 걸터앉았다.

"집중치료실 안으로 들어갔단 말이야?"

조가 묻자, 그녀가 고개를 끄덕였다.

"풍선이랑 인형을 사서 카드에 '얼사, 우린 너를 사랑한다! 빨리
회복해!'라고 적었지. 그 다음에 '사랑을 보내며, 조, 게이브, 태비가'라
고 사인했어. 참고로 인형은 태비 고양이었어. 정말 기발하지 않아?"

"얘기 계속해!"

조가 재촉했다.

"그래서 병원 안내 담당 직원한테 갔는데 명단에 얼사가 없다고 하
더라고. 내 인형을 보더니 환자가 아이냐고 묻더라. 내가 그렇다고 하
니까 그럼 아마 여기서 몇 블록 떨어진 곳에 있는 어린이 병원에 있을
거라고 하더라고. 나대신 확인까지 해 줬는데 거기에도 명단에는 얼
사가 없었어."

"그것 참 이상하네."

"나도 그렇게 생각했지. 그래서 이 병원에 있는 집중치료실을 둘러보려고 갔는데 문이 잠겨 있었어. 그래서 기다렸더니 간호사 한 명이 휠체어에 탄 남자랑 나오는 거야."

"너, 설마."

"맞았어. 달려갔지. 내가 거기 있으면 안 되는 걸 누가 눈치채기 전에, 얼사를 찾으러 돌아다녔어. 그런데 그때 아이가 있는 방을 본 거야."

"어떻게 알았어요?"

게이브가 말했다.

"문 앞에 경찰이 지키고 있었거든요."

"경찰이라고?"

조가 말했다.

"거기 얼사가 있는 게 확실해요?"

게이브가 말했다.

"그쪽으로 가기 직전에 간호사가 날 잡고 누군지 물었어. 난 얼사 듀프리에게 줄 선물을 가지고 왔다고 했지. 인형이랑 풍선을 직접 전해주고 노래를 불러줘야 한다고 그랬어. 경찰이 지키고 있는 게 얼사라는 확신이 들어서 그쪽으로 잽싸게 걸어갔어. 그랬더니 간호사가 '저여자 잡아!'라고 소리 지르는 거야. 그래서 어떻게 됐게?"

"맙소사."

조가 신음했다.

"맞아. 경찰이 나한테 총을 꺼내 들더라. 어떤 보안사무실로 끌려가서 어떤 방인지 어떻게 알았냐고 질문을 퍼부어 댔어. 그 말인즉슨, 그 방이 진짜 얼사의 방이라는 거지. 아마 경찰이 너무 뻔하니까 얼사를 어린이 병원에 데려다 놓지 않은 걸 거야."

"무슨 거짓말을 하고 보안실을 빠져나왔어?"

조가 물었다.

"안 했어. 거짓말을 하는 게 너무 위험해서. 그 사람들한테 너를 통해서 얼사를 알고 있고, 병원에서 얼사를 못 보게 막아서 화가 났다고 다 털어놓았어. 몰래 들어오려고 그런 계획을 꾸몄다고도 인정했고."

"그래서 어떻게 됐어?"

"내 이름이랑 주소를 적어갔는데 그냥 겁주려는 거야. 한 번 더 그러면 체포할 거래."

"정말 믿을 수가 없어."

조가 말했다.

"얼사가 경찰 보호를 받고 있다니."

"난 믿겨요."

게이브가 말했다.

"나도."

태비가 몸을 숙이면서 나지막한 목소리를 말했다.

"얼사 듀프리 몸 안에 외계인이 들어간 걸 정부가 알게 된 거야!"

32

조는 집중치료실 대기실에 있는 잡지란 잡지는 모조리 살펴보았다. 심지어 그녀의 평화주의자이자 원예가인 엄마가 흥미를 보이셨을 『원예와 총기』까지도. 그녀가 가장 좋아하는 자리는 가까운 붕대를 감은 다리를 탁자에 올려놓고 휴대전화를 충전할 수 있는, 콘센트 바로 옆 좌석이었다. 그녀는 목발을 짚고 방 안을 돌면서 매시간 빠지지 않고 운동했다. 대기실 안 장애인용 화장실에서 씻고 이를 닦고 소파에서 잠을 잤다. 게이브가 가져다주는 음식으로 끼니를 때웠다. 그는 여전히 인근 호텔에 묵으면서 매일 밤 호텔방에서 그녀 대신 빨래를 하고 말려 주었다.

태비도 조의 연좌 농성에 동참하고 싶어 했지만 더는 하고 있는 일을 제쳐 둘 수가 없어 함께하지 못했다. 게이브는 조가 그만두길 바랐다. 그는 경찰이 절대 얼사를 그녀에게 보여 주지 않을 거라고 말하며 설득하려 했지만 조는 받아들이지 않았다. 그녀는 다시 얼사를 만나야 했다. 얼사도 그녀를 보고 싶어 할 것이라는 생각에는 의심의 여지가 없었다.

조의 농성이 입소문을 타고 병원에 퍼졌다. 세 번째 날에는 그녀의 담당 의사가 내려와 대화를 시도했다. 그는 스트레스로 인해 감염될 위험이 있고, 너무 오래 앉아 있으면 혈전이 생길 수도 있다고 경고했다. 같은 날 병원 보안팀에서도 찾아왔다. 그들은 그녀에게 떠나라고 말했지만 그녀는 얼사를 보기 전까지는 갈 수 없다고 버텼다. 그들은 경찰을 불러 물리적으로 끌고 나갈 것이라고 했지만 아직 그런 일은 일어나지 않았다.

조는 얼사가 있는 집중치료실로 향하는 복도를 지나가는 사람들을 하나도 빠지지 않고 지켜봤다. 그리고 문을 통과하는 경찰과 공무를 보러 온 것처럼 보이는 사람들을 기록했다. 흰색 하이라이트가 있는 아프로 헤어스타일의 여성이 자주 방문했고, 조는 그녀가 법원이 지정한 변호사일 것으로 추정했다. 그 여성은 집중치료실 문이 열리기를 기다리면서 종종 조를 쳐다보았다. 처음에는 차갑게 조를 재단하는 듯한 눈빛이 삼일 째가 돼서는 그녀의 끈기를 마지 못해서나마 인정하는 모습으로 바뀌었다.

그녀의 연좌 농성이 나흘째가 되던 날, 게이브가 점심을 가지고 찾아왔다. 눈 밑에는 다크서클이 생겼고 광대뼈도 이전보다 더 튀어나와 있었다. 그는 누나와 엄마와 연락을 주고받으면서 조가 입원하고 며칠 후에 퇴원했다는 사실은 비밀로 했다.

게이브가 가방을 벗고 그녀 옆에 앉았다. 그가 흰색 봉투를 건네며 말했다.

"통밀빵에 칠면조, 프로볼로네치즈, 아보카도, 양상추가 들었어요."

"당신은 안 먹어요?"

"배 안 고파요."

"당신은 집으로 돌아가면 좋겠어요."

"당신이 이 말도 안 되는 짓을 그만 두면 좋겠네요."

그가 말했다.

"그럴 수가 없어요."

"엘사는 이제 여기 없을지도 몰라요. 분명 다른 데로 데리고 갔을 거예요."

"아직 저 안에 있는 게 틀림없어요. 아프로 머리를 한 여자 분이 한 시간쯤 전에 들어갔어요."

"그 사람이 엘사랑 관계있는지 알 수 없잖아요!"

"분명 관계있어요. 항상 날 쳐다봤다고요."

"모든 사람이 다 그래요. 지금 이건 미친 짓이니까요. 여기서 나가서 변호사를 알아봐야 한다고요."

"변호사 필요 없어요."

게이브는 반박하는 대신 머리를 절레절레 흔들고 시선을 돌렸다.

"빨래 가지고 왔어요?"

"네, 근데 아직 축축해요."

그녀가 샌드위치를 먹을 동안 그는 눈을 감고 의자에 등을 기댔다. 조가 그의 뺨에 키스했다.

"당신의 새들한테 돌아가고 싶지 않아요?"

그가 눈을 감은 채로 물었다.

"목발을 짚고 갈 수 없고, 태너와 칼리가 나대신 조사를 마무리 해 주기로 했어요."

그가 눈을 뜨고 그녀를 바라보았다.

"그 사람들이 제대로 하는지 가서 확인하고 싶잖아요."

"태너는 제대로 할 수밖에 없어요."

"왜요?"

"내 둥지들을 이용해서 쇼 교수님한테 다시 잘 보이려는 속셈이거든요. 내가 암 진단을 받은 직후에 전염병 보균자라도 되는 것처럼 날 버렸을 때 교수님이 열 받으셨어요."

"그 사람이 그렇게 했다는 게 아직 안 믿겨요."

"난 믿겨요. 태너는……."

집중치료실 문이 열렸다. 조는 아프로 머리를 한 여자의 날카로운 눈을 마주 보았다. 그녀가 입은 옅은 회색 스커트와 복숭아색 블라우스는 그녀의 갈색 피부와 잘 어울렸다. 몸매는 레이시와 비슷해서 건장하고 힘세 보였지만 키는 그만큼 크지는 않았다. 그녀는 곧장 조와 게이브를 향해 걸어왔다.

"조애나 틸, 맞으시죠?"

"네."

"그리고 이쪽은 개브리엘 내시겠네요."

그들 앞에 멈춰서 그녀가 말했다.

"네."

그의 성대가 긴장으로 팽팽해졌다.

"그러니까…… 여기에서 기다린 지 얼마나 됐죠?"

그녀가 팔짱을 끼고 조를 내려다보았다

"4일 째예요."

"그것도 수술 직후에요. 당신도 애만큼 고집이 대단하시네요."

"얼사요?"

조가 말했다.

"그럼 누구겠어요? 지금까지 이렇게까지 고집 센 아이는 본 적이 없어요."

"어떤 기분인지 잘 알아요. 저도 한동안 아이의 황소고집을 꺾으려다가 결국엔 실패했어요."

"이 이야기를 처음 들었을 때 당신이 한 일을 믿을 수가 없었어요. 한 달 동안이나 어떻게 아이를 경찰에 데려다주지 않을 수가 있어요? 그게 얼마나 잘못된 건지 정말 몰랐어요?"

"잘못된 거란 거 알았어요."

"근데 외계인이 당신 머리 안으로 들어 온 거죠. 자신의 능력으로,

맞죠?"

"아직 자기가 외계인이라고 그러나요?"

"그러고말고요. 아이의 별에 대해서 저도 다 알아요. '헤트라예'가 그 별 이름이고 거기 사람들의 피부가 별빛처럼 보인다는 이야기요."

"다섯 가지 기적 이야기도 했어요?"

"물론이죠. 다섯 번째 기적이 일어났는데도 아이가 왜 자기 별로 안 돌아갔는지 아세요?"

"어떻게 설명하던가요?"

"당신이 자길 사랑한다는 걸 알게 되고 나서 이곳에 남기로 결심했 대요. 다섯 번째 기적 때문에 돌아갈 필요가 없어진 거죠."

조는 다른 쪽을 쳐다봐야만 했다. 아프로 머리의 여자는 조가 안정 을 되찾기를 기다렸다.

"비밀 하나 알려드릴까요? 헤트라예(Hetrayeh)를 거꾸로 말해보세요."

*

조와 게이브는 의아한 눈길로 서로 마주 보았다.

"쉽지 않죠?"

여자가 말했다.

"보통 머리를 가진 사람들은 시간이 꽤 걸리죠."

"얼테(Eyarteh)?"

게이브가 말했다.

"쓰(th) 소리는 사이에 모음을 집어넣으면 안 나요. 그걸 맨 끝에 가져다 놓아 보세요."

"어스(Earth)!"

조가 말하자, 여자는 고개를 끄덕였다.

조는 얼사의 이름을 거꾸로 발음해 보았다.

"얼사 앤 듀프리(Ursa Ann Dupree)가 이어푸드 나 아스루(Earpood Na Asru)였어."

"맞아요. 아이는 그걸 순식간에 할 수 있어요. 아이한테 책을 주면서 읽어 보라고 하면 그대로 읽는 것만큼 빠른 속도로 거꾸로 읽을 거에요."

여자가 어리둥절한 표정을 짓고 있는 조와 게이브를 보고 미소 지었다.

"네, 그 앤 외계인이 아니에요. 어떤 면에서는 그렇기도 하지만요. 외계인보다는 천재에 가깝죠. 1학년인데도 아이큐가 160 이상으로 나왔어요."

"그걸로 많은 의문점이 해결되었네요."

조가 말했다.

"그렇죠?"

그녀가 조에게 손을 내밀었다.

"아동가족복지부에서 나온 레노라 로즈라고 해요."

조와 게이브는 번갈아 가며 그녀와 악수를 나눴다.

"얼사가 도망친 날 밤 무슨 일이 일어났는지에 대해 입을 열게 만드는 불가능한 임무를 맡았죠."

"아무런 얘기 안 했어요?"

레노라는 의자를 당겨서 그들 앞에 앉았다.

"얼사가 오직 조, 당신에게만 말하겠대요. 닷새 동안 우리가 갖은 노력을 다 했지만 아이가 무조건 당신이어야만 한대요."

"똑똑하네요."

게이브가 말했다.

"너무 똑똑한 바람에 머리카락이 다 뽑힐 지경이에요."

레노라가 말했다.

"당신의 도움을 받는 조건으로 내가 알고 있는 걸 말씀드릴게요."

조가 말했다.

"먼저…… 아이에게 가족이 있어요?"

"알려진 아이의 친척이라고는 트레일러에 사는 마약 중독자 할머니와 알츠하이머 때문에 시설에서 지내는 할아버지뿐이에요. 행방이 묘연한 삼촌이 있기는 한데 경찰에 수배 중이에요."

"아이가 갈 데가 아무데도 없다면 아이의 위탁모가 될 수 있는 절차를 밟고 싶어요."

"서두르지 마세요. 한 번에 한 발짝씩 나가자고요. 아이랑 얘기하는데 동의하세요?"

"물론이에요. 혹시 아이 부모한테는 무슨 일이 일어났는지 아세요?"

레노라는 아무도 그들의 말을 듣고 있지 않다는 것을 확인하려는 듯, 주위를 둘러본 뒤 상체를 앞으로 숙였다.

"그 부모에 대해서는 모든 걸 알고 있어요. 두 사람 다 켄터키주 퍼듀카 출신이에요. 얼사는 아마 아빠인 딜런 듀프리에게 똑똑한 머리를 물려받았을 거예요. 성공가도를 향해 달리다가, 왜 있잖아요, 하는 일마다 잘 되는 그런 학생이요. 2학년 때 포샤 윌킨스를 만나고 나서 나락의 길로 접어들었어요. 그 고등학교에서 가장 똑똑한 학생 하나가 가장 문제아와 엮이게 된 거죠. 포샤는 정말 예쁘장했대요. 아마 그래서 그렇게 된 거겠죠."

"아니면 포샤도 자기만큼 똑똑해서 딜런이 빠진 건지도 모르지요. 똑똑한 아이들 상당수가 문제를 겪잖아요."

조가 말했다.

"맞아요. 이유야 어찌 됐든 딜런은 포샤를 만난 이후부터 내리막길을 걸었어요. 술과 마약에 손을 대고 성적도 떨어지고 종종 문제를 일으켰어요. 2학년과 3학년 사이 여름방학에 포샤가 임신을 했어요. 양가 반대로 아이를 잃을 위기에 처하자 딜런과 포샤는 달아났죠. 히치하이킹을 해서 켄터키 밖을 빠져나가서 일리노이주 에핑엄에 정착하게 된 거예요."

"두 사람, 결혼은 했어요?"

조가 물었다.

"네, 얼사가 태어난 후에요. 포샤는 웨이트리스를 하고 딜런은 일용직에 종사했어요. 얼사가 두 살이 됐을 때, 두 사람의 월급을 합친 돈으로 괜찮은 아파트로 이사 갈 수 있었죠. 그때까지만 해도 체포된 기록이 없어요. 그런데 우리가 추정하기로는 딜런과 포샤는 주기적으로 술과 마약을 했어요."

"무슨 근거로요?"

조가 물었다.

"딜런이 익사했는데 몸 안에서 다량의 마약이 검출됐거든요. 그게 얼사가 다섯 살 때 일이에요."

"불쌍한 것……."

게이브가 중얼거렸다.

"함께 물놀이를 갔던 친구들이 딜런이 마약에 취한 상태로 수영을 했다고 증언했어요. 얼사는 그때 약에 취한 엄마와 함께 강가에 있었어요."

그때 한 커플이 엘리베이터에서 내리자 레노라가 말을 멈추었다. 그들이 집중치료실 안으로 사라지고 나서야 다시 입을 열었다.

"딜런이 가족을 결속시키는 역할을 했는데 그의 죽음으로 모든 게 붕괴되고 말았어요. 그 뒤 3년 동안 포샤는 계속 문제를 일으켰죠. 웨이트리스 일도 계속 잘리고, 마약과 관련해서 경범죄로 처벌받고, 가짜 수표를 발행해서 조사도 받았어요. 음주운전으로 적발된 뒤 면허도 잃었고요. 얼사가 2학년 때 학교에서 포샤를 상대로 아동방임 혐의를 조사했어요. 매일 더러운 옷을 입고 등교를 하고 방과 후에도 학교에 남아서 시간을 때우는 게 한두 번이 아니었거든요. 아이의 행동이 점점 이상해졌는데…….”

“똑똑한 아이들은 종종 이상한 걸로 간주돼요.”

조가 말했다.

“그 가능성에 대해서도 조사했어요. 근데 아이가 자주 수업을 방해하고 강박적으로 책을 거꾸로 읽고 손을 들어서 교사에게 비현실적인 이야기를 했어요.”

“지루했었나 봐요.”

게이브가 말했다.

“그 정도의 아이큐를 겸비한 사람한테 2학년 수업을 들으라고 한다면 어떨지 상상이 가세요?”

레노라가 미소 지었다.

“두 분이 아이를 적극적으로 변호하시는 모습이 보기 좋아요. 하지만 아이의 그런 행동은 가정에서 스트레스를 받고 있다는 신호일 때가 많아요. 사회복지사들이 가정 상황을 조사하면서 얼사가 기본적으로 모든 걸 스스로 한다는 인상을 받았어요. 맥앤치즈 같은 간단한 요리를 할 줄 알고, 누구의 도움 없이 숙제를 하고, 등교 준비를 하고, 버스를 타러 갔어요. 옷이 더러웠던 건 혼자서 빨래방에 갈 수는 없었기 때문이었어요. 딜런이 죽고 난 뒤 포샤는 세탁기와 건조기가 없는 값싸고 지저분한 아파트로 옮겨야 했거든요.”

"사회복지사들이 아이를 엄마로부터 분리하는 것을 고려했나요?"

조가 물었다.

"상황이 최악일 경우에만 그런 조치가 취해져요. 당시 상황이 편모 가정에서 벌어지는, 이례적인 일이 아니라고 판단한 거예요. 하지만 그 사람들이 간과한 것이 있었죠. 얼사에게 엄마의 술버릇과 약물 복용에 관해 물었을 때 얼사가 거짓말을 했다는 사실이에요. 그때 포샤 의 약물 중독 증상은 몸을 팔아서 약값을 댈 정도로 심각했거든요. 술 집 겸 레스토랑에서 웨이트리스로 일하면서……."

"잠깐만요, 그 레스토랑이라는 곳 이름이 어떻게 되죠?"

조가 물었다.

"총격전이 일어난 날 당신들이 들린 그 장소는 아니에요."

"그것까지 알고 계세요?"

"모든 걸 알고 있다니까요."

레노라가 말했다.

"우린 얼사가 그 레스토랑에 간 적이 있을 거라고 생각하지만, 엄마 가 일한 곳이기 때문이 아니에요. 포샤가 마지막으로 일한 곳은 마약 투여에 도움을 줄 남자들을 만날 수 있는 험한 장소였어요. 포샤는 운 전면허가 없기 때문에 동료 웨이트리스가 출퇴근을 도와줬는데, 6월 어느 날 포샤를 데리러 아파트에 갔을 때 아무런 기척이 없었다고 해 요. 포샤가 이틀 동안 무단결근을 하자 그 친구가 집주인을 설득해서 아파트 안으로 들어갔어요. 그 안에 얼사를 데리고 친구랑 위스콘신

주로 여행을 갔다 오겠다는 쪽지가 냉장고에 붙어 있었어요."

"그때가 학기가 끝난 시점이었나요?"

조가 물었다.

"네, 방학을 한 건 맞아요. 그런데 그 웨이트리스 말로는, 포샤에게는 두 사람을 데리고 위스콘신주로 여행 갈 친구가 없다더군요. 여행을 가면서 아무런 옷가지를 챙기지 않았을 리도 없다면서요. 약 일주일간 경찰을 쫓아다니더니 막상 수사가 시작되자 그 친구는 갑자기 뒤로 빠졌어요. 자신도 마약을 하고 몸을 팔았기 때문에 두려워진 거죠. 그래서 경찰 수사는 거기서 끝났다고 보시면 돼요."

"어린 여자아이의 생명이 걸렸을지도 모르는데도요?"

조가 물었다.

"단서가 없었고 엄마가 쪽지를 남겼으니까요. 그리고 사라진 지 2주째가 되었을 때, 집주인이 포샤의 물건들을 모두 버리고 새로운 세입자를 받기 위해 청소까지 해 버렸어요, 그래서 증거를 찾는 길도 막혀버렸어요. 포샤는 두 달째 집세를 내지 못했거든요."

"집주인이 그렇게 못하게 경찰이 막았어야 했어요."

조가 말했다.

"2주 전 포샤의 시신이 취토장[21]에서 발견되고 난 뒤 그걸 깨달았죠."

"세상에."

게이브가 신음했다.

---

21 자재로 쓰기 위한 흙을 파내는 곳. 토취장이라고도 한다.

"사망 원인이 밝혀졌어요?"

조가 물었다.

"시신이 부패되긴 했는데 오른쪽 머리뼈에 외상이 발견됐어요. 부패 정도와 실종날짜가 서로 일치하고요. 6월 6일 밤에 사망한 것으로 추정하고 있어요."

"그리고 다음 날 얼사가 우리 집 마당에 나타난 거고요."

조의 말에 레노라가 끄덕였다.

"일주일 전 저녁 먹으러 에핑엄에 들렀을 때 얼사가 한 남자를 보고 두려워하는 모습을 보셨죠. 아마 그 남자가 집까지 쫓아간 두 남자에게 전화한 것 같아요. 경찰 진술에서 그 남자들이 총을 쏘기 시작하니 얼사가 '저 사람들이 언니도 죽일 거야'라고 했다고 하셨잖아요."

"놈들이 포샤를 살해한 거군요."

게이브가 말했다.

"아마도요."

레노라가 말했다.

"그리고 얼사가 그걸 목격했을 거예요."

"살해 용의자들이 죽었는데 왜 얼사는 경찰 보호를 받고 있죠?"

조가 물었다.

"그 두 사람만 연루됐을지 어떻게 알아요? 레스토랑에서 전화한 남자도 살해에 가담했을지도 모르죠. 우린 얼사가 그 남자의 신원을 알고 있고, 엄마가 죽은 날 밤 무슨 일이 일어났는지 알고 있을 거라고 생각해요."

레노라가 조에게 가까이 다가왔다.

"그 내용을 진술하는 데 당신의 도움이 필요해요."

"언제요?"

"오늘이요. 아이의 안전은 당신에게 달렸어요, 조애나. 반드시 아이의 입을 열어야 해요."

33

집중치료실을 수비하던 문지기가 대기실에 죽치고 있던 말썽꾼 두 명에게 드디어 문을 열어 주었다. 하지만 몇 가지 규칙이 있었다. 켈렌 형사와 맥냅 경관이 도착하기 전까지 얼사의 엄마가 사망한 날 밤의 일을 꺼내지 않기로 했다. 아이의 진술이 강압에 의한 것이 아니라는 것을 증명할 법 집행관의 감독하에서만 진술이 가능했다. 무엇보다 가장 중요한 것은 엄마의 시신이 발견됐다는 사실을 비밀에 부쳐야 한다는 점이었다. 레노라는 그 사실이 알려지면 얼사의 진술에 영향을 줄 수 있다고 말했다.

조가 목발을 집고 집중치료실 중앙 접수대에 가까이 다가갔을 때 은색 풍선이 그녀 눈에 들어왔다. 풍선 줄은 태비 고양이 인형에 묶여 있었다. 조는 레노라와 게이브에게서 떨어져 나왔다.

"조, 뭐하는 거예요?"

게이브가 말했다. 선물을 가지러 가기 위해 조는 접수대 뒤쪽으로 갔다.

"이쪽으로 오시면 안 됩니다."

한 남자가 말했다.

"여보세요!"

조는 목발 한 짝을 몸에 붙인 채 태비 고양이를 집은 다음, 화난 직원을 마주했다.

"이게 왜 아직 얼사에게 전달되지 않았죠?"

아무도 대답하지 않았다.

"카드에 적힌 거 보셨어요? 얼사 이름이 적혀 있잖아요. 아이에게 의미 있는 선물인데 일주일 동안 여기 그냥 방치돼 있네요."

조가 직원들을 둘러보았다.

"대체 아픈 아이에게 이걸 전해 주지 않은 이유가 뭐예요?"

"저희도 가져다주려고 했는데……."

간호사가 말했다.

"금지된 거예요."

레노라가 말했다.

"왜죠?"

"왜인지 아시잖아요."

"당신들은 아이의 기억에서 게이브, 태비, 나를 지우려고 했어요. 얼사가 우리 셋을 잊길 바란 거잖아요."

"기억 상기시켜 봤자 아이에게 도움은커녕, 고통을 줄 거라고 생각했어요."

레노라가 말했다.

"그건 말도 안 돼요. 그리고 곤경에 처한 건 바로 나라고요!"

조는 목발을 쥔 손으로 고양이 인형을 들고 접수대 뒤에서 나왔다. 풍선이 그녀의 머리 옆에서 흔들거렸다. 레노라는 혀를 차고 머리를 좌우로 흔들었다.

"이래도 얼사의 맞수가 아니라고요?"

그들은 기계에 의지해 누워 있는 노인들이 있는 방을 지나 복도를 따라 걸었다. 얼사의 방 앞에 앉아 있는 경찰관의 모습이 보이자, 조는 아이를 만난다는 기대로 속이 울렁거리기 시작했다. 그가 총집을 쥐면서 자리에서 일어섰다.

"괜찮아요."

레노라가 말했다.

"같이 들어가는 거예요."

경찰은 의아하다는 듯 그녀를 쳐다봤다.

"얼사는 우리 아니면 얘기 안 해요."

조가 말했다.

"이미 얘기 다 끝난 걸로 아는데요."

경찰이 한발 물러섰다. 얼사는 병원 침대 위에 앉아 있었다. 회전식 식판에는 먹다 남은 점심 식사가 놓여 있었다. 자기 팔에 꽂혀 있는 링

거 바늘을 주의 깊게 관찰하는 중이었다.

"그건 안 돼, 꼬맹아. 또 다시 바늘을 뺄 생각은 하지 않는 게 좋을 거야!"

레노라가 말했다. 얼사가 죄를 진 것 같은 표정으로 올려다보았다. 거기서 조와 게이브를 발견하자, 아이의 얼굴은 순수한 기쁨으로 빛났다.

"언니! 아저씨!"

아이가 소리쳤다. 조는 목발을 짚고 최대한 빠르게 아이에게 다가갔다. 고양이 인형을 침대에 내려놓은 뒤, 몸을 숙여 자신을 향해 쭉 뻗은 얼사의 품속에 안겼다. 그리고 몇 분간 끌어안은 채로 눈물을 흘렸다. 그 뒤 게이브도 똑같은 행동을 하고, 레노라와 간호사 한 명이 문가에서 그 모습을 지켜보았다.

게이브와 얼사가 떨어지자 조는 고양이 인형과 풍선을 아이에게 보여줬다.

"이건 태비가 준 거."

얼사는 인형을 뺨에 대고 꼭 끌어안았다.

"너무 귀여워! 시저 닮았어! 태비 언니도 왔어?"

"오래전에 왔었는데 일 때문에 돌아갔어."

조가 말했다.

"언니랑 아저씨도 왔었어?"

"그 일이 있고 난 뒤 쭉."

얼사가 레노라를 쏘아보았다.

"맞잖아! 내가 여기 있을 거라고 했잖아!"

"그래, 네 말이 맞았어."

레노라가 말했다.

"다 네가 회복하길 바라서 그런 거야."

"그럼 조 언니랑 태비 언니랑 같이 살게 해 줄 거야?"

"우선은 지금만 생각하자."

레노라가 말한 뒤 구석에 있는 의자에 앉았다.

"점심 마저 먹어야지?"

간호사가 얼사에게 물었다.

"먹기 싫어."

"네가 맥앤치즈가 먹고 싶다고 했잖니."

"파란색 통에 들어 있는 걸로 만들어 줘야지."

얼사가 말했다.

"그 마카로니 모양이 더 맛있단 말야."

"다음번엔 스타워즈 모양으로 만들어 줘 보세요."

조가 간호사에게 말했다.

"조리실에 그런 거 없어요."

식판을 치우면서 간호사가 말했다.

"언니가 왔으니까 이제 언니가 갖다 주면 되겠다."

조가 탁자를 내리고 침대 모서리에 앉았다. 게이브는 의자를 가까이 가지고 왔다. 조는 얼사의 손을 잡았다.

"기분은 좀 어때? 괜찮아?"

아이의 갈색 눈동자가 어두워졌다.

"작은곰 죽었어?"

조는 얼사의 손을 감싸 쥔 양손에 힘을 주었다.

"그래. 정말 가슴 아픈 일이야."

아이가 울음을 터뜨렸고 뺨을 타고 눈물이 흘러내렸다.

"난 그 녀석이 정말 자랑스러워."

조가 말했다.

"작은곰이 우리 둘을 구한 거야. 너도 잘 알지?"

얼사가 울면서 고개를 끄덕였다.

"네가 다 나으면 작은곰 장례식을 열어 주자."

"십자가도 세우고?"

"그건 내가 만들어 줄게."

게이브가 말했다.

"지금 어딨는데?"

아이가 게이브에게 물었다.

"키니 산장 근처 숲속에 묻었어."

아이는 더 큰 소리로 울었고 조는 그런 아이를 다시 안았다.

"언니 다리는 어떻게 된 거야?"

아이가 좀 진정한 뒤 조에게 물었다.

"괴한이 쏜 총에 허벅지 뒤쪽을 맞았어."

다시 눈물바다가 되었다.

"미안, 언니! 다 내 잘못이야! 언니가 다치고, 작은곰이 죽은 건 다 내 잘못이야!"

"아니, 그렇지 않아! 우리에게 벌어진 일 중에서 네 잘못은 아무것도 없어. 그런 생각 하지 마."

"언니한테 말했어야 했어! 그 사람들이 우릴 따라오는 걸 알았단 말이야……."

"넌 무서웠던 거야. 괜찮아."

얼사가 게이브를 보았다.

"경찰이 아저씨가 그 사람들 죽였댔어."

"맞아."

그가 말했다.

"아저씨 잡혀가?"

"아니야."

조는 탁자 위에 있던 티슈를 뽑아 아이의 콧물을 닦아 주었다. 그리고 다시 한 장을 뽑아서 자신의 눈가를 찍었다.

"사랑해, 언니."

"나도 널 사랑해, 딱정벌레야."

아이가 미소 지었다.

"내가 총에 맞은 날에 언니가 날 그렇게 불렀어. 그때 언니가 날 사랑한다는 걸 알았어."

"우리 엄마가 날 딱정벌레라고 불렀거든. 내가 성인이 된 후에도."

"색연필이 있으면 좋을 텐데. 방금 막 그리고 싶은 게 생각났어."

"뭔데?"

"딱정벌레. 분홍색 몸에 보라색 얼룩무늬가 있는 거야. 눈이 엄청 크고 긴 안테나가 달려 있어."

"귀엽게 생겼네."

"그리고 배경에 분홍색이랑 빨간색 하트 모양을 잔뜩 그려 넣을 거야."

"내가 묵는 호텔 근처에 사무용품점이 있어."

게이브가 말했다.

"색연필이랑 스케치북 사다 줄까?"

"지금은 안 돼. 아무 데도 가지 마!"

아이가 조를 돌아보았다.

"맞다! 다섯 번째 기적이 일어난 뒤에도 내가 왜 그대로 있었는지 말해 주는 걸 깜박했어."

"왜 그랬는데?"

"언니랑 같이 살기로 결정했으니까. 언니가 날 사랑하고 어쩌면 입양할지도 모른다고 했을 때, 그게 내가 제일 바라는 거란 걸 알았어. 우리 별에 돌아가는 것보다 더. 돌아오겠다고 결정했을 때 난 사실 우주에 있었어."

"그랬었니?"

"응! 어두웠지만 반짝반짝하고 빛나고 있었고 정말 예뻤어. 근데 내가 원한 건 언니뿐이어서 돌아오려고 진짜 많이 노력했어."

조가 아이의 뺨에 키스했다.

"네가 돌아와서 정말 행복해."

얼사의 시선이 레노라를 향했다.

"저 사람들이 언니랑 같이 못 있게 하면 다시 떠날 거야."

"지금은 그런 걱정하지 말자, 알겠지?"

조가 말했다.

"걱정돼. 사실 그 걱정뿐이야. 저 사람들이 거짓말하고 언니가 여기 없다고 했을 때, 몰래 나가서 언니를 찾으려고 했어."

"정확하게는 두 번이지."

레노라가 말했다.

"아, 이제 생각났다."

게이브가 말했다. 그가 가방 안을 뒤져 낡은 『도망쟁이 토끼』를 꺼냈다.

"너 주려고 챙겨 왔어."

"아저씨가 읽어 주면 안 돼?"

얼사가 말했다.

"되지."

조는 그가 아이에게 책을 보여 주면서 읽어 줄 수 있도록 자리를 바꿔 주었다.

"한 번 더 읽어줘! 제발."

책을 다 읽었을 때 얼사가 졸랐다. 그는 처음부터 다시 읽었다. 그 이야기는 키니 산장에서 그가 아이에게 처음 읽어 주었을 때와 마찬가지로 아이를 달래는 효과가 있었다. 다 읽었을 때 아이는 거의 잠들어 있었다. 그와 조는 아이가 깊은 잠에 빠질 때까지 옆에서 부드럽게 아이의 팔을 쓰다듬었다.

"진통제 양을 줄였는데도 계속 졸릴 거예요. 아이의 감정이 체력을 소모시키는 측면도 있고요."

레노라가 침대 쪽으로 걸어왔다.

"사람들이 도착하기 전에 점심을 좀 먹어야겠는데, 미안하지만 대기실로 돌아가셔야겠어요. 감독하는 사람 없이 면회는 불가능해서요."

그녀가 문 쪽을 바라봤다.

"잘하셨어요."

집중치료실을 나오면서 그들의 등 뒤에 대고 레노라가 말했다.

"두 사람이 옆에 있으니 아이가 편안해 하네요. 두 분이라면 조시 켈렌 형사가 원하는 걸 말하게 할 수 있을 거 같아요."

간호사가 밖으로 나가는 문을 열어 주었다.

"켈렌 형사는 아동 살해범을 증오하거든요."

레노라가 말했다.

"이 사건을 해결해야만 돼요."

그녀가 조가 그동안 차지하고 있었던 대기실 의자를 손으로 가리켰다.

"자리에 앉으시고, 다른 데로 가지 말아 주세요. 올 사람들이 다 모이면 다 같이 들어가서 얼사와 대화를 할 거예요. 조사 전에 아이가 쉴 수 있어서 다행이에요."

조와 게이브는 대기실 의자에 나란히 앉았다.

"내가 뭔가 나쁜 일을 저지르는 것 같은 기분이 드는 건 왜일까요?"

조가 말했다.

"기분이 나빠질 거니까요."

그가 말했다.

"아이에게 엄마의 살해 정황을 진술하도록 만들어야 하니까요."

"제 말은 그 뜻이 아니에요. 아이를 속이라는 강요를 받는 거 같은 기분이 들어요. 우리랑 떨어지게 될까 봐 아이는 잔뜩 겁에 질려 있는데, 경찰은 그걸 수사에 유리한 방향으로 이용하려 드는 거니까요."

"그냥 살인 사건을 해결하려는 거예요, 조."

"알아요. 하지만 아직 어린애예요. 사건을 해결하는 도구가 아니라고요."

34

두 시간 뒤, 엘리베이터 문이 열리고 레노라 로즈가 내달리다시피 집중치료실 문으로 향했다.

"무슨 일이에요?"

조가 물었다.

"아이가 깨서 당신이 거기 없는 걸 알고 또 한바탕 난리를 치기 시작했어요."

"제가 도울게요."

조가 말했다.

"아뇨, 소란 피워봤자 소용이 없다는 걸 아이도 깨우쳐야 돼요."

그녀가 급하게 문 사이로 사라졌다.

"지금 들었어요?"

조가 말했다.

"네."

게이브가 말했다.

"그냥 아픈 아이가 원하는 대로 해 주면 안 되는 건지……. 게다가 죽은 엄마에 대해 얘기를 해야 하는 이 시점에 말예요."

"정말 상황이 어떤지 분간 못하는 사람들이에요!"

그들은 앉아서 계속 기다렸다. 30분 뒤 켈렌 형사와 맥냅 경관이 키가 자신들 어깨까지 오고 머리를 탈색한 여자를 동반하고 엘리베이터에서 내렸다. 조와 게이브가 자리에서 일어났다.

"이 분은 셸리 박사님이십니다."

몸짓으로 금발 머리 여성을 가리키며 켈렌 형사가 말했다.

"얼사 담당 국선 심리학자이십니다."

조와 게이브는 여자와 악수를 나눴다.

"여기서 하고 계시는 농성에 대해서 들었어요."

셸리 박사가 조에게 말했다.

"당신의 헌신에 감명 받았어요. 그것도 나흘 연속 병원 대기실에서! 화장실에서 씻는다는 얘기도 들었어요."

"목소리를 낼 수 없는 사람들에게는 그들을 대변할 누군가가 필요한 법이죠."

조가 말했다.

"얼사 얘기하시는 건가요?"

"네, 얼사요."

"왜 얼사가 목소리를 낼 수 없다고 생각하세요?"

"일주일 내내 나와 만나게 해달라고 요구했지만 아무도 그걸 들어 주지 않았거든요."

"우린 아이에게 최선의 조치를 취하려는 거예요. 지금 당장뿐만 아니라 미래를 내다보고요."

"아이는 자신의 미래가 불확실하다는 사실을 누구보다 잘 알고 있고, 자신에게 무엇이 최선인지 알 정도로 남달라요. 지난 6월 도망 나왔을 때 전 아이가 새로운 가정을 찾고 있었다는 생각이 들어요. 남들이 선택해 주는 것보다 자기 자신이 선택하고 싶었던 거죠."

셸리 박사와 경찰은 못 믿겠다는 듯한 표정을 짓고 있었다.

"아이가 선택한 게 바로 그 집이고요?"

셸리 박사가 물었다.

"그럼 정말 좋겠어요. 하지만 그건 아이에게 달렸어요."

"아직 아홉 살도 안 된 꼬마라고요."

맥냅 형사가 말했다.

"그리고 아이가 처음으로 만난 사람이 바로 당신인데 다른 선택지가 있었을까요?"

셸리 박사가 말했다.

"아이에게 훌륭한 가정을 선사할 수 있는 좋은 위탁 부모님들이 많이 계세요."

"박사님 말씀이 맞으면 좋겠네요."

조가 말했다.

"아이가 그곳을 좋아하지 않는다면 또 도망칠 거고, 이번에도 좋은 사람들을 만날 거라고 장담할 수 없으니까요."

"우리는 전문가예요. 우리를 좀 믿어 주세요."

셸리 박사가 말했다.

"얼사가 진술을 할 수 있는 상태가 되면 사람을 보내겠습니다."

그녀와 경찰이 자리를 뜨자, 켈렌 형사가 두 사람을 뒤따라 집중치료실로 들어가며 말했다. 조는 그들에게 목발을 던지고 싶은 충동을 느꼈다.

"사람을 보내겠다고?! 우리가 지금 이용당하고 있는 거 보여요?"

"진정해요."

게이브가 말했다.

"그런 말을 하면 당신만 상처받을 거예요."

"왜요? 내가 말한 건 다 사실이라고요. 얼사는 정말로 새로운 가정을 찾고 있었어요. 다섯 개의 기적의 목적이 바로 그거예요! 결정할 시간을 벌고, 우리에게도 자신과 유대할 시간을 주는 거였다고요."

"조……. 이 세상에 얼사를 사랑할 사람이 당신밖에 없는 건 아니에요."

"나도 알아요! 하지만 이게 애도, 나도 원하는 건데 멀리서 찾아볼 필요가 뭐가 있느냐고요?"

"첫째로, 당신은 미혼이잖아요. 아마 저들은 엄마, 아빠가 있는 가정으로 보낼 거예요."

"그게 얼마나 헛소리예요? 왜 그게 더 낫다는 거죠? 그러면 동성 커플은요? 과연 저들이 그걸 고려할까요?"

"조……."

"뭐요?"

"당신 지금 흔들리고 있어요. 이 방에 너무 오래 있었어요. 여기서 나가서 좀 쉬어야 해요."

"아이의 입에서 진술을 받아내기 전에는 안 돼요. 저 사람들이 사건을 해결한 후에 과연 아이를 만나게 해줄까요? 어쩌면 우리도 저 사람들한테 속는 건지도 몰라요."

"얘기 끝나고 아이를 계속 만날 수 있다는 말 안 했어요."

"알아요."

그녀가 힘없이 의자에 앉았다.

"제기랄!"

게이브가 그녀 옆에 앉아서 손을 잡았다.

몇 분 뒤, 레노라가 나와서 조가 의자 위에 쓰러지듯 앉아 있는 모습을 보고 말했다.

"괜찮으세요? 할 수 있으시겠어요?"

조에게는 선택의 여지가 없었다. 얼사에게서 진술을 받아내지 못하면, 다시는 얼사를 못 볼지도 몰랐다. 만일 성공한다면 적어도 가능성은 있었다.

"네. 할 수 있어요."

레노라가 앞장서서 집중치료실로 들어갔다. 켈렌 형사, 맥냅 경관, 보초를 서고 있던 경찰관이 얼사의 시야에서 벗어난 곳에서 조용히 대화를 나누고 있었다. 셸리 박사가 병실에서 얼사와 이야기를 하고 있었다.

"언니!"

얼사가 조를 보고 소리 질렀다. 무릎을 대고 벌떡 일어나는 바람에 링거 줄이 팽팽하게 당겨졌다.

"조심! 바늘을 다시 꽂아야 되면 네 손해야."

간호사가 얼사를 다시 베개 위에 눕혔다. 조는 목발을 내려놓고 아이를 끌어안았다.

"언니, 왜 그냥 갔어?"

아이가 그녀의 가슴에 대고 말했다.

"그렇게 해야 된다고 해서. 우리도 그러고 싶지 않았단다."

아이가 조의 품을 벗어난 뒤 간호사를 매섭게 쳐다보았다.

"거짓말쟁이! 언니랑 아저씨가 왜 갔는지 모른다고 해 놓고선!"

간호사가 투덜거리면서 방을 나갔다.

"정말 요 녀석 때문에 내 명에 못 살겠네."

아이의 눈동자가 붉게 충혈되어 있었다. 울고 있었던 것이다.

"링거 바늘 빼 버렸어?"

아이가 고개를 끄덕였다.

"언니랑 아저씨 찾으러 가려고."

"우린 밖에 있는 대기실에 있었어. 다시는 링거 바늘 빼면 안 돼. 다시 꽂을 때 아프잖아. 내 말이 맞지?"

"응. 여기 사람들 못됐어! 움직이지 못하게 날 눌렀어!"

"진정제를 놓을 수 없어서 그런 거예요."

레노라가 해명했다. 진술을 받아야 하기 때문에 아이를 재우지 않은 것이다.

"여기서 나가고 싶어!"

얼사가 말했다.

"여기 정말 싫어! 언니랑 아저씨랑 갈래!"

"아직 다 안 나았잖니."

"나 나으면 같이 갈 수 있어? 제발!"

조는 거짓말 하지 않았다.

"그랬으면 좋겠지만, 내가 결정할 수 있는 일이 아니란다."

셸리 박사가 빨간 입술을 꾹 다물었다. 조의 대답이 마음에 들지 않은 것이다.

"그럼 누가 결정해?"

얼사가 물었다.

"얼사, 너를 찾아 온 사람들이 있단다. 들어오라고 해도 될까?

레노라가 끼어들자, 얼사가 의심이 가득 찬 눈초리로 문 쪽을 바라봤다.

"누구?"

"조시 켈렌 형사 기억하니?"

"총 차고 있는 아저씨?"

"경찰이기 때문에 차고 있는 거란다. 아저씨는 좋은 사람이야."

셸리 박사는 마치 걸음마를 배우는 아기한테 하는 말투로 말했다. 하지만 얼사는 거기 있는 사람 중에서 가장 똑똑했다.

레노라는 밖으로 나가서 켈렌 형사와 맥냅 경관에게 들어오라고 했다. 조가 게이브를 쳐다봤다. 그도 그녀만큼 적잖이 실망한 기색이었다. 경찰 두 명, 복지사, 심리학자가 모두 지켜보는 가운데 얼사에게 엄마의 죽음에 대해서 이야기하게 만들어야 한다니.

얼사의 눈이 두려움으로 물들었다. 그들이 이곳에 온 이유를 아는 것이다.

"얼사……. 조와 게이브는 네가 이 분들한테 네가 달아났던 날 밤 있었던 이야기를 하길 원한단다."

레노라가 침대 가까이 다가왔다. 얼사는 놀란 눈으로 조를 쳐다보았다. 마치 갑자기 적을 발견한 듯.

조는 게이브에게 고개를 끄덕이며 그에게 맞은편으로 갈 것을 손짓하며, 자신도 침대 한편에 바싹 붙었다. 그는 조가 무슨 생각을 하는지 눈치챘다. 그가 얼사 곁에 앉아서 조와 함께 방 안에 있는 다른 네 사람이 아이의 시야에 들어오지 않게 몸으로 막았다.

"여기 있는 모든 사람들이 네가 안전하길 바라."

조가 얼사의 손을 잡았다.

"그러기 위해서는 네가 집에서 달아난 그날 밤에 무슨 일이 있었는지 경찰이 알아야 해."

"언닌 내가 왜 헤트라예를 떠났는지 알잖아. PhD를 따려고 온 거야."

"얼사······. 지구를 거꾸로 읽으면 헤트라예인 거 알고 있어."

"어쩔 수 없었어! 지구인들은 우리별 이름을 발음할 줄 모르기 때문이야! 우린 단어를 사용하지 않아."

"네 이름도 거꾸로 말한 거 알아."

"무슨 말인지 모르겠어? 난 그냥 얼사가 하던 일들을 하는 거라고. 이 애의 뇌가 내 뇌니까."

"조애나······."

셸리 박사가 말했다. 조가 그녀를 쳐다봤다.

"그 얘기는 지금 할 필요 없어요. 그 부분은 내가 도울 수 있어요."

조가 다시 얼사에게 몸을 돌렸다.

"저분들은 네가 여기서 나가는 걸 걱정하고 있기 때문에 그날 무슨 일이 일어났는지 알아야 하는 거야. 누가 널 또 쫓아올지 모른다고 생각하고 있거든."

아이가 게이브를 쳐다봤다.

"아저씨가 죽였잖아."

"내가 다 죽였니?"

그가 묻자, 아이는 고개를 끄덕였다.

"그날 레스토랑에서 우리가 본 그 남자는?"

얼사는 대답하지 않았다.

"경찰은 그 남자가 위험한 사람일지 모른다고 생각해. 너한테 무슨 일이 일어날까 봐 그러는 거야. 그건 아저씨도 나도 그렇고."

"아저씨가 이미 진짜 나쁜 사람들을 죽였어."

얼사가 말했다.

"근데 왜 레스토랑에 있던 남자가 그 사람들한테 전화해서 네가 거기 있었다고 알려 준 거야?"

"그 사람들하고 친하니까."

켈렌 형사가 한 발짝 다가오는 바람에 얼사의 시선이 조에서 떨어지고 말았다.

"그 남자 이름 알고 있니?"

켈렌 형사가 물었다.

"괜찮으니까 말씀드려."

조가 말했다.

"내가 말하면 저 아저씨 나가?"

"아니. 네 엄마한테 무슨 일이 있었는지도 경찰한테 말해야 돼."

"난 엄마 없어."

얼사가 나지막한 목소리로 말했다. 조가 아이의 손을 꼭 쥐었다.

"부탁이니 그냥 말해 줘. 속에 담고 있으면 너만 상처받아. 저 사람들이나, 나나, 아저씨를 위해서가 아니라 네 자신을 위해서 제발 그렇게 해줘."

"난 이미 경찰한테 어배너에서 언니랑 태비 언니랑 같이 살게 해 주면 이야기 해 준다고 말했어."

"우리도 그 부분은 노력 중이란다."

레노라가 말했다.

조는 그녀에게 거짓말쟁이라고 말하고 싶은 충동을 억눌렀다.

"그렇게 안 해 주면 난 또 도망갈 거야."

얼사가 레노라에게 말했다.

"알아. 벌써 여러 번 말했잖니."

조가 얼사의 뺨을 쓰다듬었다.

"네가 퇴원할 때 혹시 너한테 혹시 무슨 일이 생길까 봐 걱정하지 않게 해줘. 이야기 해 보렴. 저 사람들이 여기 있다는 걸 생각하지 말고 아저씨랑 나한테 말해 봐. 그날 밤 왜 도망쳐 나왔니? 엄마한테 무슨 일이 있었어?"

"그 사람 우리 엄마 아니야."

"포샤가 네 엄마가 아니야?"

얼사가 이름을 듣고 움찔했다. 조가 알고 있다는 사실에 놀란 게 틀림없었다. 조는 경찰이 제시한 규칙을 깨는 것을 걱정할 새가 없었다. 자신의 직감을 따라야 했다.

"포샤가 왜 네 엄마가 아니야?"

"왜냐면 그 아줌마는 얼사 엄마니까. 난 그때 얼사의 몸 안에 들어가지 않았어. 그 사람들이 죽인 다음에 얼사 몸 안에 들어간 거야."

"그러니까 네 말은 그 사람들이 네 엄마를 죽였다는 거니?"

"아니, 얼사."

"그럼 포샤 아줌마는?"

"아줌마를 먼저 죽였어."

"그 장면을 직접 봤니?"

"얼사가 봤어. 내가 얼사 몸 안에 들어갔을 때, 그 모습이 아직 머릿속에 남아 있었기 때문에 나도 봤어."

조는 간신히 눈물을 삼키며 말을 이어갔다.

"얼사 머릿속에서 뭘 봤는지 얘기해 봐. 그날 벌어진 일을 전부 말해 줘."

*

"별에서 지구로 내려온 뒤에 들어갈 몸을 찾고 있었어. 한밤중이었는데 어떤 조그만 여자애가 건물 창문에서 뛰어내리는 걸 봤어."

아이는 조의 놀란 표정을 봤다.

"그렇게 높진 않았어. 덤불 위에 떨어진 거야. 멍도 그때 생긴 거고. 남자 두 명이 쫓아왔고, 그 애는 너무 무서웠어. 그 사람들이 아이를 죽이는 걸 봤어. 밖으로 쫓아와서 목을 졸랐어. 그때 내가 얼사 몸 안에 들어간 거야. 그 애가 죽는 게 싫었거든. 그 애는 죽었지만 몸이라도 살리고 싶었기 때문이야."

"네가 그 애 몸에 들어간 다음엔 무슨 일이 일어났어?"

"먼저 아이가 숨을 쉬게 해야 했어. 내 마법을 사용했지. 아이를 낫게 한 뒤에 일어섰어. 그 남자들이 날 얼사로 생각할 걸 알았기 때문에 도망쳤어. 그 사람들은 얼사가 다시 살아난 걸 무서워했기 때문에 내가 멀리 도망칠 수 있었던 거야. 얼사의 집 옆에 주유소가 있어서 그리로 갔어. 거기서 트럭을 봤는데, 아저씨 거랑 비슷한데 좀 더 큰……."

"널찍한 화물칸이 있는 픽업트럭?"

게이브가 말하자, 아이가 끄덕였다.

"주유소에 있는 가게 옆에 세워져 있었는데 그 뒤에 올라탔어. 내가 들어가서 숨을 수 있는 그런 물건들이 있었어. 무서워서 꼼짝도 안 하고 있는데, 갑자기 트럭 주인이 차에 타서 운전하기 시작했어. 내 생각에 샘페인-어배너로 갈 때 탔던, 언니가 57번이라고 한 그 길로 간 거 같아. 트럭이 엄청 빨리 달린 데다가 새로운 몸 안에 들어가기도 했고, 여러 가지 일로 정말 무서웠어."

조와 게이브가 시선을 교환했다.

"그렇게 해서 언니를 찾은 거야."

얼사가 말했다.

"내 쿼크가 도와준 것도 맞아. 그런 좋은 일이 일어나게 해 주거든."

"정확히 어떻게 날 찾았니?"

조가 물었다.

"트럭이 정말 오랫동안 달리다가 울퉁불퉁한 길을 지난 뒤에 멈춰 섰어. 나중에 알고 보니 그게 터키크리크 로드였어."

"그 트럭 색깔이 뭐였는데?"

게이브가 물었다.

"빨간색."

"그 차 혹시 내 트럭처럼 여기저기 찌그러진 데가 많았니?"

아이가 끄덕였다.

"아무래도 데이브 힐데브란트 트럭 같은데. 우리 집 맞은편에 사는 사람이에요."

켈렌 형사가 노트를 꺼내들었다.

"데이브 힐데브란트라고요?"

노트에 받아 적으며 그가 말했다.

"네."

데이브가 대답했다.

"자동차 부품을 찾으러 돌아다녀요. 차를 새로 조립하는 일을 해요."

"데이브 아저씨가 널 봤어?"

게이브가 얼사에게 물었다. 아이는 고개를 저었다.

"그 아저씨 무서웠어. 집에 도착하자마자 누구한테 막 소리 지르면서 싸웠어."

"아마 와이프인 테레사일 거야."

게이브가 말했다. 켈렌 형사는 다시 노트에 받아 적기 시작했다.

"언제 트럭에서 빠져나왔니?"

조가 물었다.

"그 아저씨가 소리 지르는 걸 멈추길 기다렸다가. 근데 트럭에서 내리니까 큰 개가 날 보고 짖었어. 물릴까 봐 무서워서 막 뛰었어. 근데 너무 어둡고 숲속이라서 계속 넘어졌어. 개울가에 도착했을 때 멈춘 거야."

"터키크리크?"

게이브가 물었다.

"응. 근데 그때는 이름을 몰랐지. 물을 따라서 걷다가 길이 끝나고 언덕이 나오는 그 장소가 나왔어. 언니 집, 아니 키니 교수님 집 말이야. 집 근처로 가는 게 무서워서 헛간으로 갔어. 거기 가니까 큰 침대가 있었어, 내 말은 그냥 매트리스만. 그래서 거기에 누워서 잠이 들었고, 오랫동안 깨지 않은 거야. 눈을 떴을 때 낮이었어. 그리고 강아지를 봤지. 그게…… 작은곰이었어."

아이의 눈가가 촉촉해졌다.

"작은곰은 내 첫 번째 친구였어. 별에서 온 뒤에 처음 만난 친구. 근데 그런 친구가 죽은 거야."

35

이제 그들은 얼사가 어떻게 에핑엄에서 조의 집으로 왔는지 알게 되었다. 그러나 그 이야기에는 허점이 있었다. 가장 끔찍한 부분이 빠져 있었기 때문이다. 얼사는 왜 살던 아파트 창문 밖으로 뛰어내린 걸까?

조는 아이를 더 이상 괴롭히고 싶지 않았지만, 경찰은 포샤 듀프리 살인 사건에 '해결'이라는 도장을 찍기 전까지 아이를 가만히 내버려 두지 않을 것이었다.

게이브가 얼사의 뺨을 타고 흐르는 눈물을 침대 시트 가장자리로 찍어냈고, 조는 아이의 손을 잡고 말했다.

"자, 어서 이걸 끝내자. 왜 창문에서 뛰어내렸는지 아저씨랑 나한테 말해 봐."

"그건 얼사가 그런 거야. 그 일이 일어났을 때, 몸 안에는 아직 얼사가 있었어."

"알겠어. 그럼 얼사가 왜 그렇게 위험한 일을 해야 했는지 말해 줘."

"말했잖아. 그 두 사람이 그 앨 죽이려 했다고."

"두 사람 누구야?"

"아저씨가 죽인 사람들."

"그 사람들 이름을 말해 봐."

얼사가 켈렌 형사를 올려다봤다. 그에게는 그 이름들이 가장 중요했다.

"좀 작은 사람은 지미 에이서, 사람들은 '에이스'라고 불러. 더 큰 사람은 '코리'라고 불렀어. 그 사람은 처음 봤기 때문에 얼사도 성은 몰라."

"그날 밤 전에는 얼사가 그 사람을 본 적이 없다고?"

조가 말했다.

"응."

"지미 에이서랑 코리가 왜 얼사네 아파트에 왔어?"

"왜냐면……."

얼사가 조의 시선을 피하면서 침대 시트 모서리를 배배 꼬았다.

"그 사람들이 얼사 엄마가 얼사에게 말하지 말라고 한 일을 하러 온 거야?"

얼사가 고개를 푹 숙이고 끄덕였다.

"넌 얼사가 아니야. 그러니까 얘기해도 돼."

아이가 고개를 들었다.

"언니 말이 맞아."

"에이스랑 코리는 뭐하고 있었어?"

"에이스는 거기 맨날 왔어. 그 사람은……."

"뭐?"

"……그 사람은 얼사 엄마랑 같이 방에 들어갔어. 그럴 때마다 얼사 엄마가 파티를 한다고 했어."

얼사의 눈에 드러난 수치심은 아이가 침실에서 일어나는 일에 대해 잘 알고 있다는 사실을 말해 주었다.

"코리는 왜 거기 있었어?"

얼사가 다시 고개를 숙였다.

"에이스랑 같이 왔어. 파티하러."

"그 사람 마약 했니?"

"그런 것처럼 행동했어. 맥주도 마셨어. 밖에서 기다리면서……."

얼사가 몸을 숙여 태비 고양이 인형을 집어 들고 손가락으로 만지작거렸다.

"코리가 얼사 엄마 방에 들어가려고 기다리고 있었어?"

"응."

얼사가 대답했다.

"얼사는 뭐하고 있었는데?"

"거실에서 TV 보고 있었어. 영화 하고 있었거든. 쌍둥이가 캠프 가서 만나는 거."

"『페어런트 트랩』?"

"얼사가 그 영화 좋아했거든."

"코리도 얼사랑 같이 거실에 있었어?"

"응."

얼사가 시선을 태비 고양이로 떨구며 말했다.

"코리가 뭘 하고 있었는지 얘기해 봐."

"계속 그 영화를 비웃으면서 바보 같다고 얘기했어. 그것 때문에 얼사가 화가 많이 났어."

"그래서?"

얼사가 마침내 조를 올려다보았다. 여기서 멈춰달라는 간절한 눈빛으로.

"말해 봐. 아무 일 없을 거야."

아이의 눈에서 눈물이 뚝뚝 떨어졌다.

"그러고 나서 얼사 몸에서 만지면 안 되는 데를 만졌어. 얼사가 그만하라고 하면서 그 사람을 밀었어. 그랬더니 5달러를 줄 테니 만지게 해 달라고 했어. 어차피 엄마처럼 될 거라고 하면서, 기왕 창녀가 될 거면 어릴 때 시작하는 게 좋다고……. 왜냐면 여자애들은 어릴 때 더 예쁘기 때문에……"

게이브가 손으로 입을 막았다.

"그래서 얼사는 어떻게 했니?"

조가 말했다.

"자기 엄마가 창녀가 아니라고 했어. 근데 코리가 비웃었어. 얼사가 화가 나서 TV를 껐어. 방에 들어가려고 했는데 코리가 팔을 잡았어. 소파 위에 눕혀서……."

아이의 눈물이 흐느낌으로 변했다.

"……잠옷을 벗기려고 해서 얼사가 소리를 지르면서 코리를 때렸어……."

조가 말문이 막혀 더는 아무런 질문을 하지 못하자 켈렌 형사가 나섰다.

"그래서 어떻게 됐니? 계속 얘기해 봐."

"얼사 엄마가 방에서 뛰어나왔어."

아이가 엉엉 울었다.

"코리한테 소리치면서 얼사에게서 떨어지라고 했어. 그러고는 의자를 들어서 그걸로 코리를 때렸어. 그랬더니 에이스가 의자를 빼앗았는데, 코리가 다시 그걸 뺏어서 얼사 엄마의 머리를 내려친 거야."

얼사가 얼굴을 감쌌다.

"정말 세게 내려쳤어! 얼사 엄마가 바닥에 쓰러졌는데 머리에서 뭐가 흘러나왔어. 뇌였던 거 같아……. 뇌가 빠져나왔어……."

조가 얼사를 가슴 쪽으로 끌어당겨 꼭 끌어안았다.

"근데 왜 도망갔니?"

켈렌 형사는 그것으로 부족했다.

"그 사람들이 널 위협했니?"

"내가 아니었다고!"

얼사가 소리 질렀다.

"왜 얼사가 도망갔니?"

"에이스가 코리한테 욕하면서 얼사가 다 봤으니 경찰에게 불 거라고 했어. 코리가 그렇게 못할 거라면서 얼사를 잡고 손으로 목을 세게 졸랐어. 얼사는 코리가 자길 죽일 거라는 걸 알았어. 그래서 발로 차고 물어뜯어서 그 자릴 빠져나온 뒤에, 자기 방으로 가서 열려 있는 창문으로 뛰어내린 거야."

"방충망이 없었니?" 켈렌 형사가 물었다.

얼사가 손바닥으로 뺨을 닦으며 고개를 끄덕였다.

"얼사 엄마가 부탁했는데도 집주인이 안 달아줬어. 그것 때문에 둘이 싸우기도 했어."

"레스토랑에 있던 남자 이름은 뭐니?"

켈렌 형사가 물었다.

"에이스와 코리 친구라고 했었잖니."

"코리 친구인지는 모르겠어. 에이스 친구인 건 맞아. 에이스랑 같이 얼사 엄마랑 파티 했었어."

"그래서 그 사람 이름이 뭔데?"

"정확히는 몰라. 사람들이 '네이트'로 불렀다가, '토드'로도 불렀다가 그랬어."

"네이선 토드!"

그가 손등으로 들고 있던 노트를 탁 쳤다.

"이제 잡았다."

"아는 사람이에요?"

게이브가 물었다.

"아다마다요. 잘 알죠. 에이스 시신에서 나온 휴대전화에 당신이 레스토랑에 있던 시각에 토드에게서 전화를 받은 기록이 남아 있었어요. 얼사가 지목했으니 잡아들이기만 하면 돼요."

"무슨 죄명으로요?"

"살인미수 방조죄요."

"그걸 증명하는 게 쉽지 않을 텐데요?"

"우리도 다 방법이 있습니다."

그가 노트를 바지 주머니에 넣고 게이브에게 다가갔다.

"정말 감사합니다."

그가 악수를 청하며 말했다.

"쓰레기 같은 두 놈이 사라지는 바람에 내 일이 한결 편해졌습니다."

조는 사람 두 명의 목숨을 앗아간 것을 추켜세우는 듯한 말이 거슬렸다. 하지만 조는 평화주의자 부모님 밑에서 자라서 대부분의 사람들과는 다른 방식으로 세상을 바라보는 경향이 있었다.

그녀는 부모님이 갖고 있던 철학을 대부분 흡수했다. 그중 하나는 '아이도 가능한 한 진실을 알아야 할 권리가 있다'는 것이었다. 조는 가끔 게이브도 자신을 금지옥엽으로 여기는 아빠가 두 사람이나 있었다는 진실을 더욱 빨리 깨달았다면, 그의 삶이 어떻게 달라졌을까하는 생각을 하곤 했다.

조가 침대에서 내려왔다.

"다들 가시기 전에 드릴 말씀이 있어요."

방 안에 있던 사람들, 다시 말해 형사, 경관, 심리학자, 사회복지사
가 일제히 그녀를 주시했다. 게이브는 당황한 듯 보였다. 좋은 의도에
서일 것이다. 조는 자신이 지금 하려는 일이 얼사에게 최선인지 판단
하기에는 너무나도 지쳐 있었다.

"지금이 얼사의 미래를 결정하는 사람들이 한 방에 있는 마지막 기
회라는 생각이 들어서요."

경찰 두 명을 향해 그녀가 말했다.

"얼사의 향후 거취를 경찰이 결정하는 것이 아니라는 걸 알지만, 제
가 중범죄로 기소되는가 하는 여부는 아이의 미래에 영향을 끼칠 거
라고 생각해요."

"대기실로 가서 이 얘기를 마저 하도록 해요."

레노라가 말했다.

"왜죠? 얼사도 앞으로 어떻게 될지 궁금해 하고, 아이가 그걸 감당
할 능력이 있다는 걸 알고 계시잖아요."

조가 다시 경찰 쪽을 향했다.

"만일 기소가 되면 전 대학원에서 쫓겨나게 될 거예요."

"정말이에요?"

게이브가 말했다.

"지도교수님이 확인해 주셨어요. 그러니까 제 운명을 결정하시기 전에, 기소 당하면 제게 어떤 일이 벌어지는지 알고 계시면 좋겠어요. 물론 제가 얼사를 상대로 현명하지 못한 판단을 내린 건 맞아요. 하지만 제가 한 모든 일들은 측은지심에서 비롯된 겁니다. 그러니 죄에 합당한 처벌인지 고심해 주시길 부탁드려요. 거기에 따라 제 삶뿐만 아니라 얼사의 삶이 완전히 망가질 수 있기 때문이에요. 기소가 되면 절대 아이의 위탁모가 될 수 없을 테니까요."

"언니가 내 위탁모가 되면 좋겠어!"

얼사가 말했다.

"알아, 딱정벌레야. 마저 말하게 해 줘, 알았지?"

그녀가 레노라와 셸리 박사쪽으로 몸을 돌렸다.

"두 사람에게 드릴 말씀이 훨씬 더 많아요. 앞으로 누군가 얼사에게 거짓말을 해서 얼사가 저에 대한 의심으로 괴로워하는 일이 없도록 확실히 해 두고 싶어요."

조는 얼사가 자신의 얼굴을 확실히 볼 수 있게 한 발짝 물러섰다.

"여기, 바로 얼사가 보는 앞에서, 제가 얼사의 위탁모가 될 수 있도록 도와주시길 간청드립니다. 입양권도 신청하고 싶어요. 제 자격을 말씀 드릴게요……."

"조애나."

레노라가 말했다.

"지금은 이럴 얘기를 할 때가……."

"부탁드릴게요. 제 말을 끝까지 들어 주세요. 제 첫 번째 자격은 아이를 사랑한다는 거예요. 다른 어떤 지원자도 이런 말을 할 순 없을 겁니다. 두 번째는 아이와 저는 이번 일로 더 끈끈한 사이가 됐다는 거예요. 아이가 지금까지 겪은 일을 제가 이해한다는 것이 아이에게는 치유가 될 수 있을 거예요. 세 번째로는, 부모님께서 돌아가시면서 상당한 유산을 남겨 주셨기 때문에 제게는 편부모로서 아이를 양육할 수 있는 경제적 자원이 있습니다. 네 번째는, 음주나 마약을 하지 않고 한 번도 법을 어겨 본 일이 없습니다. 교통 위반 딱지도 떼인 적 없어요. 다섯 번째로는……"

"충분히 들었어요."

셸리 박사가 말했다.

"이번 게 특히 중요해요. 들어주세요."

조가 말했다.

"다섯 번째로, 돌아가신 부모님이 두 분 다 과학자셨는데, 자연을 소중하게 여기고 세상에 호기심을 가지라고 가르쳐 주셨어요. 얼사에게는 지적 자극 욕구를 충족시킬 수 있는 자연과 과학 분야가 필요해요. 제 목표는 일류 대학 교수가 되는 것인데, 얼사 같은 능력이 있는 아이에게 학계보다 더 좋은 환경은 없다고 생각해요."

"다 끝났나요?"

셸리 박사가 물었다.

"아뇨. 이제 아마도 우려하시고 있는 부분에 대해서 얘기하려고 해요. 전 암 생존자예요. 하지만 초기 단계에서 발견되었고 예후가 아주 좋습니다."

조가 얼사를 쳐다봤다.

"내가 한 말 다 이해했니? 이제 앞으로 어떤 일이 생기더라도 내가 널 사랑하고 우리가 함께 있기 위해 노력했다는 걸 잊지 않았으면 해. 이 이상은 내가 어떻게 할 수가 없구나."

조가 아이 옆에 앉았다.

"셰익스피어 희곡에 나오는 캐릭터들처럼 우리의 운명도 뒤죽박죽이 되어 버렸어."

"그래도 결국엔『십이야』처럼 끝날 거야!"

얼사가 말했다.

"모두 행복해지는 결말!"

"세상에, 셰익스피어를 다 알아?"

레노라가 말했다.

"인간의 뜻과 운명은 서로 어긋나는 것이니."

켈렌 형사가 미소 지었다.

"『햄릿』이군요. 명대사죠."

"고등학교 때부터 좋아하는 책이에요."

간호사가 컵에 얼사에게 먹일 물약을 담아서 방에 들어왔다.

"이제 얼사는 쉬어야 하는 운명이로군요."

레노라가 말했다.

"대기실로 가서 이 얘기 마저 하도록 해요."

"나 쉬기 싫어!"

얼사가 말했다.

"언니랑 아저씨는 여기 있어야 돼!"

조와 게이브는 아이에게 작별 키스를 하고 간호사의 손에 곧 다가올 뜻과 운명의 충돌을 맡겼다.

36

집중치료실 농성을 끝내고 찾아온 게이브의 호텔방에서, 조는 아직까지 낯선 호사와 개인 공간을 만끽했다. 특히 따뜻한 샤워는 사치스럽게 느껴질 정도였다.

"이런 모습 보여서 미안해요."

조가 게이브에게 말했다.

"화장실에 옷을 안 들고 들어가서요."

몸에 타월을 두르고 목발을 짚는 것은 불가능했다. 게이브는 휴대전화에서 눈을 떼고 그녀의 나체를 찬찬히 훑어봤다.

"지금 사과하는 거예요?"

"다리에 붕대 새로 감는 거 도와줄래요?"

"좋아요. 의사놀이라면 얼마든지요."

그녀는 의약품이 든 가방을 침대에 올려놓고 엎드려 누웠다.

"게다가 놀면서 당신 엉덩이를 볼 수 있다면 더더욱."

그가 말했다.

"괜찮아요?"

그가 그녀의 뺨을 쓰다듬었다.

"근사해요."

"상처는 어떤가요, 보텀 선생님? 괜찮아요?"

"누가 여기에 총을 쏜 것처럼 보이는데요."

"감염 안 됐어요?"

"전혀요. 괜찮아요."

"먼저 항생제 연고 바르고 나서 거즈를 댄 다음에 붕대를 감아줘요."

그는 조심스럽게 그녀가 시키는 대로 했다. 다리에 붕대를 감으면서 그의 손가락이 그녀의 허벅지 안쪽을 부드럽게 쓸었다.

"제대로 집중할 수 없었지만 이만하면 괜찮을 거예요."

붕대 끝을 테이프로 바르며 그가 말했다.

"옷 벗어요."

조가 빙글 돌아누우며 말했다. 게이브는 침대 옆에 서서 그녀와 눈을 맞추며 옷을 하나씩 벗었다. 그의 따뜻한 몸이 그녀 위를 감쌌다.

"다리에 부담되지 않아요? 아프게 하고 싶지 않아요."

"지금 내 다리에는 아무 감각 없어요."

한차례 폭풍이 휩쓸고 지나간 뒤, 두 사람은 암막 커튼과 최대로 올려놓은 에어컨이 만들어 낸 그들만의 작은 둥지에서 부둥켜안고 있었다. 도시의 소음이 이따금씩 그 사이를 뚫고 들어왔다.

"내일은 집에 가서 교대로 엄마를 돌봐야 해요."

그가 말했다.

"아까 당신이 욕실에서 나왔을 때 누나랑 문자를 하고 있었어요. 내일 모레 아이들이 집에 오기 때문에 누나가 세인트루이스로 돌아가야 하거든요. 애들이 학교로 돌아가기 전에 함께 시간을 보내고 싶은가 봐요."

"가족이 다 모이다니 참 좋겠어요."

"나랑 같이 집으로 가서 차만 가지고 올래요?"

"여길 떠날 때 렌트하면 돼요. 얼사를 위해 여기 남아 있어야 돼요."

"알겠어요."

그가 그녀를 더 꼭 끌어안았다.

"오늘 하고 싶었던 말 한 거 잘했어요. 처음에는 확신이 안 갔지만 지금 생각해 보면 오늘 얘기한 것 덕분에 계속 얼사를 보게 될 거예요."

"아니면 그 사람들이 얼사를 통제하기 위해서 저를 이용하든지요."

"아마 둘 다 조금씩일 거예요."

"당신 어머니 덕분에 솔직하게 말해야겠다는 생각을 한 거예요."

"정말요?"

"그 사람들이 한자리에 있었을 때 무슨 말이 하고 싶은지는 알고 있었지만, 용기를 내지 못했어요. 그때 어머니가 배짱 좋게 아버님과 키니 교수님을 함께 불러낸 걸 생각했죠."

"정말 나쁜 여자들이 따로 없네요……."

그는 잠에 빠져들고 있었다.

"게이브……?"

"네?"

"얼사가 자신을 3인칭으로 지칭한 거 신경 쓰이지 않아요?"

"그래요. 그게 얼사의 대처법인가 봐요."

"말할 준비가 되지 않았는데 억지로 시켜서 자신을 둘로 분리한 게 아닐까 걱정이 돼서요."

"그건 심리학자가 알아서 할 거예요."

"전 그 여자 맘에 안 들어요."

"그건 나도 그래요. 이제 좀 자요."

키니 산장 사건 이후, 처음으로 일반 침대에 누운 조는 마치 혼수상태에 빠진 듯 그대로 깊은 잠이 들었다. 샤워를 하고 나온 게이브의 비누향에 조가 눈을 떴다.

"정신없이 자더라고요."

그가 말했다.

"맞아요. 방이 편안해서요. 나도 여기서 지내야겠어요."

"나는 체크아웃 할까요?"

"아뇨. 어차피 내가 계산할 거예요."

"그럴 필요 없어요."

"알아요. 그렇게 하고 싶다는 거예요."

"알았어요, 갑부 아가씨. 가기 전에 같이 아침 식사해요. 물론 당신이 사는 거예요."

아침을 먹고 난 뒤 그들은 얼사를 위해 고급 색연필 세트와 스케치북을 샀다. 조가 그와 함께 주차장으로 갔다. 게이브가 방 키 두 개를 건넸다. 그리고 두 사람이 함께 한 이래 처음으로 전화번호를 교환했다.

"이제 우리도 보통 커플이네요."

조가 말했다.

"아직 멀었어요."

"그럼 예를 들어서 '사랑해요'라고 말할 정도는 되나요? 물론 처음으로 그런 말을 하기에 여긴 그다지 로맨틱한 장소는 아니지만요. 주차장 앞인데다 또……."

"나도 사랑해요, 조."

두 사람은 몸을 밀착시켰고, 조의 목발이 둔탁한 소리를 내며 바닥에 떨어졌다. 지나가던 사람들이 두 사람을 쳐다보았다.

병원으로 돌아가는 길, 조는 게이브의 부재가 크게 느껴졌다. 얼사도 마찬가지였다.

병실 앞을 지키고 있던 경찰의 모습이 보이지 않았다. 그날 오후 조는 네이선 토드의 체포 소식을 들었다. 다음 날 얼사는 어린이 병동의 일반실로 옮겨졌다. 조는 아이의 상담 치료 시간을 제외하고 언제든 아이를 찾아와도 된다는 허락을 받았다. 조는 그 시간에 식사를 하거나 아이가 몰두할 수 있는 물건을 사는 데 보냈다.

얼사의 관심을 사로잡는 일은 쉽지 않았다. 불과 며칠 만에 아이는 책도, 그림도, TV에도 쉽게 싫증을 냈다. 조는 성인용 퍼즐을 샀다. 얼사가 좋아하는 마법의 숲과 비슷한 울창한 숲을 배경으로, 어미 사슴과 새끼 사슴이 나란히 서 있는 그림이었다. 두 사람이 함께 퍼즐의 가장자리를 맞추고 있을 때 누군가가 반쯤 열린 문을 노크했다. 레이시였다. 손에는 고양이 인형 두 개가 들려 있었다.

"내가 방해하는 건 아니죠?"

"전혀요."

레이시가 손에 들고 있던 흰색과 회색 고양이 인형을 들었다.

"실제 모습과 차이가 있겠지만 애들은 줄리엣이랑 햄릿이란다."

"아저씨가 이름 말해 줬어요?"

얼사가 말했다.

"아저씨가 전부 알려줬어. 정말 멋진 이름을 지었더구나."

그녀가 얼사에게 인형을 내밀자 얼사가 조를 쳐다보았다. 아이도 그녀의 의도를 혼란스러워하고 있었다.

"어서 받아. 뭐라고 해야 하는지도 알지?"

얼사가 인형을 받았다.

"고맙습니다."

아이는 베개 위에 있던 태비 고양이 인형 시저를 들어서 세 마리를 나란히 눕혔다.

"이제 올리비아, 맥베스, 오셀로만 있으면 된다."

레이시가 말했다.

"건강해 보이는구나."

"네, 내일이나 모레 언니랑 어배너에 가게 될 거예요. 거기서 언니랑 태비 언니랑 같이 살 거예요."

"좋겠다."

레이시가 말했다.

"그건 현실보다 희망사항에 더 가깝지."

"아니야!"

얼사가 말했다.

"아니라기엔 난 아무 말도 못 들었는걸, 딱정벌레야."

"아마 아직 언니한테 말 안 했나 보지. 근데 난 그렇게 될 거란 거 알고 있어."

"여기 좀 앉으세요."

조가 침대에서 일어나 의자를 끌어당기며 레이시에게 말했다.

"금방 갈 거예요."

레이시가 말했다.

"얼사가 어떤지 보고, 잠시 당신이랑 할 얘기가 있어서 왔어요. 대기실에 가서 잠깐 대화할 수 있어요?"

"물론이에요."

그녀가 얼사에게 말했다.

"내가 잠깐 나가 있을 동안 가장자리 조각 더 찾아 놔."

"돌아와서 같이 찾아 줄 거지?"

얼사가 물었다.

"그럴게. 근데 곧 가야 돼. 30분 안에 셸리 박사님이 오실 거야."

"그 사람이랑 말하기 싫어!"

"매번 같은 이야기 그만하면 안 될까?"

"바보 같은 얘기만 한단 말야!"

"널 도와주시려는 거야. 금방 다시 올게."

조는 무엇이 레이시를 변화시켰는지 궁금했다. 표정부터 차분하고 밝아졌고, 찢어진 청바지와 연한색의 페전트블라우스는 놀랍게도 편안해진 그녀의 분위기와 잘 어울렸다. 두 사람은 아픈 아이들을 위해 알록달록한 색으로 꾸며진 방으로 들어갔다.

"좀 어때요?"

레이시가 물었다.

"어떤 걸 물어보시는 거에 따라 달라요."

"화 안 내면 좋겠는데, 실은 게이브가 어쩌면 당신이 아동 위해 죄로 처벌받을지 모른다고 말해 줬어요. 여기서 나가더라도 일리노이주를 벗어나지 말라고 경찰이 그랬다는 것까지요."

조는 짜증이 나는 한편 놀라웠다. 누나에게 자신에 대한 이야기를 할 줄이야.

"그리고 얼사의 위탁모가 되기 힘들지도 모른다고도요. 누가 봐도 당신이 아이를 맡아야 하지만요."

어쩌면 레이시에게 게이브가 모르는 쌍둥이 여동생이 있는지도 모른다. 또 다른 가족의 비밀일지도…….

"사회복지사가 아무 말 안 했어요?"

레이시가 물었다.

"아직요. 그게 좋은 징조는 아닌 거 같아요. 보셨겠지만 얼사는 그럴 거라고 굳게 믿고 있거든요."

그녀는 창밖으로 시선을 돌려 건물 사이로 보이는 하늘 조각을 바라보았다.

"어쩔 땐 내가 여기를 맴도는 게 잘못하고 있다는 생각도 들어요. 아이의 상황을 더 나쁘게 하고 있는지도 모르죠."

"그런데 왜 남아 있어요?"

"아이에게 일어난 일이 신경 쓰여서요. 내 존재가 아이에게 안정제 역할을 하는 거 같아서요. 얼사는 지옥에 갔다 왔거든요."

"두 사람은 공통점이 있군요."

조는 그녀가 자신의 암과 돌아가신 엄마를 말하는 건지, 충격 사건을 말하는 건지, 아니면 둘 다를 말하는 건지 알 수 없었다. 만일 암을 말하는 것이라면 게이브에게 들었을 것이 틀림없었다.

"내가 여기 온 이유는……. 참고로 게이브는 몰라요."

"뭘 몰라요?"

"내가 여기 왔다는 거요. 내가 당신 상황에 대해서 남편에게 얘기했다는 것도 몰라요. 트로이는 가족법 전문 변호사예요. 보통 이혼 과정을 처리하는데 가끔 자녀 양육권이나 입양 건도 맡아서 하기도 해요.

당신이 허락해 주면 당신을 돕겠대요. 무료로요."

"저 돈 있어요."

"게이브 여자친구 돈을 받으면 우리가 마음이 편하겠어요?"

"저, 이제 게이브 여자친구예요?"

레이시는 그 말 속에 살짝 비꼼이 들어 있는 것을 알았지만 미소를 지었다.

"몰랐나요?"

"게이브에게 아무 소식도 전해들은 바가 없어서요."

"우린 전해 들었어요."

간접적이었지만 사과였다. 조는 받아들이기로 했다.

"받아줘서 고마워요. 사실…… 게이브였어요."

"뭐가요?"

"세인트루이스에 가기 전에 게이브가 가족회의를 소집했죠. 그 시간에 맞춰서 조지 키니 교수가 찾아왔어요. 자기 집에서 부서진 문짝을 고치고 있었거든요. 그 양반도 나만큼 아무것도 모르고 있었어요. 게이브가 그냥 그곳으로 모이라고 한 거예요."

조가 미소 지었다. 경이로움이 만들어 낸 또 하나의 기적! 그가 마법을 부린 것이다.

"게이브가 어떻게 했는지 알아요?"

레이시가 그녀의 표정을 유심히 살폈다.

"아뇨. 근데 상상이 가요."

"우리한테 전부 다 말했어요! 조지와 우리 엄마와의 불륜이 어떻게 시작됐고, 우리 아버지까지 총 세 사람이 게이브가 키니 교수 아들인 걸 비밀에 부치기로 했다는 거까지요. 엄마랑 키니 교수는 이미 다 알고 있더군요. 그래도 게이브가 두 사람이 숲속에서 정사를 나누는 모습을 보았고, 그때 자신이 우리 아버지 아들이 아닌 걸 알게 되었다고 했을 때, 두 사람은 매우 놀랐죠. 그 일로 두 사람을 증오하게 되었다는 말까지 했어요. 그러고 나서 정말 놀라운 이야기를 했죠."

"어떤 얘기요?"

"두 사람을 용서했다고요. 게이브 말로는 조를 사랑하게 되면서 엄마랑 키니 교수가 한 모든 일을 이해하게 되었대요. 그날 밤 그 괴한이 당신에게 총구를 겨눴을 때 당신이 죽는 걸 보느니 차라리 죽어버리는 게 나을 거라고 생각했다더군요. 그때 느꼈대요. 사랑은 그 무엇으로도 막을 수 없고, 자기가 그런 열정 안에서 태어났다는 사실이 기쁘다고 했어요."

조는 레이시가 어떻게 생각하든지 개의치 않고 눈물을 흘렸다.

"알아요. 우리 네 사람도 눈이 퉁퉁 부을 때까지 울었어요. 지금까지 우리 가족한테 있었던 일 중에서 가장 끝내줬어요."

그녀가 가방 안에서 티슈 두 장을 꺼내 한 장을 조에게 건넸다.

"키니 교수는 아내가 술 때문에 몸이 망가졌기 때문에 책임감을 느낄 수밖에 없었죠."

나머지 한 장으로 눈가를 찍어내며 그녀가 말했다.

"교수님과 우리 엄마는 결혼할 거예요. 조지가 나랑 게이브한테 괜찮은지 물어보더라고요."

"정말 괜찮으신 거예요?"

"너무너무 좋았어요! 심지어 우린 약혼 파티도 했어요. 난 하룻밤을 더 묵으면서 최고의 시간을 보냈어요. 립을 굽고 맥주를 마시면서요. 게이브와 밤늦게까지 이야기 하면서 우리 둘 사이에 자리하던 해묵은 감정들을 모조리 발산해 버렸죠."

조는 그 많은 것들을 그렇게 빠른 시간 안에 다 극복했다는 사실을 믿기 힘들었다.

"게이브가 어렸을 때 내가 어떻게 대했는지 전해 들었겠죠."

마치 조의 생각을 읽기라도 한 듯 그녀가 덧붙였다. 조는 게이브가 자신에게 솔직히 털어놓은 일에 대해 왈가왈부할 생각이 없었다. 레이시는 그녀의 침묵을 이해했다.

"아마 그랬을 거예요."

레이시가 말을 이었다.

"물론 이게 변명이 될 수 없겠지만 게이브가 태어났을 즈음에 심한 우울증을 앓았어요. 내 자신이 뚱뚱하고 못생긴 것만 같았고, 글솜씨도 형편없었죠. 그때 작고 예쁜, 완벽한 녀석이 등장한 거예요. 게다가 똑똑하기까지요. 전 정말이지 심하게 그 아이를 질투했어요."

"키니 교수님 아들인 걸 아셨어요?"

"우리 엄마가 조지랑 바람을 피우는 것 같다는 의심은 들었어요. 게이브가 태어나기 전 어느 날 밤에 아버지가 술이 거나하게 취하셔서 제게 털어놓으셨어요. 아빠는 그때 울고 계셨는데……."

그녀는 울음을 삼키고 다시 눈물을 닦아냈다.

"난 모든 걸 그 불쌍한 녀석 탓을 했어요. 엄마가 아버질 사랑하지 않는 것. 그 때문에 우리 아빠가 상처 받은 것. 심지어 내 우울증까지도요. 아버지가 그 완벽한 녀석을 예뻐하시자 전 완전히 돌아버렸어요. 내가 정말 아버지가 필요로 했을 때 내쳐졌다는 느낌을 받았어요. 그때 글쓰기를 포기했었거든요."

조가 레이시의 손에 자신의 손을 올렸다.

"가슴 아픈 이야기네요. 제가 상상했던 것보다 훨씬 더 힘든 상황을 겪으셨네요. 아직도 우울증을 앓고 계시나요?"

그녀가 끄덕였다.

"남편에게 너무나 감사해요. 언제나 내 옆에 있어줬거든요. 버리고도 남았을 순간에도."

그녀의 눈에서 다시 눈물이 흘러내렸다.

"게이브랑 마침내 이 이야기를 터놓으신 건 정말 잘하신 거예요."

그녀가 또 한번 고개를 끄덕였다. 축축한 티슈로 한 번 더 눈물을 훔치면서.

"게이브는 제게 아무 말도 하지 않았어요. 며칠 전에 어떻게 지내냐고 문자를 쳤는데 '잘 있어요'라고 딱 두 마디만 했어요."

조가 말했다.

"그 녀석은 잘 지내고 있어요."

레이시가 말을 이었다.

"다 크고 나서 그렇게 행복해하는 모습은 처음 봤어요. 다 당신 덕분이에요. 당신이 이 모든 걸 가능하게 한 거예요."

"엄밀히 따지면 얼사 덕분이라고 할 수 있어요."

"쿼크를 이용한 덕에요?"

"게이브가 그것도 말했어요?"

"얼사에 대해서 하나도 빠지지 않고 말했어요. 그 불쌍한 아이를 경찰에 신고한 건 용서해줘요."

"옳은 일을 하신 거예요. 저도 그랬어야 했는데 비이성적인 행동에서 벗어나질 못했어요."

"그 애를 사랑하니까요. 남편이 도울 수 있게 허락해줘요."

"제게 주어진 도움을 마다할 필요가 없을 거 같네요. 전 어떻게 하면 되죠?"

그녀가 가방에서 전화기를 꺼내 누군가에게 문자를 보냈다. 그러고 나서 덧붙였다.

"지금 차 안에서 기다리고 있어요. 이제 올라올 거예요."

"남편분이요?"

"네. 트로이 그린필드예요. 당신을 변호해 줄 최고의 변호사."

37

트로이는 다부진 체격의 상냥한 남자로, 병원 방문객 라운지에서 조에게 사건 전말을 털어놓게 했다. 여러 가지 질문을 하고 노트에 꼼꼼히 받아 적었다.

호텔방으로 돌아간 조는 얼사를 맡게 될 가능성에 대해 특별히 더 희망을 품지는 않았지만, 후회할 일이 많지 않을 것을 알기에 기분이 나아졌다. 자신이 할 수 있는 한 최선을 다한 것이다.

레노라 로즈와 셸리 박사는 며칠간 모습을 보이지 않았다. 얼사가 퇴원을 할 정도로 몸을 회복하게 되어, 아이의 거처를 결정하는 문제로 바쁜 모양이었다. 레이시가 왔다가고 사흘 뒤 조는 호텔을 나서기 전 트로이의 전화를 받았다.

"좋은 소식이랑 그저 그런 소식이 있어요."

조의 심장이 요동치기 시작했다.

"경찰이 기소를 포기했어요."

"확실해요?"

"확실한 답을 듣기까지 좀 시간이 걸렸지만 좀 괴롭혔더니 대답하더군요. 기소가 되면 존 데이비드슨을, 아, 아주 능력 있는 변호사예요, 기용할 거니 빨리 알아야 된다고 닦달했죠."

"그래서 기소가 안 된 거예요? 데이비드슨 변호사가 무서워서요?"

"솔직히 말하면 그건 별로 영향을 미치지 않았을 거예요. 어젯밤 켈렌 형사랑 장시간 이야기해 보니, 게이브에 대한 찬양이 주된 이유였어요. 당신이 기소가 되면 게이브도 조사를 피해갈 수 없게 되는데, 아, 그건 얼사가 게이브네 집에서도 여러 날을 보냈기 때문에 그래요. 하여튼 맥냅과 켈렌은 게이브가 처벌받는 걸 원치 않아요."

"마치 남성 우월주의자처럼 들리는데 제가 이상한 거예요?"

"전혀요. 저도 그 점을 문제 삼았죠. 그랬더니 켈렌 형사가 자신은 언제나 당신 편이었다는 말을 했어요. 알지도 못하는 어린아이를 도우려고 한 당신의 의협심을 존경한대요. 거기에다가 당신이 보안관국에 전화한 날 밤 출동한 경찰이 했던 말 때문에 더 확실해졌죠. 그 사람을 불러서 조사했는데……."

"카일 딘 경관이요?"

"네. 그 사람이 당신에게 양육 가정에 대해 매우 사적인 견해를 제공했고, 그 때문에 당신이 혼란스러웠을 수 있다는 사실을 인정한 거죠. 맥냅 경관은 당신을 기소하자는 쪽이었지만 자기 팀에 있는 경관의 미심쩍은 행동이 재판의 명운을 판가름할 요소가 될 수 있다는 사실을 눈치채고 물러났죠."

"와, 게이브 누나 말이 맞았어요. 최고의 변호사시네요."

"고마워요."

그가 껄껄 웃었다. 조는 한결 마음이 가벼워졌지만 그저 그런 소식 때문에 어떤 충격을 받을지 몰라 마냥 기뻐할 수만 없었다.

"얼사 문제 말인데요."

트로이가 먼저 입을 뗐다.

"사회복지사들과 아무런 진전이 없었고, 아이의 미래를 결정하는 문제에 법을 적용할 수가 없었어요. 이런 소식을 전해서 유감이지만 내 생각에 아마도 위탁 가정에 인계될 거 같아요."

"저도 그럴 거라고 짐작했어요."

"계속 시도해 볼 거예요, 조. 아직 포기하지 맙시다."

"면접 교섭권 같은 거 받을 수 없을까요?"

"가족과 친족이 아니기 때문에 법적으로 아이를 만날 수 있는 권리가 없어요. 그건 복지사들과 양육 부모를 설득하는 수밖에 없어요. 그래도 한번 알아볼게요, 알았죠?"

"네. 애써 주셔서 감사합니다."

그녀는 눈물이 앞을 가려 통화종료 버튼을 겨우 눌렀다.

조가 얼사의 병실에 도착했을 때, 레노라가 먼저 와 있었다. 그녀는 조를 복도로 불러내 소식을 전했다. 얼사의 위탁부모가 될 부부가 점심식사가 끝난 뒤 얼사를 찾아올 것이라고 했다. 그리고 조에게 그 자리에 참석하지 말라는 부탁과 함께, 얼사가 그 사람들과 함께 곧 가야 한다는 사실을 받아들일 수 있도록 도와달라고 했다.

"절 후보로 생각을 해 보긴 하셨어요?"

조가 물었다.

"조애나……. 어떻게 그게 가능하겠어요?"

"왜 안 되죠?"

"우린 아이를 부모가 모두 있는 가정으로……."

"그건 말도 안 되는 소리고, 당신도 거기에 동의할 거예요. 얼사가 자신이 원하는 걸 분명히 얘기했잖아요. 생판 남인 엄마, 아빠가 아니란 걸요. 그리고 제가 결혼한 부부 못지않은 자원과 자격을 가졌다는 것도 아시잖아요."

"단지 당신이 미혼이어서가 아니에요. 그거 말고도 이유가 많아요."

"그게 뭔데요?"

"아직 학생이시잖아요. 건강 상태도 확실하지 않고요. 게다가 아동 위해죄 혐의도 무시할 수 없고요."

"기소하지 않는 걸로 결정 났어요."

"기소가 되든 안 되든, 당신의 판단 능력에 문제가 있다는 게 드러났잖아요."

"이제 얼사가 어떤 아이인지 잘 아시니 여쭤 볼게요. 제가 과연 더 나은 선택을 할 수 있었을까요? 경찰을 개입시키면 아이는 도망갈 거고, 그것보다는 저랑 있는 것이 더 안전하다는 걸 알고 있었다고요!"

"당신의 행동은 그게 다가 아니었다는 걸 본인도 알고 있을 텐데요."

"예를 들면 어떤 거요?"

"아이한테 엄마 역할을 했잖아요."

"그게 제가 위탁모 후보에서 제외되는 이유라고요?"

조는 이해할 수 없다는 듯이 물었다.

"왜 그렇게 했느냐가 우려스러운 거예요. 얼마 전에 엄마를 잃고 생식기를 제거했잖아요."

"그걸 어떻게 아셨어요?"

"얼사가 말해 줬어요."

"아이를 꼬드겨서 제 정보를 캐내신 거예요? 저게 직접 물어볼 생각은 하지 못하셨어요?"

"꼬드기다뇨. 셸리 박사님이랑 상담하면서 말한 거예요."

"그게 더 나빠요! 날 제외시키기 위한 정보를 얻는 데 심리요법을 이용한 거잖아요!"

"제발 얼사가 이 상황을 받아들이게 도와주세요. 그게 아이를 가장 사랑하는 방법이에요."

"동의는 못하지만 설득하려 노력은 해 볼게요. 전 아이가 도망가서 나쁜 일이라도 벌어질까 봐 두려워요."

"걱정 마세요. 이런 아이들도 결국 적응해요."

"이런 아이들이라고요?"

레노라와 1초라도 더 있다간 폭발할 지경에 이르렀다. 그녀는 얼사의 병실로 들어가 버렸다.

"언니 왜 화났어?"

얼사가 물었다.

"화 안 났어."

"아줌마가 뭐라고 했어?"

얼사가 그녀를 빤히 쳐다봤다.

조는 침대 위로 올라가서 아이에게 전부 이야기했다. 얼사는 울면서 저항했다. 한 시간 뒤 의사가 병실을 찾았을 때도 아이는 계속 울고 있었다. 의사가 아이의 상처를 살펴보는 동안, 조는 병실 밖으로 나왔다. 그가 검진을 마치고 나와서 나지막한 음성으로 그녀에게 말했다.

"조……. 이렇게 돼서 대단히 유감이에요. 여기 있는 사람들은 그 결정이 잘못되었다고 생각해요. 우린 당신이 얼사를 어떻게 돌보아왔는지…… 두 사람의 관계를 옆에서 지켜봤으니까요."

조가 고개를 끄덕였다.

"얼사가 당신 없이 회복할 수 있을지 짐작도 못하겠네요. 수술 준비를 할 때 얼사가 눈을 떴었어요. 엄청난 양의 피를 흘렸는데도 의식을 되찾아서 당신을 찾더군요. 우리가 다친 배를 치료해 줄 거라고 하니 자신이 조와 함께 하기 위해 별에서 돌아왔으니 잘된 일이라고 하면서, 자신이 죽으면 조가 슬퍼할 거라고 하더군요."

그의 말은 그녀를 울리고 말았다.

"이런, 미안해요. 괜한 말을 해서 더 마음 상하게 했군요."

"아니에요. 격려해 주셔서 고맙습니다."

한 시간 반 뒤, 조는 얼사가 격렬하게 우는 가운데 새 위탁 부모를 위해 그 자리에서 나왔다.

호텔로 돌아온 조는 게이브에게 전화를 걸었다. 게이브는 세인트루이스로 달려와 그녀 곁을 지켜주고 싶어 했지만, 엄마를 혼자 내버려 둘 수가 없었다. 레이시는 가족과 시간을 보내고 있으며, 조지는 딸들이 있는 어배너에 있었다. 조지는 딸들에게 게이브가 자신의 아들이라는 사실을 고백하기로 결심했다. 더는 가족 간에 비밀이 존재하길 원하지 않는 것이다.

조는 그날 밤 병원으로 돌아가지 않았다. 위탁 부모가 아직 그곳에 있을지도 몰랐다. 그녀는 그렇기를 바랐다. 함께 살기 전에 같이 있는 시간을 되도록 많이 갖는 것이야말로 아이가 도망칠 위험을 줄일 수 있는 유일한 방법이었다.

다음 날 아침, 조가 어린이 병동에 도착했을 때 레노라가 그녀를 기다리고 있었다. 화가 잔뜩 난 상태였다.

"아이가 받아들일 수 있게 조금이라도 노력한 거예요?"

"물론이에요! 간호사들에게 물어 보세요. 몇 시간 동안 아이를 설득했다고요."

레노라는 조의 눈을 탐색하듯 살폈다가 그녀가 진실을 이야기하고 있다는 것을 알았다.

"어떻게 됐어요?"

"처참한 실패라고 할게요. 얼사가 그 사람들한테 뭐라고 했는지 알아요?"

"뭐라고 했는데요?"

"맨 처음 자기가 외계인이라고 시작했어요. 위탁 부모님들은 내가 이미 주의를 줬기 때문에 그건 알고 있었어요. 그 영악한 녀석이 그걸로 그 사람들이 겁먹지 않는다는 걸 보고 괴물이 사는 별에서 왔다는 이야기를 하더군요."

보라 식인괴물.

"그러고 나서 그 악동 같은 녀석이 새 위탁 부모님들께 뭐라고 했는지 아세요? 당신네들이 자러 들어가고 난 뒤 칼로 찔러 죽이겠다고요. 그 다음에 잡아먹겠대요. 그분들한테는 한 살배기 다른 위탁 아동이 있는데, 얼사가 아기가 제일 맛있을 거라며 그 애를 먼저 죽이겠대요."

"얼사는 그냥 그 사람들을 겁주기 위해서 자신이 생각할 수 있는 가장 끔찍한 생각을 이야기 한 거예요. 애한테 폭력적인 성향은 전혀 없어요."

"그분들이 그걸 어떻게 알고 위험을 감수하겠어요? 특히 집에 아기가 있는데 말이에요."

"제가 그분들을 만나서 얘기해 볼까요?"

"다 끝났어요! 꽁지가 빠져라 달아나면서 다시는 이 아이를 상대하고 싶지 않대요."

"그럼 이제 어떻게 되나요?"

"2안으로 가는 거죠. 차선으로 점찍어 둔 부부가 있어요."

"그분들께 먼저 경고하는 게 좋겠어요. 원하시면 제가 말씀드릴게요."

레노라는 자신의 뒤통수 부분에 있는 단발머리를 손으로 비벼댔다.

"그게 좋을지도요."

다음 날 조는 차선책 부부에게 외계인 얼사 듀프리에 대해서 속성 강의를 했다. 부부는 좋은 사람들이었다. 남편은 기술 컨설팅회사를 운영하고 아내는 전직 체육교사로, 이제는 여섯 살 된 아들을 돌보는 주부였다. 부부는 더는 아이를 낳을 수 없는 상태라고 했다.

조는 부부가 들어오기 전에 얼사를 먼저 찾아가 협조해 달라고 사정했다. 얼사는 거부하며 자신은 오직 조와 함께 살기를 원한다고 말했다. 또다시 조는 얼사의 애처로운 울음소리를 뒤로하고 병원을 나섰다.

이튿날 병원으로 돌아갔을 때 그 부부가 두 번째로 얼사를 면회하고 있었다. 조는 자리를 피하려고 했지만 부부가 남아 있을 것을 요청했다.

"같이 얘기 나눠요. 우리 다 같이 친구하면 좋겠어요."

부부 중 아내가 말했다. 조는 얼사의 마음의 문을 열게 하려고 애썼지만 아이는 뾰로통하게 직접적인 질문에만 퉁명스러운 어조로 대답했다. 조가 위탁 부모에게 얼사의 그림을 보여 주려고 하자 아이가 소리 질렀다.

"보여 주지 마! 그건 내 개인적인 거라고!"

조가 얼사에게 남동생이 생기면 좋을 것이라고 말하자 아이가 말했다.

"난 멍청한 남동생 따위 필요 없어!"

"수영장도 있대, 얼사."

조가 말했다.

"그건 정말 재밌을 텐데?"

"아니! 난 서머스 계곡에서 언니랑 아저씨하고만 수영하고 싶어!"

얼사가 말했다.

"제발 내가 아는 착한 얼사로 돌아와."

조가 애원했다.

"난 저 사람들한테 착하게 안 굴 거야! 난 언니랑만 살고 싶다고! 언니도 그렇다고 했잖아! 근데 왜 나보고 저 사람들을 좋아하라고 하는 건데?"

"제가 가는 게 낫겠어요."

조가 말했다.

"네, 시도해 줘서 고마워요."

레노라가 말했다.

조가 얼사를 안았을 때 아이가 떨어지지 않았다. 아이는 울며 매달렸다.

"가지 마! 착하게 굴게! 제발!"

간호사 두 명과 레노라가 간신히 아이의 팔을 떼어냈다. 얼사가 외쳤다.

"나도 데려가! 난 언니를 사랑해! 난 언니하고만 있고 싶어!"

조는 의사와 간호사들의 안타까운 시선을 피해 황급히 복도를 지나쳤다.

그날 밤 7시, 조는 호텔방에서 요거트 하나와 포도 몇 알을 먹었다. 그것마저도 간신히 목구멍으로 넘겨야 했다. 그날 오후 게이브와 눈물 섞인 대화를 나눈 이후부터 계속 속이 메스껍고 기운이 하나도 없었다. 다음 날 아침 얼사에게 마지막으로 작별인사를 고할 참이었다. 이곳에 남아 있는 것은 그녀를 너무 아프게 했다.

8시가 돼서 세인트루이스에 첫 뇌우가 불어닥쳤다. 그날 밤 도시에는 토네이도 경보가 발효돼 있었다. 조는 암막커튼을 치고 에어컨을 최대로 튼 다음 침대에 누웠다. 덕분에 천둥번개가 울리는 소리와 창문을 두드리는 빗소리가 거의 들리지 않았다. 그녀는 눈을 감고 이불 아래서 태아자세로 웅크리고 납작한 가슴을 팔로 감쌌다. 9시 52분, 그녀는 예상치 못한 전화벨 소리에 잠에서 깼다.

"레노라?"

"아이가 없어졌어요."

조는 이불을 박차고 침대 옆에 일어나 앉았다.

"그게 무슨 소리예요? 그 사람들이랑 같이 집으로 갔어요?"

"도망갔어요. 도저히 찾을 수가 없어요."

"그렇게 철저한 보안을 뚫고 어떻게 병원을 빠져나갈 수가 있어요?"

"그러게 말이에요……. 정말 똑똑한 아이네요. 아직 병원 어딘가에 있는 거 같다고 했지만, 못 찾았어요."

"없어진 지 얼마나 됐는데요?"

"간호사가 보고한 뒤로 한 시간이 지났어요."

"카메라에 찍힌 거 없어요?"

"지금 확인 중이에요. 처음에는 쉽게 찾을 거라고 생각했어요."

"그 사람들은 얼사를 모르잖아요."

"당신은 잘 알잖아요. 그래서 우리한테 경고했었고요. 병원을 빠져나갔으면 어떡하죠? 도시를 헤매고 있으면 어떡하죠?"

얼사는 그렇게 하고도 남았고 병원을 빠져나오는 게 목적이었을 것이다. 하지만 조는 아무 말도 하지 않았다.

"아마 다른 병실 같은데 숨어 있을 거예요. 분명 찾을 수 있을 거예요."

"이쪽으로 오실 수 있어요? 만약 당신이 아이를 부른다면……, 만약 아이가 당신 목소리를 듣는다면…….'

30분 뒤 조는 레노라와 함께 병실을 돌아다니고 있었다. 10분이 채 지나지 않아 경비원이 그들을 멈춰 세웠다.

"애는 병원에 없어요."

"확실해요?"

레노라가 말했다.

"우리는 처음에 환자복을 입은 꼬마 여자애를 찾고 있었는데 그 애는 평상복을 입고 있었어요. 이게 감시 카메라에 찍혔어요."

그는 병원 복도를 걷고 있는 얼사가 찍힌 사진을 들어 보였다. 조는 그 사진을 자세히 살펴보았다. 얼사는 조의 남색 일리노이대학 티셔츠와 무릎까지 올린 검은색 요가복을 입고 있었다.

"이건 내 옷이에요."

조가 말했다.

"혹시 아이 옆에서 자야 될 경우를 대비해서 내가 가방에 넣어두었던 여분의 옷이에요. 며칠 전에 없어진 걸 알았는데 어디서 떨어졌다고 생각했어요."

그녀는 사진을 더 자세히 들여다보았다. 얼사는 자신의 보라색 운동화를 신고 있었다. 마지막으로 그 신발을 신고 있는 모습을 보았을 때는 총격전이 있던 날 밤이었다.

"이 신발 어디서 났어요?"

"여기로 이송되었을 때 피 묻은 옷가지에서 건져 낸 거라곤 그거 하나뿐이었어요."

레노라가 말했다.

"보통 개인 물품은 가방 안에 넣어서 환자 옷장에 보관해요."

"어떻게 병원을 빠져나갔는지 영상에 찍혔나요?"

경비원이 고개를 끄덕였다. 그의 표정은 그다지 희망적이지 않았다.

"어떤 남자 손을 잡고 로비에 있는 정문을 빠져나갔어요. 그래서 영상에서 아이를 찾는 데 시간이 많이 걸린 거예요. 평상복을 입고 어떤 남자랑 같이 있었으니까요."

조는 후들거리는 몸을 지탱하기 위해 벽을 잡았다.

"그 남자가 아이를 납치하는 걸로 보이나요?"

레노라가 말했다.

"아이의 과거를 생각하면 그럴 가능성도 있는 것 같습니다."

경비가 말했다.

"경찰에게 알렸나요?"

"도시에 있는 경찰에게 모두 연락이 갔습니다. 앰버 경고도 발동했고요."

그때 어떤 생각이 조의 머릿속을 빠르게 스쳤다.

"아이는 납치되지 않았어요. 그 남자랑 일행인 척하기 위해 손을 붙들고 있는 거예요."

"확실하지 않잖아요!"

레노라가 말했다.

"맞아요. 하지만 얼사는 혼자서는 저 문을 지나칠 수 없다는 걸 알고 있었을 거예요."

"아이가 어떻게 모르는 사람이 자기 손을 잡게 했다는 거죠?"

"저를 믿으세요, 얼사에겐 다 방법이 있어요."

조는 또다시 사진을 들여다보았다. 아이는 다른 한 손으로 무엇인가를 꽉 붙들고 있었다. 어쩌면 조의 가방에서 옷보다 더 많은 걸 가지고 갔을지도 몰랐다. 조는 가방 앞에 달린 주머니를 열고 호텔 카드키를 찾았다. 종이봉투에 들어 있던 게이브의 키를 찾아 손을 휘저었다. 그 안은 텅 비어 있었다.

"어쩌면 아이가 어디로 갔는지 알 거 같아요."

"어디요?"

"절 따라오세요."

가방을 둘러메며 조가 말했다.

"경찰에 신고해야 돼요."

레노라가 말했다.

"아이를 찾을 때까지 경찰을 개입시키면 안 돼요. 경찰을 보면 아이가 또 도망갈 거라고요."

"하긴 그러네요."

밖에는 세차게 비가 내리고 있었다. 레노라가 방을 나서며 우비를 집어 들었다. 조는 여전히 게이브가 두고 간 오버사이즈 맨투맨 티셔츠를 입고 있었는데 병원에 오는 길에 비를 맞아서 그 속에 껴입은 티셔츠까지 푹 젖고 말았다. 거리에는 경찰들이 진을 치고 있었고 교차로마다 서 있는 경찰차에서 나오는 불빛이 빗속에서 번쩍거렸다.

"정말 안타까워요. 이 빗속에서 얼마나 무서울까요."

"전 그렇게 생각하지 않아요. 그 녀석, 뇌우를 좋아하거든요."

레노라가 두 사람이 향하는 곳을 눈치챘다.

"아이가 당신이 지내는 호텔 이름을 알아요?"

"지난주에 제가 지내는 곳에 대해 꼬치꼬치 캐묻더라고요. 전 그냥 애가 심심한줄 알았어요. 방에 들어갈 때 쇠로 된 열쇠를 사용하는지도 물었는데 그때 카드키에 대해서 얘기해 준 거예요."

"그 말인즉슨 애가 이걸 오래전부터 계획하고 있었다는 거네요."

"결과가 어떻게 될지 지켜 본 거예요. 그러다가 다급해져서 도망 나왔고요. 아이는 아무도 자신을 도와주지 않을 거라는 걸 안 거예요. 나까지도요."

"그럼 호텔로 가지 않을 수도 있잖아요."

"알아요. 그것 때문에 좀 걱정이에요."

"만약 아이가 당신을 신뢰한 것처럼 그 남자도 믿었으면 어떡하죠?"

레노라가 말했다.

"아직 경찰한테 데리고 오지 않았다면 나쁜 의도가 있을지도 몰라요."

"나도 경찰에 데리고 가지 않았는데 나쁜 의도는 없었어요."

"과연 그런 운이 계속 될까요"

"제가 꼭 드리고 싶었던 말이 바로 그 말이에요."

그들은 호텔로 들어가서 황급히 엘리베이터 쪽으로 향했다. 조는 시큰거리는 다리를 절고 있었다. 몇 차례 선 끝에 엘리베이터가 겨우 6층에 도달했다. 612호 앞에서 조는 카드키를 구멍에 밀어 넣고 문을 열었다.

얼사는 그곳에 없었다.

레노라는 헝클어진 이불을 들춰 보고 침대 아래도 살펴보았다. 찾아볼 곳이 딱 한 군데 남아 있었다. 그녀가 화장실에 불을 켜고 샤워커튼을 들추자 욕조에 몸을 동그랗게 만 얼사가 있었다. 옷과 머리는 비에 젖어 있었다. 아이는 고개를 들고 애절한 눈빛으로 조를 쳐다봤다.

"언니…… 나 도망쳤어."

"나도 알아."

얼사가 아이를 욕조에서 안아 올렸다. 아이가 울면서 그녀에게 매달렸다.

"이제 나 안 사랑해? 왜 내가 그 사람들이랑 살았으면 좋겠어?"

"그렇지 않아. 그런데 더는 내가 할 수 있는 일이 없단다."

아이는 조에게 안겨 침대로 가면서 구슬프게 울었다. 아이는 피부까지 축축해져서 온몸을 덜덜 떨고 있었다.

"옷을 벗어야겠다, 딱정벌레야."

조가 아이를 침대 위에 앉혔다.

"저 아줌만 왜 여기 있어?"

얼사가 레노라를 보고 말했다.

"네가 걱정되어 왔단다."

레노라가 말했다.

"날 어디로 보내든 난 언니를 찾을 거야!"

아이의 눈에서 눈물이 샘솟았다.

"아줌마만 없으면 언니랑 나는 행복해질 수 있다고!"

조는 아이의 신발을 벗기고 젖은 바지와 티셔츠를 벗겼다. 조는 깨끗한 티셔츠를 꺼내서 얼사의 떨고 있는 몸에 입히고, 다시 아이를 들어 침대에 눕힌 다음 담요와 이불로 꽁꽁 싸매 주었다. 그러고 나서 에어컨을 끄고 화장실로 가서 자신도 젖은 옷을 갈아입었다. 그녀가 화장실에서 나왔을 때 레노라는 전화기를 꺼내 번호를 누르고 있었다.

"제발 지금 이곳으로 경찰을 부르지 말아요."

조가 말했다.

"그만 찾으라고는 말해야 돼요."

"알아요. 근데 잠깐만 시간을 주시면 안 돼요?"

레노라가 끄덕였다. 그녀는 병원 보안부서에 연락해서 얼사를 찾았고, 모든 경찰 기관에 연락해서 아이가 안전하다고 말해 줄 것을 요청했다. 그런 다음 비옷을 벗고 지친 한숨을 내뱉으며 의자 깊숙이 몸을 밀어 넣었다.

조는 얼사가 있는 침대 위로 올라갔다. 다른 침대를 써야 한다는 규칙 따위는 아무래도 상관없었다. 그녀는 얼사가 필요한 것을 줄 준비가 되어 있었다. 조는 자신의 몸속으로 작은 아이를 품은 뒤 아이의 볼에 키스했다.

"이제 따뜻해?"

"영원히 이 안에 있고 싶어."

"나도."

조가 말했다.

"제발 내가 널 사랑한다는 사실을 의심하면 안 돼. 아무도 그 사실을 우리에게서 빼앗아 갈 수 없단다."

요란하게 천둥이 치고 비가 창문을 때렸다. 조는 얼사를 자신의 안전한 둥지에 품었고, 그 모습을 운명이 지켜보았다.

38

한 달 뒤, 이상할 정도로 시원한 8월의 어느 날, 얼사가 양손으로 게이
브와 조의 손을 꼭 잡고 서 있었다. 흰색 대리석 십자가 너머 목사가
탄 차가 도로에 접어든 뒤 점점 더 멀어졌다. 레노라 로즈도 차를 출발
시킨 뒤 그 뒤를 따랐다. 포샤 윌킨스 듀프리가 영면하는 길에 그들 외
에 찾아오는 사람은 아무도 없었다. 고인의 엄마마저도. 딸을 보호하
다가 목숨을 잃었을 때, 포샤의 나이는 조와 같은 스물여섯이었다.

얼사는 조와 게이브의 손을 놓고 한참 동안 꽃으로 묘 주위에 새로
운 별자리를 만들었다. 끝마치고 난 뒤 아이가 말했다.

"안녕, 엄마. 사랑해."

그런 뒤 다시 조와 게이브의 손을 잡았다.

"이제 아빠 보러 갈래."

그들은 딜런 조지프 듀프리의 묘로 향했다. 그는 자신의 엄마 곁에

묻혔고, 그의 엄마 곁에는 남편을 위한 묏자리가 마련되어 있었다. 딜런의 아빠는 인근 요양원에 살고 있었지만, 손녀를 알아보지 못할 정도로 알츠하이머로 인한 마음의 병이 너무 깊었다. 딜런과 그의 부모님 바로 곁에는 포샤를 묻을 곳이 없었기 때문에, 조는 딜런에게 최대한 가까운 곳으로 포샤를 위한 자리를 마련했다. 얼사의 바람대로 포샤의 십자가는 딜런의 묘에 있는 것과 동일했다.

딜런의 묘에 도착했을 때, 얼사는 잡고 있던 조와 게이브의 손을 놓고 주머니에서 접힌 사진을 꺼내 십자가 아래에 두었다. 그것은 얼사 메이저에 안에 위치한 바람개비 은하의 이미지였다.

딜런은 별과 관계된 모든 것을 사랑했다. 그의 인생이 나락으로 떨어지기 전 그의 꿈은 천체물리학자였다. 딸의 이름도 하늘 위 큰곰자리를 따서 얼사라고 지었고, 아이에게 별과 별자리에 대해서 가르쳤다. 얼사가 어둠을 무서워하면 그는 아이의 방에서 창문을 살짝 열고, 별에서 떨어지는 좋은 마법이 창문으로 들어온다고 말하곤 했다. 그 마법이 언제나 그녀를 지켜 줄 것이라며. 그가 죽은 뒤 얼사는 좋은 마법이 한가득 들어오길 바라며 매일 밤 창문을 활짝 열었다. 그리고 그 덕분에 자신을 죽일 뻔한 남자들의 손아귀에서 탈출할 수 있었다.

얼사는 십자가 쪽으로 걸어가서 그 위에 키스를 했다.

"사랑해, 아빠."

그녀가 손가락으로 뒤쪽을 가리켰다.

"조와 게이브 아저씨야. 아빠도 좋아했을 텐데. 아저씨도 아빠처럼 별을 좋아해."

아이는 은하 사진을 한 번 더 평평하게 누르고 나서 뒤를 돌아보았다.

"갈 준비 됐어?"

조가 말했다.

"응."

아이가 말했다.

그들이 방문할 무덤이 하나 더 남아 있었다. 그들은 조의 차를 타고 켄터키주 퍼듀카에서 일리노이주 비엔나로 행했다. 터키크리크 로드가 가까워지자 아이는 안전띠를 최대치로 당겨서 두 좌석 사이에 기댔다. 그날 밤 바로 그 교차로에서 수술을 받기 위해 세인트루이스로 헬기 이송이 된 이후로 다시 찾아온 건 처음이었다.

"이게 뭐지?"

길이 가까워졌을 때 조가 말했다.

"내가 시간을 지나쳐 왔나?"

"우리 두 사람 별로 안 닮았다고 한 거 같은데요?"

게이브가 말했다.

"그거야 나이 차이 때문에 그런 거죠."

파란 천막과 '신선한 달걀' 현수막 아래 '나이든 버전의 게이브'가 미소를 지으며 손을 흔들었다.

"교수님이 새로 온 달걀장수란 말 안했잖아요."

"나도 몰랐어요."

게이브가 말했다.

"이런 적 처음이세요?"

"나도 당신만큼 놀라는 중이에요."

조가 게이브의 흰색 픽업트럭 옆에 차를 세웠다.

"당신 트럭까지 몰고 오셨네요."

"농장일 할 때 쓰라고는 말씀드렸는데."

게이브가 말했다.

"교수님 차는 좋고 자갈이 튀어서 엉망이 될 테니까요."

"그거에 대해선 내가 제일 잘 알죠."

얼사가 뒷좌석 문을 열어젖히고는 달걀 매대 쪽으로 달려갔다. 키니 교수가 자리에서 일어서서 아이와 악수를 나누었다.

"네가 얼사로구나."

"네."

얼사가 대답했다.

"난 조지라고 한단다. 만나서 매우 기쁘구나."

"할아버지는 왜 아저씨처럼 생겼어요?"

얼사가 물었다.

"게이브는 아빠가 둘인데 내가 그중 한 사람이거든."

게이브가 그와 포옹했다.

"어떻게 됐니?"

조지가 물었다.

"잘 됐어요."

게이브가 대답했다.

"캐서린과 나는 그 사람들이 변덕을 부릴까 봐 마음을 졸였단다."

"그래서 여기 나와 계신 거예요? 우리를 기다리면서요?"

"여기 나온 건 망할 놈의 달걀들이 천장까지 쌓여서 말이다."

그가 조를 향해 팔을 벌렸다.

"이리 와 봐요. 원더우먼."

"그러기엔 풍만함하고 거리가 너무 멀어서요."

조가 말했다.

"그럼 더 가깝게 포옹할 수 있겠군요."

조지가 품속에서 조를 꼭 끌어안으며 말했다.

"우리 작은곰 장례식을 치를 거예요."

얼사가 말했다.

"그거 좋은 생각이구나. 충성스러운 개라고 들었단다."

"최고였어요."

"그만 가볼게요. 조는 점심 먹고 바로 가봐야 돼서요."

게이브가 말했다.

"여기 정리하고 집에서 보자꾸나."

"도와 드릴까요?"

조가 물었다.

"에헤, 난 그렇게까지 늙지 않았어요."

조, 게이브, 얼사는 차를 타고 익숙한 터키크리크 로드의 험한 굴곡을 따라 움직였다. 얼사는 창밖을 내다보기 위해 자리에서 길게 몸을 뺐다. "어딘가 달라 보여"라며 아이가 중얼거렸다.

"풀들이 자라고 색이 바뀌기 시작했으니까."

"둥지 표식은 어디 갔어?"

"조사를 마친 뒤에 다 뗐어. 유리멧새들은 이동할 준비를 하고 있어."

"새들이 떠나는 거야?"

"응. 몇 주 안에 다 떠나는데 겨울 동안만이야. 봄에 다시 돌아올 거야."

그들은 언덕 위에서 그들을 기다리고 있는 노란 집 쪽으로 핸들을 꺾어 키니 산장 진입로에 들어섰다. 시동을 끄기 전 조는 히코리 나무를 바라보았다. 얼사는 차에서 펄쩍 뛰어내려 집 뒤에 있는 들판 쪽으로 달려갔다.

"얼사, 이쪽이야."

그 뒤로 게이브가 외쳤다.

"꽃다발 만들어 올게!"

조는 키 큰 풀숲으로 사라지는 아이를 눈으로 쫓았다. 게이브가 그녀의 손을 잡고 가까이 잡아당겼다.

"아직 달걀 팔아요?"

"그 사건 뒤로 못 나갔어요."

"다시 나갈 거예요?"

"모르겠어요."

그의 눈길을 도로 쪽을 향했지만 더 먼 곳을 바라보고 있었다.

"달걀 매대는 바깥세상과 나를 연결해 주는 실이었어요."

"이제는 그보다 더 단단한 게 생기지 않았어요?"

그가 그녀를 내려다보며 미소 지었다.

"그보다 실이 끊어지고 현실 세계로 떨어졌다는 게 맞겠지요."

"그래서 기분이 어때요?"

조가 물었다.

"좋아요. 근데 가끔 그게 얼마나 좋은 건지 믿기 힘들어요. 만약 모든 게 옛날로 돌아가면 어떡해요?"

"당신을 사랑하는 사람들이 도와줄 거예요."

그가 그녀에게 키스했다. 시간이 지나가는 걸 채 느끼기도 전에 얼사가 한 손으로 조를, 다른 한 손으로 게이브를 감쌌다. 그리고 두 사람에게 머리를 기댔다.

얼사가 준비를 마치자 게이브가 그들을 작은곰의 무덤으로 이끌었다. 윤을 낸 삼나무 십자가에 '작은곰'이라는 글씨와 함께 그 아래에 '사랑하는 사람들을 위해 목숨을 바치다'라고 적혀 있었다. 얼사가 훌쩍거리며 뺨을 훔쳤다.

"십자가 마음에 드니?"

게이브가 물었다.

"정말 완벽해."

아이는 이미 새싹이 돋아나기 시작한 작은 흙무덤 위에 미역취, 엉경퀴, 국화로 만든 꽃다발을 올려놓았다.

"누가 애도사를 했으면 좋겠니?"

조가 물었다.

"내가 제일 좋아하는 노래를 불러 주고 싶어. 얼사 아빠……. 아니, 우리 아빠가 자장가로 불러줬던 노래야."

"작은곰이 좋아하겠다."

게이브가 말했다.

자신의 애완견이 묻힌 흙무덤를 바라보며 얼사가 노래를 불렀다.

"반짝반짝 작은 별, 아름답게 비치네. 서쪽 하늘에서도, 동쪽 하늘에서도 반짝반짝 작은 별 아름답게 비치네."

게이브가 조의 손을 잡은 손에 힘을 줬다. 아이는 노래가 끝난 뒤 바닥에 쭈그리고 앉아 흙무덤을 쓰다듬었다.

"사랑해, 작은곰."

그들은 차로 돌아와 내시 가족농장을 향해 출발했다.

"저 차들은 누구 거야?"

차가 멈췄을 때 얼사가 물었다.

"누가 왔어, 아저씨?"

"들어가서 네가 직접 확인하렴."

얼사가 차에서 내려서 테라스 계단 쪽으로 뛰어갔다. 조와 게이브도 그 뒤를 따랐다. 그들은 아이의 반응을 보고 싶은 것이다.

"들어가도 돼?"

얼사가 물었다.

"언제부터 네가 그런 걸 물었니."

덧문 뒤에서 레이시가 말했다. 얼사가 씩 웃었다.

"생각나, 아저씨? 우리가 아저씨 구했었던 거."

"생각나고말고."

그가 말했다.

"들어와."

덧문을 열어주며 레이시가 말했다. 안으로 들어간 아이의 표정은 사람들이 부르는 '생일 축하합니다' 노래 소리에 놀라움에서 기쁨으로 바뀌었다. 거실에는 짙은 보라색과 연한 라벤더색 풍선이 떠다니고, 통나무 벽과 천장에도 같은 색으로 된 리본 띠 장식이 꾸며져 있었다. '돌아온 걸 환영해, 얼사'와 '아홉 살 생일을 축하해'라고 적힌 현수막 아래, 식탁에는 다양한 음식과 은색 별사탕이 뿌려진 케이크가 있었다. 축제 분위기에 활력을 더 불어넣기라도 하듯 색색깔의 리본을 달고 있는 아기 고양이들이 사람들의 발밑에서 돌아다니고 있었다. 얼사가 소리쳤다.

"오늘이 내 생일인 줄 몰랐어!"

조는 아이 엄마를 장지에 묻는 날과 아이 생일이 겹치지 않기를 바랐지만, 자신과 레노라가 퍼듀카까지 갈 수 있는 날이 그날밖에 없었다. 조와 게이브는 분위기를 밝게 하기 위해 파티를 계획했다.

게이브가 조지의 둘째 딸과 그 남편, 그리고 고등학생 아들에게 얼사를 소개했다. 게이브와 조지의 둘째딸은 이미 좋은 친구가 되었지만, 맏딸은 사생아인 이복동생이 있다는 사실을 아직 잘 받아들이지 못하고 있었다.

레이시의 남편이 얼사와 인사를 나누었다. 트로이가 아이와 악수를 했을 때 아이의 손에서 크리스털 별 모양 펜던트가 달린 목걸이가 나타났다.

"이거 어디서 났니?"

그가 물었다.

"몰라요!"

얼사가 말했다.

"마음에 드니?"

"네!"

"그럼 네 것인가 보다."

그제야 조는 트로이 그린필드 변호사가 아마추어 마술사라는 사실을 알았다. 조는 얼사를 한쪽으로 데리고 가서 태비가 무척이나 파티에 오고 싶었지만 캘리포니아주에 사는 여동생이 찾아와서 올 수 없었다는 소식을 전했다. 정확히 파티가 시작하는 시간에 동생을 공항으로 데려다주어야 했던 것이다.

"괜찮아."

얼사가 말했다. 조는 고양이가 그려진 포장지로 싼 커다란 상자를 건넸다.

"이건 태비가 주는 거야."

"열어도 돼?"

"물론이지."

얼사가 바닥에 앉아서 포장지를 뜯고 상자 뚜껑을 열었다. 아이는 환한 얼굴로 덜렁대는 팔다리에 이빨을 드러내며 웃고 있는, 부드럽고 커다란 보라색 인형을 꺼냈다. 노랫말에 나오는 외계인처럼 눈은 가운데에 하나밖에 없고 긴 뿔과 날개 한 쌍이 달려 있었다. 아이는 그 이상한 인형을 끌어안고 말했다.

"보라 식인괴물이다! 베개처럼 부드러워!"

아이는 다른 선물들도 차례로 열었다. 조가 준비한 작은 쌍안경과 조류도감, 키니 교수가 준비한 중급용 수생생물 입문서, 레이시가 준비한 수채화 도구세트, 조지의 딸이 준비한 흰색 고양이 얼굴이 그려진 연보라색 스웨터, 그리고 캐서린이 준비한 아름다운 채색 삽화가 수록된 『한여름밤의 꿈』 양장본까지.

"이런, 선물을 준비하는 걸 깜박했다."

게이브가 말했다. 그가 농담하는 것을 알아차리고 얼사가 미소 지었다.

"어쩐다, 뭔가를 주긴 줘야 할 텐데."

그가 턱을 문지르며 주위를 둘러보았다. 그런 뒤 방을 가로질러 걸어가서 줄리엣과 햄릿을 안아 올렸다.

"애들은 어떠니? 내가 듣기로 네 새로운 위탁 부모님들이 고양이를 길러도 된다고 허락했다던데."

얼사가 조를 올려다보았다.

"정말? 정말 그래도 돼?"

"그 위탁 부모님들이 참 좋은 사람들인가 보네."

조가 말했다. 얼사가 새끼 고양이를 받아들고 털에 얼굴을 파묻었다.

"줄리엣과 햄릿의 운명에 네가 긍정적인 영향을 끼친 것 같네."

게이브가 말했다.

"내 퀴크 때문이야."

얼사가 말했다.

"잠깐, 우리 이제 퀴크 이야기 안 하기로 한 걸로 아는데?"

"어떻게 그래? 난 여전히 좋은 일을 일어나게 한단 말이야."

"정말?"

"언니가 이젠 내가 얼사가 아닌 것처럼 말하면 안 된다고 했어. 하지만 내가 얼사인 척한다고 해서 내가 외계인이 아니라는 소리는 아니야."

조와 게이브는 눈빛을 교환했고, 얼사는 여느 때처럼 두 사람의 분위기를 감지했다.

"걱정 마."

아이가 조에게 말했다.

"언니가 말한 대로 하고 있잖아."

"언니가 뭐라고 했는데?"

게이브가 물었다.

"외계인은 얼사의 영혼 같은 거랬어. 그러니까 얼사랑 외계인이 완전한 사람이 될 수 있다고 그랬어."

"아름다운 얘기로구나."

캐서린이 말했다.

"맞아요."

얼사가 말했다.

"근데 사실은 그 반대예요. 내가 별에서 왔고, 얼사가 내 영혼인 거예요."

일순간 모든 사람이 아이의 말에 귀를 기울였다. 얼사의 이상한 마법에 걸린 것이다.

"인간의 영혼을 가진 외계인이 생일 케이크가 먹고 싶을까?"

키니 교수가 물었다.

"네!"

얼사가 말했다.

"그것 다행이군! 내가 혼자 다 먹어야 되는 줄 알았잖니."

그들은 초 아홉 개에 불을 붙이고 다시 한번 얼사에게 생일 축하 노래를 불러 주었다. 조는 점심을 먹고 바로 그 자리를 떠야 하는 게 싫었지만, 어두워지기 전에 얼사가 새 집에 도착하기를 바랐다. 그녀는 게이브와 함께 아이의 선물을 챙기고, 레이시가 사다 준 고양이 캐리어에 새끼 고양이 두 마리를 집어넣었다. 캐리어를 들고 밖으로 나왔을 때 얼사가 어미 고양이를 보고 울음을 터뜨렸다.

"내가 아기를 데려가는 게 싫을 거야!"

"얘들은 이제 젖을 뗐단다."

게이브가 말했다. 주황색 태비 고양이가 얼사의 정강이에 몸을 비
볐다.

"봤지? 아기들을 잘 부탁한다고 말하는 거야."

사람들이 돌아가며 얼사와 조와 작별의 포옹을 한 뒤 게이브를 남
겨 놓고 모두 안으로 들어갔다.

"교수님과 어머니 결혼 날짜 정해졌어요?"

게이브가 고양이 캐리어를 차 뒷좌석에 넣었다.

"로맨티스트들 아니랄까 봐 정확히 언제인지는 모르겠지만 나뭇잎
이 물들 때까지 기다리시겠다네요."

"내겐 한참 전에 알려 줘야 해요."

조가 말했다.

"그것도 이미 말해놨어요."

"나도 할아버지 할머니 결혼식 가도 돼?"

얼사가 물었다.

"모르겠어."

게이브가 말했다.

"네 위탁 부모님이 허락하느냐에 따라 달렸어."

"허락해 줄 거야."

얼사가 말했다.

"확실해?"

조가 말했다.

"내가 듣기론 초록색 음식을 먹게 한다는 사람들 같던데."

"그렇게 하면 도망갈지 몰라."

"안 돼. 그건 다시는 해서는 안 돼."

게이브가 말했다. 그는 뒷좌석에서 아이에게 안전띠를 채워 주고 포옹했다.

"보고 싶을 거야, 토깽아."

"오래 걸리진 않을 거야."

얼사가 말했다.

"어떻게?"

"내 쿼크 알잖아."

그가 차 뒤쪽에 서서 조를 쳐다보며 말했다.

"우리의 운명이 아직 쿼크의 파도 위에서 요동치고 있나 보네요."

"근사한 여행이었어요."

조가 말했다. 두 사람은 키스하고 끌어안았다. 언제 다시 볼지 알 수 없었다. 게이브는 농장에서 가을 작물을 수확하고 저장해야 하고, 조는 강의를 하고 가을학기 수업을 들어야 했다. 하지만 아무리 바쁘더라도 캐서린과 조지의 결혼식에는 참석할 참이었다. 조가 게이브의 귀에 속삭였다.

"단풍이 들 때까지 못 기다릴 거 같아요."

"알아요. 얼사의 물감을 훔쳐다가 이 망할 놈의 나뭇잎에 색을 칠할까 봐요."

조가 차에 시동을 걸고 그곳을 빠져나가며 거울에서 점점 작아지는 그를 쳐다보았다.

"걱정 마, 결혼식 전에 아저씨랑 또 만날 거야."

얼사가 말했다.

"요즘 네 퀴크에 대해서 전보다 자신감이 많이 높아진 거 같은데."

"지금은 더 잘할 수 있어."

장시간 차 안에 있으며 얼사는 생일선물로 받은 책을 읽고, 보라 식인괴물을 끌어안았다가 캐리어 문 사이로 새끼 고양이들과 장난을 쳤다. 고속도로를 빠져나오자 얼사는 차창 밖을 내다보며 새로운 동네를 눈 안에 가득 담았다. 조는 늦은 오후의 햇살을 받아 금빛으로 반짝이는 가로수들이 늘어선 예쁜 길로 들어섰다. 진입로에 들어가기 전 조는 잠시 차를 세우고, 늦여름 만개한 꽃들에 에워싸인 흰색 미늘판 자벽집을 감상했다.

태비가 테라스에 나와서 웃으며 손을 흔들었다. 얼사는 품속에 고양이들을 안고 차에서 뛰어내렸다.

"다시 케이지 안에 넣어."

조가 말했다.

"떨어뜨리면 길을 잃어버리게 될 거야."

조는 고양이들을 받아달라며 태비를 바라보았지만, 그녀는 심각하게 누군가와 전화 통화를 하고 있었다.

"그럴 일 없을 거야."

얼사가 말하며 꼬물거리는 두 녀석을 가슴에 품었다.

"프랜시스 아이비 아줌마네 고양이도 있으면 좋을 텐데. 그럼 줄리엣이랑 햄릿의 위탁모가 돼줄 텐데."

"아줌마가 없는 걸 감사하게 생각해. 아이는 절대 안 된다고 했어. 아직 네 얘기 못 꺼냈단 말이야."

"그걸 해결할 수 있는 어떤 일이 생길 거야."

얼사가 말했다.

"어떤?"

"조만간 알게 될 거야."

집 근처에 도착했을 때 태비가 계단을 뛰어내려 왔다.

"지금 네가 상상도 못 할 일이 벌어졌어!!"

"태비, 내 수양딸한테 인사부터 할래?"

"맞다!"

태비가 전화기를 주머니에 놓고 얼사의 뺨에 진하게 뽀뽀했다.

"생일 축하한다. 세상에서 제일 멋진 꼬맹아."

"언니가 준 보라 식인괴물 마음에 쏙 들어."

"걘 머나먼 퍼플토니아 행성에서 왔단다."

태비가 말했다.

"우와, 그 새끼 고양이들 진짜 귀엽다!"

"게이브 아저씨가 줬어."

"이제 무슨 일인지 말해 봐."

조가 말했다.

"프랜시스한테 전화 왔었어. 방금 끊은 거야. 넌 못 믿을 거야. 낸시랑 결혼해서 메인주에 정착할 거래! 이 집을 혹시 살 생각이 있는지 궁금해서 전화한 거야,"

조가 얼사를 놀란 눈으로 쳐다봤다.

"이건 정말이지……."

"뭐가?"

"얼사가 방금 전 아이금지 규칙이 뒤바뀌는 어떤 일이 생길 거라고 했거든."

태비가 활짝 웃었다.

"네가 그렇게 한 거니, 외계인 아가씨?"

얼사가 꺅 소리를 질렀다. 새끼 고양이들이 품속에서 벗어나기 위해 아이의 머리카락을 잡고 몸부림을 쳤다. 그런 뒤 바닥으로 점프해서 그대로 테라스 계단 위로 올라갔다. 마치 보이지 않는 쿼크를 뒤쫓아 가듯이. 줄리엣이 러그 위에서 팔다리를 뻗고 눕자 햄릿이 그 옆에 털썩 주저앉아서 한 발로 줄리엣의 턱을 부드럽게 쳤다.

얼사는 왼손으로 조의 손을, 오른손으로 태비의 손을 쥔 다음 마치 아기 새가 둥지 속을 파고들 듯이 두 손을 세게 몸 쪽으로 당겼다. 그리고 새로운 집 테라스에서 놀고 있는 새끼 고양이들에게 미소 지었다.

"내가 이렇게 만든 거야."

아이가 고개를 돌려 조를 올려다보았다.

"맞지, 언니?"

"그렇고말고, 딱정벌레야."

한원희

캘리포니아대학교 어바인캠퍼스에서 연극학부를 졸업하고 이화여자대학교 통역번역대학원을 졸업하였다. 역서로는 『아마존 이노베이션: 온라인과 오프라인을 넘나드는 아마존식 리테일 혁명의 모든 것』, 『왕좌의 게임: 아트북』, 『왕좌의 게임: 포토북』, 『스타워즈9: 아트북』 등이 있다.

숲과 별이 만날 때

초판 1쇄 발행 2020년 9월 17일
초판 9쇄 발행 2024년 6월 17일

지은이 글렌디 벤더라 **옮긴이** 한원희

발행인 이봉주 **단행본사업본부장** 신동해
편집장 조한나 **디자인** this-cover
마케팅 최혜진 이은미 **홍보** 반여진 허지호 정지연 송임선
국제업무 김은정 김지민 **제작** 정석훈

브랜드 걷는나무
주소 경기도 파주시 회동길 20
문의전화 031-956-7211 (편집) 02-3670-1123 (마케팅)
홈페이지 www.wjbooks.co.kr
인스타그램 www.instagram.com/woongjin_readers
페이스북 www.facebook.com/woongjinreaders
블로그 blog.naver.com/wj_booking

발행처 (주)웅진씽크빅
출판신고 1980년 3월 29일 제406-2007-000046호

한국어판 출판권© 웅진씽크빅, 2020
ISBN 978-89-01-24451-8 (03840)

걷는나무는 ㈜웅진씽크빅 단행본사업본부의 브랜드입니다.

· 책값은 뒤표지에 있습니다.
· 잘못된 책은 구입하신 곳에서 바꾸어 드립니다.